유리알 유희

일러두기

- 이 책은 Hermann Hesse의 『*Das Glasperlenspiel*』과 영역본 『*The Glass Bead Game*』(Richard and Clara Winston 역, Picador E-Book)을 참고했습니다.

Das Glasperlenspiel

유리알 유희

헤르만 헤세 지음

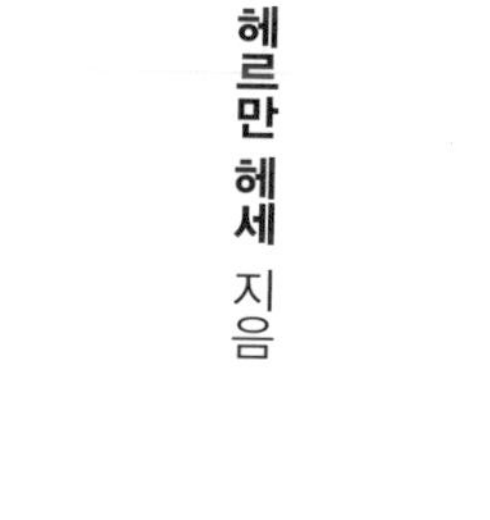

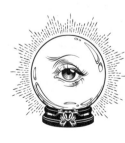

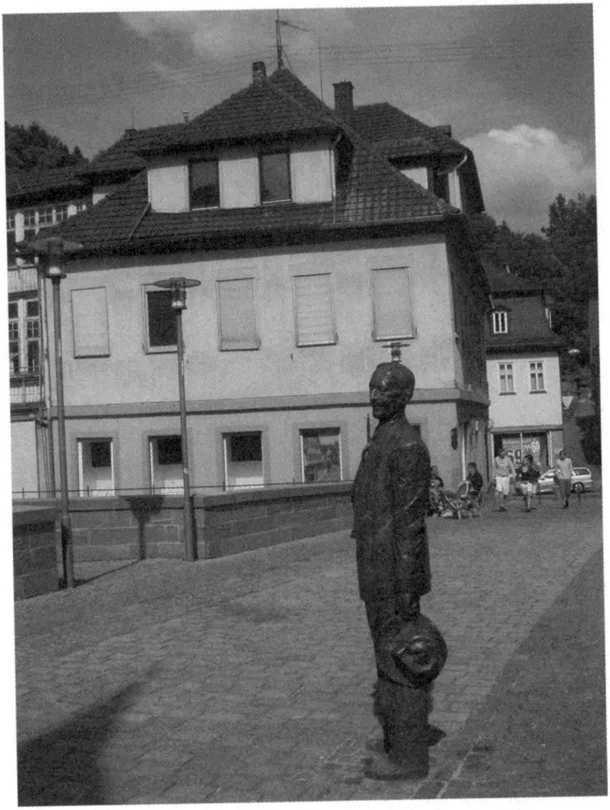

헤르만 헤세 동상

독일 칼프에 있는 나골트강을 지나는 니콜라우스 다리 가운데 헤르만 헤세의 동상이 서 있다. 헤세가 태어난 곳이자 그의 자전적 소설 『수레바퀴 아래서』의 배경이 된 곳이기도 하다.

헤르만 헤세 묘지

헤르만 헤세가 말년을 보낸 스위스 남부 루가노 지역 아본디오 묘지에 안치되어 있다.
헤세는 히틀러 정권과 거의 비슷한 시기에 『유리알 유희』의 집필을 시작해서 그가 57세이던 1934년 서장을 발표한 이래 10년이 지난 1943년 제2권 발간으로 완료되었으며 그는 그 작품으로 세계대전 이후 첫 번째 노벨 문학상을 수상했다. 이후 그는 속세를 벗어나 조용히 풍요로운 삶을 살다가 1962년 8월 9일 85세를 일기로 세상을 떠났다.

유리알 유희 차례

동방 순례자들에게 바친다.

서문

–일반인들의 이해를 돕기 위한 유리알 유희의 역사에 대하여

어떤 면에서, 또한 경박한 사람들에게는 존재하지 않는 것들에 대해 글로 표현하는 것이 존재하는 것들을 표현하는 것보다 더 쉬울 수 있고 책임감도 덜 느낄 수 있다. 하지만 진지하고 양심적인 사가(史家)에게는 사정이 정반대이다. 그런 사람에게는 그 존재를 증명할 수도 없고, 또 있음직하지도 않은 그 어떤 것에 대해 말을 하는 것처럼 어려운 일이 없다. 그럼에도 불구하고 그들은 그런 것에 대해 말할 필요성을 느낀다. 진지하고 양심적인 사람들은 그것들을 존재하는 것처럼 다룸으로써 존재하지 않는 것의 실존 가까이, 혹은 그것이 태어날 가능성 가까이 갈 수 있기 때문이다.

알베르투스 2세

정신 형성에 관한 논고 제1권 제28장

클란고르와 클로프 출판사

우리는 요제프 크네히트, 혹은 루디 마기스터(유희 명인) 요제푸스 3세에 대해 우리가 얻을 수 있었던 얼마 안 되는 전기적 자료들을 이 책에 수록하게 될 것이다. 우리는 우리의 이러한 시도가 오늘날 유행하고 있는 우리의 지적(知的) 생활의 규범이나 관행에 위배되거나 혹은 그렇게 보일 수도 있다는 점을 잘 알고 있다. 개인을 지워버리고, 개인을 교육자와 학자의 위계질서 속에 가능한 한 최대한도로 통합하는 것이 지금 우리를 지배하고 있는 원칙이기 때문이다. 게다가 이러한 원칙은 매우 오랫동안 폭넓게 지켜져 왔기에 그 위계질서를 모범적으로 구축하는 데 큰 업적을 이룩한 개별적 인물에 대한 전기적이고 심리적인 정보를 얻는다는 것은 매우 어렵거나 불가능하다. 게다가 많은 경우 그런 인물의 실명조차 확인할 수 없다.

그럼에도 불구하고 우리가 유리알 유희의 명인 요제프 3세의 삶에 대해 일부분이나마 규명하고 그의 성격적 특징들을 굳이 묘사하려는 것은 우리가 한 개인을 숭배해서도 아니며 또한 우리가 관습에 저항하거나 우리들의 권위, 혹은 지적인 풍토에 적대적임을 보여주기 위해서도 아니다. 정반대로 오로지 진리와 학문에 기여하겠다는 일념에서이다. 그리고 우리는 요제프 3세라는 한 개인을 어딘가 특이한 하나의 인물이라는 뜻으로 받아들이지 않는다. 우리가 말하는 개인은 그 인격체의 독자성이나 특이함을 넘어서서, 보편적인 것에 통합될 가능성을 지닌 인물, 초개인적인 것에 기여할 수 있는 가능성을 지닌 인물을 말한다. 그런 이상적인 인물상에 대해 이미 고대 사람들은 알고 있었다. 예를 들어 고대 중국에서의 '현자(賢者)', 혹은 '군자(君子)'나 소크라테스 윤리학에 나오는 이상적 인물은 우리가 지금 말하고 있는 인물과 거의 다를 바 없다.

우리는 지금 20세기와 더불어 시작된 지적인 삶의 대변혁을 이어받고 있으며 고대의 저 참된 이상은 완전히 사라진 시대에 살고 있다. 그런 이상이 존재하던 시대의 한 인물의 전기에는 놀랍게도 형제자매가 몇 명인지, 주인공이 유년기를 벗어나 사춘기를 겪으면서, 일정한 지위에 오르기 위해 싸우면서, 사랑을 하면서, 그런 것들이 그의 영혼에 어떤 상처와 흔적을 남겼는지에 대한 장황한 묘사가 나온다. 그것은 그가 속한 조직을 생명 없는 부품으로 이루어진 기계장치로 보지 않기 때문이다. 그 조직에서의 각각의 부분들이 나름대로의 특성과 자유를 지니고 있는 하나의 유동적인 생명체로 보기 때문이다. 그런 의미에서 우리는 요제프 크네히트에 대한 모든 정보 특히 그가 쓴 글을 입수하려고 애썼고 읽을 만한 가치가 있다고 생각되는 자필 원고들도 구해서 이 글에 활용했다.

우리가 여기서 묘사하게 될 크네히트라는 인물 자체와 그의 생애에 관한 사실들은 수도회 회원들, 특히 유리알 유희자들 사이에서는 대부분 잘 알려져 있는 것들이다. 따라서 이 책은 그들만이 읽기를 바라고 쓰인 것이 아니라 더 널리 호의적이고 마음이 맞는 독자들이 읽기를 바라는 마음에서 쓰인 것이다. 그 좁은 범위의 사람들을 위해서라면 이 책에 서문이나 주해는 필요 없었을 것이다. 하지만 수도회 밖의 독자들도 이 책을 읽어주었으면 하는 마음에서 사전 지식이 없는 사람들을 위해 간략하게나마 유희의 역사와 의미에 대해 설명을 해야만 했다. 이 서문은 바로 그런 필요에 의해 쓰인 것이다.

유희의 법칙, 즉 유희의 기호와 문법은 고도로 발달된 일종의 신비로운 언어로 이루어진다. 그 언어들은 여러 학문과 예술, 특히 수학과 음악(혹은 음악학)과 연관이 있으며 거의 모든 학문의 내용이나 결론들 간의 상호 관계를 표현하거나 정립할 수 있다. 따라서 유리알 유희는 우리 문화의 모든 내용과 가치들을 갖고 하는 유희이다. 말하자면 예술 전성시대의 화가가 팔레트의 물감들을 갖고 놀이하듯 문화 내용들을 갖고 유희를 하는 것이다. 유리알 유희를 하는 사람은 인류가 창조적 시대에 창출해냈던 모든 통찰력, 고상한 사고, 온갖 예술 작품과, 그 뒤를 이은 학문의 시대에 개념화하여 지적 자산으로 만들었던 것 등 이 거대한 지적 가치 전체를 가지고 마치 오르간 연주자가 파이프 오르간을 연주하듯 연주한다. 이 파이프 오르간은 상상할 수조차 없을 정도로 완전한 것이어서 그 페달은 거의 모든 지적인 세계를 두루 포함하고 그 음전(音栓)은 거의 헤아릴 수 없을 정도이다. 이론적으로 보자면 이 기구는 그 유희를 통해 이 세계에 대한 모든 지적인 내용을 재현할 수 있다. 그러나 그 페달과 음전의 조합에 의해서 발현되는 연주가 똑같은 것이 있을 수 없듯이 유리알 유희를 통해 재현되는 내용 중에는 동일한 것은 존재하지 않는다.

유리알 유희의 기원을 어디까지로 잡아야 하느냐에 대해서는 모든 것이 역사가의 자의적 선택에 달려 있다. 모든 위대한 사상이 그렇듯 이 유희에는 원래 시작이라는 것이 존재하지 않기 때문이다. 이 유희는, 혹은 최소한 이 유희에 대한 이념은 늘 존재해 왔다. 우리는 이 유리알 유희가 아주 오래전부터 희미한 예감이나 희망의 형태로 미리 그 모습을 드러냈음을 알고 있다. 예를 들어 피타고라스에게서, 고대 그리스 헬레니즘 시대의 영지주의에서 그것을 찾아볼 수 있으며 또한 고대 중국인에게서, 그리고 아라비아의 여러 절정기 문화에서 찾아볼 수 있다. 그리고 중세 스콜라주의나 르네상스기의 휴머니즘을 지나 17~18세기의 수학 아카데미들, 18세기와 19세기의 낭만주의 문학과 노발리스의 마술적 꿈인 루네 문자에 이르기까지 그 전사(前史)는 이어진다. '학문과 예술의 종합'이라는 이상을 지향하는 모든 정신의 움직임, 모든 플라톤주의 학파, 정신적 엘리트들의 교류, 정밀과학과 인문학을 근접시키려는 모든 시도, 학문과 예술, 혹은 학문과 종교를 손잡게 만들려는 모든 시도의 바탕에는 유리알 유희로 구체화되어 나타난 영원한 이념이 자리를 잡고 있는 것이다.

이 서문의 제사(題詞)에 등장하는 알베르투스 2세 역시 유리알 유희의 선조 가운데 한 사람이다. 그리고 수학적 사고를 바탕에 깔고 작곡을 했던 16세기부터 18세기에 이르는 박식한 음악가들의 정신 역시 이 게임과 토대가 같을 것이라고 짐작된다. 음악이 단순한 예술이 아니라 인간들과 나라들을 제어할 수 있는 강력한 힘을 지니고 있음은 대부분의 문화 초창기의 기록이나 그에 관련된 전설을 보면 쉽게 알 수 있다. 고대 중국으로부터 그리스 신화에 이르기까지 인간은 음악 덕분에 이상적인 천국의 삶을 누릴 수 있다는 생각이 보편화되어 있음을 쉽게 발견할 수 있다. 바로 그렇기에 유리알 유희와 음악은 떼려야 뗄 수 없는 밀접한 관계를 맺고 있다.

이렇듯 유리알 유희의 이념은 영원하며 실제로 모습을 드러내기 이전부터 모호한 형태로 존재했다. 하지만 그것이 우리가 알고 있는 형태로 나타나기까지는 일정한 역사가 존재한다. 이제부터 유리알 유희가 등장하기까지의 역사적 단계들을 중요한 것들만 간략하게 짚어보기로 하자.

*

그 무엇보다 수도회의 설립과 유리알 유희라는 결실을 맺게 한 이러한 지적 운동은 문학사가인 플리니우스 치겐할스가 '잡문(雜文) 시대'라고 일컬었던 시기로부터 시작되었다. 그 명칭은 썩 그럴듯하긴 하지만 동시에 위험하기도 하다. 그 시대에 대하여 편견을 갖게 만들 수 있기 때문이다. 실제로 잡문 시대에도 나름대로 문화가 있었으며 지적으로도 전혀 빈약한 시대가 아니었다. 다만, 치겐할스의 견해에 의하면 그 시대는 아직 문화를 어떻게 다루어야 하는지 몰랐던 것 같다. 아니, 그보다는 생활과 국가를 운영해가는 데 있어 문화에 합당한 자리를 부여할 줄 몰랐다고 하는 것이 옳을 것이다. 솔직히 말해 오늘날의 문화생활의 특징들이 자라날 수 있었던 토양이라고 할 수 있는 그 시대에 대해 우리는 별로 아는 것이 없다.

치겐할스에 따르면 그 시대는 유난히 부르주아적이었고 개인주의가 횡행하던 시대였다. 우리는 잡문 시대를 진지하게 연구한 유일한 학자인 치겐할스의 뒤를 따라 그 시대의 특징 및 유리알 유희가 탄생하게 된 과정을 간략하게 소개해보려 한다.

유럽에서의 지적 활동은 중세 말부터 크게 두 갈래로 전개되어 온 것 같다. 그중 하나는 권력의 지배하에 놓여 있던 사상과 신앙의 자유 획득이다. 이성이 자신의 시대가 왔음을 자각하고 로마 교회의 지배에 맞서 독립 투쟁을 벌인 것이다. 그리고 또 다른 흐름은 이러한 자유에 합법성을 부여할 수 있는 방법을 모색하면서 이성에 부합하는 새로운 권위를 은밀하게, 하지만 열정적으로 추구했던 흐름이다. 그 과정에서 많은 희생을 겪으며 잡문 시대에 이르자 사람들은 교회의 감독과 통제를 완전히 극복하고 전례가 없던 지식의 자유를 스스로 감당할 수 없을 정도로 누리게 되었다. 하지만 그들은 아직 그들이 존중해야 할 진정한 법칙과 새로운 권위나 정통성은 찾아내지 못하고 있었다. 따라서 당시 존재했던 글들은 새로운 지식에 대한 보고서라기보다는 일종의 경박한 잡문에 불과했다. 이런 경박한 글을 쓰는 사람들 중에는 신문기자, 자유기고가도 있었고 작가라는 타

이틀을 달고 있는 사람들도 있었다. 하지만 그들 중 대부분은 학자층에 속했고 대학교수들도 그에 해당된다.

그들의 글들 중 가장 인기가 있었던 것은 유명 인사의 생활이나 편지에서 추출해낸 일화들이었다. 이를테면「프리드리히 니체와 1870년대의 여성 패션」이라든가「작곡가 로시니가 즐기는 요리」,「유명한 정부(情婦)의 생활에서 애완견의 역할」등이 인기가 있었다. 또한 부유한 사람들 사이에서 화제가 되고 있는 주제들을 역사적으로 고찰하는 글들도 있었으니「황금 제조를 향한 수 세기에 걸친 인류의 꿈」이라든지「날씨를 인위적으로 조작하는 물리적, 화학적 실험」같은 글들이 수도 없이 많았다. 치겐할스가 열거하고 있는 제목들을 보고 있으면 그런 글들을 매일 탐독하는 사람들이 많았다는 사실도 놀랍지만 그보다 더욱 놀라운 것은 훌륭한 교양과 지식을 갖춘 저명인사들이 이런 공허하고 의미도 없는 흥밋거리의 대량 소비에 '시중'을 들고 있었다는 사실이다. 당시 이상할 정도로 '읽기'를 좋아했던 수많은 사람에게 이 모든 기괴한 것이 아무 의심 없이 진정한 것으로 받아들여졌다.

하지만 그 당시에 유행했던 글의 유형들에 대한 언급은 이 정도로 그치기로 하자. 그 잡문 시대에 대한 편견을 더욱 굳히는 데 기여할 우려가 있기 때문이다. 실제로 유치한 퍼즐 게임이나 즐기고 문화 현상에 대한 잡문들이나 즐겨 읽었던 당시의 사람들은 결코 순진무구한 어린아이이거나 놀이나 즐기는 호사가들이 아니었다. 오히려 그들은 정치, 경제, 도덕적 혼란과 동요의 한복판에서 불안해하고 있는 사람들이었고 수많은 전쟁과 내전을 겪은 사람들이었다. 그들이 하찮은 교양 유희를 즐긴 것은 단순히 의미 없는 어린애 장난에 심취한 것이 아니었다. 오히려 그들은 그들 앞에 놓인

풀 길 없는 문제들과 몰락의 예감 앞에서 떨고 있는 사람들이었다. 그들은 그런 심각한 문제에 대해 눈을 감고 가능한 한 순진무구한 환상의 세계로 도피하고 싶은 욕구에 시달리고 있었고 바로 그런 욕구 때문에 하찮은 놀이들이 성행하게 된 것이었다. 그들은 집요하게 자동차 운전, 어려운 카드 게임을 배웠고 크로스워드 퍼즐에 빠져 있었다. 그들은 거의 무방비 상태로 죽음과 공포와 고통과 기아에 직면해 있었기에 교회에서는 더 이상 위안을 얻을 수 없었고 이성으로부터는 유익한 조언을 구할 수 없었다. 그토록 수많은 글을 읽고 수없이 강연을 들으면서도 그들은 공포에 맞서 스스로 강해지는 법, 내면적으로 죽음의 공포를 극복하는 법을 익히는 데는 별로 시간과 노력을 들이지 않았다. 그들은 그저 발작적으로 하루하루를 살아갔으며 내일은 믿지 않았다.

다시 말하지만 잡문 시대에 대해 지나친 편견을 가지면 안 된다. 그 시대의 지적 생활은 여러 면에서 에너지와 위대함을 보여주고 있음을 인정해야 한다. 그 시대가 보여주는 불안정과 거짓됨에 대해 오늘날의 우리들은 이렇게 설명한다. 사람들은 명백한 승리와 성공을 구가한 뒤 그 절정을 지나 막바지에 이르게 되면 갑자기 공허와 마주하게 되고 그 앞에서 공포를 느끼게 되는 법이다. 잡문 시대가 보여주는 그런 특징들은 바로 그런 공포를 보여주는 징후들이다. 그리고 그와 함께 물질적 결핍, 정치적 군사적 위기가 찾아오고 지식 자체에 대한 불신이 커진다. 지식이 지닌 미덕과 위엄이 의심받고 심지어 지식의 존재 자체에 대한 의혹이 생기는 것이다. 하지만 몰락의 예감에 사로잡혀 있던 그 시기에 성취를 이룬 것도 꽤 있었으니 무엇보다 음악학이 시작되었다는 사실을 그 예로 들 수 있으며 우리는 우리가 그 후예임을 고맙게 생각한다.

하지만 그런 식의 분석과 해석은 과거에 대해서만 가능할 뿐이다. 우리는 과거의 한 부분을 세계사 패턴 속에 정확하게 지적(知的)으로 편입시킬 수 있다. 하지만 동시대 사람들은 자신들을 그렇게 정확히 파악하고 정리해서 세계사 패턴 속에 끼워 넣을 수 없다. 따라서 그 시기에 지적인 야망이나 성취가 급속히 내리막을 걷게 되자 지식인들은 무시무시한 의혹과 절망감에 빠지게 된다. 사람들은 우리 문화의 젊고 창조적인 시절은 다 지나가고 이제 노년의 황혼기에 접어들었음을 자각하게 된다(니체 이래로 여기저기서 사람들이 공감하고 있던 사실이다). 이어서 많은 사람이 그것을 느끼고 여러 경고적인 징후를 지적한다. 삶의 메마른 기계화, 도덕의 깊은 타락, 국가들 간의 신뢰 상실, 예술의 진정성 상실들이 바로 그 징후라는 것이다. 그리고 동시에 여러 곳에서 몰락의 곡조가 울려 퍼지기 시작했고 몇십 년 동안 학교, 잡지, 아카데미에 흘러들었다. 또한 아직 진지함을 견지하고 있던 예술가나 비평가들에게는 우울증과 정신병으로 나타났고 모든 예술 작품들은 거칠고 천박한 대량 생산이라는 모습으로 미쳐 날뛰었다.

이미 벽을 부수고 깊숙이 침투해 들어와 더 이상 퇴치할 수 없게 된 이적들에 대항하는 태도는 각양각색이었다. 가장 좋은 방법은 이 쓰린 진실을 인정하고 금욕적으로 견뎌내는 방법이었다. 어떤 이들은 그런 현실 자체를 부정하려는 시도를 했다. 그들은 문화의 몰락에 대한 문학적 거짓 예언들을 예로 들며 그 예언들에 들어 있는 허점들을 지적하고 거대한 몰락이 다가왔다는 사실을 부인했다. 어제까지만 해도 자랑스러워하던 자신들의 문화나 예술, 교양이 이제 더 이상 믿을 수 없게 된 사실을, 마치 경제적 파탄이나 혁명으로 재산이 위협당하는 것 못지않게 참아내기 어려웠던 많은 사람들이 그들 편에 서서 그들을 지지했다.

또 어떤 이들은 냉소적 태도를 견지했다. 그들은 춤이나 추러 다니면서, 미래를 걱정하는 것은 이미 한물간 사람들의 공연한 짓거리라고 치부했다. 또 어떤 이들은 예술과 학문과 언어의 머지않은 종말에 대해 정취가 담뿍 담긴 잡문들을 읊어대며 그 몰락 자체를 냉소적으로 바라보았다. 선량한 사람들 사이에서는 조용하면서도 어두운 비관론이, 사악한 사람들 사이에서는 심술궂은 비관론이 성행했다.

하지만 그런 변환기에도 이 문화는 잠만 자고 있던 것이 아니었다. 이 몰락기, 즉 예술가, 교수, 잡문 필자에 의해 백기 투항 상태에 빠져버린 것처럼 보이는 이 기간은 동시에 첨예한 각성과 자기 점검의 국면이 시작된 시기이기도 했다. 잡문이 기승을 부리던 이 시기에 진정한 문화에 충심을 바치겠다고, 미래를 위해 훌륭한 전통, 교육, 방법, 지적인 엄격성들의 정수(精髓)를 지키는 데 전력을 다 기울이겠다고 결심한 개인들과 소규모 그룹들이 도처에 생겨났다. 오늘날 우리가 알 수 있는 바에 의하면 그런 자기 검토와 사색, 몰락에 대한 의식적인 저항의 과정은 주로 두 그룹 안에서 이루어졌다. 첫째로, 학자들의 문화적 양심은 음악사에 대한 연구와 교수법에서 그 은신처를 발견했다. 음악사라는 학문이 당시 절정에 달해 있었고, 잡문이 기승을 부리던 그런 시대 한복판에서 아주 모범적인 두 학교가 아주 용의주도한 방법을 채택하여 교육하고 있던 덕분이었다. 게다가 마치 이 용감한 정예부대의 노력에 격려를 보내기라도 하듯 운명이 마치 기적처럼 친근한 미소를 보내왔다. 실은 순전히 우연이었지만 요한 세바스찬 바흐의 원고 열한 편이 바흐의 아들 프리데만의 유물 속에서 발견되었던 것이다!

타락에 저항하는 두 번째 그룹은 동방 순례자 결사 단체였다. 이 결사 단체의 형제는 지적인 훈련보다는 영혼 수련에 힘을 쏟았다. 그들은 경건함과 존경심을 키우는 데 주력했고 오늘날 우리의 문화생활과 유리알 유희의 중요 요소들, 특히 명상적인 요소들은 대부분 그들에게 빚지고 있다. 그들은 우리 문화의 본질과 존속 가능성에 대해 새로운 통찰력을 갖게 해주었다. 그것은 그들의 분석적이고 학문적인 업적 덕분이라기보다는 전통적인 비밀 수련에 입각한 그들의 마법적인 능력 덕분이었다. 즉 그들은 먼 옛 시대로 거슬러 올라가 당시의 문화적 상황에 동화할 수 있는 능력을 지니고 있었던 것이다. 예를 들어 이들 가운데는 옛 시대의 음악을 당시와 똑같이 연주하고 노래할 능력이 있다고 전해지는 음악가와 가수가 있었다. 이들은 1600년이나 1650년의 음악을 마치 후에 음악에 덧붙여진 유행이나 기교를 전혀 모르는 듯 순수하게 연주할 수 있었다. 그들이 처음으로 헨델 이전의 모음곡들을 크레센도나(점점 강하게-옮긴이 주) 디미뉴엔도(점점 약하게-옮긴이 주) 없이 그 시대의 소박함과 순결함을 그대로 간직한 채 연주했을 때, 일부 청중들은 그 곡을 전혀 이해하지 못했지만, 그 곡을 경청하면서 생전 처음 듣는 음악 같은 느낌을 받은 청중들도 많았다고 전해진다.

이제 우리는 오늘날의 우리의 문화 개념이 태어나게 된 근원들에 다가간 셈이다. 그것들 가운데 하나는 가장 최근에 생긴 학문 분야로서 바로 음악사와 음악 미학이고 그에 뒤따른 수학의 비약적인 발전이다. 그리고 거기에 음악에 대한 새로운 개념과 해석을 가능하게 해준 동방 순례자들의 지혜가 덧붙여진다. 하지만 오늘날 누구나 다 알고 있는 그러한 사실에 대해 길게 부연 설명할 필요는 없을 것 같다. 우리로서는 이러한 새로운 흐름의 가장 중요한 결과로서, 사람들이 예술 작품의 창작을 광범위하게 포기하게 되었다는 사실만 지적하기로 하자. 게다가 지식인들은 점차적으로 이 복잡한 세상사에 대해 거리를 두게 되었으며 마침내 그 모든 것의 절정이라고 할 수 있는 유리알 유희가 태동하게 된 것이다.

유리알 유희의 발생에는 잡문이 전성기를 이루고 있던 1900년 직후 음악학이 심도 있게 발전한 것이 큰 영향을 미쳤다. 20세기 전체에는 중세 말과 현대 사이에 가로 놓인 문화 시대의 가장 중요한 업적으로 철학이나 문학이 꼽혔다. 하지만 우리는 벌써 몇 세대 전부터 수학과 음악에 월계관을 씌워주고 있다. 우리는 오늘날 더 이상 그 시대들처럼 창작욕에 도취되어 있지는 않다. 하지만 우리는 우리가 고전 음악이라 칭하는 것들의 비밀을 밝혀냈으며 그 정신과 미덕, 그 세대들이 지녔던 경건함을 이해하고 우리들의 모범으로 삼고 있다고 믿는다. 예를 들어 우리는 이제 18세기의 신학이나 교회 문화, 혹은 계몽주의 철학을 별로 중시하지 않지만 바흐의 칸타타나 수난곡, 전주곡을 기독교 문화의 궁극적 정수(精髓)로 간주하고 있는 것이다.

우리의 문화가 음악에 대하여 어떤 태도를 취하고 있는가를 보여줄 수 있는 경탄할 만한 저 옛날의 사례가 하나 있으니, 유리알 유희자들은 그 사례에 대해 지극한 경의를 표하고 있다. 전설 시대 중국 왕조에서는 국가와 궁정 생활에서 음악이 지배적 역할을 차지했음을 우리는 기억하고 있다. 당시 음악이 번성하면 모든 문화나 도덕, 더 나아가 국가가 번성하는 것으로 간주되었다. 음악의 장인들은 모범적인 훌륭한 음조가 지닌 순수성을 엄격하게 지키고 보존해야 했다. 음악이 타락하면 그것은 곧 정부나 국가의 몰락의 징후로 간주되었기 때문이다. 그에 관한 기록들이 많이 있지만 우리는 중국 전국시대 여불위의 『여씨춘추(呂氏春秋)』 음악 편에 나오는 몇 대목을 인용하는 것으로 만족하기로 하자.

음악의 기원은 머나먼 과거로 거슬러 올라간다. 음악은 가락에서 시작되며 태일(太一)에 뿌리를 두고 있다. 태일은 양극(兩極)을 낳고 이 양극이 음과 양의 기운을 낳는다.

천하가 태평하며 만사가 안정되고 모든 이가 위를 따르면 음악이 완성된다. 욕망과 정열이 나쁜 길로 흐르지 않으면 음악이 완성된다. 온전한 음악에는 그 원인이 있다. 그것은 균형에서 나온다. 균형은 바름에서 나오고 바름은 천하의 도에서 나온다. 고로 천하의 도를 깨달은 사람이라야 더불어 음악에 대해 이야기를 나눌 수 있다.

음악은 천지의 조화와 음양의 일치에서 나온다.

쇠퇴하는 국가나 몰락할 운명에 처한 인간에게도 물론 음악은 존재한다. 하지만 그 음악은 맑지 못하다. 고로 음악이 광포해질수록 백성은 더 음울해지고 나라는 기울고 군주는 위태로워진다. 이렇게 하여 음악의 정수를 잃게 되는 것이다.

그러므로 태평 시대의 음악은 평화롭고 명랑하며 국가 또한 그러하다. 불안한 시대의 음악은 격앙되고 난폭하며 통치도 왜곡되어 있다. 몰락하는 국가의 음악은 감상적이고 슬프며 통치는 위태롭다.

이 중국인의 글은 이제는 거의 잊힌 음악의 기원과 실재에 대해 상당히 정확하게 지적해주고 있다. 선사 시대의 음악은 춤이나 다른 모든 예술행위와 마찬가지로 마법의 일종이었으며 합법적인 주문(呪文)의 일종이었다. 음악은 리듬(손뼉치기, 발 구르기, 딱따기 치기, 원시적 북 치기 등)으로부터 시작해서 많은 사람을 다른 사람들과 어울리게 만드는 강력하고도 확실한 수단이었다. 그렇게 함께 조화를 이루면서 사람들은 같은 기분에 젖어들었고 호흡과 맥박을 함께 나누면서 자신들 내부의 영원한 힘을 불러내고, 춤을 추고, 경쟁을 하고, 전쟁을 하고, 하늘에 경배했다. 그리고 음악은 이 원초적이고 순수하며 강력한 특질, 이 마법을 그 어떤 예술보다 훨씬 더 오래 간직하고 있었다. 그리스인으로부터 괴테의 단편 소설에 이르기까지 역사가와 시인들이 음악의 힘에 대해 증언한 것들을 상기해 보라. 그 어떤 일에서건 행진과 춤이 그 중요성을 잃었던 적은 한 번도 없었다……. 하지만 이제 우리의 주제로 되돌아가자.

이제 우리는 유리알 유희의 발생에 대해 간단하게 요점을 정리해 말해 보겠다. 유희는 애초에는 학생들과 음악가들 사이에서 행해진, 기억과 재능을 증진시키기 위한 재치 있는 놀이 방법일 뿐이었다. 그 놀이는 영국과 독일에서 성행하다가 이윽고 쾰른의 음악 대학에서 이른바 '발명'되었으며 '유리알 유희'라는 이름을 얻게 되었고 이미 오래전부터 유리알과는 아무 상관이 없어졌음에도 불구하고 오늘날까지 여전히 그 이름으로 불리고 있다. 그 놀이가 여전히 유리알 유희라고 불리는 이유는 좀 괴짜였던 음악 이론가인 칼프 태생의 바스티안 페로트가 그 놀이를 발명하면서 숫자나 음표, 또는 다른 그림 부호 대신 유리알을 사용했기 때문이다. 우리는 그가 발명한 당시의 그 유희에 대한 상술은 생략하기로 하자.

음대생들 사이에서 인기가 있었던 그 유희는 이삼십 년 뒤에 그들에게서는 인기를 잃었고 이번에는 수학자들이 물려받았다. 매 시대마다 전성기를 누리던 학문, 혹은 르네상스기를 맞이하고 있던 학문이 이 유희를 좋아해서 계속 발전시켜 나갔다는 사실은 특기할 만하다. 그런데 수학자들이 그 유희를 이어받으면서 유희는 발전을 거듭하여 특별한 기호와 약호를 사용해서 수학적 과정을 표현하는 데까지 이르게 된다. 이러한 형식의 유희는 상당한 주의력과 집중을 요구했기에 당시에 유리알 유희 명인이라는 평판을 얻는 것은 그가 곧 훌륭한 수학자라는 것을 의미했다.

이후 얼마 동안 이 유희는 거의 모든 학문에서 받아들여졌고 학문의 성격에 따라 여러 모방 형태가 생겨났다. 하지만 그 어느 유희건 공통점이 있었다. 유희가 발전을 거듭하면서 단순한 연습이나 기분 전환용이 아니라 지식인들의 엄격한 각성을 위한 게임이 되었던 것이다. 특히 수학자들 사이에서 이 유희는 세속적인 향락과 노력을 포기하고 지적인 인간으로서 자기 성찰을 하는 데 도움이 되었으며 그러한 훈련에서 기쁨을 느낄 수 있게 해주었다. 이 유희를 하면서 수도사처럼 엄격한 지적 훈련이 가능했던 것은 바로 이 유희에서 느끼는 그런 기쁨 덕분이었다.

세계는 변했다. 잡문 시대의 정신생활이란 일종의 변종 식물에 비교할 수 있다. 이상적으로 비대해진 혹들이 무턱대고 무성하게 뻗어나갔으며, 그것을 바로 잡으려면 뿌리까지 잘라내야만 하는 그런 변종 식물 말이다. 지적인 연구에 헌신하겠다고 마음먹은 젊은이들은 이제는 바로 그 뿌리까지 잘라내는 것 같은 고된 수행을 해야만 했다. 그들은 가파른 언덕길을 힘겹게 오르듯 수학과 아리스토텔레스 철학에서의 스콜라적인 수련을 통해 자신들의 정신을 순화하고 강화해야만 했다. 그리고 이전 몇 세대에 걸쳐 학자들이 추구할 만하다고 여겨졌던 것들을 모두 완벽히 포기하는 법을 배워야 했다. 즉 빠르고 쉽게 돈 버는 일, 대중적인 명성을 얻는 일, 신문에서 칭송을 받는 일, 은행가나 기업가의 딸과 결혼하는 일, 물질적으로 사치스러운 생활을 누리는 일 등은 포기해야만 했다. 또한 베스트셀러를 쓰고 노벨상을 받았으며 멋진 별장을 가진 작가, 멋진 제복을 입은 하인을 거느린 유명한 의사, 부유한 아내와 번쩍이는 살롱을 가진 대학교수, 회사 감사 위원 자리를 차지한 화학자, 잡문 공장을 운영하며 청중 가득한 홀에서 매혹적인 강연으로 박수갈채와 꽃다발에 묻히는 철학자들은 모두 사라져버렸고 오늘날까지 다시 나타나지 않고 있다. 강의실과 연구실 학위 논문들 속에는 이제 더 이상 부와 명성과 사치로 가는 길은 존재하지 않았다. 더 많은 영광과 부를 얻고자 하는 재능 있는 자들은 인기가 바닥까지 떨어진 지적인 삶으로부터 등을 돌리고 쉽게 돈벌이를 할 수 있는 직업을 찾아야만 했다.

그런 각고의 노력 끝에 국민들과 정부의 정신에 관계되는 일은 차츰차츰 지식인들이 담당하게 되었으며 특히 교육제도는 그런 식으로 운영되었고 오늘날까지도 거의 변함이 없다. 오늘날의 유럽의 모든 국가 내에서 로마 교황청의 감독하에 있지 않은 대부분의 학교는 지적 엘리트들로 이루어진 익명의 수도회의 수중에 있다. 사람들은 물질적인 생활이 안전하게 보장되기 위해서라도 지식을 존중하는 기풍이 존재해야 한다는 것을 인정하고 있는 것이다. 좀 오랜 기간이 걸리기는 했지만 기술이나 산업, 상업 등등 문명의 외면에도 지적인 정직성과 도덕성이 요구된다는 사실을 모두 자각하게 된 것이다.

다시 유리알 유희로 돌아가자. 당시의 유리알 유희에는 보편성, 말하자면 모든 학문 위에서 그것들을 두루 포섭하고 연결할 수 있는 능력이 결여되어 있었다. 천문학자, 그리스어 학자, 라틴어 학자, 스콜라 학자, 음대생들이 각자 재기 넘치는 규칙을 만들어 유희를 즐겼지만 각 학과와 분과마다 고유의 언어와 유희 체계가 있었다. 이들 사이에 다리를 놓는 움직임이 생기기까지 반세기가 걸렸다. 모든 학문 간의 경계를 넘어 다리를 놓는 방법은 일찌감치 발견됐지만 새롭게 탄생한 지적인 생활이 또다시 '어리석은 퇴행'을 저지를지 모른다는 청교도적인 조심성, 즉 또다시 장난질이나 일삼으면서 잡문의 나락으로 떨어져버리지나 않을까 하는 조심성 때문에 그 방법을 실행하려는 시도는 없었다.

유리알 유희가 그 잠재적 가능성을 마음껏 발휘하여 보편적 능력을 획득하게 된 것은 전적으로 한 개인의 업적 덕분이었다. 그리고 이 유희가 이렇게 도약을 이루게 된 것은 다시 음악과 관련이 있다. 음악학자이면서 동시에 열렬한 수학 애호가였던 한 스위스인이 이 유희에 획기적 전기를 마련하고 그것이 발전할 수 있는 길을 터놓았다. 시민으로서의 이 위대한 인물의 이름은 더 이상 확인할 길이 없다. 당시 지적인 영역에서는 더 이상 개인숭배가 존재하지 않은 때문이었다. 역사상 그는 바젤의 유희자라는 뜻의 루조르(혹은 요쿨라토르) 바질리엔시스라는 이름으로 전해져 내려오고 있다. 그가 남긴 업적은 사실상 그의 개인적 업적이라기보다는 철학을 동경하고 종합정신을 동경했던 당시 사람들의 열망에서 나온 것이라고 볼 수 있다. 사람들은 자신의 분과에만 틀어박혀서 맛보는 행복이 불충분하다고 느끼기 시작한 것이다.

그 바젤 사람의 위대한 업적 이후 유리알 유희는 급속도로 발전을 거듭하여 오늘날의 형태를 갖추게 되었다. 즉 지적인 것과 예술의 정수로, 숭고한 예배로, 분할되어 있던 학문들의 '신비로운 합일'로 완성된 것이다. 하지만 유리알 유희가 그 기법과 소재 면에서 무한한 발전을 이룩했고 유희자들에게 드높은 지적인 능력을 요구했으며 최고의 학문과 예술이 되었지만 저 바젤인의 시대까지는 아직 아주 결정적이고 본질적인 요소가 빠져 있었다. 당시까지만 해도 사상과 미학의 여러 분야에서 추출한 응축된 개념들을 배열하고 정리하거나 체계적으로 분류해서 대립시키는 작업일 뿐이었으며, 초시대적인 가치들과 형태들을 재빨리 회상해내는 일, 정신의 영역들을 꿰뚫고 날아가는 일종의 비행일 뿐이었다. 그 시대로부터 꽤 시간이 흐른 후에야 교육 제도에 대한 지적인 목록들로부터, 특히 동방 순례자들의 관습으로부터 매우 중요한 것이 유리알 유희에 도입되었으니, 그것은 바로 '명상'이라는 개념이었다. 그것은 이 유희가 종교적으로 방향을 잡게 된 것을 의미한다. 이제 유희에는 보다 깊은 영적인 접근이 요구되었다. 그리고 그 덕분에 이 유희에 사용되는 상형문자가 단순히 공허한 기호로 변질되는 것을 막을 수 있었다.

그러나 비록 이 유희가 학자들 사이에서 인기를 끌고 있었지만 아직까지는 순전히 개인적인 수행(遂行)의 형태로 머물러 있었다. 유리알 유희는 혼자나 둘, 혹은 여럿이서도 할 수 있었다. 그러던 것이 유희가 차츰 공적인 의식(儀式)이 되면서 새로운 기능들이 추가되었다. 물론 오늘날에도 개인적으로 이 유희를 할 수 있고 특히 젊은이들은 이 유희를 즐긴다. 하지만 오늘날 사실상 유리알 유희라고 하면 누구나 공적인 의식으로서의 유희를 떠올린다. 이 공적인 유희는 몇 명, 혹은 한 명의 유희 명인의 주도하에 거행되며 초대받은 사람들과 전 세계에서 몰려든 청중들이 긴장한 모습으로 참관하는 가운데 거행된다. 이런 유희 중에는 며칠, 혹은 몇 주일 동안 계속되는 것도 상당수 있다. 유희가 거행되는 동안 유희자도, 청취자도 수면 시간까지 정확하게 짜인 일정표에 따라 금욕적이고 사심을 버린 절대적인 침잠 상태에서 생활한다.

이제 유리알 유희에 대해 더 덧붙일 말은 없는 것 같다. 이 유희 중의 유희는, 비록 시대에 따라 그 유희를 주도하는 학문이나 예술은 변했지만, 일종의 세계 언어로 발전되어 갔다. 그리고 유희자들은 그 유희를 통해 각자 의미심장한 가치들을 표현하고 그것들을 서로 연관 지었다. 그리고 아주 천재적인 예외를 제외하고는 다른 가치들과 조화를 이루지 못하는 유희는 배제되었고 때로는 완전히 금지되기도 했다. 그것은 이 유희의 전성기에 이 유희가 유희자에게 갖는 의미와 깊은 관련이 있다. 유리알 유희는 완성을 지향하는 정제된 상징적 형식을 의미했다. 유리알 유희는 모든 이미지와 다양성 너머에서 그 자체 하나인 정신, 달리 말하면 신에게 다가가는 숭고한 연금술을 의미했다. 옛날의 경건한 사상가들은 피조물들의 삶을 신에게 다가가는 움직임으로 묘사했고, 또한 현상계의 다양성은 오로지 신적인 통일성 안에서만 비로소 완성되고 규명될 수 있는 것으로 보았다. 마찬가지로 보편적 언어의 틀 안에서 구조적으로, 또한 음악적, 철학적으로 조합된 유희의 상징과 공식들은 모든 학문과 예술로부터 자양분을 공급받으면서, 완전한 것, 순수한 존재를 지향했고 그런 것들의 현실적 실현을 추구했다. 따라서 '실현시킨다'라는 말은 유희자들이 즐겨 쓰는 표현이었다. 그들은 이 유희를 '생성'에서 '존재'로, '잠재성'에서 '실재'로 나아가는 도정으로 간주하고 있었다.

옛날에 개인이나 동호인들 사이에서 행해지던 이 유희는 프랑스와 영국에서 제일 먼저 공적인 조직의 모습을 갖게 되었고 다른 나라들도 재빨리 그 뒤를 이었다. 각국마다 '유희 위원회'가 설립되었고 루디 마기스터

(유희 명인)라는 칭호를 갖는 최고 유희 지도자가 정해졌다. 그리고 명인이 친히 이끄는 공적인 유희는 문화 축제의 성격까지 띠게 되었다. 물론 명인은 문화 분야에 종사하는 모든 고위직 공무원처럼 익명이었다. 주변에 아주 가까운 사람을 제외하고는 아무도 명인의 이름을 알 수 없었다.

유희의 상징이나 체계는 이제 더 이상 한 국가에 속하는 것이 아니라 세계적인 보편성을 띠고 있었기에 새로운 상징이나 형식을 받아들이는 문제는 모든 나라가 참여하는 세계 위원회에서만 결정할 수 있었다. 그리고 유희자가 되기 위해서는 영재 학교의 시험을 통과해야만 했으며 어느 한 학문에서, 특히 음악에서 특출한 재능을 갖추고 있어야 했다. 언젠가 유희 위원회의 위원이 되거나 유희 명인이 되는 것이 열다섯 살 된 대부분의 영재 학교 소년들의 꿈이었다. 그들에게 유희 명인은 군주나 대사제였으며 거의 신적인 존재였다.

하지만 개별 유희자에게, 특히 명인에게 유리알 유희는 무엇보다 작곡이며 연주이다. 요제프 크네히트는 언젠가 고전 음악의 본질에 대해 이야기하면서 그 의미를 정확하게 밝혀준 바 있다.

"우리는 고전 음악을 우리 문화의 축도요 정수로 간주한다. 그것이 문화의 가장 명확하고 의미 있는 몸짓이요 표현이기 때문이다. 고전 음악 속에는 고대와 기독교의 유산이, 밝고 용감한 경건함의 정신이, 탁월한 기사도적 도덕성이 담겨 있다. 궁극적으로 모든 중요한 문화적 표현은 도덕성으로부터 유래되는 것이며 그 표현 속에 모범이 되는 인간 행동들이 응축되어 있기 때문이다. 우리가 알다시피 1500년부터 1800년까지 다양한 음악들이 만들어졌다. 그 양식이나 표현 수단들은 현란할 정도로 각양각색이다. 하지만 그 정신, 혹은 그 도덕은 언제 어디서나 동일하다. 고전 음악으로 표현된 인간의 태도는 언제나 동일하다. 그것은 언제나 삶에 대한 같은 종류의 통찰력에 토대를 두고 있으며 맹목적 우연성에 대한 승리를 향한 노력을 함께 담고 있다. 고전 음악은 인간존재의 비극성을 아는 것, 인간의 운명과 용기와 고요함을 긍정하는 것을 의미한다. 그것이 헨델이나 쿠프랭(프랑스 작곡가-옮긴이 주)에서처럼 우아함으로 나타나건, 이탈리아 작곡가들이나 모차르트에게서처럼 섬세한 몸짓으로 승화된 관능으로 나타나건, 혹은 바흐에게서처럼 죽음 앞에서의 각오로 나타나건, 그 모든 작품에는 언제나 도전, 죽음을 무릅쓸 용기, 초인적인 웃음소리, 불멸의 고요함이 울리고 있다. 우리의 유리알 유희에도, 또한 우리의 삶과 행동과 고뇌 전체에도 같은 음이 울리고 있다."

이 말은 크네히트의 말을 그의 제자가 받아 적어 둔 것이다. 우리는 그 말을 유리알 유희에 대한 고찰의 맺음말로 삼기로 한다.

유희 명인 요제프 크네히트의 전기

제1장 소명

요제프 크네히트의 출생에 대해서는 아무것도 알려진 것이 없다. 영재 학교의 다른 많은 학생처럼 어린 시절 일찍 부모를 여의었거나 불우한 가정 환경에 처해 있던 그를 교육청에서 발탁해서 떠맡았을 것이다. 따라서 그는 다른 영재 학교 아이들처럼 영재 학교와 안락한 집 사이의 갈등을 겪지 않아도 되었다. 그런 점에서 그는 아예 카스탈리엔(음악과 시의 원천을 의미하는 말, 이 책에서는 유리알 유희로 대표되는 정신세계 전체를 일컫는 말이며 그런 것이 보존되고 행해지는 곳을 지칭한다-옮긴이 주) 신전을 위해, 수도회를 위해, 교육청을 위해 태어난 것 같은 행운아에 속한다.

우리는 그가 실질적으로 어떤 삶을 살았는지 잘 모른다. 그것은 요한 세바스찬 바흐나 볼프강 아마데우스 모차르트가 실제로 명랑한 삶을 살았는지 모르는 것과 마찬가지이다. 모차르트는 일찍 꽃을 피우고 사라진 사람 특유의 사랑스러운 우아함으로 우리에게 감동을 주며 바흐는 고통받고 죽을 수밖에 없는 인간의 운명을 신의 뜻으로 받아들임으로써 그 순종으로 우리에게 믿음과 위안을 준다. 하지만 우리는 그런 사실들을 그들의 전기나 사생활을 통해서 알고 있다기보다는 오로지 그들의 작품을 통해 읽어낸다. 마찬가지로 우리는 크네히트의 생애를 그가 남긴 말과 기록들과 연관지어 유추해내게 될 것이다. 말하자면 여기서 우리가 크네히트의 생애를 기록하는 일은 곧 그의 생애를 해석하려는 시도와 같다.

그의 생애 마지막 부분에 대해 확인된 정보는 거의 없다. 우리가 역사가였다면 몹시 아쉬워했을 것이다. 하지만 그 부분이 전설이 되었다는 사실 자체가 오히려 우리의 작업에 힘을 실어주었다. 그 전설이 누군가 경건한 마음으로 지어낸 허구이건 아니건 간에 우리는 그 전설을 받아들이고 그 전설에 흐르고 있는 정신에 동의한다. 크네히트의 출생과 혈통에 대해 우리가 아는 것이 아무것도 없듯이 그의 죽음에 대해서도 우리는 전혀 아는 바가 없다. 하지만 그가 우연히 죽음을 맞이했으리라고 추측할 만한 근거는 어디에도 없다. 우리가 아는 한 우리는 그의 생애가 일련의 뚜렷한 단계들을 통해 구축되었다고 본다. 그리고 전설에서 말하고 있는 그의 최후가 그때까지의 모든 단계와 완벽하게 조응하고 있기에 우리는 그 전설을 그대로 믿고 수용한다. 솔직히 우리에게는 그의 생애가 마지막에 전설 속으로 흘러 들어간 것이 유기적이고 옳다고까지 보인다. 그것은 마치 수평선 아래로 사라진 별이 사라지지 않고 존속한다는 사실에 대해 우리가 조금도 의심하지 않는 것과 마찬가지이다. 우리가 살고 있는 이 시대 내에서—여기서 '우리'란 이 책을 쓰고 있는 필자와 독자를 말한다—요제프 크네히트는 최고의 경지에 오르고 최고의 성취를 이룬 인물이다. 그는 유리알 유희의 명인으로서 정신을 지향하고 함양하려는 모든 사람의 지도자가 되었고 전범이 되었다. 그는 전승된 문화유산을 모범적으로 관리하고 증가시켰다. 그는 우리 모두에게 각자 신성시되고 있는 사원의 대사제였다. 하지만 그는 단순히 명인이라는 범주에, 위계질서의 최상위에 이르는 데 그치지 않고 더 나아갔다. 그는 그 차원을 넘어서서 우리가 경외심을 갖고 추측이나 해볼 수 있는 영역으로 옮겨가 성장했던 것이다. 바로 그 때문에 그의 전기 또한 일반적인 수준을 넘어서서 마침내 전설 속으로 들어간 것이 우리에게는 아주 당연하고 그에게 어울리는 일처럼 보이는 것이다.

그의 어린 시절, 말하자면 그가 영재 학교에 입학하기 전까지의 삶에 대해서 우리는 딱 한 가지 사실만 알고 있을 뿐이다. 하지만 그 사실은 대단히 중요한 상징적 의미를 띠고 있다. 그것은 정신의 왕국에서 그를 처음으로 부른 사건, 즉 소명의 목소리가 들린 사건이기 때문이다. 그리고 이 부름이 학문 쪽에서 온 것이 아니라 음악 쪽에서 왔다는 것이 특기할 만하다. 크네히트의 사생활에 대한 부분이 거의 다 그러하듯 이 부분도 그에게 유리알 유희를 배우던 한 학생의 기록 덕분에 남아 있을 수 있었다. 그 학생은 스승 크네히트의 충실한 숭배자로서 그의 위대한 스승의 말씀이나 스승에 관한 이야기들을 상당 부분 기록해 놓았다.

당시 열두 살이나 열세 살이었던 크네히트는 차버 숲 근처에 있는 조그만 도시 베롤핑엔의 라틴어 학교 학생이었다. 이 작은 도시는 아마 그가 태어난 곳이었을 것이다. 이 소년은 이미 오래전부터 이 라틴어 학교의 장학생이었고 교사들, 특히 음악 교사가 앞장서서 이미 그의 영재 학교 입학 추천장을 두세 번에 걸쳐 교육 당국에 제출해 놓은 터였다. 하지만 크네히트 본인은 그런 사실을 전혀 모르고 있었다. 그는 당시 그 음악 교사에게 바이올린과 류트를 배우고 있었다. 그런데 어느 날 그 음악 교사가 그에게 조만간 음악 명인이 음악 수업 시찰을 위해 이곳을 방문할 것이니 연습을 열심히 해서 자신을 실망시키지 말라고 말해주었다.

소년은 그 말을 듣고 매우 흥분할 수밖에 없었다. 당연한 일이지만 소년은 그 음악 명인이 누구인지 잘 알고 있었다. 그는 거의 반신(半神) 대접을 받고 있는 열두 명의 교육 당국자의 한 사람이었으며 음악에 관한 한 국가 전체에 걸쳐 최고의 권위를 지닌 인물이었다. 그런 음악의 대가, 음악의 명인이 직접 베롤핑엔에 온다니! 소년 요제프에게 그 음악 명인보다 더 전설적이고 신비로운 인물은 유리알 유희 명인 단 한 사람뿐이었다.

소년은 그 명인이 이곳에 도착하는 모습을 상상해보았다. 언젠가 새로운 시장이 취임할 때 보았듯이 공식적인 대축제가 열리고 브라스 밴드가 팡파르를 울리는 가운데 깃발이 휘날리는 거리에서 불꽃놀이까지 벌어지리라. 하지만 그보다 소년의 가슴을 더 설레게 하는 일이 있었다. 선생님의 말씀에 의하면 그 명인이 음악 수업을 시찰하기 위해서 오는 것이고 자신을 시험해보게 되어 있었던 것이다! 하지만 아마 그런 일은 없을지도 몰랐다. 분명히 음악 명인은 소년 한 명의 연주를 들어보기보다는 더 중요한 볼일이 있을 터였다. 설사 학생들 연주를 들어본다고 해도 자신보다 훨씬 나이도 많고 실력도 좋은 학생의 연주를 들어보겠지.

이런저런 생각을 하며 소년을 그날이 오기를 기다렸다. 드디어 그날이 왔다. 하지만 시작부터 실망이었다. 거리에 음악도 울리지 않았으며 집집마다 깃발이나 화환이 걸리지도 않았다. 요제프 소년은 평소와 다름없이 책과 노트를 갖고 교실로 들어갔다. 교실에는 아무런 장식도 없었고 여느 때와 똑같았다. 수업이 시작되었다. 선생님은 평상시 복장 그대로였고 위대한 손님에 대해서는 한마디 말도 없었다.

그런데 2교시인가, 3교시 수업 도중에 드디어 일이 벌어지고 말았다. 교실 문에서 노크 소리가 나더니 사환이 들어와 선생님에게 인사를 하더니 15분 내로 크네히트를 음악 선생님에게 보내달라는 전갈을 전한 것이다. 사환은 머리를 잘 빗고 손과 손톱을 깨끗이 하라는 특별 주문까지 전달했다. 크네히트는 놀라서 얼굴이 창백해진 채 비틀거리며 기숙사로 달려갔다. 그는 세수를 하고 머리를 빗은 다음 바이올린 케이스와 연습 노트를 들고 별관에 있는 음악실로 걸어갔다. 목이 메는 듯한 기분이었다.

그는 연습실에 앉아 기다렸다. 몇 분 되지 않는 시간이었지만 마치 영원처럼 느껴졌다. 그때 어떤 남자가 연습실로 들어섰다. 첫눈에 나이가 상당히 들어 보이는 남자였다. 그다지 크지 않은 키에 백발이 성성했으며 아름답고 밝은 얼굴이었다. 엷은 푸른색의 눈은 사람을 꿰뚫어보는 것 같았다. 하지만 동시에 밝은 눈빛이었으며 웃고 있지는 않았지만 조용히 빛을 발하는 평온하고 맑은 시선이었다. 그는 소년과 악수를 한 다음 고개를 끄덕이며 연습용 피아노 앞에 놓인 의자에 앉으며 말했다.

"요제프 크네히트지? 선생님이 꽤나 마음에 들어하시더구나. 너를 좋아하시는 모양이야. 자, 이리 와서 함께 연주를 해볼까?"

크네히트는 이미 바이올린을 케이스에서 꺼내 두었었다. 노인이 A음을 치자 소년은 거기에 맞춰 조율을 했다. 그런 후 그는 묻는 듯한 시선으로 불안하게 음악 명인을 바라보았다

"무슨 곡을 연주하고 싶니?" 명인이 물었다. 소년은 대답하지 못했다. 노인을 향한 경외심에 가슴이 벅차올랐기 때문이었다. 그는 한 번도 이런 인물을 만나본 적이 없었다. 그는 머뭇거리며 연습장을 집어 들더니 명인에게 내밀었다.

"아니," 명인이 말했다. "악보 없이 외우고 있는 곡을 하자. 연습곡 말고 네가 정말로 좋아하는 곡을 해봐."

크네히트가 여전히 아무 말도 못 하고 어쩔 줄 몰라 하자 노인은 재촉하지 않고 한 손가락으로 어떤 멜로디 처음 몇 음을 치더니 아느냐고 묻는 듯 소년을 바라보았다. 소년은 고개를 끄덕이더니 바로 그 멜로디에 맞춰 즐겁게 연주했다. 학교에서 자주 부르던 오래된 노래였다.

"한 번 더." 명인이 말했다.

크네히트는 되풀이해서 같은 곡을 연주했다. 명인이 멜로디에 맞춰 피아노로 함께 연주했다.

명인은 같은 곡을 알토로, 테너로 연주하자고 주문했고 두 사람은 몇 번이고 연주를 반복했다. 말이 필요 없었다. 즐거운 아침 햇살이 비쳐드는 아무 장식 없는 작은 방에 화려한 선율이 계속 울려 퍼졌다.

연주가 끝나자 명인이 크네히트에게 물었다.

"푸가가 뭔지 알고 있니?"

크네히트는 의혹에 찬 표정을 지었다. 푸가에 대해 말은 들어봤지만 수업 시간에 배운 적은 없었다.

"좋아." 명인이 말했다. "그렇다면 내가 보여주지. 둘이 함께 푸가를 만들어보는 게 제일 쉽게 이해하는 방법이야. 푸가에는 우선 주제가 필요한데 멀리 갈 것도 없이 우리가 방금 연주한 노래에서 찾아오지."

명인이 하나의 주제를 가지고 푸가를 변주해서 연주하는 모습을 바라보며 소년의 가슴은 명인에 대한 사랑과 존경으로 울렁거렸다. 그러면서 마치 귀로 그 음악을 마시려는 듯 몰입해 있었다. 마치 생전 처음 음악을 듣는 느낌이었다. 소년은 자기 앞에서 새롭게 창조되고 있는 음악 뒤에서 정신의 세계를 느꼈으며 법칙과 자유가, 봉사와 지배가 즐겁게 하모니를 이루고 있음을 느꼈다. 그는 거의 무아의 상태에서 자신이 바로 그 하모니를 이루고 있는 세상에 봉사하겠다고, 그리고 이 명인에게 봉사하겠다고 맹세했다. 그 짧은 시간에 그는 자기 자신을 보았고 자기 자신의 삶을 보았다. 그리고 전 세계가 음악 정신에 의해 인도되고 질서가 잡히고 해석되는 것을 보았다. 연주가 끝났을 때 소년은 그 숭배자, 마법사, 제왕이 반쯤 눈을 감은 채 내면에서 흘러나오는 빛에 싸여 건반 앞에 약간 고개를 숙이고 앉아 있는 모습을 바라보았다. 크네히트는 이 축복의 순간을 맘껏 향유해야 할지, 아니면 그 순간이 지나가버린 데 대해 울어야 할지 모르는 지경이었다.

노인이 피아노 의자에서 천천히 몸을 일으키더니 맑고 푸른 눈으로 소년을 꿰뚫어보듯이, 하지만 뭐라 말할 수 없이 정답게 소년을 바라보며 말했다.

"두 사람이 친구가 되는 데 음악을 함께 연주하는 것보다 좋은 방법은 없지. 그보다 더 쉬운 방법은 없어. 아주 좋은 일이지. 너와 내가 친구로 남았으면 좋겠다. 너도 푸가를 만드는 법을 배우게 될 거야."

그 말과 함께 노인은 소년에게 손을 내밀어 악수하고 연습실에서 나갔다. 문간에서 그는 한 번 더 뒤를 돌아보고는 머리를 약간 숙여 눈으로 작별 인사를 했다.

오랜 세월이 지난 뒤 크네히트는 제자에게 자신이 학교 건물을 나섰을 때 세상이 너무나 변해 있었다고, 갑자기 거리에 깃발이 나부끼고 화환과 리본이 장식되고 불꽃놀이가 벌어진 것 이상으로 세상이 달라졌다고, 거리가 갑자기 마법에 걸린 것 같았다고 말했다. 그는 소명을 체험한 것이며 그것은 신성한 것과의 접촉이라고 말할 만한 경험이었다. 다시 말해 이전까지는 어린 영혼이 말로만 들어서 알고 있던, 혹은 거친 꿈을 통해서나 알고 있던 이상 세계가 그의 눈앞에 모습을 드러낸 것이며 그 문을 활짝 열어젖혀 그를 초대한 것이다.

사실 음악 명인은 일반적인 시찰을 위하여 그 학교를 방문한 것이 아니었다. 크네히트의 이름은 이미 교사들, 특히 음악 교사의 여러 번의 추천에 의하여 최고 관청의 영재 학교 입학 후보 명단에 올라 있었다. 음악 명인은 공무상 여행을 하는 길에 베롤핑엔에 들러 직접 그 학생을 시험해보기 위해 학교를 찾은 것이었다. 그 시험에서 그가 중시한 것은 크네히트의 라틴어 실력도, 손가락의 숙련도도 아니었다. 그는 그보다는 그 학생이 본성적으로 가장 드높은 의미에서의 음악가가 될 자질이 있는지, 열광적으로 음악에 빠져 복종과 존경과 경배의 마음으로 음악에 종사할 능력이 있는지를 관찰했다.

그런데 여러 가지 점에서 크네히트는 명인의 마음에 들었다. 그는 여행을 마치고 돌아가면서 그 순진하고 겸손한 소년을 자주 떠올리며 흥겨운 마음이 되었으며 여행에서 돌아가자 직접 명부에 소년의 이름을 적어 넣었다. 교육 당국 최고 권위자들이 직접 면담한 후 입학할 자격이 있다고 인정한 학생의 이름을 적어 넣는 명부였다.

음악 명인과의 그 아름다운 체험 뒤에 아주 흥미로운 기간이 이어졌다. 크네히트는 처음 얼마 동안은 자신이 수도회 내의 영재 학생들에 대한 호칭인 '젊은이들의 꽃'으로 선택되었음을 모르고 있었다. 그는 이 소명을 그저 자신의 마음속에서만 일어난 하나의 사건으로 인식하고 있었다. 그렇더라도 그것은 그의 삶에 한 획을 긋는 사건이었다. 바로 그 사건을 경계로 어제와 오늘이, 그리고 미래가 확연히 구분이 되었던 것이다. 하지만 뒤이어 무슨 일이 일어날 것인지, 어떤 결과가 생길 것인지 소년 크네히트가 생각한다는 것은 불가능했다. 그는 자신에게 어떤 외적인 변화가 닥쳐올 것인지는 모르는 채 내적인 변화를 겪은 것이었다. 그러나 바로 그 내적인 변화와 함께 자신과 외부 세계와의 관계가 변한 것을 그는 느꼈다. 마치 조용히 머뭇거리듯 성장하던 어린 식물이 어느 경이로운 순간 자기라는 존재에게 주어진 법칙을 자각하고 스스로 맹렬히 호흡하며 자라나듯, 그 마법사의 손길을 받은 이 소년은 자신이 변화했음을 느꼈고 자신과 세계 사이의 팽팽한 긴장감과 조화를 느끼며 성장하기 시작했다. 그는 이제 음악, 라틴어, 수학에서 그의 나이나 동급생들의 수준에서 훨씬 벗어나는 과제들을 거뜬히 해결할 수 있었고 때로는 무슨 일이든 못해낼 것이 없는 듯 느끼기도 했다. 또 어떤 때는 모든 것을 잊고 새로운 부드럽고 순종적인 꿈에 몰입하기도 했다. 그럴 때면 그는 바람 소리, 빗소리에 귀를 기울였고 한 송이 꽃이나 흐르는 강물을 응시했다. 그는 아무것도 이해하지 못했지만 모든 것을 간파할 수 있었다. 그는 공감과 호기심과 알고자 하는 열망에 사로잡혀 자신의 자아로부터 벗어나 다른 자아에, 세계에, 신비와 신성에, 현상계의 슬프고도 즐거운 유희에 푹 빠졌다.

그렇게 내면의 변화로부터 시작하여 내면과 세계의 만남을 통하여, 또한 그 만남의 확인을 통하여 요제프 크네히트의 소명은 완벽한 순수함을 향해 나아갔다. 그는 소명의 모든 단계를 빠짐없이 통과했으며 그로 인한 기쁨과 슬픔을 모두 맛보았다. 소명을 알아간다는 것은 기쁨이었지만 이제 전에 익숙했던 모든 것, 모든 사람과 결별해야 했기에 그것은 동시에 슬픔이기도 했다. 이전에 익숙하던 사람들과 관습과 생각은 이제 모두 그에게 맞지 않는 옷이 되어버렸다. 그가 최고의 행복과 빛나는 자의식에 젖게 되는 순간, 그 부름의 순간은 바로 그것들과의 작별의 순간이기도 했다. 그리고 그가 그런 단절과 작별이 왜 필요한지 확실히 알기도 전에 모든 것이 그를 떠나버렸다.

어찌 보면 크네히트는 이러한 과정을 아무런 방해도 받지 않고 극도로 순수한 상태에서 겪은 셈이었다. 마침내 당국으로부터 그에게 영재 학교 입학이 허가되었다는 통보를 받았을 때 그는 깜짝 놀랐다. 주변의 사람들과 결별하면서 겪은 쓰라림의 의미가 분명히 드러난 것이다. 이제까지 그가 입고 있던 옷, 더 이상 참을 수 없을 정도로 낡고 꼭 끼는 옷은 벗어버려도 되었다. 새로운 옷이 그를 기다리고 있었던 것이다.

*

영재 학교 입학으로 크네히트의 삶은 다른 차원으로 옮겨졌다. 그의 발전 과정에서 첫 번째 결정적인 발걸음이 시작된 것이다. 영재 학교 입학이 공식적으로 허가된 학생들이라고 해서 모두 소명이라는 내적 체험을 겪는 것은 아니다. 물론 그 학교에 선택받은 학생들은 그것을 행운이라고 생각하고 자랑스러워한다. 하지만 행복한 생활을 누리던 아이들에게는 고향을 떠나 영재 학교로 들어가는 일 자체가 쓰라린 이별이자 체념을 의미한다. 그리고 영재 학교 생활을 하면서 행복했던 과거에 대한 기억에서 떠나지 못하거나, 고향과 멀어지는 것이 결국은 수도회 소속으로서 수도회만을 존중해야 함을 의미한다는 것을 알게 되면서 입학 후 1, 2년 동안에 집으로 돌아가는 학생들이 수두룩하다.

우리에게 '크네히트의 삶'이라고 알려진 것들은 모두 이 카스탈리엔에서, 당시 사람들이 시인 괴테의 표현을 빌려 '교육주(州)'라고 불렀던 이 조용하고 상쾌한 산악 지역에서 전적으로 이루어진 것이다. 따라서 이미 잘 알려진 내용으로 독자들을 지루하게 만들 위험을 무릅쓰고 이 유명한 카스탈리엔 지역과 그곳의 학교 시스템을 간략하게나마 소개해보기로 하자.

영재 학교라 불리는 이곳의 학교들은 아주 슬기롭고 유연하게 체계화되어 있다. 열 명의 교육청 대표와 열 명의 수도회 대표로 구성된 교육위원회가 행정 역할을 담당하면서 각 지방이나 학교에서 가장 재능 있는 학생들을 선별하여 수도회나 교육 기관, 연구 기관의 요직을 맡을 인재로 길러낸다. 영재 학교는 시험을 통해 학생들을 선발하는 것이 아니라 교사들이 자신의 판단에 따라 우수한 학생들을 교육청에 추천한다. 이를테면 열한두 살의 소년이 어느 날 갑자기 다음 학기에는 카스탈리엔의 어느 학교에 들어갈 수도 있으니 준비하라는 말을 교사로부터 듣게 되는 것이다. 물론 영재 학교 입학은 절대로 강제적이 아니다. 본인이 원하지 않거나 부모가 동의하지 않으면 얼마든지 일반 학교로 진학할 수 있다.

이곳 영재 학교들의 교장들과 우수 교사들이 교육청을 구성하고 이 교육청이 국내 모든 교육과 지식 체계를 주도한다. 학생은 일단 영재 학교에 들어온 이상 생계를 위한 직업이나 전공 같은 것은 신경을 쓰지 않아도 된다(물론 한 과목이라도 낙제를 해서 일반 학교로 옮겨가게 되지 않는다는 전제하에서이다). 이곳 영재 학교 교사로부터 교육청 내 고위 공직자들을 비롯해 명인이라 불리는 열두 명의 연구 감독관들과 유리알 유희의 지도자인 '루디 마기스터'도 모두 이곳의 영재 학교 출신들로 충원되기 때문이다.

대체로 영재 학교 교육은 스물두 살과 스물다섯 살 사이에서 끝이 난다. 그때가 돼서야 비로소 영재였던 사람들은 수도회와 교육청의 모든 시설과 연구소를 자유롭게 이용할 수 있게 된다. 그리고 유리알 유희를 위한 온갖 시설도 자유롭게 이용할 수 있게 된다. 이들 중에는 언어나 철학, 수학 등 특별한 분야에서 특출한 재능을 발휘하여 그 재능을 잘 키워줄 수 있는 특수 교과 과정을 이수하는 사람들도 있다. 그들은 대부분 공립학교나 대학의 전문 교사가 되며 설사 카스탈리엔을 떠나게 되더라도 평생 동안 수도회 회원으로 남는다. 그들은 일반인들과 엄격한 거리를 둔 생활을 하게 되며, 수도회에서 탈퇴하지 않는 한 결코 의사나 변호사, 혹은 엔지니어 같은 일반 직종에 종사할 수 없다. 그들은 평생 수도회의 규칙을 준수해야 하며, 그중 대표적인 것이 청빈과 독신 생활이다. 그래서 일반인들은 반은 조롱삼아, 반은 존경을 담아 이들을 만다린(요인要人)이라고 부르기도 한다.

이처럼 이곳에서 영재 학생들이었던 사람들은 대부분 궁극적으로는 교직에 종사하게 된다. 하지만 이곳 카스탈리엔의 학교들에서도 영재 중의 영재로 엄선된 극소수의 인재들은 그들과 다른 길을 간다. 그들은 자신들이 원하는 한 언제까지 이곳에 남아 연구를 계속할 수 있다. 그들은 명상적이고 근면한 지적 생활에 종사하게 되는 것이다. 물론 재능은 뛰어나지만 성격이나 신체적 결함 때문에 교직이나 교육청의 요직을 맡을 수 없는 사람들 중에서도 평생 학문 연구, 자료 수집에 매달리게 되는 경우도 많다. 이들은 당국의 연금을 받으며 순수한 학문적 작업에 몰두한다. 이들이 세상에 아무 소용없는 사치스러운 유희를 하고 있다고 백안시하는 사람들도 있지만, 학문적 발전을 위해 그들이 많은 것을 희생했기에 존경의 대상이 된다. 그들은 안락한 생활이나 멋진 의복, 금전 혹은 직함을 포기한 대신 마치 수도승처럼 학문의 자유를 만끽한다. 그들이 그런 물질적인 것을 원하는 경우 그들은 준엄한 규제를 받을 수밖에 없었으며, 그 욕망을 이길 수 없는 경우 그들은 유년기의 속세로 돌아가서 월급을 받는 가정 교사나 전문 교사, 혹은 신문기자가 된다. 결혼을 하거나 혹은 각자 다른 방법으로 자신의 취향에 맞는 삶을 찾는 것이다.

*

크네히트는 자신을 영재 학교에 추천해준 음악 선생님과 함께 이곳으로 왔다. 그는 에쉬홀츠 학교에 배정받았다. 그는 교장실에서 그 학교 사진을 본 적이 있었다. 에쉬홀츠는 카스텔리안에서 가장 크고 가장 최근에 생긴 학교 군(群)이었다. 건물은 모두 최신식이었으며 근처에 도시는 없었고 숲 가운에 작은 촌락 같은 것이 하나 있을 뿐이었다. 그 촌락 뒤로 커다란 광장을 정사각형으로 에워싸고 학교 건물들이 있었다. 광장에는 두 개의 커다란 수영장이 있었고 이 양지바른 광장 입구에 학교 본관 건물이 있었다. 이곳의 시설 중 유일하게 높은 건물로서 각각 다섯 개의 기둥이 떠받치고 있는 두 개의 동(棟)으로 이루어져 있었다. 나머지 건물들은 모두 나지막하고 평평했으며 장식도 없었고 작은 계단을 통해 광장으로 이어지고 있었다.

그곳에 도착하자 크네히트는 교장이나 교사가 아니라 한 학생의 마중을 받았다. 이 학교의 관습인 것 같았다. 푸른 리넨 옷을 입은 키 큰 미남형으로서 크네히트보다 몇 살이 많아 보였다.

"내 이름은 오스카르야. 네가 묵게 될 헬라스 관에서 나이가 제일 위라서 너를 맞이하고 안내하라는 지시를 받았어. 곧 익숙해질 거야. 익숙해질 때까지 나를 친구 겸 보호자로 생각하면 돼. 우선 우리 기숙사인 헬라스 관부터 가보기로 하자."

크네히트는 열세 살이었고 오스카르는 열다섯 살이었다. 오스카르는 크네히트에게 헬라스 관을 보여준 후 세탁장 관리인에게 데려갔고 크네히트는 그곳에서 푸른 리넨 옷을 한 벌 받았다. 크네히트는 오스카르가 마음에 들었으며, 이미 학교 기숙사 생활에는 익숙해 있었기에 조금도 당황하지 않았다. 그는 아주 쉽게 학교생활에 적응할 수 있었다.

크네히트의 에쉬홀츠 시절, 별 특기할 만한 사건은 전해지는 것이 없다. 다만 그 시절 그의 성적에 대한 기록은 확인할 수 있다. 그는 음악과 라틴어에서는 종종 최고 점수를 받았고 수학과 그리스어에서는 평균을 웃돌았다. 크네히트의 학교 친구로서 훗날 유리알 유희의 최고 문서 담당관 직위에까지 올랐던 한 사람의 말에 따르면 크네히트는 대체적으로 조용하면서도 쾌활한 소년이었다고 한다. 그리고 음악을 연주할 때면 이따금 황홀경에 빠진 듯 행복한 표정을 짓곤 했다는 것이다. 그는 크네히트가 대체로 유달리 남들 눈에 띄는 행동을 하지는 않았지만 두세 번인가 남들의 조소를 받고 우려를 자아낸 행동을 한 적이 있다고 했다. 그것은 바로 함께 공부하던 학생이 퇴학을 당했을 때의 일이었다.

반 친구 한 명이 수업에 빠지고 다음 날이 되어도 나타나지 않자 크네히트는 유난히 걱정하는 표정을 지었다. 이윽고 그가 퇴학을 당했으며 다시는 학교로 돌아오지 않을 것이라는 말을 듣자 크네히트는 슬퍼하는 정도가 아니라 아예 며칠 동안 마치 정신이 나간 사람 같았다. 나중에 몇 해가 지나고 나서 그는 그 일에 대해 스스로에게 이렇게 말했다.

"어떤 학생이 에쉬홀츠에서 퇴출당해 우리 곁을 떠날 때면 나는 마치 누군가가 죽은 것 같은 기분이었다. 누군가 내게 왜 그렇게 슬퍼하느냐고 묻는다면 나는 이렇게 대답했을 것이다. '장난과 게으름 때문에 장래를 망친 그 애가 불쌍해서야. 그리고 내게도 그런 일이 일어날 수 있다는 걱정 때문이기도 했을 거야. 그런 일이 결코 내게는 벌어지지 않으리라는 것을 알게 된 다음 그런 일을 좀 더 유심히 살펴볼 수 있었어. 그 결과 퇴학을 당한 학생들 중 많은 수가 그것을 불행으로 여기는 게 아니라 오히려 기뻐하면서 집으로 돌아갔다는 사실도 알게 되었어. 그러자 나는 그 퇴학이 단순히 판단이나 처벌의 문제로 여겨지지 않았어. 나는 바깥세상이 그곳에 있다는 것, 선택된 우리들이 떠나온 저 바깥세상은 내가 생각하듯 갑자기 존재하기를 그친 게 아니라는 것을 느낀 거지. 그보다는 우리 중 많은 친구에게 그들을 유혹하고 불러들이는 거대하고 매력적인 현실로 남아 있음을 느낀 거지. 그것은 어쩌면 한두 학생에게만이 아니라 우리 모두에게 적용할 수 있는 것이고 저 바깥세상에 이끌렸던 애들이 우리보다 열등하거나 약하다고 볼 수 없을지도 몰라. 겉보기에는 그 애들이 퇴학을 당한 거지만 실은 추락을 했거나 고통을 겪은 것이라기보다는 도약을 한 것이고 능동적인 행동을 한 건지도 몰라. 이곳에 남아 있는 것을 다행으로 아는 우리들이 더 나약하고 비겁한지도 몰라'라고."

뒤에 우리는 그가 그런 생각을 아주 절실하게 다시 하게 되는 경우를 만나게 될 것이다.

크네히트의 에쉬홀츠 시절이 거의 끝나가던 무렵이었다. 그는 같은 학년의 열두 명의 학생과 함께 다음 단계의 학교로 진학할 예정이었다. 졸업 축하 행사에는 음악 연주회도 있었으며 17세기의 웅장한 칸타타가 연주되었다. 크네히트가 무엇보다 기뻤던 것은 음악 명인이 그 연주회에 참가했다는 사실이었다. 그동안에도 음악 명인은 두세 달에 한 번쯤은 에쉬홀츠에 찾아왔으며 그때마다 크네히트와 함께 연습실 피아노 앞에 앉아 한 시간 정도 음악 수업을 해주곤 했었다.

교장의 축하 연설이 끝나고 식당으로 가는 도중 크네히트가 음악 명인 곁으로 가서 물었다.

"교장 선생님께서 일반 학교나 대학교의 학생들은 졸업 후에 자유롭게 전공을 택할 수 있다고 말씀해 주셨습니다. 그런데 그 전공들은 이곳 카스탈리엔에 있는 저희들은 전혀 모르는 것들입니다. 교장 선생님 말씀이 무슨 뜻이지요? 왜 그런 직업들에 '자유'라는 단어가 붙은 거지요? 왜 이곳 카스탈리엔에서는 그런 전공들을 택할 수 없는 거지요?"

음악 명인은 젊은이를 거대한 나무 아래로 데려갔다. 음악 명인은 눈가에 잔주름의 잡힐 정도로 장난스러운 미소를 띠며 말했다.

"자네 이름이 크네히트(하인이라는 뜻-옮긴이 주)지. 그래서 자유라는 단어에 그렇게 끌리는 모양이지? 하지만 이 경우에는 그 단어를 그렇게 진지하게 받아들일 필요가 없네. 밖에서는 자유 직업이라고 말할 때의 자유라는 단어를 아주 진지하게, 심지어 가슴 설레며 받아들일 수 있어. 하지만 우리가 그 말을 사용할 때는 좀 비꼬는 뜻을 담고 있어. 배우는 자가 스스로 직업을 택할 수 있다는 점에서 그런 직업에 자유라는 것이 존재할 수 있겠지. 하지만 그건 외관상의 자유일 뿐이고 실은 그 선택은 학생 스스로 행한 것이라기보다는 가족들의 선택인 경우가 대부분이야. 자식에게 자유로운 선택을 하게 하느니 차라리 혀를 깨물어버리겠다는 아버지가 많거든. 하긴 내가 중상모략을 하고 있는지도 몰라. 그러니 그런 반론은 그만

두세. 자, 그들에게 자유가 있다고 치지. 그러나 그 자유는 직업 선택 단 한 가지에만 국한되는 자유일 뿐이야. 일단 하나의 직업을 택하고 나면 자유는 사라지고 구속만 남게 돼. 대학에서 공부를 할 때도 이미 의사나 법률가, 혹은 기술자가 되기 위한 교과 과정 속에서 옴짝달싹 못 하게 되어있어. 여러 시험을 치르고 그 과정을 끝낸 뒤 자격시험에 통과하면 면허증을 받겠지. 그러면 겉보기에는 자유롭게 자신이 택한 직업의 길을 갈 수 있는 것처럼 보이겠지. 하지만 그런 과정을 겪으면서 그는 저급한 힘의 노예가 되는 거야. 성공, 돈, 명예, 공명심에 매달리고 남의 마음에 드는 일에 좌지우지되는 거지. 하지만 영재 학교 학생이었다가 수도회원이 되는 사람은 정반대야. 그는 그 어떤 직업도 선택하지 않아. 그는 자신의 재능에 대해 자신이 선생보다 더 잘 판단할 수 있다고는 생각하지 않아. 그는 위에서 정해주는 대로 늘 성직 안 어디에선가 마련된 자리와 기능을 받아들여. 누가 보기에도 자유가 없는 것 같지. 하지만 그 누구나 그런 첫 번째 과정을 거치면, 생각할 수 있는 한에서의 최대한의 자유를 누릴 수 있게 돼. 독자적인 연구를 시작하자마자 곧바로 폭넓은 선택의 자유가 주어지는 거야. 그리고 자세만 흐트러지지 않는다면 그 누구도 그들을 방해하지 않아. 교사가 적임인 사람은 교사로, 번역가에 맞는 사람은 번역가로 등용되어 봉사하게 되고 그 봉사 가운데 자유롭게 되는 거야. 저 무시무시한 '예속'을 의미하는 직업의 자유에서 평생 해방되는 거지. 돈이나 명성이나 지위를 위해 싸우는 일은 있을 수 없어. 당파를 몰라도 되고 개인과 직책, 사적인 일과 공적인 일 사이의 갈등을 겪지 않아도 돼. 이봐, 우리가 자유 직업이라고 말할 때의 자유라는 단어를 얼마간 조롱하는 이유를 알겠나?"

크네히트가 에쉬홀츠를 떠난다는 것은 그의 생애에서 한 시대가 마감한 것을 뜻했다. 이제까지 유년 시절의 질서에의 순응과 조화의 삶을 살아왔다면 이제 투쟁과 발전의 시대, 여러 어려움과 직면해야만 하는 시대가 시작된 것이다.

그가 상급 학교 진학을 통보받았을 때 그의 나이는 열일곱 살 정도였다. 그와 함께 몇몇 동료도 같은 통보를 받았으며 그로부터 당분간은 그들 각자 어디로 가게 될 것인지가 초미의 관심사였다. 전통에 따라 그들은 출발 며칠 전에야 갈 곳을 통보받을 수 있었으며 졸업식과 출발 사이에는 며칠간의 휴가가 주어졌다. 그리고 그 휴가 기간에 크네히트에게 멋진 일이 벌어졌다. 음악 명인으로부터 도보 여행으로 자기에게 찾아와 며칠간 손님으로 지내라는 초청을 받은 것이다. 좀처럼 얻기 힘든 영예였다.

어느 날 아침 일찍 그는 그와 마찬가지로 졸업을 앞둔 동료와 함께 그곳을 향해 떠났다(그는 아직 에쉬홀츠 학생 신분이었으며 그 단계의 학생에게는 혼자 여행하는 것이 허락되지 않았다). 그들은 숲과 산을 향해 출발했다. 그들이 3시간 동안 걸어 산꼭대기에 이르자 어느새 조그맣게 멀어진 에쉬홀츠가 한눈에 들어왔다. 두 젊은이는 그곳에 서서 아래를 내려다보았다. 크네히트는 동료와 이야기를 주고받으며 에쉬홀츠를 떠난다는 아쉬움도 느꼈지만 한 단계 도약하고 싶은 열망도 강하게 느꼈다.

두 사람은 이틀 동안의 도보 여행 끝에 음악 명인이 살고 있는 몬테포르트라는 고지대에 도착했다. 명인은 옛날에 수도원이었던 곳에 살면서 음악 지휘자들을 대상으로 강의를 하고 있었다. 크네히트의 친구는 여관으로 안내되었고 크네히트는 명인 집의 작은 방에 머물게 되었다. 그가 짐을 풀고 세면을 막 끝냈을 때 명인이 방으로 들어섰다. 그는 젊은이와 악수를 나눈 뒤 나직이 한숨을 내쉬며 의자에 앉았다. 그는 매우 피곤한 듯 잠시 눈을 감더니 다시 눈을 뜨고 다정한 눈길로 크네히트를 바라보며 말했다.

"미안하네. 나는 좋은 주인은 못 되는 모양이야. 오랫동안 걸어왔으니 피곤하겠지. 실은 나도 좀 피곤하다네. 일이 꽤 많아. 하지만 자네가 잠자리에 들기 전에 한 시간쯤 내 서재에서 이야기를 나누도록 하세. 자네는 이곳에 이틀 머물 것이고 내일 저녁에 자네와 함께 온 친구와 자네를 저녁에 초대하겠네. 하지만 불행히도 내게는 시간이 별로 많지 않아. 어떻게든 주어진 시간을 활용하도록 최선을 다해야 해. 그러니 지금 바로 이야기를 시작해볼까?"

그는 크네히트를 천장이 둥근 큰 방으로 데리고 갔다. 방에는 낡은 피아노 한 대와 의자 두 개 외에 가구라곤 없었다. 두 사람은 의자에 앉았다.

"자네는 이제 다음 단계로 들어가게 되어있지." 명인이 말했다. "거기서 온갖 종류의 새로운 것을 배우게 될 거야. 아주 재미있는 것들도 많다네. 머지않아 유리알 유희도 해보게 될 거야. 하지만 무엇보다 중요한 게 한 가지 있다네. 바로 명상을 배우게 된다는 사실이야. 물론 모든 학생이 다 배우지만 제대로 익히는지 일일이 체크할 수는 없는 노릇이야. 나는 자네가 음악을 제대로 배웠듯이 그것도 제대로 배우기를 바라네. 그것만 제대로 익히면 다른 것들은 저절로 따라오게 되어있어. 내가 자네를 초대한 건 처음 두세 번의 과정을 직접 가르쳐주고 싶어서라네. 오늘과 내일, 그리고 모레까지 매일 한 시간씩 명상을 해보기로 하세. 음악에 대한 명상 말일세."

이윽고 명인은 의자에 앉은 채 몸을 돌리더니 피아노 위에 손을 얹었다.

그는 하나의 주제를 연주하더니 그것을 여러 가지로 변주해서 연주했다. 어떤 이탈리아 대가의 곡인 것 같았다. 명인은 손님에게 음악의 진행을 마치 춤처럼 상상하라고 말했다. 그리고 그것을 일련의 연속되는 균형 잡기 몸짓으로, 평형대 중심에서 내딛는 크고 작은 발걸음으로 상상하면서 그 발걸음이 만들어내는 형상에 집중하라고 말했다. 그는 한 소절을 더 연주하더니 말없이 생각에 잠겼다가 다시 한번 반복해 연주하더니 두 손을 무릎 위에 올려놓고 꼼짝도 하지 않은 채 눈을 반쯤 감았다. 마음속으로 음악을 반복 연주하면서 그에 대한 명상에 들어간 것이다. 학생 역시 마음속에 울리는 음악에 귀를 기울이면서 눈앞에 음표 조각들을 그렸다. 그는 무언가 움직이는 것을, 무언가 스텝을 밟고 춤을 추고 비상하는 것을 그려보았으며 마치 그 움직임을 새가 비상할 때 그리는 곡선으로 인식하고 읽어보려고 애썼다. 순간 그 모든 것이 뒤엉킨 채 사라져버렸고, 그는 다시 시도했다. 이어서 한순간 집중이 풀리더니 그는 텅 빈 공허 속에 남게 되었다. 그는 주위를 둘러보았다. 어스름한 가운데 조용히 그 무언가에 침잠해 있는 명인의 창백한 얼굴이 보였다. 학생은 방금 빠져나온 마음의 공간으로 다시 들어갔다. 음악 소리가 다시 들렸고 그것이 발을 뻗는 모습이 보였으며 동작의 선을 그리는 것이 보였다. 그는 마음의 눈길로 그 보이지 않는 댄서의 춤추는 발을 뒤따랐다.

그가 다시 그 공간에서 빠져나와 자신이 앉아 있는 의자, 창밖의 어슴푸레한 빛을 느꼈을 때는 이미 상당한 시간이 흐른 것 같았다. 누군가 그를 바라보고 있는 것 같은 느낌에 고개를 들자 그를 주의 깊게 바라보고 있는 명인의 눈길과 마주쳤다. 명인은 보일 듯 말 듯 가볍게 머리를 끄덕이더니 음악의 마지막 변주를 약하게 한 손가락으로 친 후 자리에서 일어났다.

"그대로 앉아 있게." 그가 말했다. "다시 돌아오겠네. 다시 한번 음악을 더듬어보게. 그 형상에 유의하면서. 하지만 너무 억지로 할 필요는 없네. 유희일 뿐이니까. 그러다가 잠이 들어도 괜찮아."

명인은 밖으로 나갔다. 할 일이 많았던 것이다. 그가 할 일을 마치고 다시 돌아왔을 때 피로의 기색 없이 조용히 만족스러운 표정으로 앉아 있는 크네히트의 모습이 보였다.

"정말 아름다워요." 크네히트가 꿈꾸듯 말했다. "명상에 잠겨 있는 동안 음악은 완전히 사라져버렸어요. 변한 거예요."

"자네 안에서 그 울림이 계속되게 해." 명인이 말했다. 이어서 그는 크네히트를 식당으로 데려갔고 둘이 함께 식사를 했다.

그날 밤 크네히트는 꿈속에서 친구와 함께 산봉우리에서 발아래 에쉬홀츠가 누워 있는 것을 바라보고 있었다. 그의 꿈속에서 정사각형의 학교 건물들이 타원형으로 변하더니 이어서 원으로 변했고 그런 다음 화환으로 변하더니 빙빙 돌기 시작했다. 이어서 그 화환은 점점 더 빨리 돌더니 마침내 폭발해서 하늘 높이 날아가 별이 되었다.

다음 날 아침 함께 산책을 하면서 명인이 크네히트에게 물었다.

"어느 학교에 제일 가고 싶은가?"

그러자 크네히트가 얼굴을 붉히며 말했다.

"발트첼(숲속의 작은 방)입니다."

명인이 고개를 끄덕였다.

"나도 그렇게 생각하고 있었지." 노인이 정겹게 크네히트를 바라보며 말했다. "유리알 유희자를 낳기에 가장 좋은 곳이지. 하지만 그 길은 위험한 길이기도 해. 그래서 우리들이 사랑하는 길이기도 하고. 쉬운 길은 나약한 자들에게나 걸맞은 길이니까. 이 말을 명심하게. 우리의 사명은 대립을 있는 그대로 인식하는 거야. 그 무엇보다 대립을 먼저 봐야 해. 하지만 그것을 커다란 통일성 속의 양극으로 봐야 해. 유리알 유희의 본질이 바로 그것이라네. 예술가 기질을 가진 사람은 유리알 유희를 좋아하는 경향이 있지. 즉흥적인 것과 환상을 맛볼 수 있으니까. 엄격한 학자나 과학자들은 유리알 유희를 경멸하지. 개개의 전공들이 성취할 수 있는 엄격성이 결여되어 있다고 비난해. 그리고 음악가들 중에도 그런 사람들이 있어. 자네도 머지않아 이율배반, 모순에 대해 알게 될 거야. 하지만 시간이 흐르면 그것이 객관적인 것이 아니라 주관적이라는 것을 알게 될 거야. 어쨌든 인간은 자신이 모순덩어리 하찮은 존재라는 것을 알면서도, 그리고 비록 자신의 모든 행로가 하나의 시도이며 과정에 지나지 않는다는 것을 알면서도 완성을 지향해야 하고 중심을 향해야 해. 명심하게. 엄격한 논리학자나 문법학자이면서 동시에 상상력과 음악에 충만한 인간일 수 있어. 반대로 음악가나 유리알 유희 유희자이면서 동시에 규칙과 질서에 더 마음이 쏠리는 사람도 있을 수 있어. 우리가 목표로 하는 것은, 언제라도 자신의 학문이나 예술을 다른 것으로 바꿀 수 있는 사람을 양성하는 것, 그런 사람이 되는 것이야. 그런 사람은 유리알 유희를 가장 투명한 논리와 융합할 수 있고, 문법을 창조적 상상력과 융합할 수 있는 사람이지. 우리는 스스로 그런 사람이 되려고 노력하고 있는 거라네. 우리는 그 언제 어느 자리에 놓이더라도 아무런 저항이나 당혹감 없이 그 상황을 받아들일 수 있는 사람이 되어야 해."

"알 것 같습니다." 크네히트가 말했다. "그런데 호오(好惡)가 분명한 사람들은 열정적인 기질을 가진 사람이고 그렇지 않은 사람들은 보다 평온하고 부드러운 성격을 가진 것이 아닐까요?"

"그런 것 같아 보이지만 실은 그렇지 않다네." 명인이 웃으며 말했다. "모든 것을 할 수 있고 모든 것에 공정하려면 분명 보다 큰 정신력이나 활기, 열정이 필요하지. 하지만 자네가 말한 열정은 정신력이 아니야. 그것은 영혼과 외부 세계가 빚고 있는 마찰일 뿐이야. 그런 열정의 지배를 받는다는 것은 원대한 욕망과 야망이 존재한다는 것을 뜻하지 않아. 오히려 그런 특질들이 방향을 잘못 잡아 이리저리 흩어진 그릇된 목표를 향하게 만들 것이며 그 결과 긴장되고 숨 막히는 환경에 처하게 될 뿐이야. 반대로 최대한 욕망의 에너지를 중심, 참된 존재, 완성을 향해 모으는 사람은 정열적이라기보다는 평온해 보일 수 있어. 그들의 열정의 불꽃이 눈에 보이지 않기 때문이지. 예를 들어 그런 사람은 논쟁할 때도 고함을 지르거나 팔을 휘두르지 않아. 하지만 내 장담하지만 그의 내면에서는 뜨거운 불길이 타오르고 있지."

"오, 정말로 이해에 이를 수만 있다면!" 크네히트가 외쳤다. "믿을 수 있는 가르침을 얻을 수 있다면! 모든 것이 모순되고, 모든 것이 비껴가고, 그 어디에도 확실한 것이 없다니! 모든 것이 이렇게도 저렇게도 해석될 수 있다니! 세계사 전체를 발전과 진보로 설명할 수도 있지만 동시에 다만 몰락과 무의미일 뿐으로 볼 수도 있다니! 진실은 과연 없는 것일까요? 진정으로 유효한 가르침은 없는 것일까요?"

명인은 크네히트가 그렇게 격정적으로 말하는 것을 한 번도 본 적이 없었다. 그는 잠시 말없이 걸음을 옮긴 다음에 말했다.

"이보게, 분명히 진리는 있어. 하지만 자네가 갈망하는 그런 가르침, 자네에게 지혜를 갖다주는 절대적이고 완전한 가르침은 존재하지 않아. 이

보게, 그런 완전한 가르침을 찾으려 하면 안 된다네. 그보다는 자네 자신의 완성을 간절히 원해야 해. 신성은 관념이나 책 속에 존재하는 것이 아니라 바로 자네 안에 있다네. 진리는 체험되는 것이지 가르치는 것이 아니야. 요제프 크네히트, 싸울 각오를 해야 해. 자네에게 이미 그 싸움이 시작되었으니까."

그 짧은 체류 동안 크네히트는 음악 명인과의 대화에서도 많은 것을 깨우치고 배울 수 있었지만, 그가 명상에의 길로 깊이 빠질 수 있었던 것은 명인이 스스로 모범을 보여준 덕분이었다. 크네히트는 명인의 지혜로운 말 덕분에 배운 것도 많았지만 그의 피곤해 보이는 모습, 내면에 침잠해 있는 반쯤 감은 눈, 그 맑고 다정한 눈길 덕분에 근원으로 나아가는 길, 불안에서 평온으로 나아가는 길을 구체적으로 간접 체험할 수 있었다.

우리는 그때 크네히트가 음악 명인으로부터 유리알 유희에 대해서도 입문적인 암시와 지도를 받았다는 사실을 알고 있지만 그에 대해 구체적으로 전해져 오는 것은 없다. 덧붙여 우리는 명인이 크네히트를 초대한 것이 개인적으로 그를 좋아해서가 아니라는 점을 지적해야 할 것이다. 명인이 하는 일은 언제나 개인적인 의미 이상이었다. 그것은 크네히트에게는 소명의 2단계 같은 것이었으며 이 젊은이가 수도회 전체의 주목과 기대를 받고 있다는 표시였다.

두 친구는 이틀간의 체류를 마치고 돌아왔다. 작별할 때 두 사람은 명인으로부터 각자 선물을 받았다. 크네히트는 바흐의 성가 전주곡 두 곡이 실린 악보를, 친구는 아름다운 포켓판 호라티우스를 받았다. 돌아오는 길의 그들은 갈 때보다 훨씬 명랑했다. 그곳에서 며칠 지내는 동안 그들은 변화한 것이다. 그들은 이제 에쉬홀츠를 떠나야 한다는 아쉬움에서 벗어나 다가올 미래, 다가올 변화를 더욱더 기대하고 열망하게 된 것이다.

에쉬홀츠로 돌아온 그들은 그들이 어디로 가야 할지 바로 다음 날 알게 되었다. 크네히트는 발트첼로 가게 되었다.

제2장 발트첼

'숲속의 작은 방(발트첼)은 뛰어난 유리알 유희자를 낳는다'라는 속담은 이 유명한 학교를 두고 한 말이었다. 이곳은 제2단계와 제3단계의 카스탈리엔 학교들 중에 예술에 가장 중점을 두고 있는 학교였다. 말하자면 다른 학교들에서는 고전 언어학, 스콜라 학파의 논리학, 수학 등 어느 특정한 학문이 주도하고 있는 데 반해 이곳 발트첼에서는 전통적으로 학문과 예술 사이의 연계, 그것들 간의 보편성을 지향해 왔으며 그런 성향을 상징적으로 보여주는 것이 바로 유리알 유희였다. 그렇지만 다른 학교들에서와 마찬가지로 이곳에서도 유리알 유희를 필수 과목으로 가르치고 있지는 않았다. 그러나 발트첼의 학생들은 거의 모두 사적으로 유리알 유희 공부에 몰두해 있었다. 게다가 이 발트첼이라는 작은 도시는 공식적인 유리알 유희 행사가 행해지는 곳이었으며 유희와 연관된 기관이 있는 곳이었다. 이곳에는 공적 유희를 거행하기 위한 유희관이 있었고 거대한 유희 기록소가 있었고 또 유희 명인의 거처도 있었다. 이 시설들은 독립적으로 운영되고 있어 학교와는 아무 관련이 없었지만 이 시설의 정신적 분위기와 신성한 기운이 이 도시와 학교를 지배하고 있었다. 이 도시는 발트첼 학교뿐 아니라 유희의 본산이 이곳에 있음을 매우 자랑스러워하고 있었다.

발트첼 학교는 카스탈리엔 학교 중에서도 가장 규모가 작아서 학생 수가 60명을 넘기는 경우가 거의 없었다. 바로 그 때문에 이 학교는 영재들 중에서도 가장 뛰어난 영재들의 학교라는 인상을 주었고 실제로도 그러했다. 지난 수십 년에 걸쳐 발트첼은 많은 유리알 유희자를 배출했고 유희 명인들은 모두 이 학교 출신이었다.

동기생 몇 명과 함께 크네히트는 도보로 이곳 발트첼에 도착했다. 그는 학교 남문으로 들어서며 짙은 갈색의 이 도시와 전에 시토 수도회 수도원 건물이었던 학교에 완전히 매료되었다.

입학 후 얼마 동안 비록 몇 과목 새로운 수업이 있었지만 명상 수련 외에는 전에 다니던 학교에서 받았던 교과목의 연속이라고 보아도 무방했다. 하지만 명상 수련도 그는 음악 명인을 통해 이미 맛본 적이 있는 것이었다. 그는 명상 수업을 즐겁게 받았지만 초기에는 그저 기분 전환용 유희 정도로 알았으며 나중에 가서야—우리는 그에 대해 후에 언급할 것이다—그 진정한 가치를 몸으로 체험할 수 있었다. 발트첼의 교장은 예순 살쯤 된 오토 츠빈덴이라는 사람이었는데 좀 유별난 괴짜여서 학생들이 약간 겁을 내고 있었다. 우리가 살펴볼 수 있는 크네히트의 학창 시절에 대한 기록은 대부분 이 사람의 아름답고 정열적인 필치로 작성된 것이다.

학교를 다니는 동안 크네히트는 특히 두 명의 동급생과 활발히 사귀면서 의견을 주고받았고 이에 대해서는 많은 자료가 남아 있다. 그중 처음 몇 달 만에 가장 가까워진 친구는 카를로 페로몬테(그는 나중에 음악 명인으로서 교육청의 2인자 자리에까지 올랐다)로서 크네히트와 동갑이었으며 크네히트는 음악에 대한 대화를 통해 그와 친해졌다.

크네히트는 이 학교에 다니면서 음악 분야에서 큰 발전을 이룩했으며 한동안 그는 오로지 음악가가 되겠다는 마음 외에는 다른 생각은 없었던 것 같다. 그는 음악 때문에 유리알 유희 입문을 비롯해 다른 과목을 소홀히 했기에 첫 학기를 마칠 무렵 교장에게 질책을 들었다. 하지만 그는 교장에게 항거하며 이렇게 말했다.

"제가 필수 과목에서 낙제를 했다면 저를 꾸짖으셔도 좋습니다. 제게는 자유 시간을 제 마음대로 쓸 권리가 있습니다. 그 시간의 대부분을, 아니 몽땅 다 음악에 쏟는다 해도 그것은 제 권리입니다. 학칙에 그렇게 나와 있습니다."

교장은 현명한 사람이어서 더 이상 고집을 부리지 않았다. 하지만 이후 상당히 오랫동안 크네히트를 쌀쌀맞게 대했다고 전해진다. 크네히트의 그런 식의 좀 유별난 학창 시절은 1년이나 1년 반 정도 계속되었다. 당시 그는 상당히 많은 책을 읽었는데 특히 라이프니츠, 칸트, 독일 낭만주의 등의 책을 읽었고 그중에서 헤겔의 책이 그를 가장 강하게 사로잡았다.

이제 우리는 크네히트의 발트첼 시절 아주 중요한 역할을 했던 플리니오 데시뇨리라는 친구에 대해 이야기할 때가 되었다. 그는 청강생이었다. 말하자면 일종의 손님 자격으로 학교에 다닐 뿐 영원히 교육 분야에 머물면서 수도회에 들어갈 의향은 없는 학생이었다는 뜻이다. 매우 드문 경우이긴 해도 이 학교에는 소수의 청강생이 있었다. 카스탈리엔 설립에 지대한 공을 세운 가문의 자제들 가운데 한 명은, 재능이 있기만 하면 이 학교에 다닐 수 있는 관습이 있었고 그 관습은 오늘날까지 이어지고 있다. 그들은 다른 학생들과 똑같은 교육을 받았지만 다른 학생들이 이곳에서 생활하면서 점점 더 고향과 가족으로부터 멀어지는 것과는 달리 방학 때마다 집으로 돌아가서 지냈으며 고향의 습관이나 사고방식을 그대로 지니고 있었기에 이곳에서는 손님이요, 이방인일 수밖에 없었다. 이 나라 역사상 유명한 정치인 중 많은 사람이 젊은 시절 이곳의 청강생이었고 세상 여론이 영재 학교나 수도회에 대해 비판적이 될 때면 그들은 그 둘을 강력하게 옹호했다.

크네히트보다 한두 살 위인 데시뇨리는 재능이 뛰어난 젊은이였다. 특히 연설과 토론에서 탁월한 능력을 발휘했으며 열정적인 데다 고집도 대단했다. 그는 청강생답게 가능한 한 눈에 띄지 않게 처신한 것이 아니라 카스탈리엔과는 맞지 않는 세속적인 의견을 마구 토로하고 다녔기에 츠빈덴 교장에게는 적지 않은 골칫거리를 안겨주었다.

크네히트와 데시뇨리 사이에 특별한 관계가 생긴 것은 필연적인 일이었다. 둘 다 재능이 뛰어났고 둘 다 소명을 받은 자들이었다. 바로 그 점 때문에 둘은 매사에 대립되었음에도 불구하고 형제 같은 사이가 되었다. 둘 사이의 우정과 대립은 마치 두 주제의 음악, 또는 두 정신 사이의 변증법적 유희와 같았다. 이제부터 그에 대해 비교적 상세히 살펴보기로 하자.

둘 사이의 우정의 물꼬를 먼저 튼 것은 물론 데시뇨리였다. 그에게 발트첼은 그냥 지나가는 과정의 학교일 뿐이었다. 그를 기다리는 것은 수도회가 아니라 입신출세였으며 결혼과 정치였다. 즉 모든 카스탈리엔 학생이 은밀히 더 알고 싶어 하는 '현실적 삶'이었다. 데시뇨리는 자신이 속세에 속하는 사람이라는 것을 감추지 않았으며 부끄러워하기는커녕 오히려 자랑스러워했다. 그는 기회가 있을 때마다 속세의 관점과 규범을 카스탈리엔의 그것들과 대비시키며 전자가 더 좋고 올바르며 더 자연스럽고 인간적이라고 주장했다.

다시 말하지만 그는 달변가였고 매혹적인 연설을 할 줄 알았기 때문에 언제든 몇 사람이 그의 둘레에 모여 있었으며 항상 그가 중심이었다. 크네히트도 그들과 함께 데시뇨리 주위에 모여 놀라기도 하고 웃음을 터뜨리기도 하는 청중의 한 사람이었다. 그는 그의 연설을 들을 때마다 반감을 느끼며 가슴 저리는 불안에 시달렸지만 이상하게 마음이 끌리는 것을 어쩔 수 없었다. 그는 격한 충동과 양심의 가책이 뒤섞인 감정을 느끼며 불안한 가운데 그의 연설을 들었다.

때가 올 수밖에 없었으며 드디어 때가 왔다. 데시뇨리가 청중 가운데서 자신의 연설을 그저 자극적인 흥밋거리 이상으로 여기고 있는 사람을 발견한 것이다. 그는 그 친구를 완전히 사로잡겠다는 생각에 그날 저녁 자기 방으로 초대했다. 하지만 이 수줍고 까다로운 친구는 자기 뜻대로 움직이지 않았다. 플리니오 데시뇨리는 크네히트가 자신을 피하고 말 한마디 하지 않는 것에 놀랐다. 크네히트는 물론 초대를 거절했다. 크네히트의 태도에 자극을 받은 데시뇨리는 이 말 없는 친구의 환심을 사려고 애썼다. 처음에는 장난삼아 시작한 일이었지만 나중에는 더없이 진지해졌다. 그는 장차 그의 친구나 적수가 될지도 모를 진정한 맞수의 모습을 크네히트에게서 발견한 것이다.

크네히트가 데시뇨리 주변을 기웃거리면서도 데시뇨리가 가까이 오려고 하면 뒤로 물러서는 데는 이유가 있었다. 크네히트는 이미 오래전부터 이 친구가 자신에게 무언가 중요한 의미가 될 수 있음을 직감하고 있었다. 어쩌면 그의 지평을 넓혀주거나 통찰력을 갖게 해줄 수도 있는, 또한 자신을 계몽시켜줄 수도 있는 좋은 친구일 수도 있었고 어쩌면 유혹이나 위험일 수도 있었다. 그는 그 어떤 것이건 자신이 넘어서야만 하는 시험이라고 느꼈다. 그리고 그 시험 앞에서 그는 흔들리고 있었기에 데시뇨리로부터 멀어지지도 못했고 선뜻 그가 내미는 손을 잡지도 못하고 있었다.

그는 자신의 고민을 친구인 페로몬테에게 털어놓았다. 하지만 그는 데시뇨리처럼 건방지게 잘난 척하는 놈의 말은 듣지 않는 게 상책이라고 딱 잘라 말한 후 다시 음악 연습에 몰두해버렸다. 그는 교장과 상의할 수도 없었다. 지난번 일 이후 교장과는 마음을 터놓는 사이가 아니었으며 더욱이 데시뇨리를 고자질하는 것으로 비칠 수도 있었다. 데시뇨리가 친구로서의 우정을 나누자며 접근하면 접근할수록 곤혹스러워하며 지내던 그는 마침내 그의 보호자이며 수호천사이기도 한 음악 명인에게 편지를 보내 도움을 청했다. 우리가 아직 보관하고 있는 그 편지의 내용은 다음과 같다.

> 플리니오가 저를 설득해서 자신의 방식으로 사고하게 만들려는 것인지 아니면 단순히 말 상대나 삼으려는 것인지 아직은 분명하지 않습니다. 저는 후자이기를 바라고 있습니다만, 당혹스러운 것은 플리니오의 사고방식에 제가 간단하게 아니라고 답하며 등을 돌리기 어려운 그 무엇인가가 들어 있기 때문입니다. 제 마음속 그 어떤 목소리는 가끔 그의 말이 옳다고 인정하는 쪽으로 기울어지곤 합니다. 그것은 아마도 자연의 목소리인 것 같은데 제가 받은 교육과 저희들에게 익숙한 관습과는 정면으로 배치됩니다. 플리니오가 우리 선생님들과 명인들을 '사제계급'이라 부르고 우리들을 길들여진 가축 무리라고 부를 때 거칠고 과장된 표현이긴 하지만 그가 한 말에는 일말의 진실이 들어 있는 것 같습니다. 만일 그렇지 않다면 제가 그토록 불안하지는 않겠지요. 또한 플리니오는 너무나 놀라운 말로 우리의 기를 꺾어놓기도 합니다. 예를 들

어 그는 유리알 유희가 잡문 시대로의 퇴보를 뜻한다고 말합니다. 여러 학문과 예술의 다양한 언어를 해체해서 알파벳으로 만든 다음 그 문자들을 갖고 노는 무책임한 유희에 불과하다는 것이지요. 그는 그 유희가 연상(聯想)과 유추(類推)를 갖고 노는 놀이일 뿐이라고 말합니다. 또한 그는 우리 시대가 창작 불모 시대가 된 것이 우리의 문화 전체와 지적 태도가 무가치함을 증명해주고 있다고 말합니다. 예를 들어 우리는 음악의 모든 양식, 법칙과 기교를 분석은 하지만 스스로 새로운 음악을 만들어내지는 못하고 있다고, 괴테를 읽고 분석을 하면서 스스로 시를 짓는 일은 부끄러워하고 있다고 말합니다. 그의 그런 비난들을 저는 가볍게 넘길 수가 없습니다.

하지만 그런 말들에 제가 가장 심한 상처를 입은 것은 아닙니다. 제 마음이 가장 흔들릴 때는 그가 다음과 같은 말을 할 때입니다. 그는 우리 카스탈리엔 사람들이 인위적으로 사육되는 새와 같은 삶을 살고 있다고 말합니다. 스스로 먹을 빵을 벌어들이지도 않으며 삶의 고난과 투쟁도 모르고, 그들의 노동과 가난으로 우리의 사치스러운 삶을 가능하게 해주는 사람들에 대해서는 아무것도 모르고 알려고 하지 않는다고요.

편지는 다음과 같이 끝을 맺고 있다.

진심으로 존경하는 스승님, 아마 저는 스승님의 호의와 친절을 남용하고 있는지도 모르겠습니다. 저를 나무라시고 벌을 내려주십시오. 달게 받겠습니다. 하지만 조언은 꼭 해주십시오. 정말 번거롭게 해드려서 죄송합니다.

이러한 도움 요청에 대해 음악 명인이 서신으로 답변을 했다면 우리에게는 더없이 귀중한 자료가 되었을 것이다. 하지만 명인은 구두로 답변을 해주었다. 크네히트가 편지를 보낸 지 얼마 되지 않아 음악 명인이 음악 시험을 지도하기 위해 몸소 발트첼을 찾은 것이다. 그는 우선 크네히트의 학업 성적과 선택 과목들을 면밀히 살펴본 후 그의 공부가 너무 한쪽으로 치우친 것을 알았다. 그는 이 문제에 관한 한 교장의 태도가 옳았음을 인정하고 크네히트에게 교장 앞에서 이 점을 시인하라고 권했다. 이어서 그는 데시뇨리와 크네히트의 관계에 대해서 최선의 방책을 마련한 후 그 문제를 교장과도 상의한 후에 그곳을 떠났다. 그 결과 데시뇨리와 크네히트 사이에는 그 일을 함께 겪은 사람들이 절대로 잊을 수 없는 대결이 벌어졌다. 또한 크네히트와 교장과의 관계도 완전히 새롭게 되었다는 사실도 밝혀야겠다. 물론 크네히트와 음악 명인과의 관계처럼 다정하고 신비스러운 관계는 아니었지만 보다 투명하고 우호적인 관계인 것은 분명했다.

둘 사이 대결이 벌어지는 동안 있었던 일들이 한동안의 크네히트의 삶의 모습을 형성하는 데 결정적인 역할을 했다. 크네히트는 데시뇨리의 우정을 수락해도 좋다는 허락을 받았으며 교사들의 간섭이나 감독 없이 데시뇨리가 그에게 가하는 영향과 공격을 받아들여도 좋다는 허락을 받았다. 하지만 그가 스승으로부터 받은 주요 과제는 무엇보다도 데시뇨리의 비판에 맞서 카스탈리엔을 옹호하라는 것, 둘 사이의 의견 대립을 최상의 수준으로 드높이라는 것이었다. 그것은 카스탈리엔과 수도회를 지배하고 있는 원칙을 깊이 연구하고 그것을 자주 마음에 되새기라는 요구이기도 했다.

이제 친구가 된 두 적수 사이의 논쟁은 학교 내에서 곧 유명해졌으며 학생은 물론 교사들도 그들의 논쟁을 듣기 위해 몰려들었다. 논쟁을 하면서 데시뇨리의 호전적이고 풍자적인 말투는 더욱 세련되어졌고 그의 표현은 더욱 엄격하고 책임감이 있게 되었으며 비판은 더욱 객관적이 되었다. 논쟁에서 그는 여러 가지로 유리했다. 이 토론 방식 자체가 '속세'에 몸을 담고 있는 그에게 유리했을 뿐 아니라 집에서 어른들이 나누던 대회를 자주 들었던 덕분에 '속세'의 사람들이 카스탈리엔에 대해 어떤 반론을 제기하고 있는지 그는 모두 알고 있었다. 하지만 그가 크네히트의 반론 덕분에 어쩔 수 없이 깨닫게 된 중요한 사실이 있었다. 자신이 그 어떤 카스탈리엔 사람보다 '세상'에 대해 잘 알고 있는 것은 사실이었지만 이곳 카스탈리엔과 이곳의 정신에 대해서는, 또한 이곳을 고향이자 운명으로 알고 있는 이곳 사람들에 대해서는 자신이 아무것도 모른다는 사실이었다. 자신은 이곳이 고향이 아닌 이방인에 불과하다는 것을, 수백 년의 경험을 통해 이곳에 뿌리를 내리고 있는 이곳 나름의 원칙과 진리에 대해서 밖에서 이런 저런 판단을 할 권리는 없다는 것을 자각하고 인정할 수밖에 없게 되었다. 그는 이곳에도 '자연'이 있음을 크네히트와의 논쟁을 통해 알게 된 것이다.

두 사람의 논쟁을 통해 둘 사이에 좋은 관계가 형성되었으며 두 사람의 논쟁은 이곳 발트첼 학교에서 더없이 중요한 요소가 되었다. 하지만 크네히트의 번민과 갈등은 조금도 줄어들지 않았다. 그는 자신에게 부과된 드높은 신뢰와 책임감으로 주어진 임무를 훌륭히 수행했으며 그가 별다른 상처 없이 그 일을 수행해냈다는 사실은 그의 타고난 역량과 건실함을 증명해주었다. 하지만 그는 내면적으로 몹시 괴로워하고 있었다. 플리니오 데시뇨리에 대해 그가 느낀 우정과 매력은 사실은 단순히 한 개인을 향한 우정과 매력이 아니었다. 그것은 그의 적수가 대변하고 있는 저 외부 세계를 향한 것이기도 했다. 그곳은 이른바 현실 세계였고 사랑스런 어머니와 자식들이 있는 세계였으며 굶주린 사람들이 있는 세계였고 신문과 선거 캠페인이 있는 세계였다.

크네히트는 그 세계에 대해 매력을 느꼈지만 그 세계가 이곳보다 더 낫거나 더 옳다고 생각한 것은 아니었다. 하지만 그 세계는 거기에 엄연히 존재하고 있었다. 게다가 역사상으로도 영재 학교나 교육주, 수도회나 명인이 없는 나라, 유리알 유희에 대해 아는 바 없는 나라가 더 많았으며 인류 대다수가 카스탈리엔의 생활과는 전혀 다른 방식으로 살아가고 있었다. 그가 괴로워한 것은 그 두 세계가 서로 아무 상관이 없는 듯 대립하고 있다는 사실이었다. 왜 이 두 세계는 조화를 이루고 형제처럼 서로 돕고 교류하며 살지 못하는 것처럼 보이는 것일까? 왜 한 개인은 자신 안에 그 둘을 품고 통합할 수 없는 것일까?

요제프 크네히트가 그런 번민에 빠져 녹초가 되어 있을 때 마침 음악 명인이 이곳을 방문했다. 한눈에 크네히트의 불안을 알아챈 명인은 크네히트를 연습실로 데려가 소나타를 연주해준 다음 소나타에 대해 특강을 해주었다. 자신의 말을 경청할 수 있는 마음의 준비를 시킨 것이었다. 그는 가브리엘리의 소나타 한 곡을 연주한 다음 작은 방 안을 천천히 거닐며 이야기를 시작했다.

"오래전에 나는 이 소나타에 푹 빠진 일이 있었다네. 아직 교사로서의 부름을 받기 전에 자유롭게 연구에 몰두하던 때의 일이지. 그 당시 나는 소나타의 역사를 완전히 새롭게 써보겠다는 열망에 불타고 있었어. 그런데 어느 순간 한 발자국도 앞으로 나아갈 수가 없게 되었다네. 도대체 이 음악사 연구가 가치가 있는지, 한가한 사람의 공허한 유희는 아닌지, 진정한 삶을 팽개친 채 겉만 번지르르한 예술적 대용물에 만족하고 있는 것이나 아닌지 회의가 들었던 거라네. 간단히 말해 모든 연구, 모든 지적인 노력, 우리가 정신생활이라 일컫는 모든 것이 의심스럽고 무가치해 보이는 위기의 순간을 겪은 거야. 그러자 밭을 가는 농부, 저녁때 나란히 거니는 연인들, 나무 위에서 지저귀는 새들, 여름날 풀숲에서 울어대는 매미까지 부러웠다네. 그들이 너무 자연스럽고 충족된 삶, 행복한 삶을 살아가는 것 같았고 우리는 그들의 고통, 삶의 쓰라림, 그들의 번뇌에 대해 아무것도 모르는 것 같았어. 요컨대 나는 마음의 균형을 잃었던 거라네. 아마, 마치 소설에서처럼 징병관이 내 앞에 나타나 군대에 가지 않겠느냐고 유혹했다면 그대로 따라나섰을 걸세. 나는 완전히 길을 잃고 있었기에 그 누군가의 도움이 절실히 필요한 상태였지."

음악 명인은 잠시 말을 멈추더니 빙긋이 가벼운 미소를 지었다. 이윽고 그가 다시 말을 이었다.

"물론 내게는 공식적인 연구 조언자가 있었어. 하지만 이미 일탈의 길로 들어선 나였으니 그의 조언에 귀를 기울이고 싶은 마음은 있을 리가 만무했지. 친구에게도 속을 털어놓고 싶지 않았다네. 그런데 이웃에 유별난 사람이 한 명 살고 있었다네. 먼발치로 보고 소문만 들었을 뿐 만나본 적은 없는 사람이었지. '요가 수행자'라는 별명을 가진 산스크리트어 학자였어. 내 상태가 견딜 수 없을 정도로 악화되었을 무렵 나는 무작정 그 사람을 찾아갔다네. 그의 고독한 생활이 우습기도 했지만 뭔가 특이하다는 느낌을 주었기 때문이지. 내가 찾아갔을 때 그는 명상 중이었어. 나는 한 시간인지 두 시간인지를 벽에 기대어 기다렸네. 마침내 그가 서서히 깨어나더니 어깨를 펴고 포갠 다리를 천천히 풀고는 나를 보고 묻더군.

'무슨 일인가?'

나는 일어서며 아무 생각 없이, 또 내가 무슨 말을 하고 있는지도 모르는 채 대답했다네.

'안드레아 가브리엘리의 소나타입니다.'

그는 하나뿐인 의자에 나를 앉히더니 자기는 탁자 끝에 걸터앉으며 말했네.

'가브리엘리라니? 그 소나타들이 자네에게 어떻게 했단 말인가?'

나는 그에게 내가 지금 어떤 상태에 있는지 고백했네. 그는 나에 대해 낱낱이, 심지어 내가 몇 시에 일어나는지, 책은 몇 시간을 읽는지, 연주는 얼마나 하며 언제 식사를 하고 잠자리에 드는지 모두 캐물었고 나는 숨김없이 이야기해주었네. 이어서 최근의 내 정신 상태에 대해서도 캐물었고 지난 몇 주, 몇 달 동안의 내 정신생활을 스스로 분석하게 만들었다네. 그런 다음 그 요가 수행자는 갑자기 침묵에 빠져들었네. 내가 당황해서 어쩔 줄 모르고 있자 그가 어깨를 으쓱하더니 말했다네.

'아직도 자네 잘못이 뭔지 모르겠나?'

내가 알 도리가 없었지. 그러자 그가 자신의 질문을 통해 나에 대해 알게 된 것들을 정말 놀랍도록 정확하게 되짚었다네. 그는 내가 최초로 피로감과 불쾌감, 지적인 침체를 느꼈을 때까지 거슬러 올라가더니 자신의 연구에만 무분별하게 몰두해 있던 사람에게만 일어나는 징후라고 말했네. 그리고 그 시기는 스스로에 대한 제어 능력을 갖추고 외부의 도움으로 에너지를 되찾을 때라고 말해주었네. 그는 그 시기에 아마 내가 규칙적인 명상을 그만두었을 것이라고, 그런 징후들이 나타났을 때 바로 명상에 몰두했어야 한다고 말해주었네. 정말 그의 말이 옳았지. 나는 벌써 오래전부터 명상을 그만두고 있었던 거야. 말하자면 나는 흥분 상태에 있었던 거지. 그때부터 나는 집중 능력, 침잠 능력을 되찾기 위해 명상에 대한 기초 연습부터 시작했다네."

명인은 나직이 한숨을 내쉬더니 이렇게 말을 맺었다.

"지금 당시 이야기를 하자니 여전히 부끄럽군. 하지만 요제프 군, 우리가 스스로에게 요구하는 것이 많을수록, 또한 어느 시기에 우리에게 주어진 과업이 무거우면 무거울수록 우리는 에너지의 원천으로서, 또한 우리의 마음과 영혼을 새롭게 조화시키기 위해서 명상에 의지해야만 하는 거라네. 그런데 우리는 그 어떤 과제 앞에 흥분해 있거나 고양되어 있을수록 이 원천을 소홀히 하게 되어 있어. 그것은 마치 사람이 그 어떤 정신적인 일에 몰두해 있으면 자신의 육신을 돌보는 일을 잊게 되는 것과 같아. 세계 역사에서 진실로 위대했던 인물들은 모두 명상을 할 줄 알았거나 명상이 이끄는 길로 갈 수 있는 방법을 나름대로 무의식적으로 행한 사람들이야. 그렇지 못한 사람들은 제아무리 정력적이고 천부적인 재능을 타고 났더라도 결국에는 모두 실패했어. 자신의 과업이나 야망에 너무 사로잡혀 있었기에, 눈앞의 일에서 스스로 벗어나 그것들을 긴 안목으로 조망할 수 없었기 때문이야. 실은 자네가 다 알고 있는 사실들이라네. 처음 연습 때부터 가르쳐주는 것이니까. 그런데 그것은 정말로 냉혹한 진실이라네. 얼마나 냉혹한 진실인가 하면, 일단 길을 잃어보아야만 비로소 알게 되는 법이니."

이 이야기는 크네히트가 자신이 지금 겪고 있는 위험을 이해하는 데 충분히 효과가 있었다. 그는 새로운 마음가짐으로 명상에 전념했다. 게다가 음악 명인이 처음으로 완전히 사적인 이야기를 해준 것이 크게 감명을 주었다. 그에게 거의 신과 다름없는 음악 명인도 한때는 젊었고 길을 잘못

들 수 있었다는 것을 처음으로 알게 되었던 것이다.

플리니오 데시뇨리와 요제프 크네히트 사이에 전사(戰士) 같은 우정이 오간 이삼 년 동안, 이들이 그런 우정을 나누는 광경에 거의 전 학교가 조금씩은 참여하고 있었다. 각기 대립되는 두 개의 세계, 두 개의 원리가 크네히트와 데시뇨리를 통해 육화(肉化)되었다. 둘은 서로를 자극했으며 그들의 모든 논쟁은 학교의 모든 사람이 관련된 하나의 장엄하고 상징적인 콘테스트가 되었다. 데시뇨리가 방학 때마다 고향의 품에 안겨 새로운 힘을 얻어오듯 크네히트는 사색과 독서와 명상을 통해, 또한 음악 명인과의 만남을 통해 새로운 힘을 얻었고, 점점 더 카스탈리엔의 유자격 대표자요 변론인이 되어 갔다. 그가 어릴 때 첫 번째 소명을 받은 이후 두 번째 소명을 받고 있는 셈이었으며 이 시기는 그를 단련시켜 완벽한 카스탈리엔 사람으로 만들어낸 시기였다. 그때 그는 이미 오래전에 유리알 유희 초보 과정을 마치고 유희 지도자들 중의 한 사람의 지도로 자신의 고유한 유리알 유희를 고안 중이었다. 그는 유리알 유희에서 기쁨과 위안의 풍요로운 샘물을 발견했다. 처음 악기를 연습하던 이래로 이토록 그를 즐겁고 행복하게 해주었던 적은 없었다.

페로몬테가 필사본으로 남겨 놓은 크네히트의 시들은 바로 이 무렵에 쓴 것들이다 (이 책 뒷부분에 우리는 그것을 옮겨 놓았다). 아직 그가 유리알 유희를 시작하기 전에 쓴 시들이니만큼 그 시들이 그 위태로웠던 시기를 극복하는 데 도움이 되었으리라고 믿는다. 우리는 단숨에 써내려간 것이 분명한 그 시들에서 당시에 그가 데시뇨리의 영향 하에서 느낀 동요와 위기의 흔적들을 발견할 수 있다. 그리고 그 시들을 썼다는 사실 자체가 이미 데시뇨리의 세계를 어느 정도 인정하고 카스탈리엔의 규칙에 대해 어느 정도 반항하고 있는 그의 모습을 보여주고 있다. 카스탈리엔에서는 일반적으로 예술 창작 활동은 포기된 상태였고(음악도 형식이 엄격히 제한된 작곡 훈련만이 허용되고 있었다) 따라서 시를 쓴다는 것은 우스꽝스러운 일이었으며 엄격히 금지된 일로 여겨지고 있었다.

이제 우리는 플리니오 데시뇨리가 자기 적수의 영향을 받아 상당한 변화와 발전을 이루었다는 점에 대해서도 언급해야 하겠다. 그는 적수와 토론을 벌이는 동안 상대방이 계속 발전을 거듭하며 나무랄 데 없는 카스탈리엔 사람으로 성장해 가는 모습을 지켜보았다. 이 친구의 모습을 통해 카스탈리엔의 정신이 점점 더 뚜렷하고 생생하게 다가온 것이다. 그리고 그 자신 카스탈리엔의 공기를 마시면서 그 매력과 영향에 굴복했던 것이다.

어느 날 수도사 생활의 이상과 위험에 대해 최상급반 학생들 앞에서 장장 두 시간에 걸친 토론을 한 후 데시뇨리는 크네히트에게 산책을 하자고 제의했다. 그는 산책길에서 다음과 같은 고백을 했다. 고백의 내용은 페로몬테의 편지에서 인용한 것이다.

"우리가 논쟁을 하면서 너는 정신 함양을 옹호하는 편에, 나는 자연스러운 삶을 옹호하는 편에 서 있지. 네 임무는 자연스럽고 소박한 삶에 정신적인 훈련이 함께 하지 않으면 그 안에 빠져 허우적거릴 수밖에 없는 수렁이 되어버린다는 사실을 지적하는 거야. 반대로 순전히 정신만을 지향하는 삶이 그 얼마나 위험하며 궁극적으로 메마른 삶일 수밖에 없는가를 네게 계속해서 상기시키는 것이 나의 임무이고. 맞아, 각자 자신이 최선이라고 생각하는 삶을 옹호하는 거야. 너는 정신을 나는 자연을……. 그런데 나는 가끔 네가 나를 단순하게 너희들의 적 같은 것으로 여기고 있는 것은 아닌가 하는 생각이 들곤 해. 내가 너희들과 함께 정신 훈련을 하거나 유희를 하더라도 그저 겉치레에 지나지 않는다고 생각하고 있는 것 같아. 이보게, 친구, 자네가 정말 그렇게 생각하고 있다면 정말 잘못 생각하고 있는 거라네. 고백하지만 나는 너희들 성직에 조금은 홀려 있어. 그것이 마치 행복인 양 나를 유혹하고 있어. 얼마 전 아버지를 설득해서 만일 내가 원하기만 하면 수도회에 들어가도 좋다는 허락을 받아냈다는 사실도 고백하지. 아버지의 허락을 얻어내고 나는 행복했어. 하지만 이제 아버지의 허락을 써먹을 일은 없어졌어. 최근에야 그걸 깨달은 거지. 수도회에 대한 매력이 사라졌다는 뜻은 절대로 아니야. 내가 너희들 사이에 남는 건 내게는 도피에 불과할 수도 있다는 걸 차츰 깨닫게 된 거야. 고귀한 도피이긴 하겠지만 도피인 건 변함이 없어. 나는 돌아가서 세속의 인간이 될 거야. 하지만 너희 카스탈리엔에 대해서 늘 고마워하고 너희들이 하는 훈련을 계속하는 세속인, 매년 유리알 유희 대공연에 참석하는 세속인이 될 거야."

크네히트는 데시뇨르의 고백을 깊은 감동을 담아 친구 페로몬테에게 들려주었다. 페로몬테는 우리가 방금 인용한 편지에 다음과 같이 덧붙였다.

> 플리니오에 대해 나는 늘 제대로 된 평가를 내리고 있지 않았지만 그의 그 고백은 음악가인 내게는 마치 하나의 음악적 체험과도 같았다. 세계와 정신, 혹은 플리니오와 요제프의 대립이 내 눈앞에서 두 개의 양립 불가능한 대립으로부터 하나의 협주곡으로 변모된 것 같았다.

4년 동안의 학교 과정을 마치고 집으로 돌아가면서 플리니오가 크네히트에게 말했다.

"나중에 너를 꼭 집에 초대하고 싶어. 우리도 그다지 세속적이지 않다는 것을 알게 될 거야. 네가 무척 보고 싶을 거야. 그리고 요제프, 복잡한 카스탈리엔에서 빨리 출세하도록 해. 너는 네 이름과는 달리 시중드는 사람보다는 윗사람이 어울리거든. 너의 위대한 미래를 예언해볼까? 너는 언젠가는 명인이 될 것이고 아주 저명한 사람이 되어 있을 거야."

요제프는 슬픈 얼굴로 대꾸했다. 그는 작별을 이쉬워하며 그 아쉬움과 싸우고 있었다.

"어디 실컷 놀려봐. 나는 너처럼 야심 찬 사람이 아니야. 내가 그 무슨 직책인가를 맡았을 때쯤이면 너는 이미 오래전에 대통령이나 시장, 혹은 대학 총장이나 상원의원이 되어있겠지. 우리를 잊지 말아줘. 우리를 제대로 알고 있는 사람이 바깥세상에도 몇 명 정도는 있어야 하니까."

두 사람은 악수를 나누었고 플리니오는 떠났다.

이후 1년 동안 발트첼에서의 크네히트의 생활은 아주 평온했다. 어느 정도 공적인 인물로 부각되어 행했던 긴장된 역할이 갑자기 끝난 것이다. 그 1년 동안 그는 자유 시간을 주로 유리알 유희에 할애했다. 유리알 유희는 점점 더 그를 사로잡았으며 그 무렵 유희의 의미와 이론에 대해 그가 기록해 놓은 메모는 이렇게 시작되고 있다.

> 물리적이고 정신적인 삶 전체는 역동적 현상이다. 유리알 유희는 기본적으로 그중에 미학적인 측면을 파악하는 것이고 그것도 주로 삶의 리드미컬한 과정을 이미지로 파악하는 것이다.

제3장 자유 연구 시절

요제프 크네히트의 나이가 스물네 살이 되었다. 발트첼 학교를 졸업함으로써 그의 학창 시절은 끝이 난 것이었고 이어서 '자유로운 연구'할 수 있는 시기가 시작되었다. 에쉬홀츠에서의 평온무사했던 시절을 제외한다면 아마 그의 생애에서 가장 행복했던 때였을 것이다. 어느 특정 분야에 집중해야만 하는 한정된 재능을 타고난 젊은이와 달리 크네히트처럼 통합과 종합과 보편성을 지향하는 기질을 가진 젊은이에게는 자유로운 연구라는 이 봄날은 커다란 행복과 깊은 도취의 나날일 수밖에 없었다.

이곳 카스탈리엔에서의 연구자의 자유는 과거 어느 시대 어느 대학과도 비교할 수 없을 만큼 무한히 컸다. 연구의 가능성도 무한히 열려 있었으며 물질적인 고려, 명예욕, 불안감, 부모의 가난, 밥벌이나 입신출세에 대한 걱정 때문에 그 자유가 제한받을 일도 전혀 없었다. 또한 이곳에는 물질적인 것이건 정신적인 것이건 천재들을 희생하게 만드는 방만한 자유, 유혹, 위험 같은 것이 거의 없었다. 물론 위험이나 열정, 현혹하는 것이 완전히 없다고는 할 수 없다.—인간의 삶에서 그런 것이 완전히 없는 경우가 있을 수 있단 말인가!—하지만 카스탈리엔의 학생들에게는 탈선이나 재앙으로부터 벗어날 기회가 아주 많았다. 아주 드물긴 해도 영재 학교의 학생이 결혼이라는 길을 통해 이곳 생활을 포기하고 시민 사회로 되돌아가는 일이 있긴 했지만, 그런 일은 이 학교와 수도회 역사에서 그저 단순한 호기심 정도의 의미만 지니고 있을 뿐이었다.

크네히트는 이 자유에 매혹되었다. 특히 그처럼 다방면에 관심을 갖고 있는 학생의 경우 거의 천국과도 같은 자유를 누렸다고 해도 과언이 아니다. 학생은 마음 내키는 대로 모든 학문 분야를 섭렵해도 상관이 없었고 여러 학문 분야를 융합해도 상관이 없었으며 한꺼번에 여러 학문에 빠져도 괜찮았고 아예 처음부터 하나의 학문에 몰입해도 좋았다. 이곳에서 통용되는 일반적인 도덕적 생활규범을 지키는 일 외에 학생에게 요구되는 것은 매년 자기가 들은 강의나 읽은 책, 연구소에서 행한 연구에 대한 보고서와 함께 '이력서'를 써내는 일밖에 없었다.

크네히트가 쓴 세 편의 '이력서'가 지금 우리 손에 남아 있을 수 있는 것은 종종 웃음거리가 되곤 했던 이 제도 덕분이다. 크네히트가 쓴 그 이력서들은 그가 발트첼 시절에 쓴 시처럼 비공식적이고 은밀한 것이 아니라 정상적이고 공식적인 문학 작품이다. 이 '이력서'란 학생이 원하는 과거의 어느 시대로 자신을 옮겨 놓고 상상력을 동원해서 쓴 일종의 자서전이다. 학생들은 각자 취향에 따라 제정 시대 로마나 17세기의 프랑스, 혹은 15세기의 이탈리아나 페리클레스 시대의 그리스, 혹은 모차르트 시대의 오스트리아를 선택할 수 있다. 학생들은 이력서를 쓰면서 단순한 문체 연습이나 역사 연구에 그치는 게 아니라 마음속으로 바라는 이상의 모습을 그릴 수 있고 한껏 드높인 자화상을 그릴 수 있다. 또한 자유로운 창작이 금기시되어 있던 곳에서 젊은이들은 그 무언가를 형상화하겠다는 예술적 충동을—그 충동은 젊은이에게는 쉽게 사라질 수 있는 것이 아니다—마음껏 해소할 수도 있었으며 카스탈리엔에 대한 비판적인 견해를 토로할 수도 있었다. 그 이력서는 그 글을 쓴 사람의 지적이고 정신적인 상태를 놀라울 정도로 분명하게 드러내 보여주었다. 요제프 크네히트의 이력서는 세 편이 보존되어 있다. 우리는 그 글을 이 책에서 가장 가치 있는 부분으로 간주하고 있으며 나중에 그 글을 원문 그대로 보여줄 것이다. 그가 단지 이 세 편의 이력서만 썼는지 아니면 한두 편 없어진 것이 있는지에 대해서는 의견이 분분하다. 다만 한 가지 분명한 것은 그가 세 번째 이력서인 '인도에서'를 제출하고 나서 교육청 사무국에서 다음번 이력서는 역사적 자료가 풍부한 좀 더 가까운 시대로 옮겨가서 써보라는 충고를 들었다는 사실이다. 이후 그가 18세기로 옮겨가 이력서를 쓰기 시작했다는 증거는 이런저런 자료에서 확인할 수 있다. 하지만 이력서를 마쳤는지 아닌지는 확인할 수 없다.

학문적 자유와 함께 크네히트가 누릴 수 있는 또 한 가지 자유가 있었다. 플리니오 데시뇨리와의 관계로 인해 짐처럼 떠맡았던 공적인 임무에서 벗어난 것이다. 그는 유명한 학생으로서의 크네히트에서 벗어나길 원했었고 발트첼을 졸업하고 자유 연구 시절이 되자 그에서 완전히 벗어날 수 있었다. 그는 연구 시절 초기, 가능한 한 발트첼을 피했고, 따라서 유리알 유희의 상급 및 고급 과정 수강을 포기했다. 피상적인 관찰자들은 크네히트가 유리알 유희를 등한시하는 게 이상하다고 생각했을지 모른다. 하지만 겉보기에 산만해 보이는 자유 연구 기간 동안의 그의 모든 공부와 연구는 유리알 유희에서 영향을 받았으며 모두 유리알 유희로 수렴되고 있다는 사실을 우리는 알고 있다. 사실상 그는 이미 동급생들 사이에서 탁월한 유희자라는 평판을 듣고 있었으며 발트첼 시절 영재 학교 학생 신분으로 이미 제2등급의 유희자들에게서 받아들여졌으니 실로 드문 경우였다. 그는 몇 년 후 그의 친구이자 훗날 조수가 된 프리츠 테굴라리우스에게 유리알 유희에 대한 자신의 중요한 체험에 대해 편지를 보냈고 그 편지는 지금도 남아 있다. 그 편지의 내용은 다음과 같다.

> 발트첼 시절 자네와 나 우리 두 사람이 같은 조가 되어 유리알 유희 초보 단계 작업을 열심히 하고 있던 때 이야기를 해보겠네. 내가 지금 말하고 있는 유희에 대해 자네가 기억할지 모르겠군. 우리 조의 유희 지도자는 온갖 주제를 제시하며 우리에게 그중 하나를 선택하라고 했지. 우리 조는 천문학과 수학과 물리학으로부터 언어학과 역사로 막 넘어가려던 미묘한 순간에 처해 있었지. 지도자는 우리를 자주 함정에 빠뜨려 잘못된 사색의 길로 접어들게 하곤 했던 것 기억나나. 우리에게 무엇이 위험한지 알려주려는 의도에서였겠지만 어리석은 우리를 비웃겠다는 의도도 있었을 것이고 열심히 유희에 몰두하며 열광에 빠진 학생에게 회의주의라는 무거운 짐을 안기겠다는 의도도 있었을 거야. 그런데 그의 지도로 복잡한 수수께끼 같은 실험을 하고 있던 그 순간 나는 단번에 유희의 의미와 위대함을 깨달았고 나라는 존재의 핵심까지 흔들렸다네.
>
> 우리는 언어사적인 문제를 파헤치면서 한 언어가 수백 년 동안 걸어온 길을 몇 분 동안 따라가고 있었지. 우리 앞에는 수 세기에 걸쳐 성장해온 하나의 유기체가 꽃을 피우고 있었네. 그런데 그 꽃은 이미 몰

락의 싹을 품고 있었지. 의미 있는 체계를 이루고 있는 그 전체 구조가 허물어지고 변질되더니 몰락을 향해 비틀거리기 시작했어. 그런데 바로 그때 나는 기쁨과 경악에 사로잡혔다네. 그 언어가 비록 몰락과 죽음을 겪었지만 완전히 사라진 것은 아니라는 것, 그 언어의 청춘과 성숙과 쇠락이 우리의 기억 속에, 그 언어에 대한 우리의 지식 속에, 그리고 그 언어의 역사 속에 보존되어 있다는 것을, 또한 그것이 학문적 상징이나 공식 속에서, 혹은 유리알 유희의 난해한 공식 속에서 계속 살아남아 언제라도 재구성될 수 있다는 것을 갑자기 깨달은 거라네. 나는 그 언어 속에서, 혹은 적어도 유리알 유희의 정신 속에서 모든 것이 온통 의미를 띠고 있다는 것, 모든 상징과 그 상징들의 조합이 이런저런 예나 실험, 혹은 증명을 향해 이리저리 흩어지는 것이 아니라 중심을 향해, 이 세계의 가장 신비스러운 핵심을 향해, 원초적 지식을 향해 수렴하고 있음을 홀연 깨닫게 된 거야. 진정한 명상을 통해서 보면 음악에서의 모든 변화 신화나 예배가 겪는 모든 변화 고전적인 다양한 예술 형식들은 그 각각의 모습들이 이 우주의 내면의 신비에 이르는 길에 다름 아니라는 것, 들숨과 날숨, 하늘과 땅, 음과 양 사이에서 신성한 것이 영원히 이루어지고 있는 그 우주적 내면에 이르는 길에 다름 아니라는 것을 깨달은 거야. 이제까지는 유리알 유희가 단순히 형식적인 기교나 기지 넘치는 결합에 불과한 것이 아닌지 회의에 빠진 적도 있었는데 처음으로 유리알 유희 자체에서 흘러나오는 내면의 소리를 듣고 그 의미를 깨닫게 된 거라네. 그때부터 나는 이 유희가 진정으로 하나의 링구아 자크라(lingua sacra), 즉 신성하고 신적인 언어라는 것을 믿게 되었다네. 그것은 하나의 부름이었네. 내가 어린 소년일 때 음악 명인의 시험을 받고 카스탈리엔으로 불려 올려지던 때의 부름과 비견할 수 있는 부름이었지.

이제 자네에게 부탁을 한 가지 해야겠네. 어쩌면 고백이기도 해. 내가 그동안 이것저것 닥치는 대로 연구하는 듯한 모습을 보인 것은 변덕 때문이 아니라네. 실은 분명한 계획이 있기 때문이야. 내가 앞서 말한 부름을 받았을 때 우리가 했던 유리알 유희를 자네는 어렴풋이 기억하고 있을 걸세. 그 유희는 어느 푸가의 주제를 리듬 면에서 분석하는 것으로 시작했고 그 중간에 공자(孔子)의 말씀이 들어있었지. 지금 그 유희 전체를 처음부터 끝까지 연구하고 있는 중이야. 다시 말하면 그 유희의 언어를 원래의 언어로 번역하는 작업을 하고 있어. 적어도 한 번쯤은 어떤 유리알 유희의 내용 전체를 철저히 재검토해서 스스로 재구성해보고 싶어서라네. 2년이 걸려서 제1부를 마쳤으니 앞으로도 몇 년 더 걸릴 거야. 나는 자유 연구 기간을 이 일에 쓰려 한다네.

물론 몇 세기에 걸쳐 고안하고 다듬어서 우주적 언어로 완성한 유리알 유희를 나라는 한 개인이 시험해보겠다고 하는 데 대해 선생님들로부터 비난이 있으리라는 것을 잘 알고 있다네. 하지만 평생 이 일에 몰두하지도 않을 것이고 그 일을 했다고 후회하지도 않을 거야. 그래서 부탁인데, 자네가 마침 유희 기록소에서 일을 하고 있으니 그때그때 내가 보내는 질문에 답변을 좀 해주었으면 하네. 몇 가지 이유로 나는 당분간 발트첼은 피하고 싶거든. 모든 주제에 대한 열쇠나 상징의 생략되기 이전의 형태를 문서실에서 찾아내서 내게 보내주었으면 하네. 자네를 믿네. 또한 내가 자네에게 해줄 수 있는 일이 있으면 즉각 연락하리라고 믿네.

기왕에 언급이 된 김에 크네히트의 편지 중 유리알 유희에 관련된 다른 편지 하나도 이 자리를 빌려 소개하는 것이 좋을 것 같다. 음악 명인에게 보낸 이 편지는 앞의 편지보다 한두 해 뒤에 쓰인 것이다. 그는 그의 보호자에게 다음과 같이 썼다.

> 저는 유리알 유희 본연의 신비와 궁극적 의미를 체험하지 않고도 훌륭한 유리알 유희자가 될 수 있다고, 심지어는 대가, 더 나가 유희 명인까지도 될 수 있다고 생각하고 있습니다. 심지어 진리를 짐작하거나 알고 있는 사람이 유희 전문가가 되거나 유희 지도자가 되는 것이 유희에는 더 위험한 일일 수도 있습니다. 유희의 어두운 내면과 그 비의(秘義)는 완전한 유일자 속으로, 영원한 우주의 호흡(아트만)이 영원히 들고 나는 곳, 자신만으로 모든 것이 충족되는 곳을 가리키고 있기 때문입니다. 자기 안에서 유희의 진정한 의미를 체험한 사람은 바로 그 때문에 더 이상 유희자가 될 수 없을 것입니다. 그는 더 이상 다양성의 세계에 머물 수 없으며 창안에도 구성에도 조합에도 기쁨을 느낄 수 없을 것입니다. 그는 그것과는 완전히 다른 쾌락과 기쁨을 알고 있기 때문입니다. 저는 이미 유리알 유희의 의미에 가까이 다가간 것 같기에 유희를 제 천직으로 삼는 대신 음악을 전공하는 것이 나을 것 같습니다.

좀처럼 편지를 쓰지 않는 음악 명인이었지만 그는 제자의 편지에 불안함을 느끼고 그로서는 비교적 장문의 편지를 보냈다. 친절한 충고가 담긴 편지였다.

유희 명인이 굳이 자네가 말한 뜻의 '비의'를 터득한 사람이 아니어도 된다고 말한 것은 좋네. 비꼬는 의미로 말한 것은 아닐 테니까. 어떤 유희 명인이나 선생이 자신이 그 내적인 의미에 가까이 가 있는지 아닌지 자문한다면 그는 결코 좋은 선생은 될 수 없는 법이니까. 나 자신을 예로 들어도 솔직히 나는 평생 동안 단 한 번도 학생들에게 음악의 '의미'에 대해서는 말해본 적이 없네. 그런 것이 있다 할지라도 그 의미는 내 설명을 필요로 하지 않는 것이니까. 그보다 나는 학생들에게 8분 음표나 16분 음표를 정확히 헤아리라고 강조해 왔지. 자네가 교사가 되건 음악가가 되건 그 '의미'를 존중하기는 하되 그것을 가르칠 수 있다는 생각은 하지 말게. 언젠가 역사 철학자들이 그런 의미를 가르치려고 했다가 세계사의 절반을 망쳐놓았지. 그들이 잡문 시대를 야기했고 많은 피를 흘리게 했지. 교사나 학자가 할 일은 수단을 연구하고 전통을 배양하고 방법을 순수하게 지키는 것이지 선택받은 사람들의 설명 불가능한 체험을 다루는 것이 아니라네. 그런 사람들은 그 체험을 하기 위해 높은 값을 치른 사람들이지.

이처럼 유리알 유희를 연구하는 크네히트의 방법은 그만의 특이한 것이었고 굴곡이 많았다. 그의 목표는 한마디로 요약할 수 있다. 그는 유리알 유희 도식이 품고 있는 내용을 온전히 자기 것으로 만들고 싶었던 것이다. 그렇지 않았다면 그는 유리알 유희자 구역의 어느 연구소에 들어가 아주 편안하게 유희에 관한 연구를 할 수 있었을 것이다. 그러나 그는 마치 자진해서 추방당한 사람처럼 친구들과 동료들을 멀리하고 혼자서 유희와 씨름했다. 그는 자기만의 길로 나아간 것이다. 그가 발트첼을 피한 것도 그 때문이었다. 그를 대중 속으로 밀어 넣는 운명, 리더가 될 수밖에 없는 자신의 운명을 예감하고 그는 은둔의 길을 택한 것이다.

그는 그렇게 혼자 유리알 유희에 대해 연구하면서 이미 연주되고 실연(實演)된, 혹은 실연 가능한 수많은 유희 중의 하나를 연구 대상으로 삼을 수도 있었을 것이며 그 길이 훨씬 편한 길이었을 것이다. 하지만 그는 자신이 처음으로 유리알 유희의 의미를 깨닫고 유희자로서의 소명을 체험했던 바로 그 유희를 연구 대상으로 삼았다. 그는 그가 속기 부호로 적어 두었던 그 유희의 도식을 늘 지니고 다녔다. 그 유희에 사용된 언어의 상징, 기호, 서명, 생략 부호에는 천문학 공식, 옛 소나타의 형식 원리, 공자의 말씀 등등이 적혀 있었다. 유리알 유희에 대해서 잘 모르는 독자는 그런 유희 패턴을 체스판 위의 패턴과 비슷하다고 생각하면 될 것이다. 다만 각 말의 내용이나 작용이 훨씬 더 복잡하다고 생각하면 된다.

우리의 임무가 일종의 문화사적 성격을 띠고 있는 것이라면 크네히트의 자유 연구 시절 그가 찾아갔던 장소, 그가 접했던 장면들에 대해 기록해 놓을 것이 아주 많을 것이다. 하지만 그중에 그가 역경(易經)을 공부하면서 '장형(長兄)'이라 불리던 비범한 인물을 만났던 이야기만 간단히 소개하기로 하자. 그는 중국식 암자인 죽림(竹林)을 만들고 그곳에서 독특한 삶을 살고 있는 사람이었다.

크네히트는 동아시아 학관에서 중국어와 중국 고전을 연구하기 시작했다. 그리고 중국학을 공부한 지 2년 만에 시경(詩經)의 시들을 줄줄 외울 수 있게 되었고 역경(易經)에 깊은 관심을 갖게 되었다. 하지만 학관 내에는 역경의 내용을 가르칠 교사가 없었다. 그는 역경에 대해 가르쳐줄 만한 사람을 알려달라고 여러 사람에게 물은 결과 장형이라는 존재에 대해 알게 되었다. 그는 약 25년 전에 중국어 문학과에서 가장 촉망받는 학생이었다. 그는 그 분야에서 서양인은 물론이고 중국 태생의 학자보다 더 뛰어난 능력을 보였다. 심지어 외모까지도 중국인과 비슷해지려고 애를 써서 사람들에게 기인(奇人) 같다는 인상을 주었다. 그는 역경의 예언에 대한 유희에 능통했으며 전통적인 산가지를 가지고 점을 치는 데 아주 능숙했다. 그가 역경 다음으로 애독한 책은 장자(莊子)의 책이었다. 그는 학교 졸업 후 자신이 칩거할 만한 곳을 열심히 찾은 뒤 그곳에 엄격한 중국식 정원과 암자를 꾸미고 명상과 고문서 정서로 하루하루를 보내고 있었다.

요제프 크네히트는 걸어서 그곳으로 갔다. 그가 죽림에 도착했을 때는 늦은 오후였다. 그는 오밀조밀 아름답게 꾸며진 동양풍의 그곳 정원에 감탄했다. 주인은 크네히트를 반갑게 맞은 뒤 다과를 대접하며 찾아온 이유를 물었다. 크네히트는 독일어로 찾아온 이유를 말한 후 장형이 허락해준다면 이곳에 머물며 그의 제자가 되고 싶다고 말했다. 은자는 늦었으니 내일 만나서 이야기하자며 손님을 잠자리로 안내했다.

이튿날 장형이 차를 권하며 크네히트에게 물었다.

"그래, 신을 신고 여기저기 떠돌 준비는 되었는가?"

크네히트는 잠시 망설이다가 말했다.

"꼭 그래야만 한다면 그럴 준비가 되어 있습니다."

"여기 얼마 동안 머물게 된다면 순종하면서 금붕어처럼 조용히 있을 수 있겠는가?"

학생은 다시 그럴 수 있다고 대답했다.

"좋아." 장형이 대답했다. "그렇다면 산가지로 점을 쳐보도록 하지."

크네히트가 정말 '금붕어'처럼 얌전히 앉아 있자 장형은 산통을 꺼내어 점을 치기 시작했다. 점치는 모습을 처음 보는 크네히트로서는 장형이 마치 신기(神技)의 마술을 부리는 것 같았다. 이윽고 점의 결과가 나온 종이를 앞에 놓고 잠시 물끄러미 바라보더니 장형이 말했다.

"몽괘(蒙卦)로군. 이 괘는 청춘의 어리석음이라는 이름을 하고 있지. 위에는 산, 아래는 물, 위는 간(艮), 아래는 감(坎), 산 밑에서 물이 솟아나니 이는 청춘을 비유하는 것이다. 풀어보면 이런 뜻이지.

청춘의 어리석음이 뜻을 이룬다.
내가 젊고 어리석은 자를 구하지 않고
어리고 어리석은 자가 나를 찾는다.
첫 점으로 가르침을 주노니
다시 묻는다면 성가시고
성가시게 군다면 가르치지 않으리니
인내가 필요하도다."

크네히트는 숨을 몰아쉬었다. 감히 물어볼 엄두는 내지 못했지만 그 뜻은 짐작할 수 있을 것 같았다. 어리석은 자가 찾아왔지만 머물러도 된다는 뜻이었다.

우리가 크네히트의 이 일화에 대해 비교적 상세하게 기술하는 것은 그가 친구들이나 학생들에게 종종 기분 좋게 이 일에 대하여 이야기를 해주었기 때문이다. 크네히트는 몇 달 동안 죽림에 머물면서 산가지 다루는 법에 대하여 스승만큼 통달했다. 그는 장자에 대해서도 가르침을 받을 수 있었으며 차를 끓이고 나무를 하고 중국 달력을 읽는 법도 배웠다. 한 번은 크네히트가 스승에게 역경의 체계를 유리알 유희로 만들고 싶다고 말한 적이 있었다. 그러자 장형은 웃으며 대답했다.

"어디 해보아라. 그러면 알게 되겠지. 세상에 대나무 정원 하나를 세우는 일은 가능하다. 하지만 정원사가 이 세상을 사기 정원 안으로 옮겨다 놓을 수 있겠는가."

한 가지만 더 덧붙이자. 몇 년이 지나 크네히트가 발트첼에서 높은 존경을 받는 인물이 되었을 때 장형에게 발트첼에서 강의를 해달라고 부탁한 적이 있었다. 하지만 장형은 응답이 없었다.

훗날 크네히트는 죽림에서 보낸 몇 달이 아주 행복한 시기였다고 말했다. 그리고 아주 종종 그 시기가 '각성의 시작'이었다고 말하곤 했다. 그 경험 이후 그는 각성이라는 표현을 자주 사용했는데 그 의미는 소명과는 다른 것이었다. 그에게 각성이란 자기 자신에 대해, 그리고 카스탈리엔의 질서와 전반적인 인간 질서 내에서의 자신의 위치에 대해 인식하는 것을 뜻했다. 우리로서는 각성의 시작이라는 표현에서 그가 점차 자기 인식 쪽으로 초점이 옮겨가고 있었다고 볼 수 있을 것이다. 그는 자신의 특별하고 독특한 위치와 운명을 알게 되었고 반면에 전통적으로 내려오는 카스탈리엔의 위계질서는 그에게 점점 더 상대적이 되었다.

그는 죽림 체험 이후 중국에 대한 연구를 계속했고, 특히 중국 음악에 많은 관심을 쏟았다. 그리고 유희에 대한 그의 안목이나 감각도 성숙했다. 하지만 그는 장형처럼 죽림의 삶을 택하는 것은 단호히 거부했다. 그것은 어디까지나 보편적인 것을 포기하고 몇 안 되는 특별한 삶으로의 도피를 의미했고 과거를 위해 오늘과 내일을 포기하는 것을 의미했다. 그것은 일종의 세련된 도피였지만 크네히트는 자신이 가야 할 길이 아니라고 느끼고 있었다.

그렇다면 그가 가야 할 길은 어떤 길이었는가? 크네히트는 음악과 유리알 유희에 대한 재능 이외에 다른 힘이 자신에게 있음을 알고 있었다. 그것은 모종의 내적 독립심, 혹은 자신감이었다. 그 힘은 물론 쓰일 곳이 있는 힘이었다. 하지만 그 힘이 발현되려면 그에게 가장 드높은 상태의 장인 의식이 요구되었다. 이 독립심과 자신감은 단지 그의 성격상의 특징에서 그치는 것이 아니었다. 그것들은 그의 내면을 향해 힘을 발휘하고 있을 뿐 아니라 외부에도 영향을 미쳤다. 요제프 크네히트의 학창 시절, 특히 그가 플리니오 데시뇨리와 논쟁을 벌이던 시절 그의 동료들뿐 아니라 어린 학생들이 그를 좋아했고 그와 친해지려 애썼으며 더 나아가 그가 자신들의 지도자가 되기를 원한다는 것을 크네히트는 알 수 있었다. 그들은 크네히트의 조언을 듣고 영향을 받으려 했으며 그런 일은 그 후로도 계속되었다. 거기에는 기분 좋고 달콤한 면이 있었다. 그것은 그의 야망을 충족시켰으며 자부심을 강화시켰다. 하지만 거기에는 어둡고 무서운 또 다른 측면이 있었다. 사람들은 자신에게 조언과 지도와 모범을 구하는 또래들을 보며 상대방을 업신여기거나 그들을 말 잘 듣는 노예로 만들고 싶다는 은밀한 충동을—최소한 생각으로라도—느낄 수 있다. 그 충동은 나쁜 충동이며 위험하고 불쾌한 것이다. 게다가 크네히트는 데시뇨리와 함께 하던 시절 많은 책임감과 긴장과 심적 부담을 느꼈다. 그것은 모든 빛나는 공적인 대표 자리가 치러야만 하는 값이었다. 또한 그는 음악 명인이 가끔 자신의 지위가 부과하는 무게에 힘겨워하는 것을 보았다. 다른 사람들에게 힘을 발휘하고 남들 앞에서 빛을 발하는 것은 아주 멋지고 유혹적인 일이다. 하지만 권력에는 마성(魔性)과 위험 또한 들어 있다. 결국 세계사는 거의 예외 없이 시작은 좋았지만 끝이 좋지 않은 일련의 통치자, 지도자, 우두머리, 권력자들로 이루어져 있다. 그들은 모두 좋은 일을 위해 권력을 잡았다고 하면서 결국은 권력에 사로잡히고 마비되어 권력 그 자체를 사랑하게 되었던 것이다.

크네히트에게 부과된 과업은 천부적으로 부여받은 힘을 성직에의 봉사에 사용함으로써 그 힘을 성화(聖化)하는 일, 그 힘을 무엇보다 건전하게 만드는 일이었다. 그는 그것을 언제나 당연한 것으로 여기고 있었다. 그런데 그에게 걸맞은 그런 자리는 어디에 있을까? 어디에서 그의 에너지가 최선으로 발휘되어 훌륭한 결실을 맺을 수 있을까? 다른 사람들, 특히 자신보다 어린 사람들의 관심을 끌면서 그들에게 크건 작건 영향을 미치는 일은 군대의 장교나 정치가들에게는 가치가 있을 수 있다. 하지만 이곳 카스탈리엔은 그런 곳이 아니었다. 이곳에서 그런 능력은 오로지 선생이나 교육자에게만 쓸모가 있다. 하지만 크네히트는 그런 일에는 별로 끌리지 않았다. 그것이 오로지 크네히트 개인의 욕망에 국한된 문제였다면 그는 무엇보다도 독자적인 학자로서의 삶, 또는 유리알 유희자로서의 삶을 택했을 것이다.

하지만 일단 그런 결론에 도달하고 나자 그는 오랫동안 그를 사로잡고 있던 괴로운 질문에 다시 봉착하게 되었다. '유리알 유희가 과연 지성(知性)의 왕국에서 가장 드높은 최고의 자리를 차지할 만한 것인가? 누가 뭐라고 하든 그것은 결국 유희에 지나지 않는 것이 아닌가? 이것이 진정 평생 동안 헌신적으로 봉사할 만한 일인가?'라는 질문이었다. 이 유명한 유희는 여러 세대 전에 일종의 예술 대용으로 창안되어 많은 사람에게 최소한 개념상으로는 차츰 일종의 종교가 되어 갔으며 고도로 숙련된 지성인들은 유리알 유희를 통해 정신 집중과 정신 고양, 예배를 행할 수 있었다.

우리는 크네히트 내부에서 미학과 윤리 간의 저 해묵은 싸움이 재개되었다고 볼 수도 있다. 그는 그 물음을 명확하게 표명한 적이 없었지만 그 물음이 단 한순간도 그에게서 사라진 적이 없었다. 그 물음은 그가 발트첼 학창 시절 썼던 시들 여기저기에서 암울하게, 그리고 위협적으로 그 모습을 드러낸 바로 그 물음들이었고 단순히 유리알 유희만 향하고 있던 것이 아니라 카스탈리엔 전체를 향하고 있는 물음들이었다.

그가 그 물음으로 한창 괴로워하고 있던 무렵 그는 발트첼 유희자 마을의 광장을 지나가다가 뜻밖의 사람을 만났다. 바로 플리니오 데시뇨리였다. 플리니오는 청강생으로 단기 코스 수강 중이었다. 둘은 그날 저녁 약속을 정하고 다시 만났다. 하지만 둘이 나누는 대화는 서먹서먹하기만 했다. 그토록 둘 사이의 간극이 커져 버린 것이다. 화제가 유리알 유희나 카스탈리엔에 이르면 크네히트는 달통한 전문가가 되었고 반대로 데시뇨리는 아무것도 모르는 어린아이가 되었다. 반대로 데시뇨리가 바깥세상의 일에 대해 이야기를 하면 이번에는 크네히트가 순진한 어린아이가 되었다. 데시뇨리는 법률가였고 정치권력을 잡기 위해 노력 중이었으며 어느 정당 지도자의 딸과 약혼한 상태였다. 10년 전 두 젊은이가 한때 서로 교감하던 가가이 두 세계는 이제 완전히 멀어져 있었다

두 사람 모두 실망했다. 크네히트는 옛 친구가 거칠어지고 피상적이 되었다고 생각했다. 한편 데시뇨리는 그의 옛 학교 친구가 배타적인 비교(秘教)와 지성에 갇혀 오만해졌다고 느꼈으며 자기 자신과 자신이 하는 놀이에만 정신이 팔린 '순수 지성뿐인 인간'이 되어버렸다고 생각했다.

물론 둘은 가까워지려고 노력했다. 하지만 몇 번 더 만난 뒤 이삼 주일 후에 데스노리가 떠나자 둘은 모두 마음이 홀가분해졌다.

당시 유리알 유희 명인은 토마스 폰 데어 트라베였다. 그는 세상 물정에 밝은 사람이었고 모든 사람에게 협조적이고 친절했지만 유희에 관한 한 더없이 엄격한 사람이었다.

어느 날 유희 명인이 크네히트를 자기 집으로 불렀다. 유희 명인은 크네히트에게 일거리를 내주며 얼마 동안 하루 30분씩 매일 찾아와 작업을 도와달라고 했다. 어느 오르간 연주자가 제출한 제안서로서 새로운 공적인 유희로 통과시켜 달라는 요구서였다. 크네히트는 명인을 도와 앞에 있는 도식들을 분석했다. 30분은 금세 지나갔다. 그런 식으로 크네히트는 2주일 동안 매일 명인을 방문했다.

명인의 집을 방문해 작업을 하면서 크네히트는 자신이 하는 일이 일종의 시험임을 알 수 있었다. 드디어 작업이 끝났을 때 명인이 예의 바른 목소리로 격의 없이 말했다.

"됐어. 내일은 오지 않아도 되네. 내가 자네를 수도회의 젊은 일원으로 추천할 거라네. 내가 이미 본청에 이야기해 두었으니 큰 문제는 없을 거야. 한 가지만 덧붙여 말해주겠네. 자네는 이따금 유희를 철학하기 위한 도구로 생각하는 경향이 있는 것 같아. 내가 말한다고 해서 금세 나아지진 않겠지만 그래도 말해주겠네. 철학은 그에 합당한 방법, 즉 철학으로 해야 하는 거야. 우리의 유희는 철학도 아니고 종교도 아니야. 그저 독특한 훈련이고 굳이 말하자면 예술에 가깝다고 할 수 있어. 칸트라는 철학자가—요즘에는 그 이름이 거의 알려져 있지 않지만 뛰어난 사상가였지—신학적 태도로 철학하는 것을 '키메라의 환등기'라고 불렀었지. 유리알 유희가 그렇게 되면 안 된다네."

크네히트는 너무나 놀라서 흥분을 억누르느라 명인의 충고가 거의 귀에 들어오지 않았다. 명인의 말은 이제 자신의 연구 시절이 끝났다는 것, 머지않아 수도회에 들어가 성직의 대열에 오른다는 것을 의미했다. 그는 깊은 감사를 표한 다음 곧바로 발트첼의 수도회 사무국으로 갔다. 그리고 새로 입회 허가가 나온 사람들 명단에 자신의 이름이 있는 것을 발견했다. 그는 높은 서열의 공직을 맡고 있는 수도회 회원이라면 누구나 입회식을 주관해서 진행할 자격이 있다는 규정을 알고 있었다. 그는 그 의식을 음악 명인에게 받고 싶다는 희망을 말한 후 짧은 휴가를 얻었다. 그리고 이튿날 자신의 보호자가 있는 몬테포르트를 향해 길을 떠났다. 크네히트를 본 음악 명인은 불편한 몸이었지만 그를 반갑게 맞았다.

"때맞춰 잘 왔네." 명인이 말했다. "조금만 지나면 자네를 수도회에 가입시킬 자격을 잃게 되거든. 은퇴할 생각이야. 이미 허가가 났다네."

의식은 간단했다. 다음 날 음악 명인은 규정대로 두 명의 수도회 회원을 증인으로 불렀다. 이윽고 사람들이 명인의 음악실에 모였다. 신입자는 명인의 지시로 바흐의 합창 서곡을 연주했다. 이어서 증인 중 한 명이 수도회의 규칙을 낭독했고 음악 명인의 주도로 크네히트는 서약을 했다.

휴가가 사흘밖에 안 되었기에 크네히트는 서둘러 발트첼로 돌아올 수밖에 없었다. 돌아오자마자 유희 명인이 그를 불러 그가 수도회에 들어온 것을 축하해주며 말했다.

"이제 자네가 우리 조직 내의 일정한 자리를 수락하기만 하면 우리의 완전한 동료가 되는 거라네."

크네히트는 약간 흠칫했다. 말하자면 이제 자유를 잃었다는 뜻이었던 것이다.

크네히트에게는 베네딕투스 수도회 소속의 마리아펠스 수도원의 교사 자리가 배정되어 있었다. 그 수도원은 카스탈리엔과 줄곧 친밀한 관계를 유지해 왔고 특히 얼마 전부터는 유리알 유희에 대해 큰 관심을 보이고 있었다. 수도원에서는 수도원의 유희 입문 강의를 맡아주면서 유희 상급반 사람들을 지도 격려해줄 선생을 파견해줄 것을 유리알 유희 명인에게 요청했다. 유리알 유희 명인은 적임자로 크네히트를 지목한 것이었고 그 때문에 그를 주의 깊게 시험하고 수도회 입회를 서둘렀던 것이다.

제4장 두 수도회

여러 면에서 크네히트가 처한 상황은 지난날 그가 음악 명인을 방문한 후 라틴어 학교에 다니던 시절과 비슷했다. 그는 마리아펠스로의 파견이 대단히 주목할 만한 일이며 수도회 위계질서 내에서 큰 발자국을 한 걸음 떼어놓았음을 의미한다는 것을 당시에는 모르고 있었다.

이제 자유를 잃게 되었다는 사실에 대한 충격을 극복하자마자 크네히트는 자신을 기다리고 있는 새로운 상황을 즐겼다. 그는 여행의 즐거움, 새로운 활동에 대한 기대감, 낯선 세계에 대한 호기심에 젖었다. 하지만 수도회는 그를 곧바로 파견지로 보내지는 않았다. 사전 준비 기간이 필요했던 것이다. 우선 그는 3주 동안 '경찰서'에 체류해야 했다. 교육청 내에서 정치와 외교 분야의 일을 맡아보는 부서를 학생들은 그렇게 불렀는데 그런 작은 부서에는 어울리지 않는 거창한 별칭이었다. 그곳에서 크네히트는 수도회 형제들이 바깥세상에 머무는 동안의 행동 지침을 교육받았다. 그곳의 부서장인 뒤부아 씨가 거의 매일 한 시간씩 크네히트를 직접 지도했다. 그는 젊은 수사에게 바깥세상에서 맞닥뜨릴 수 있는 위험과 그 위험에 대처하는 방법에 대해 자상하게 설명해주었다. 뒤부아 선생의 성실한 태도와 진지하게 배우려는 크네히트의 자세가 서로 어울리면서 얼마 안 가서 선생은 크네히트를 완전히 신뢰하게 되었다.

사실 뒤부아 씨는 카스탈리엔 내에서 정치적인 안목을 가진 몇 안 되는 사람 중의 하나였다. 대부분의 카스탈리엔 사람들은 자신들이 설립한 교육주와 수도회가 확고하며 영원하리라는 믿음 속에서 지내고 있었다. 물론 그들도 이 세계가 저절로 자연스럽게 설립된 것이 아니라는 사실을 잘 알고 있었다. 사람들이 심각한 고통을 당하던 시절에 혹독한 투쟁을 통해 설립되었다는 것을, 전쟁이 빈번히 일어나던 시절이 끝나갈 무렵 학자들과 사상가들의 영웅적이고 금욕적인 노력을 통해 탄생했다는 것을, 지친 사람들, 피 흘린 사람들, 배반당한 사람들의 질서와 규범, 이성과 법칙, 절제를 향한 열망에 의해 탄생했다는 것을 그들은 잘 알고 있었다.

또한 그들은 이 수도회와 교육주가 전 세계를 향해 어떤 기능을 담당해야 하는지도 잘 이해하고 있었다. 그것은 이 세상에서 지배와 경쟁을 억제시키고 그 대신 세계 전역에 절제와 법도의 정신적인 토대를 영속시키는 것이었다. 하지만 그들은 사물의 질서는 저절로 주어지는 것이 아니라는 것, 그것은 이 세상과 문화 수호자들 사이의 조화를 전제로 한다는 것, 그리고 그 조화는 언제라도 깨질 수 있다는 것은 모르고 있었다. 그들은 세계사 전체는 바람직한 것, 합리적인 것, 아름다운 것을 지향해온 것이 아니라 기껏해야 그때그때 예외적으로 그런 것들을 용인해온 것에 불과하다는 것을 모르고 있었다. 마찬가지로 카스탈리엔도 그런 일시적이고 예외적인 묵인(默認) 상태에 놓여 있을 뿐이라는 것, 그 존속을 위해서는 설립 때 못지않은 노력과 투쟁이 필요하다는 것을 알고 있는 사람은 별로 없었으며 뒤부아 씨는 그 사실을 알고 있는 몇 안 되는 사람 중의 한 명이었다. 크네히트는 뒤부아 씨의 가르침을 통해 그 사실들을 알게 되었고 그것은 그의 각성 과정에서 중요한 한 단계가 되었다.

마지막 면담에서 뒤부아 씨는 크네히트에게 이렇게 말했다.

“이제 자네를 보내도 될 것 같군. 자네는 유희 명인이 부과한 임무도 잘 수행할 수 있을 것 같고 내가 자네에게 준 지침도 잘 지킬 수 있을 것 같아. 그곳에서 생활하다 보면 자네는 나와 보낸 3주간의 기간이 결코 낭비가 아니라는 것을 깨닫게 될 거야. 나를 알게 된 것에 대해, 내게서 얻은 지식에 대해 고마운 마음이 들고 그 고마움을 표시하고 싶다면 그 방법을 하나 가르쳐주겠네. 베네딕투스 수도원에 머물면서 신부님들의 신임을 얻게 된다면 그분들과 손님들 사이에 오가는 정치적인 이야기를 듣게 될 것이고 정치적인 분위기도 느끼게 될 거야. 그런 것들에 대해 가끔 내게 보고를 해준다면 고맙겠네. 오해하지 말게. 무슨 첩자 노릇을 하라거나 그곳 신부님들의 믿음을 저버리는 짓을 하라는 게 아니야. 자네 양심에 어긋나는 일은 결코 할 필요가 없어. 다만 자네가 보내주는 정보는 오로지 우리 수도회와 카스탈리엔에 도움이 되는 방향으로만 이용할 것임을 내가 보증하겠네. 우리는 정치가도 아니고 권력을 지니고 있는 것도 아니야. 하지만 세상이 우리를 필요로 하건 우리를 너그럽게 용인하건 간에 우리는 세상에 의존하고 있는 게 사실이라네. 경우에 따라서는 어느 정치가가 그 수도원을 찾아왔다든지 교황이 병에 걸렸다든지, 혹은 추기경 후보 명단에 누가 올랐는지를 알게 된다면 우리에게 도움이 될 수 있어. 하지만 강요하는 건 아니라네. 마음 내키는 대로 하면 되네. 자, 이제 가보게. 그저 자네가 공적인 임무를 잘 수행하고 신부들 사이에서 우리들 명예를 높이는 데 기여하기만 바랄 뿐이네. 잘 다녀오게."

여행을 떠나기 전에 크네히트는 산가지로 점을 쳐서 『역경』에 있는 괘를 보았다. 나그네를 뜻하는 여괘(旅卦)가 나왔고 '작은 일로써 이룬다. 나그네는 인내함이 길하다'라는 풀이가 나와 있었다. 그는 육이(六二) 장을 펼쳤다.

나그네가 여관에 이르니
여비는 넉넉하고
어린 하인이 충실하다.

크네히트는 즐거운 분위기에서 사람들과 작별했다. 다만 프리츠 테굴라리우스만은 예외였다. 앞에서 한 번 언급한 바 있는 테굴라리우스는 크네히트의 생애에서 페로몬테에 버금가는 가장 충실한 친구였다. 그는 크네히트 또래였지만 수도회 입회는 서른네 살이 되어서야 이룰 수 있었다. 그는 재능 면에서는 최고의 자리에 오를만한 자질을 지닌 친구였다. 하지만 그에게는 건강과 자신감이 결여되어 있었고, 바로 그 때문에 크네히트는 그가 유리알 유희자로서는 더없이 천부적인 재능을 지니고 있지만 그에게는 지도자, 혹은 교육자의 일을 맡길 수 없음을 정확히 간파하고 있었다. 이 주목할 만한 인물은 평생 크네히트에게 눈물겨울 정도로 헌신했다. 우리가 크네히트에 대해 얻게 된 정보의 상당 부분은 바로 그 인물에 빚지고 있다. 아마도 학창 시절 젊은 유리알 유희자들의 핵심 그룹 내에서 크네히트에 대하여 아무런 질투도 느끼지 않은 유일한 사람이라고 볼 수도 있을 것이다. 그는 크네히트가 얼마나 오랜 기간이 될 것인지 기약조차 없이 떠나게 되자 깊은 고통과 상실감을 느낀 유일한 사람일 것이다. 그에게는 크네히트와의 작별이 마치 자신이 가장 아끼는 소중한 보물을 잃는 것이나 마찬가지였다. 하지만 크네히트는 그렇지 않았다. 그는 테굴라리우스가 자신에게 보여주는 일방적이고 배타적인 애정에는 아름다운 면만 있는 것이 아니라 위험한 요소가 있음을 알고 있었다. 앞서도 말했듯 그는 테굴라리우스가 보여주는 헌신적 우정 앞에서, 자신보다 열등한 사람에게 힘을 행사하려는 욕구가 자신에게 있음을 깨닫게 된 것이다. 그는 테굴라리우스와의 우정을 통해 자제와 자기 수양을 평생의 과제로 삼을 수 있게 되었다.

사실 그가 자신의 인격이 남들에게 미치는 영향에 대하여 깨닫게 된 것은 최근의 일이었다. 그는 자신이 아래 사람뿐 아니라 윗사람에게도 영향을 미친다는 것을 알게 되었다. 그렇게 각성한 눈으로 자신을 돌아보니 위아래로 이어지는 두 선이 소년 시절로부터 지금까지 자신의 생애를 관통하고 있으며 자신을 형성해 왔음을 그는 알 수 있었다. 그중 한 선은 동료들과 후배들이 자신에게 보내는 적극적인 우정이었으며 다른 하나는 많은 윗사람이 자신에게 보여주는 호의였다. 츠빈덴 교장처럼 예외적인 경우도 있었지만 음악 명인의 사랑이나 최근에 뒤부아 선생과 유희 명인이 보여준 특별한 사랑이 그 예였다. 그것은 그가 의식해서 그렇게 된 것이 아니라 미리 그렇게 되도록 정해진 길이었다. 성직 제도의 낮은 곳에서 그림자처럼 존재하는 것이 아니라 꾸준히 정상의 밝은 빛을 향해 나아가는 것, 그것이 그의 명백한 운명이었다. 그는 하위직 사람이나 독립된 학자가 아니라 주인이 될 사람이었다. 또한 그가 그와 비슷한 입장에 있는 다른 사람들보다 그 사실을 뒤늦게야 깨달은 것이 그에게 순진함이라는 엄청난 마력을 부여했다.

그렇다면 그는 이 모든 것을 왜 그토록 뒤늦게, 마치 마지못한 듯이 깨닫게 된 것일까? 그것은 그가 그것을 추구하지도, 원치도 않았기 때문이다. 그에게는 지배자로서의 욕망이 없었으며 남에게 명령을 내리는 것이 즐겁지 않았다. 그는 활동적인 생활보다는 명상적인 생활을 더 원했고 적어도 얼마 동안은 남들 눈에 띄지 않는 연구자로 남고 싶었으며 과거의 성소들, 음악 세계에서의 대사원들, 신화와 언어와 사상의 뜰과 숲을 거니는 순례자로 남고 싶었다. 하지만 이제 그는 자신이 어쩔 수 없이 활동적인 생활의 영역으로 떠밀려온 것을 알게 되었다. 그는 주변에서 이전 그 어느 때보다 더 큰 긴장, 더 큰 열망, 더 큰 경쟁이 존재하는 것을 자각하게 되었다. 그는 이제 그의 순진함이 위협을 받고 있으며 더 이상 지속할 수 없음을 알았다. 그는 이제 자신에게 부과된 지위를 스스로 원하고 긍정해야만 한다는 것을 깨달았다. 그러지 않는다면 그는 결코 지난 10년 동안 누려오다 잃게 된 자유에 대한 향수에 사로잡혀 벗어나지 못할 것임을 알았다. 그리고 그는 아직 그런 완전 긍정의 상태에 도달해 있지 못했으므로 잠시나마 발트첼과 교육주를 잠시 떠나 세상으로 향하는 이번 여행이 큰 위안과 구원으로 여겨졌다.

*

마리아펠스 수도원은 수 세기 동안 존속해오면서 서구 역사의 부침과 운명을 함께 해왔다. 한때 스콜라 철학과 토론술의 중심이었던 수도원은 오늘날까지도 중세 신학에 대한 방대한 장서를 보유하고 있었으며 음악의 전통을 지켜나가는 것으로 유명했다.

새로운 시대가 시작되고 카스탈리엔이 설립되자 이 수도원은 카스탈리엔에 대해 방관적이고 심지어 거부적인 태도를 취했는데 아마 로마의 지시에 의한 것으로 짐작된다. 카스탈리엔 교육청에서 스콜라학파 연구를 위해 연구자를 받아줄 수 있겠느냐고 요구했을 때도, 음악사에 관한 학술대회에 대표를 보내달라는 초청장을 보냈을 때도 수도원에서는 정중하게 거절했다. 노년이 되어 유리알 유희에 상당한 관심을 보이게 된 피우스 원장 이후에야 비로소 수도원과 카스탈리엔 사이에는 왕래가 시작되었고 이후 비록 왕성하다고 할 수는 없었지만 우호적인 관계가 성립되었다.

수도원에서는 크네히트가 어리둥절 할 정도로 친절하고 정중하게 그를 맞았다. 특히 게르바지우스 원장이 그를 다정하고 쾌활하게 맞아주었기에 그는 어렵지 않게 새로운 환경에 적응할 수 있었다. 그뿐 아니라 험준한 산악 지형에 자리 잡은 이곳의 풍광도 크네히트에게는 크게 활력을 불어넣어 주었다. 그는 기다란 객사 건물 2층에 있는 두 개의 방을 숙소로 배정받았다.

수도원은 마치 작은 하나의 마을 같았다. 두 개의 예배당, 회랑, 문서실, 도서관, 원장이 거처하는 건물이 있었으며 안뜰이 여럿 있었고 가축들이 가득 들어찬 축사, 물이 콸콸 솟아나는 샘, 커다란 포도주 창고와 과일 창고, 두 개의 식당, 휴이실, 손질이 잘된 정원이 있었고 마치 마을처럼 집들, 구둣방, 양복점, 대장간, 수도사들의 일터들도 있었다. 크네히트는 여장을 푼 후 그 모든 것을 둘러보며 즐거워했으며 바로 도서관을 방문했고 오르간 연주자도 만나보았다.

이곳 수도원의 생활은 전반적으로 카스탈리엔만큼 활동적이지는 않았지만 그 대신 좀 더 안정되어 있었고 외부의 영향을 별로 받지 않는 것 같았다. 수도원의 전반적인 그런 생활 모습은 이미 1,500년이나 지속되어 온 것으로서 크네히트의 명상적인 기질과는 잘 맞았다.

수도원에서는 한동안 마치 크네히트가 왜 이곳에 왔는지 염두에 두고 있지 않는 것 같았다. 수도원에서는 그를 마치 기분 좋게 대접해 주어야 할 우방 사절처럼 대해주었다. 처음에는 유리알 유희 애호가들을 가르치러 이곳에 왔다는 자신의 임무가 곧바로 주어지지 않는 것에 대해 어느 정도 초조해하던 크네히트도 곧 이곳 분위기에 젖어 느긋해졌다.

그러던 어느 날, 마치 잊고 있던 일이 갑자기 생각난 듯 게르바지우스 수도원장이 신부 몇 명을 크네히트에게 데리고 왔다. 그들은 유리알 유희 초보 교육은 미리 마친 상태였고, 좀 더 진전된 학습을 받고 싶어 했다. 그런데 그들을 가르쳐본 크네히트는 매우 놀랐고 실망했다. 그들의 유리알 유희에 대한 이해와 관심이 너무 초보적이었고 피상적이었던 것이다. 그 정도의 교육이라면 굳이 자기가 아니라 다른 유희 후보자를 보냈더라도 충분했을 터였다. 그제야 그에게는 자신이 단순히 유리알 유희 강습을 위해 이곳에 파견된 것이 아닐 수도 있다는 생각이 들기 시작했다. 자신을 이곳으로 파견한 목적이 가르치는 데 있는 것이 아니라 배우는 데 있다는 것을 깨달은 것이다.

그것을 간파한 순간 카스탈리엔 수도회 내에서의 자신의 권위에 대한 자의식이 한층 강화되었다. 그동안 이곳에서의 손님 역할이 매력 있고 쾌적하기는 했지만 이따금 이곳에 보내진 것이 무슨 견책 같은 것은 아닌가 하는 느낌이 드는 것은 어쩔 수 없었던 것이다. 게다가 여행 출발 전에 보았던 점괘도 점차 맞는 것으로 드러났다. 재물을 지닌 나그네인 그에게 숙소도 현실이 되었고 충실한 어린 하인도 기다리고 있던 셈이었다. 바로 안톤이라는 성직 지망생이었다. 말을 하지 않아도 그 눈에서 열정과 재능을 읽을 수 있는 청년으로서 도서관의 조수로 일을 하고 있다가 크네히트를 만나게 되었다. 크네히트의 비범함을 알아챈 그 청년은 말 그대로 성실하게 크네히트를 따랐고 섬겼다.

이따금 안톤과 만나곤 하던 도서관에서 그는 또 한 사람을 알게 되었다. 처음에는 별로 눈에 띄지 않아 무심코 지나치던 사람이었는데 시간이 흐르면서 크네히트는 그 사람에 대해 더 자세히 알게 되었고 평생 경의를 표하며 음악 명인 못지않게 사랑하는 사람이 되었다.

그 사람은 야코부스 신부였다. 아마 베네딕투스 수도회 전체에서 가장 뛰어난 역사가였을 것이다. 예순 살 정도 된 이 조용한 노인은 언제나 도서관 깊숙이 자리한 작은 공간에서 책과 원고와 지도로 뒤덮인 책상 앞에 앉아 있었다. 크네히트가 보기에 온갖 장서가 풍부한 이 수도원에서 정말 진지하게 연구하고 있는 유일한 학자 같았다.

그러던 어느 날이었다. 신부가 크네히트에게 말을 걸어왔다. 그는 저녁 일과가 끝나면 자기 방으로 찾아오라고 크네히트를 초대했다. 그는 거의 수줍어하는 듯하면서도 매우 정확하게 크네히트에게 말했다.

"알게 되겠지만 나는 카스탈리엔 역사 전문가도 아니고 유리알 유희자도 아닙니다. 하지만 보시다시피 두 수도회가 점점 더 긴밀한 우호 관계를 맺어 가고 있으니 나도 그 관계에 동참하고 싶습니다. 당신이 이곳에 머무는 동안 가끔 그 기회를 이용할 수 있다면 더없이 기쁘겠습니다."

그의 말투가 마치 성인이나 고위 성직자가 이야기를 나눌 때나 쓸 법한 지극한 정중함과 예법을 담고 있었기에 크네히트는 그것이 대체 진정인지

빈정거림인지, 공손함인지 아니면 가벼운 조롱인지 구분할 수 없는 묘한 느낌을 받았다. 유리알 유희 명인을 만나본 이후 들어보지 못한 그 어법이 너무 신선하게 느껴져 크네히트는 그 제안을 선뜻 받아들였다.

저녁이 되자 크네히트는 수도원 별채 끝에 외따로 떨어져 있는 신부의 처소로 찾아갔다. 그가 어느 문을 두드려야 할지 망설이고 있는데 놀랍게도 피아노 소리가 들렸다. 그는 귀를 기울였다. 퍼셀의 소나타였다. 과시적인 면도, 기교도 들어 있지 않은 정확하고 담백한 연주였다. 그러자 친구 페로몬테와 함께 이런 곡들을 여러 악기로 연주했던 발트첼 시절이 떠올랐다. 그는 흥겹게 연주에 귀를 기울이며 연주가 끝나기를 기다렸다. 이 구원받지 못한 세상의 침묵 한가운데서 울리는 모든 훌륭한 음악이 그러하듯, 그 연주는 이 조용하고 어둑어둑한 복도에서 외롭게 탈속(脫俗)한 듯, 그토록 당당하고 순진하게, 또한 그토록 어린아이처럼 순수하면서도 동시에 우월감을 드러내며 울리고 있었다.

크네히트가 문을 두드리자 신부가 "들어오십시오"라고 말했다. 신부는 그를 정중하고 품위 있게 맞아주었다. 조그만 피아노 위에는 촛불이 두 자루 켜져 있었다. 크네히트의 물음에 신부는 일과를 마치고 잠자리에 들 때까지 몇 시간 동안은 일체 독서나 집필을 하지 않고 매일 삼십 분에서 한 시간 정도 피아노 연주를 한다고 말했다. 두 사람은 음악에 대해, 퍼셀과 헨델에 대해, 참으로 예술적인 수도회였던 베네딕투스 수도회의 옛날 음악 교육에 대해 활기찬 대화를 나누었다. 그들은 카스탈리엔 수도회에 대한 이야기도 나누었는데 신부는 카스탈리엔의 역사와 사상사에 대해 별 관심이 없다는 것을 부인하지 않았으며 그에 대한 비판적인 견해를 굳이 감추려 하지 않았다. 그는 카스탈리엔 수도회가 기독교 교수회를 모방한 것으로 보았으며, 종교와 신과 교회를 기반으로 하지 않았기에 근본적으로 신성모독이라고 생각하고 있었다. 크네히트는 공손한 태도로 그의 비판을 경청했다. 하지만 그는 종교에 관한 베네딕투스 수도회나 로마의 견해 말고도 다른 식의 신이나 교회가 가능하며 게다가 실제로 그런 것들은 존재해 왔고, 그것들의 순수함이나 의도는 물론이고 그것들이 정신생활에 미친 영향을 부정할 수는 없다고 지적했다.

"옳은 말입니다." 신부가 말했다. "당신은 그 무엇보다 프로테스탄트를 염두에 두고 있겠지요. 그들은 종교와 교회를 지탱해 나갈 수는 없었지만 때로는 비범한 용기를 보여주었고 아주 뛰어난 인물들을 배출했지요. 저도 몇 년 동안 서로 대립하고 있는 기독교 교리나 교회들을 화해시키려는 시도들을 연구 대상으로 삼은 적이 있었습니다. 특히 1700년경의 노력들에 대해서 연구했습니다. 그 시기의 철학자이자 수학자인 라이프니츠와 그 뒤를 이은 친첸도르프 백작을 예로 들 수 있겠지요. 18세기 정신은 대체로 성급하고 아마추어적이긴 해도 지식사적으로 볼 때는 상당히 흥미로운 구석이 있습니다. 그래서 그 시대의 프로테스탄트에 대하여 연구를 자주 했습니다. 그러다 한번은 언어학자이자 교사이고 교육자였던 한 위대한 사람을 발견할 수 있었습니다. 슈바벤의 경건주의자였는데 사후에도 200년 이상 영향력을 미쳤지요. 하지만 그건 다른 문제이니 다시 진정한 수도회의 정당성과 역사적 사명감으로 돌아가서 말하자면……."

그때 크네히트가 신부의 말을 가로챘다.

"아닙니다. 방금 말씀하셨던 그 교사에 대해 더 말씀해주십시오. 누구인지 짐작이 가는 사람이 있어서입니다."

"어디 맞혀보시지요."

"슈바벤 사람이라면 요한 알브레히트 벵겔 밖에 없을 것 같습니다."

야코부스가 웃었다. 반가움으로 그의 얼굴이 환하게 빛나고 있었다.

"정말 놀랍군요. 우리 수도회의 누구에게 물어도 아는 사람이 하나도 없을 텐데 어떻게 그 이름을 알고 있습니까? 카스탈리엔에서는 그 사람 이름을 누구나 알고 있습니까?"

"아닙니다. 저와 제 친구 두 명을 제외하면 카스탈리엔에서도 아는 사람이 없을 것입니다. 한때 그저 개인적인 이유로 18세기의 경건주의를 연구한 적이 있는데 그때 벵겔이 눈에 띄었습니다. 당시 저나 젊은 지도자들에게 모범이 될 수 있겠다고 생각했습니다. 그 인물이 너무 마음에 들어 낡은 책에 있는 그의 초상을 사진으로 찍어 제 책상 위에 놓기도 했습니다."

신부가 여전히 웃는 얼굴로 말했다.

"우리의 만남이 결코 예사로운 게 아니로군요. 둘 다 자신의 연구 중에 이미 잊힌 사람에게 주의를 기울였다는 사실 자체가 놀랍습니다. 게다가 이 슈바벤의 프로테스탄트가 동시에 베네딕투스 수도회 신부와 카스탈리엔 유리알 유희자에게 영향을 미쳤다는 사실이 더욱 신기합니다. 당신의 유리알 유희는 많은 상상력을 요구하는 것으로 알고 있는데 벵겔처럼 엄격하게 냉정한 인물에게 당신이 끌렸다는 사실이 자못 흥미롭습니다."

이제 크네히트도 즐겁다는 듯 웃었다.

"벵겔이 「요한 계시록」 연구에 몇 년을 바쳤다는 것과 그 책의 예언에 대한 그의 해석을 알고 계신다면 그에게 냉철함과는 상반되는 면이 있다는 것을 인정하실 수 있을 텐데요."

"맞는 말이오." 신부가 즐겁게 인정했다. "그렇다면 선생은 그 모순을 어떻게 설명할 수 있겠소?"

"제가 농담처럼 말씀드리는 것을 허락해주신다면 저로서는 벵겔에게 결여되어 있던 것, 그가 갈망하고 있던 것이 바로 유리알 유희라고 말씀드리고 싶습니다. 저는 그를 유리알 유희의 숨은 선구자요 조상으로 여기고 있습니다."

그러자 야코부스 신부가 다시 진지하고 신중한 표정을 지으며 말했다.

"다른 누구도 아닌 벵겔을 당신들 계보에 끌어들인다는 건 너무 대담한 것 같아 놀랍군요. 어떻게 그걸 정당화하렵니까?"

"농담이었습니다. 다만 근거가 있는 농담이긴 합니다. 벵겔은 성서를 깊이 연구하기 전 젊은 시절에 그 시대의 모든 지식을 백과사전처럼 정리해서 총괄해보고 싶다는 희망을 친구에게 토로한 바가 있습니다. 유리알 유희가 하는 일이 바로 그런 것입니다."

"하긴 18세기가 백과사전의 시대이긴 하지요."

"그렇습니다. 하지만 벵겔이 갈망했던 것은 단순한 지식의 나열이 아니라 어떤 통일체, 혹은 유기적 질서였습니다. 그런 것들의 공통분모를 얻고 싶었던 거지요. 바로 그것이 유리알 유희의 근본이념 중의 하나입니다. 하지만 벵겔은 그것을 찾지 못했기에 예언의 숫자에만 몰두해서 반그리스도적인 천년 왕국을 고지하는 잘못된 길로 나간 거지요."

"당신이 역사가가 아닌 게 다행이군요." 야코부스 신부가 말했다. "당신은 정말 상상력이 풍부합니다. 하지만 당신이 무슨 말을 하려는 것인지는 알겠습니다. 나 같은 사람은 내 전공 분야에 국한해서만 좀 박식한 편이라서……."

어쨌든 수확이 많은 대화였다. 이 대화로 두 사람은 서로를 잘 알게 되었고 둘 사이에 우호적인 관계가 성립되었다. 그날 이후 두 사람을 맺어주는 그 무언가가 실질적으로 존재하게 되었다. 야코부스 신부는 훈련이 잘 되어 있지만 아직 형성 단계에 있는 젊은 지성과 만나서 이야기를 나누는 것이 즐거웠다. 또한 크네히트 입장에서는 이 노 역사가와의 만남이 각성을 향해 나아가는 도정에서 또 다른 중요한 단계가 되었다. 간단히 말해 그는 이 노인에게서 역사를 배웠고 자신의 앎과 삶을 역사적 실재(實在)로 볼 줄 알게 되었다.

둘은 우호적인 관계를 맺은 채 많은 대화를 나누었지만 유리알 유희를 향한 야코부스 신부의 비판적인 관점은 조금도 변함이 없었다. 크네히트는 그의 비판을 대체로 조용히 받아들였지만 정도가 지나치다 싶으면 냉정한 반론을 삼가지 않았다. 하지만 카스탈리엔에 대한 노학자의 비판에는 크네히트가 인정하지 않을 수 없는 부분도 있었다. 어찌 보면 크네히트는 마리아펠스에 머물면서 큰 공부를 한 셈이며 그의 정신 내 한 부분이 크게 변화를 겪었다고 볼 수도 있다. 그것은 바로 그 노학자가 카스탈리엔에는 카스탈리엔의 사상이 역사와 맺고 있는 관계에 대한 인식이 결여되어 있다고 말한 것과 연관이 있다. 노 역사가는 이렇게 말했다.

"당신네 수학자들과 유리알 유희자들은 세계사를 당신들의 입맛에 맞게 증류시켜버리고 말았어요. 거기에는 정신사와 예술사만 남아 있을 뿐이지. 당신들의 역사에는 피도 없고 실재도 없어요. 당신들은 2, 3세기경에 라틴어 문장 구조가 어떻게 붕괴되었는지는 잘 알고 있지만 알렉산더나 카이사르, 예수 그리스도가 어떤 인물인지는 짐작도 못 해요. 당신들은 수학자가 수학을 하듯 세계사를 다루고 있어요. 있는 것은 그저 법칙과 공식일 뿐, 실재도, 선악도, 시간도, 어제도 내일도 없어요. 오로지 영원한, 얄팍한 수학적인 현재만 있을 뿐이지."

"하지만 역사에 질서를 부여하지 않고 어떻게 역사를 연구할 수 있습니까?"

"물론 역사에 질서를 부여해야 하지요." 야코부스가 큰 소리로 말했다. "학문이란 무엇보다 질서를 세우는 일, 단순화하는 일, 정신이 소화할 수 없는 것을 소화하게 만드는 것이지요. 하지만 역사에 대해 일정한 법칙이나 도식을 미리 들이대는 건 그릇된 태도요. 그것은 마치 해부학자가 해부를 하면서 자신의 눈앞에 드러난 기관과 근육과 핏줄과 뼈의 세계를 자신이 머릿속에 지니고 있는 도식과 맞는지 아닌지 확인하려는 태도와 같소. 카스탈리엔 사람이나 유리알 유희자들도 똑같은 일을 하고 있소. 나는 현실에 질서를 부여할 수 있는 우리의 정신의 힘에 대해 순진한 믿음을 갖고 있는 역사학도와 논쟁을 벌이지는 않소. 하지만 그에게 그 무엇보다 우선적으로 이해 불가능한 진실, 실재, 각각 사건의 독특함에 먼저 주목하라고 충고한다오. 역사를 연구하는 것은 장난도 아니고 무책임한 유희도 아니오. 역사를 연구하는 것은 어떤 불가능한 것, 그럼에도 불구하고 꼭 필요하고 가장 중요한 것을 얻으려 애쓰는 것이오. 역사를 연구한다는 것은 혼돈에 몸을 내맡기면서 그럼에도 불구하고 질서와 의미에 대한 믿음을 유지하는 것을 뜻하오. 젊은이, 그건 정말 중요한 과업이며 어쩌면 비극적이기도 한 과제라오."

그 무렵 크네히트가 친구들에게 편지로 전했던 노신부의 말 중에서 특기할 만한 것을 하나 더 소개해보자.

"당신 같은 젊은이들에게 위인들은 세계사라는 과자 속에 들어 있는 건포도 같은 것이지. 그들도 분명 세계사라는 과자의 실체를 이루고 있소. 하지만 대부분의 역사가들은 거짓 위인들에 혹해 있지. 그들을 위대한 것처럼 보이게 해주는 역사적인 순간을 알아보고 포착하는 데 집착해 있단 말이오. 하지만 이 베네딕트 수도회에 속한 나 같은 역사가가 주목하는 것은 그 어떤 인물도, 그 어떤 놀라운 사건도, 그 어떤 것의 흥망성쇠도 아니오. 내가 사랑하는 것, 내게 끊임없는 호기심을 불러일으키는 것은 바로 우리 수도회와 같은 그 어떤 현상이오. 정신과 영혼으로 사람을 끌어모으고 교육하고 개조하려는 노력이 이루어지는 그런 생명이 긴 조직 말이오. 우생학이 아니라 교육을 통해서, 혈통이 아니라 정신을 통해서 사람을 다스릴 줄도 알고 무언가를 섬길 줄도 아는 그런 사람을 키우려는 시도가 행해지는 그런 곳 말이오. 그리스 역사에서도 내 마음을 끈 것은 밤하늘의 별처럼 빛나는 수많은 영웅도 아니었고 광장에서 들려오는 끝없는 외침소리도 아니었소. 내 관심을 끈 것은 피타고라스학파나 플라톤의 아카데미 같은 시도들이었소. 중국 역사에서는 그토록 수명이 긴 공자의 학설만큼 나의 주의를 끈 것이 없었소. 우리의 서양사에서는 기독교 교회와 그것의 뼈대 역할을 했던 수도회가 내 관심사였소. 그런 것들은 1,000년, 혹은 2,000년 동안 지속해 온 것이오. 역사의 온갖 흥망성쇠에도 불구하고, 온갖 압제에도 불구하고 제 얼굴과 목소리와 영혼을 지켜왔다는 사실이 내게는 가장 주목할 만하고 존중할 만한 역사적 현상이오."

그곳에서 2년 정도 지내자 크네히트는 수도원 생활에 완전히 익숙해졌다. 그는 유리알 유희 초급반을 결성해 가르쳤는데 안톤은 그중 가장 열성적인 학생이었다. 또한 원장이 『역경』에 관심이 있는 것을 알고 산가지 조작 방법을 가르쳐주었으며 좀 더 잘 명상하는 법에 대해서도 가르쳐주었다.

한편 수도원 원장은 크네히트의 근황에 대한 유리알 유희 명인의 공식적인 물음에 반년마다 꼼꼼한 답신을 보냈다. 유희 명인을 비롯해 카스탈리엔의 당국자들은 그의 답신에 만족했다. 하지만 그들이 무엇보다 놀란 것은 크네히트가 저 유명한 야코부스와 자주 만나는 허물없는 사이가 되었으며 우정 어린 교제를 한다는 사실이었다.

우리는 둘 사이의 교제를 통하여 크네히트가 또 한 명의 위대한 스승으로부터 가르침을 받았다고 분명하게 말할 수 있으며 그것은 그가 2년 동안의 그곳 체류를 통해 얻은 가장 소중한 결실이었다. 크네히트는 그의 가르침을 단번에 받아들인 것이 아니라 마치 식물이 자양분을 받아 천천히 성장하듯 서서히 뿌리를 내리고 싹을 틔워 나갔다. 하지만 크네히트만 일방적인 영향을 받은 것이 아니었다. 카스탈리엔에 대하여 그토록 부정적이던 신부가 정신적 귀족들을 키워낸다는 카스탈리엔의 정신을 인정하게 되었던 것이며 마침내 긍정하게 되었다는 것이다. 1,500년이나 된 베네딕투스 수도회에 비해 카스탈리엔은 200년밖에 안 되었지만 이 노신부는 더 이상 그 수도회가 젊다고 트집 잡지 않았다. 또한 그는 유리알 유희를 단순한 미적인 호사 취미로 보지 않게 되었으며 연륜 차이가 나는 두 수도회가 친분을 갖는 것에 대해 부정적 견해를 갖지 않게 되었다. 크네히트가 그런 식으로 야코부스 신부를 설득할 수 있었던 일을 크네히트는 개인적인 행운으로 생각하고 있었다. 하지만 카스탈리엔 교육청은 그것을 크네히트가 이룬 가장 중요한 업적으로 생각했다. 물론 크네히트는 그것을 오랫동안 조금도 눈치채지 못하고 있었다.

이 간략한 전기를 읽는 독자들은 아마도 크네히트의 수도원 체험 중의 또 한 면에 대해서 언급이 있기를 기대하고 있을지도 모른다. 즉 종교적인 측면 말이다. 이 점에 대해서는 조심스러운 언급만으로 그치도록 하겠다.

크네히트가 이곳 마리아펠스에 머물면서 이곳에서 매일 실천되고 있는 기독교에 심적으로 한 걸음 더 다가가게 된 것은 사실이다. 하지만 과연 그가 기독교 신자가 되었는지, 되었다면 어느 정도였는지에 대해서는 대답을 유보할 수밖에 없다. 다만 그가 자주 미사에 참석했다는 것, 이전까지 이론과 역사적으로만 알고 있던 기독교를 살아 있는 실체로 접하면서 외경심이 커졌다는 것은 분명하다. 여러 세기 동안 그렇게 비현대적이고 시대에 뒤떨어지고 낡아서 경직되곤 했던 종교가 여러 번 반복해서 그 존재의 근원에서 자양분을 길어 와 스스로 새로워지고, 어제까지만 해도 현대적이라며 승리감에 취해 있던 것들을 다시 한번 앞지르곤 했던 사실 앞에서 크네히트는 이 종교를 새롭게, 그리고는 깊이 있게 이해할 수 있게 되었던 것이다.

크네히트가 이곳에 머문 지 두 해 정도 지났을 때 어떤 손님이 수도원에 나타났다. 그런데 그 사람은 애써 크네히트를 피하려 했다. 수도원에서는 심지어 그 손님을 크네히트에게 소개조차 하지 않았다. 부쩍 호기심이 생긴 크네히트는 단지 며칠간 이곳에 머물렀을 뿐인 그 손님이 누구인지 온갖 추측을 다 해보았다. 그 손님은 수도사 복장을 하고 있었지만 변장한 것이 틀림없다고 크네히트는 생각했다. 크네히트는 이 손님이 비밀 임무를 띤 고위 정치가이거나 신분을 감추고 다니는 군주일지 모른다고 짐작했다.

크네히트는 그 정체불명의 손님에 대한 생각에 잠겨 있다가 문득 지난 몇 달간 몇 사람인가 손님이 찾아왔었다는 사실에 생각이 미쳤다. 지금 와서 생각해보니 그 손님들도 마찬가지로 어딘가 비밀스러웠고 무슨 중대한 볼 일이 있는 것 같았다. 그러자 그토록 친절했던 '경찰서장' 뒤부아 씨가 문득 생각났다. 그리고 수도원에서 벌어지는 이런 일들을 주의 깊게 살펴봐달라고 부탁했던 것도 생각났다. 크네히트는 그런 보고서를 쓴다는 게 내키지 않았고 의무감도 느끼지 않았지만 그토록 친절한 사람에게 단 한 번도 편지를 보내지 않았다는 사실이 양심에 찔렸다. 뒤부아 씨는 분명히 자신에게 실망했으리라. 그는 뒤부아 씨에게 긴 편지를 썼다. 그는 자신이 침묵한 데 대해 애써 변명을 했으며 편지에 실질적인 내용을 담기 위해 야코부스 신부와의 친교에 대해서도 썼다. 그는 이 편지를 카스탈리엔의 몇몇 중요한 사람이 구석구석 대단히 세심하게 읽으리라고는 읽을지는 상상조차 하지 못했다.

제5장 임무

크네히트의 수도원 1차 체류는 2년간이었고, 그 체류를 마쳤을 때 그는 서른일곱 살이었다. 그가 뒤부아 씨에게 긴 편지를 보낸 지 두 달 정도 지난 어느 날 아침, 그는 원장의 집무실로 호출을 받았다. 크네히트는 원장 집무실로 가면서 원장이 중국에 관한 이야기를 들으려는 것이라 짐작했다. 그런데 그를 맞은 원장은 손에 편지 한 통을 들고 크네히트를 맞았다.

"당신네 유희 명인께서 편지를 보내셨소." 그가 다정하게, 하지만 은근히 비꼬는 투가 뒤섞인 말투로 말했다. 그의 말투에는 아직 두 수도회 간의 불분명한 우호 관계가 그대로 묻어나 있었고, 실은 그런 말투는 야코부스 신부의 말투이기도 했다.

그가 말을 이었다.

"정말 당신네 유희 명인에게 탄복했소! 정말 멋진 편지야! 무슨 영문인지 모르겠지만 라틴어로 편지를 썼소. 그것도 고대 로마의 라틴어로! 내가 이 장문의 문학 작품을 제대로 이해한 거라면 당신은 휴가를 얻은 거요. 내 손님인 당신을 무기한 발트첼로 보내달라는 요청을 받았소. 하지만 영원하는 아니요. 저쪽 당국에서는 우리 쪽에서 좋다고만 하면 당신이 곧바로 돌아와주었으면 하는 모양이오. 여기 당신에게 전해주라는 편지도 있소. 가서 읽어보고 과연 떠날 것인지, 떠난다면 언제 떠날 것인지 알려주기 바라오. 우리는 당신을 아쉬워할 거요. 그리고 당신이 너무 오랫동안 돌아오지 않으면 당신을 돌려보내 달라고 요청할 거요."

원장이 건네준 편지에는 휴식도 취하게 할 겸, 또한 윗사람들과 상의할 일도 있어서 휴가를 주선했으니 즉시 발트첼로 돌아오라는 짧은 통고가 적혀 있었다. 또한 전임 음악 명인이 그에게 안부를 전하더라는 말도 적혀 있었다. 그는 편지를 읽으며 생각에 잠겼다. 유리알 유희 명인이 어떻게 이런 공적인 서신에 어울리지 않는 그런 인사말까지 덧붙이게 된 것일까? 분명 전임 음악 명인까지 포함된 중요 회합이 열렸던 것이 분명했다. 하지만 그런 회합이 열리고 안 열리고는 별 상관이 없었다. 문제는 인사말을 전하는 어투가 심상치 않다는 사실이었다. 마치 동료를 대하는 듯한 말투였던 것이다. 회합에서 어떤 안건이 논의되었건 별로 관심이 없었지만 그 말투로 보아 고위층들 사이에서 크네히트 자신에 대한 논의가 있었음이 틀림없었다. 새로운 일이 눈앞에 닥쳐오고 있는 것일까? 소환되는 것인가? 그렇다면 승진인가, 좌천인가? 하지만 편지에는 휴가 외에는 아무런 다른 언급이 없었다. 물론 그는 다음 날이라도 당장 떠나고 싶을 정도로 이 휴가가 반가웠다. 하지만 최소한 학생들과는 작별을 해야 했고 그들에게 지시도 남겨야 했다. 그가 떠난다면 안톤은 매우 슬퍼할 것이다. 그 외에 신부 몇 명과도 작별 인사를 해야 했다.

막상 이곳을 떠나려 하자 그에게 분명해지는 것이 한 가지 있었다. 자신이 야코부스 신부와의 교제에서 얻은 것이 그 무엇보다 소중한 것이며 카스탈리엔에서는 그런 경험을 할 수 없다는 사실을 확실하게 깨달은 것이다. 그러자 자신이 이곳에 머물면서 무엇을 체험하고 배웠는지 전보다 더욱 분명하게 의식할 수 있었다.

그는 작별 인사차 야코부스 신부를 만났다. 그리고 다시 이곳으로 돌아올 수 있다는 사실에 기뻐하는 자신을 보고 스스로도 놀랐다고, 그것은 오로지 신부님 덕분이라고 솔직하게 말했다. 이어서 그는 자신이 돌아온 후에 일주일에 한두 시간이라도 좋으니 자신을 제자로 삼아 얼마만이라도 가르침을 달라고 부탁했다. 야코부스 신부는 자신에게는 그런 능력이 없다고 겸손한 말투로 거절의 뜻을 밝혔지만 크네히트는 그 거절이 진심이 아님을 금세 알아차릴 수 있었다. 둘은 마음과 마음으로 작별 인사를 나누었다.

휴가를 맞은 크네히트는 즐거운 마음으로 귀향길에 올랐다. 그는 마음속으로 수도원에서 보낸 기간이 결코 무익하지 않다고 확신하고 있었다. 출발할 때 그는 마치 자신이 소년인 듯 느꼈다. 하지만 그는 자신이 이제 소년도 청년도 아님을 깨달았다. 자신은 이제 어른이었다. 그는 자신이 어디엔가 묶여 있고 책임을 지고 있다고 느꼈다. 그렇다면 무엇에? 공적인 직책에? 교육주와 수도회를 대표해 마리아펠스 수도원 사람들에 대해서 지고 있는 임무에? 아니었다. 그것은 바로 수도회 자체였고 수도회의 위계질서 자체였다. 갑작스런 자기 성찰의 순간 그는 자신이 바로 그 질서 안에서 자라났고 그 구조의 일부분임을 깨닫게 된 것이다. 그가 느낀 구속은 책임감으로부터 온 것이었고 자신이 보다 높은 집단에 속해 있다는 자각으로부터 온 것이었다. 바로 그 책임감과 자각이 젊은 사람을 나이 들어

보이게 하고 나이 든 사람을 젊어 보이게 만드는 법이다. 그 책임감과 자각은 당신을 붙잡아주고 받쳐주면서 동시에 어린나무를 지탱해주는 버팀목처럼 마음대로 뻗어 나갈 자유를 빼앗는다. 그것은 마치 당신에게서 순진함을 빼앗아가면서 더욱더 투명한 순결을 요구하는 것과 마찬가지이다.

크네히트는 몬테포르트에 들러서 전 음악 명인을 찾아가 인사했다. 음악 명인은 좀 더 부드러워지고 자상해진 것 같았다. 둘은 마리아펠스 수도원의 파이프 오르간이나 그곳에 남아 있는 악보에 대해 이런저런 이야기를 나누었고, 노인은 크네히트가 떠나기 전에 소중한 충고를 해주었다.

"듣자하니 무슨 외교관 비슷한 일을 한다더군. 사실 별로 좋은 직업은 아니지만 우리 사람들은 자네에게 만족하고 있는 것 같아. 해석은 자네 마음이야. 하지만 영원히 그 직업에 머물 게 아니라면 조심하게나. 자네를 그 일에 붙잡아두려는 것 같아. 자신을 방어하게. 자네에게는 그럴 권리가 있으니까……. 아니, 묻지 말게. 더 이상 말 않겠네. 자네 스스로 알게 될 거야."

스승의 충고가 가시처럼 크네히트의 가슴에 박혔다. 하지만 일단 발트첼로 돌아오자 그는 열광에 휩싸였다. 마치 발트첼이 고향이자 이 세상에서 제일 아름다운 곳일 뿐 아니라 발트첼 자체가 자신이 없는 동안 더 아름답고 매력적이 된 것 같았다. 그는 친구 테굴라리우스와 만나서 발트첼과 카스탈리엔에 대해 열정적인 예찬을 늘어놓은 후에 말했다.

"마치 그동안 내내 이곳에서 행복하게, 하지만 아무 의식 없이 잠에 빠져 있던 것 같은 기분이야. 그러다가 이제 막 잠에서 깨어나 모든 것을, 의심할 바 없는 현실을 보다 뚜렷하게 똑바로 보고 있다는 느낌이 들어. 외지에서 보낸 2년의 세월이 사람의 눈을 이토록 밝혀 놓을 수 있다니!"

크네히트는 휴가를 마치 축제처럼 즐겼다. 특히 엘리트 그룹의 친구들과 유리알 유희에 대해 토론을 하면서 크나큰 기쁨을 느꼈다. 하지만 그의 기쁨이 절정에 달한 것은 유리알 유희 명인을 만나고 나서였다. 그러기 전까지는 마음 한구석에 불안이 남아 있었던 것이다.

크네히트를 만난 유희 명인은 정작 크네히트의 공적 임무인 유리알 유희 교육에 대해서는 별로 묻지 않았다. 다만 야코부스 신부의 이름만 나오면 아무리 들어도 충분하지 않다는 듯 계속 되물었고 열심히 귀를 기울였다. 크네히트는 유희 명인이 그가 수행한 임무에 대해 상당히 만족하고 있음을 그의 친절한 태도와 말투에서 충분히 알 수 있었으며 명인의 지시로 찾아간 뒤부아 씨로부터 그것을 다시 한번 확인할 수 있었다.

크네히트를 만난 뒤부아 씨는 아예 단도직입적으로 말했다.

"정말 눈부시게 잘했어. 자네가 원장뿐 아니라 저 위대한 야코부스 신부의 마음까지 사로잡을 수 있었다니! 그 신부가 카스탈리엔에 대해 호의적인 생각을 갖게 만들다니 정말 대단한 일을 한 거라네. 그 누구도 엄두조차 낼 수 없는 일이지."

이틀 후 유리알 유희 명인은 뒤부아 씨와 발트첼 영재 학교 교장을—츠빈덴 교장의 후임이었다—크네히트와 함께 저녁 식사에 초대했다. 그들이 식사를 마치고 대화를 나누고 있을 때 예기치 않게 새로 임명된 음악 명인과 수도회 기록 관리소 소장도 나타났다. 말하자면 교육청의 최고위층 두 명이 더 합류한 것이다. 이 초대로 인하여 크네히트는 공공연히 고위 공직에 오를 후보 반열에 오른 셈이 되었고 크네히트와 일반 영재 유희자들 간에는 장벽이 쌓이게 되었다. 이제 그런 것을 눈치챌 만큼 안목이 트인 크네히트는 그 사실을 단번에 알아차릴 수 있었다. 크네히트는 4주의 임시 휴가를 얻었으며 그사이 모든 관청의 고관, 명인, 연구 책임자들로부터 초대를 받았다. 그 외의 대부분의 휴가 기간을 그는 2년 동안 등한시할 수밖에 없었던 유리알 유희를 하며 보냈다. 그는 최근 상급반에서 행한 특강 노트를 프리츠 테굴라리우스와 함께 복습하면서 다시 유리알 유희의 매력 속에 빠져들었다.

휴가가 거의 끝나갈 무렵 유희 명인이 크네히트를 불러서 크네히트를 다시 마리아펠스로 파견하는 일과 그의 당면 과제에 대해 이야기를 꺼냈다. 유희 명인은 전과 달리 진지하게 당국의 계획을 크네히트에게 설명해 주었다. 그가 논리정연하게 펼쳐놓은 이야기를 요약하면 다음과 같다.

대부분의 명인들과 뒤부아 씨가 극히 중시하고 있는 과업이란 장차 로마 교황 밑에 카스탈리엔 대표를 상주시키는 일이다. 오랫동안 간격이 벌어져 있던 로마와 카스탈리엔 수도회 사이에 다리를 놓게 될 역사적 순간이 조만간 닥쳐올 것이다. 장차 인류사에 위험이 닥쳐오게 되면 두 세력은 분명 공동의 적을 갖게 될 것이며 서로 운명을 함께 하는 자연스러운 동맹이 될 것이다. 그런데 두 세력은 지금 해서는 안 될 짓, 더 솔직히 말하자면 낯 뜨거운 짓을 하고 있다. 이 세상에서 정신과 관계되는 일과 평화를 지키고 수호하는 것을 역사적 과업으로 삼고 있는 이 두 세력이 마치 낯선 존재인 양 지내는 것은 있어서는 안 될 일이다. 로마 교회는 지난날 엄청난 전쟁이 있었던 시절의 충격을 딛고 살아남았다. 비록 심한 손상을 입기는 했지만 위기를 딛고 일어나 다시 새로워지고 순화되었다. 반면에 그 시기에 문화 전반이 붕괴됨에 따라 세속적인 예술과 학문의 전당들은 모두 함께 묻혀버리고 말았다. 바로 그 폐허 위에서 수도회와 카스탈리엔의 이상이 발흥한 것이다. 바로 그 이유 때문에, 또한 그 존경받을 만한 연륜 때문에 기독교 교회의 우위가 인정되어야 하는 것은 당연한 일이다. 기독교 교회는 보다 연륜이 깊고 보다 뛰어난 힘을 지니고 있으며 강하고 큰 폭풍들을 여러 번 맞으면서 시험을 이겨냈다. 지금 중요한 것은 이 두 세력이 앞으로 닥쳐올 위기에 대비해서 서로 의지할 수 있는 존재라는 것을 로마 쪽에 일깨우고 함양시키는 것이다.

—바로 이 대목에서 크네히트는 생각했다. '아, 나를 로마로 보내려는 거로구나. 그것도 영원히.' 그는 전 음악 명인의 충고를 떠올리며 방어 태세를 취했다.—

토마스 명인은 말을 이었다.

마리아펠스에서 크네히트가 수행한 임무 덕에 중요한 한 걸음이 이룩된 셈이다. 가톨릭의 지도적 인물인 야코부스 신부가 카스탈리엔 정신에 대해 좀 더 잘 알게 되었고, 이전까지 지니고 있던 거부감을 갖지 않게 되었다. 크네히트의 다음 임무는 바로 그런 사실에 비추어 수행되어야 하고 추진되어야 한다. 크네히트를 만나본 모든 고위급 관리이 그에게 호의를 표명했고 그를 마리아펠스로 돌려보내는 일은 모두 토마스 명인에게 일임했다.

명인은 크네히트에게 질문할 시간을 주려는 듯 잠시 말을 끊었다. 하지만 크네히트는 자신에게 주어진 임무를 수행할 용의가 되어 있다는 듯 조용히 경청하고 있을 뿐이었다. 그러자 명인이 다시 입을 열었다.

"이제 자네에게 주어질 임무란 이런 것이라네. 우리는 조만간 바티칸에 우리 수도회의 상설 대표부를 둘 계획이라네. 가능하다면 상호 교환 형식이기를 원하고 있지. 그쪽에 윗자리를 양보하고 기꺼이 아랫자리를 차지할 용의가 있어. 저쪽에서 받아들이리라고 생각하지만 무슨 일이 있어도 거절한다는 답이 오는 것만은 피해야 하네. 그런데 로마에서 큰 비중을 차지하고 있으며 우리가 접근 가능한 인물이 있어. 바로 야코부스 신부라네. 자네의 임무란 그를 서서히 우리 편으로 만들어서 우리의 계획을 지지한다는 약속을 얻어내는 거야. 그 일이 앞으로 얼마나 더 걸리는가는 중요한 게 아니라네. 최소한 1년은 더 걸리겠지만 두 해, 혹은 그 이상일 수도 있겠지. 자네, 이제 그쪽의 템포를 알았지? 너무 초조해하거나 서두른다는 인상을 주어서는 안 되네. 무르익어서 저절로 그 말이 나오게 해야 해. 자, 이의가 있으면 털어놓고 말해 보게. 원한다면 며칠 생각할 시간을 줄 수도 있어."

이미 다른 사람들과의 대화를 통해 꽤 많은 이야기를 들은 터여서 크네히트는 이 임무에 대해 그다지 놀라지 않았다. 그는 생각할 시간은 필요 없다며 순순히 임무를 받아들였다. 하지만 그는 이런 말을 덧붙였다.

"아시겠지만 저는 이 임무에 대해 아무런 거부감도 없고 그 중요성도 알고 있으며 일이 잘 되기를 원합니다. 하지만 단 한 가지 청이 있습니다. 저는 유리알 유희자입니다. 그런데 꼬박 2년의 파견 기간 동안 유리알 유희 연구에서 뒤처졌고 아무것도 새로 배우지 못했으며 기술도 무뎌졌습니다. 그런데 이제 1년 이상 또 비슷한 처지에 놓이게 되었습니다. 그러니 파견 기간 동안 자주 짧은 휴가를 얻어 발트첼의 명인 연구실에서 열리는 상급 강의 및 특강을 언제라도 들을 수 있게 허락해주십시오."

"기꺼이 그렇게 해주겠네." 명인이 말했다.

그러자 크네히트가 내친 김에 목소리를 높여 말했다.

"한 가지만 더 청을 드리겠습니다. 다시 말씀드리지만 저는 유리알 유희자입니다. 마리아펠스의 일이 성사되고 난 뒤에 로마로 파견되거나 다른 외교적인 임무에는 적합하지 않다고 생각하고 있습니다. 그리고 그런 것을 미리 염두에 둔다면 오히려 제 임무에 압박을 주고 지장을 줄 수도 있습니다. 그런 일은 제가 바라지 않기 때문입니다."

명인은 눈살을 찌푸리더니 자신에게 그런 것을 약속할 만한 권한은 없지만 만일 그럴 때가 오면 힘을 써주겠다고 말하면서 너무 이른 청원 같다고 꾸짖는 것도 잊지 않았다. 얼마 후 크네히트는 마리아펠스로 돌아갔다.

마리아펠스에서의 2차 체류 동안의 생활은 이전과 달랐다. 크네히트는 자신이 확실한 임무를 갖고 있다는 사실에 감사했다. 게다가 그 임무는 더없이 중요하고 명예로운 임무였다. 그뿐 아니라 야코부스 신부와 가깝게 지내며 친해져야 한다는 그 임무는 바로 자신의 소망과도 부합하는 것이었다. 마리아펠스 수도원에서 그를 대하는 태도도 확연히 달라졌다. 이전에는 크네히트라는 개인에 대한 호감으로 그에게 친절하게 대했다면 이제는 그를 카스탈리엔의 전권 대사 자격을 지닌 인물로 인정하고 정중하게 대접한 것이다.

하지만 그를 향한 야코부스 신부의 태도는 조금도 달라진 것이 없었다. 노학자는 그를 다정하고 반갑게 맞아주었다. 크네히트는 이제 야코부스 신부에게서 역사학에 대해 좀 더 자세하게 배울 수 있게 되었다. 그리고 그 역사 수업이 유리알 유희 강의나 음악 문서 연구보다 우선순위가 되었다는 것이 전과 달라진 점이었다. 야코부스는 이 마음에 드는 제자에게 베네딕투스 수도회의 전사(前史)와 초기 역사뿐 아니라 중세 초기 역사의 근원에 대해서도 가르쳤다. 한편 크네히트는 야코부스 신부의 금석학이나 문헌학 강의가 끝나면 그에 대한 보답으로 카스탈리엔의 역사와 조직에 대한 개론과, 유리알 유희의 바탕을 이루고 있는 주된 이념에 대해 강의를 해주었다. 그럴 때면 학생은 선생이 되고 선생은 학생이 되었으며 이 존경할 만한 스승은 크네히트의 강의를 경청하며 비판적인 질문을 던졌다. 그는 카스탈리엔을 로마에 소개해야겠다고 이미 어느 정도 마음이 움직이고 있었지만 정말로 그곳에 바람직한 인간을 키워낼 교육적인 역량이 있는지는 아직 미심쩍어하고 있었다. 크네히트의 기록에는 노학자의 비판에 대한 기록이 수두룩한데 그중 한 가지만 인용해보기로 하자.

신부 : "당신네 카스탈리엔 사람들은 대단한 학자이고 미학자들이오. 당신들은 옛 시에서의 모음(母音)의 비중을 측정해서 그 공식을 별의 궤도와 연결시키지. 대단히 재미있는 작업이지만 그것은 단순한 유희일 뿐이오. 당신들이 그 멋진 유리알 유희를 신성한 것, 혹은 최소한 계몽 수단 수준까지 끌어올리려 한다는 것은 인정하오. 하지만 성스러운 것은 그런 노력으로 이루어지는 것이 아니오. 유희는 어디까지나 유희일 뿐이오."

크네히트 : "존경하는 신부님, 우리에게 신학적 기반이 없다는 말씀이로군요."

신부 : "아니, 신학 이야기를 하자는 게 아니오. 당신들은 신학과는 너무 거리가 멀거든. 그보다는 훨씬 단순한 몇 가지 기반이 있었으면 하고 바랄 뿐이오. 예를 들어 인간학 같은 거 말이오. 인간에 대한 참된 원리나 참된 지식 말이오. 당신들은 수성(獸性)과 신성한 이미지를 동시에 지닌 존재로서의 인간에 대해 모르고 있소. 당신들이 알고 있는 것은 오로지 카스탈리엔이라는 특별한 산물, 진기한 교육 실험을 하는 그 드문 계층에 대해서일 뿐이오."

크네히트는 신부의 비판을 들으며 그를 자신의 편으로 끌어들여야 한다는 본연의 임무를 떠올린 것이 사실이다. 하지만 그 임무보다는 가능한 한 이 신부에게서 많은 것을 배우는 동시에 자신이 이 학식이 풍부하고 저명한 인물을 카스탈리엔과 가까워지게 할 수 있는 유력한 안내자가 될 수 있다는 사실 자체가 훨씬 중요한 일로 여겨졌다.

크네히트는 여러 가지 면에서 주변 사람들의 부러움을 샀는데, 무엇보다 그와 이 노신부와의 격의 없는 관계를 사람들은 부러워했다. 그 관계는 제자이면서 동시에 스승인 관계, 받으면서 주는 관계, 정복자이면서 피정복자인 관계, 친구이자 협력자의 관계였다. 우리가 협력자라는 표현을 쓰는 데는 이유가 있다. 야코부스 신부는 크네히트가 띠고 있는 임무를 이미 눈치채고 있었다. 하지만 그는 크네히트가 애당초 자신과 가까이 지내게 된 것은 그 임무 때문이 아니라는 사실을 잘 알고 있었기에 흉금을 터놓고 크네히트와 가깝게 지낼 수 있었다. 즉 두 사람 모두 둘 사이의 격의 없는 관계를 즐기면서 부수적으로 함께 크네히트의 임무를 수행하고 있었다는 의미에서 협력자이기도 했다. 게다가 크네히트는 죽림에서 장형을 만난 이래로 이토록 많은 것을 즐겁게 배워본 적이 없었다. 또한 이처럼 명예롭다는 느낌과 부끄러움을 동시에 느끼게 해준 관계, 많은 것을 보상받으면서 동시에 자극을 느낀 관계는 없었다. 훗날 크네히트에게서 사랑을 받았던 제자들은 크네히트가 자주 즐겁게 신부와의 만남에 대해 이야기했다는 사실을 한결같이 전하고 있다.

크네히트는 신부에게서 당시의 카스탈리엔에서는 거의 배울 수 없던 것들을 배웠다. 그는 역사 인식과 역사 연구에 대한 방법론 및 수단을 개관할 수 있게 되었으며 그것들의 실제 응용 훈련을 할 수 있었다. 하지만 거기서 훨씬 더 나아가 그는 역사를 단순한 지적 훈련이 아니라 실재와 삶으로 체험했다. 그리고 그와 함께 자신의 개인적인 삶을 역사적인 것으로 변모시키고 고양시킬 수 있게 되었다. 그런 것들은 그가 단순한 역사학자에게서는 배울 수 없는 것들이었다. 야코부스 신부는 학자를 훌쩍 뛰어넘어 역사를 통찰하는 현자였다. 하지만 그뿐이 아니었다. 그는 그와 동시에 역사와 함께 움직이고 역사를 형성하는 사람이었다. 그는 운명이 자기에게 부여한 자리를 이용해 역사를 관조하는 존재로서 만족한 채 아늑한 불을 쬐고 있는 사람이 아니었다. 그는 이 세상의 바람을 자신의 서재에도 불어오게 하는 사람, 시대의 고난과 예감을 가슴으로 받아들이는 사람이었다. 그는 동시대 사건들에 동참해 행동했고 그 사건들에 대한 비난을 함께 받아들였으며 그에 대한 책임을 함께 했다. 그는 결코 아득한 과거에 벌어진 일을 조사하고 정리하고 해석하는 데 그치지 않은 것이다. 또한 그는 단지 이념에 관계되는 것만 다룬 것이 아니라 물질과 인간이 지니고 있는 끈질긴 완고함에도 관심을 두었다. 그는 자신의 동료이자 맞수였으며 얼마 전에 세상을 떠난 예수회의 한 신부와 함께, 극심한 어려움에 처했던 로마 교회에 외교적이고 도덕적인 힘과 상당한 정치적 위엄을 되찾게 해준 인물로 간주되고 있었다.

그러한 야코부스 신부였기에 세상에서 벌어지고 있는 현상들에 대한 그의 견해에는 항상 정치적인 의미가 가미되어 있었다. 하지만 그때의 정치란 통치자로서, 혹은 지도자로서의 야심을 가진 뜻에서의 정치가 아니었다. 그는 증언자요, 중개자였으며 그의 그런 사심 없는 인품이 오히려 그에게 정치적 힘을 실어줄 수 있는 요인이 되었다.

그런 신부의 모습은 카스탈리엔에서는 좀처럼 찾아볼 수 없는 모습이었다. 일반적인 카스탈리엔 사람들, 특히 유리알 유희자들은 현실에서 실제 일어나고 있는 일, 정치, 신문에 보도되고 있는 일들을 멀리했다. 그들은 스스로를 교육주의 엘리트요 정수라고 자부했고 자신들의 학자적이고 예술적인 맑은 공기를 그 어느 것으로도 흐려 놓아서는 안 된다고 생각하고 있었다. 하지만 크네히트는 야코부스 신부의 영향으로 카스탈리엔 수도회의 역사를 다른 눈으로 새롭게 볼 수 있게 되었고 그 뿌리를 일반 세계사와 정치사에서 찾아낼 수 있었다. 우리는 크네히트와 신부를 종종 격한 토론으로까지 이끌었던 이 문제가 여러 해가 지난 후에 결실을 맺는 모습을 보게 될 것이며 크네히트의 생애 내내 생생하게 그 힘을 발휘했음을 확인할 수 있을 것이다. 그리고 로마와 카스탈리엔 양자가 호의적인 태도로 학문 교류를 시작해서 진정한 협력과 동맹 관계를 오늘날까지 지속해 올 수 있는 것은 이 두 사람 덕분이다.

크네히트가 그렇게 신부에게서 새로운 것을 배우고 자기 혁신을 이룩하는 동안 신부 역시 크네히트의 가르침을 통해 변모를 겪었다. 심지어 초기에는 거의 비웃음을 흘리며 대했던 유리알 유희 이론을 배우고 싶어 했다. 그 유희에 카스탈리엔의 비밀과 그 믿음, 혹은 종교가 숨어 있으리라고 느꼈기 때문이었다. 한번 그런 관심이 생기자 그는 특유의 빈틈없고 열정적인 태도로 유희의 핵심을 향해 돌진해 들어갔다. 나이가 너무 많았기에 신부는 유리알 유희자가 되지는 않았지만 카스탈리엔 밖에서 이 유희와 수도회에 대해 그토록 열성적으로 연구했던 영향력 있는 인물은 그 외에는 없었다.

신부 곁에서 배우고 가르치는 일, 기계적으로 유리알 유희 강습을 하는 일, 게르바지우스 원장과 이따금 중국에 대해 한담을 나누는 일 외에 크네히트는 당시 또 한 가지 중요한 일에 몰두해 있었다. 발트첼의 엘리트 유리알 유희자들 사이에서 해마다 벌어지는 유희 경연대회에 참가하기로 한 것이다. 이 경연에서는 서너 가지 주제가 미리 주어지고 그에 대해 유리알 유희 초안을 만들어내게 되어 있었다. 형식면에서는 순수성과 정서법을 엄격히 지키되 주제들을 새롭고 대담하고 독창적으로 결합하는 것이 핵심이었으니, 이 경연은 참가자들에게 규범을 벗어나서 독창성을 발휘할 수 있는 유일한 기회였다. 또한 이 경연을 통해 새로운 상징들이 태어나 공식적으로 인정될 수 있는 기회이기도 했다. 자신이 창안한 새로운 유희 문법이나 어휘가 승인되어 유희 기록 관리소에서 유희 언어로 채택된다는 것은 유희자들에게는 더할 나위 없는 영예였다. 크네히트는 원래 자신에게 익숙했던 심리적 유희법을 포기하고, 그 구조와 주제 면에서는 지극히 현대적이고 개인적이면서 동시에 구성 면에서는 옛 명인들의 방법을 따라 엄격하게 투명하고 고전적이며 균형 잡힌 유희를 구상했다. 아마 발트첼과 유희 기록 관리소에서 멀리 떨어져 있었던 것이 그 원인일 수도 있고, 역사 연구에 온 힘을 바쳐 매진하고 있었기 때문일 수도 있으며 가능하면 스승이자 친구인 야코부스 신부의 취향에 맞는 유희를 만들고자 하는 의도도 있었을 것이지만 우리로서는 진짜 이유는 알 수가 없다.

우리가 '심리적 유희법'이라는 표현을 쓴 김에 당시 유희의 해석에 대한 두 가지 관점이 있었음을 간단히 언급해야겠다.

유리알 유희에 정통한 사람들 사이에서는 어느 시대에나 경향과 유행에 변화가 있었고 그 의미에 대한 해석에도 논쟁이 있었다. 그리고 당시에는 형식적 유희와 심리적 유희 사이에 토론과 논쟁이 활발하게 벌어지고 있었다. 물론 크네히트와 그의 친구 테굴라우시스는 그 논쟁의 한복판에 끼어들지는 않았다. 하지만 그들은 심리적 유희 형태를 신봉하고 옹호하는 편에 속했던 것으로 알고 있다. 하지만 크네히트는 '심리적'이라는 표현 대신 '교육적'이라는 표현을 선호했다.

형식적 유희는 각 유희의 구체적인 내용, 즉 수학적, 언어적, 음악적 내용들을 가능한 한 긴밀하고 일관성 있는, 형식적으로 완벽한 통일체로 구성하는 것을 목표로 한다. 이해 비하여 심리적 유희는 유희의 통일성과 조화와 우주적 원융(圓融), 한마디로 유희의 완성을, 내용의 선택과 배열, 조직, 연결, 대립에서 찾지 않고 유희의 각 단계마다 이어지는 명상에서 찾는다. 이러한 심리적 유희, 혹은 크네히트가 즐겨 쓰는 표현대로 교육적 유희는 외적인 완벽함을 추구하는 것이 아니라, 그 유희가 인도하는 명상을 정확하게 따름으로써 유희자가 완전한 것, 신적인 것을 체험하게 만드는 것이 목표였다. 그는 언젠가 전 음악 명인에게 보낸 편지에서 이렇게 썼다.

> 제가 생각하고 있는 유희란 마치 지구 표면이 그 중심을 감싸듯 명상을 완수하는 유희자를 그 유희가 감싸는 것입니다. 그리고 유희자로 하여금 그 유희가 자신을 사건과 혼란의 세계로부터 한 치의 빈틈도 없이 균형 잡히고 조화를 이루고 있는 세계로 이끈다는 느낌, 자신이 그 세계 속에 받아들여졌다는 느낌을 갖게 하는 것입니다.

그런데 크네히트가 대경연에 갖고 나온 것은 심리적 유희가 아니라 형식적 유희였다. 그는 아마도 이곳 마리아펠스에서 외교적 임무를 다하면서도 유희자로서의 숙련도와 우아함과 세련미를 잃지 않았다는 것을 상부는 물론 자기 자신에게 입증하고 싶었는지도 모른다.

크네히트는 유희를 완성한 후 기록 관리소에서 일하고 있는 친구 테굴라리우스에게 정서를 부탁했다. 그런 일은 기록 관리소에서만 할 수 있는 일인 때문이었다. 실은 테굴라리우스도 경연 참가자였다.

이제 경연대회 결론부터 말하기로 하자. 크네히트는 자기가 제출한 유희 작품에 흡족해하고 있었지만 내심 3등이나 2등 상 정도를 받으리라고 예상하고 있었다. 그런데 놀랍게도 그는 1등 상을 받았다. 그리고 2등 상 수상자로 데쿨라시우스가 선정되었다는 발표를 들었다. 두 사람이 나란히 이 경연의 최우수자로 선정되다니 정말 가슴 벅차고 황홀한 경험이었다.

이후 크네히트는 베네딕투스 수도원에서 정말 행복한 시간을 보냈다. 그는 임무를 무사히 수행한 데 대한 칭찬의 말이 담긴 뒤부아 씨의 편지를 통해, 현재 임무를 완수하게 되면 그가 다시 카스탈리엔으로 돌아오게 될 것이라는 통보를 받았기에 혹시 로마로 파견될지도 모른다는 걱정거리가 사라진 것이다. 야코부스 신부는 연구와 사색에 몰두해 온 자신의 삶을 통해 얻은 온갖 통찰을 이 젊은 친구에게 물려주기 위해 온 힘을 다 쏟았다. 신부는 크네히트에게 카스탈리엔이 설립되던 시기, 즉 로마가 굴욕적인 시련을 겪은 뒤에 서서히 제힘을 회복한 시대에 대해 연구해볼 것을 권했다. 또한 그는 크네히트에게 16세기의 종교 개혁과 분열에 관한 두 권의 책을 크네히트에게 권했다. 하지만 그 무엇보다 원전들을 직접 연구한다는 원칙을 세우라는 충고를 잊지 않았다. 신부는 크네히트에게 세계사에 대한 두꺼운 책을 읽는 것보다는 그때그때 소화할 수 있는 특정 분야를 연구하는 것이 더 낫다고 말했다. 야코부스 신부는 이른바 역사 철학이라는 것에 대한 자신의 불신을 굳이 감추려 하지 않았던 것이다.

제6장 유희 명인

크네히트는 발트첼로의 귀환을 유리알 유희 대제전이 열리는 이듬해 봄까지 연기하기로 결심했다. 유리알 유희가 절정에 달했던 시대처럼 몇 주 동안 유희가 계속되고 전 세계 유명 인사들과 대표들이 찾는 저 기념비적인 행사는 이제 역사 속의 일이 되어버렸지만 그래도 열흘에서 보름 정도 계속되는 이 행사는 카스탈리엔을 통틀어 1년 중 가장 성대한 축제였다. 또한 이 행사는 고도의 종교적이고 도덕적인 중요성을 띠고 있기도 했다. 이 행사가 이 교육주 전체의 다양한 경향의 대변자들이 한자리에 모여 상징적 조화를 도모하는 기회였기 때문이었다. 즉 다양성 너머의 통일성을 확인하는 자리가 바로 이 축제였다. 이 축제는 신앙이 있는 사람에게는 진정한 성화(聖化) 체험이라는 신성한 힘을 발휘했으며 신앙이 없는 사람에게는 최소한 종교 대용 역할을 했다. 말하자면 그 양자 모두에게 미의 순수한 샘물에 몸을 담근다는 의미를 이 축제는 띠고 있었다.

크네히트는 별로 어렵지 않게 수도원 사람들과 고향 본부로부터 자신의 결심에 대한 동의를 얻어낼 수 있었다. 그는 다가오는 축제를 기다리면서 야코부스 신부와 함께 지내는 마지막 시간을 즐겼다. 그는 자신이 고향으로 돌아가면 어떤 중요한 직책이나 임무를 부여받으리라 짐작하고 있었지만 당장은 이곳의 체류를 즐기고 싶었다. 이윽고 축제가 다가오자 그는 마리아펠스를 떠났다. 한 가지 아쉬운 점이 있다면 유희에 함께 참석해달라고 오랫동안 야코부스 신부를 설득했지만 그 뜻을 이루지 못했다는 것이었다. 크네히트는 오랫동안 반카스탈리엔주의자로 지내왔던 노학자의 삼가는 마음을 이해할 수 있어서 더 이상 강권하지 않았다.

크네히트가 축제 일주일 전에 유희자 마을에 도착했을 때 그를 맞이한 사람은 유리알 유희 명인 자신이 아니라 명인 대리인인 베르트람이었다. 베르트람은 그를 정중하게 맞이하더니 존경하는 명인이 최근 병석에 누워 있게 되었으며 크네히트에게 전할 명령을 전달받은 게 없다고 다소 무심한 말투로 짧게 말했다. 따라서 수도회 본부로 가서 귀환을 알리고 명령을 기다리라는 것이었다. 베르트람의 태도에 대해 크네히트가 다소 의아해하는 듯한 기색을 보이자 베르트람은 특별한 사정이 있어 그런 것이니 양해 해 달라고 했다. 축제가 코앞에 다가왔는데 명인이 병석에 누워 있으니 대리인인 자신이 행사를 주관하게 될지도 몰라 불안하다는 것이었다.

크네히트도 덩달아 걱정에 휩싸였다. 내심으로는 명인 토마스가 진행하는 축제에서 무슨 일인가 맡아 하면서 그의 인정을 받기를 그는 바라고 있었다. 그런데 명인을 만나지도 못하고 당국자들을 찾아가야 한다니 여간 실망스러운 게 아니었다. 하지만 수도회의 서기관과 뒤부아 씨가 그를 반갑게 맞아주었으며 특히 뒤부아 씨는 그를 거의 동료 대하듯 했다. 또한 그는 뒤부아 씨와의 첫 면담에서 당국은 그를 로마와 관련된 계획에 계속 동참하게 할 계획이 없다는 것, 유희자로서 복귀하여 남고 싶다는 그의 소망을 받아들였다는 사실을 확인할 수 있었다. 당국은 유희자 마을의 객사에 그의 숙소를 정해주었고 그는 친구 테굴라리우스와 함께 유희가 시작되기 전 며칠을 명상과 단식으로 보냈다.

'그림자'라고도 불리는 명인 대리인의 지위, 특히 음악 명인 대리인과 유희 명인 대리인의 지위는 아주 독특한 것이었다. 모든 명인은 대리인을 한 명씩 거느리고 있었지만 그들은 당국이 선출한 사람들이 아니었다. 각각의 명인들은 직접 자신의 손으로 주변의 몇 안 되는 후보들 중에서 대리인을 뽑았다. 대리인을 지명하는 모든 행위와 결정에 대한 책임은 오로지 명인에게 있었다. 따라서 명인에게 대리인으로 지명 받는다는 것은 대단한 명예였으며 명인으로부터 크나큰 신뢰를 받는다는 표시이기도 했다. 대리인은 명인의 오른팔 역할을 하면서 명인에게 사정이 생기면 언제든 그 직무를 대행할 수 있었다. 물론 그 대리인이 무슨 잘못을 저지르면 그 책임은 오로지 명인의 몫이었다.

하지만 대리인이 할 수 있는 역할에는 일정한 제약이 있었다. 예컨대 최고 본부에서 결재를 받을 때 그는 명인의 이름으로 가부(可否)만 전할 수 있을 뿐 발언자나 제안자 역할은 할 수 없었다. 게다가 명인의 대리인이 된다는 것은 그가 후보자로 있을 때 누리던 권리와 가능성을 빼앗기는 것을 의미하기도 했다. 즉 대리인은 자신이 수행하는 일에 대해 책임을 지지 않을 뿐 아니라 그 이상은 승진할 수 없다는 점이 관례처럼 지켜지고 있었다. 비록 성문화되어 있지는 않았지만 카스탈리엔의 역사에서 명인 대리인인 '그림자'가 명인의 지위를 물려받은 적은 한 번도 없었다. 말하자면 명인이라는 관직과 '그림자'라는 개인 사이에는 보이지 않는 엄격한 선이 그어져 있는 셈이었다. 따라서 명인의 대리인이 된다는 것은 명인의 관복이나 인장을 자신의 것으로 만들 수 있다는 희망을 포기하는 것을 뜻했다. 그에게 붙여진 '그림자'라는 명칭은 명인과 거의 일심동체이면서 직무상 껍데기로만 존재할 뿐 실체는 없다는 대리인의 성격을 아주 잘 보여주고 있다.

토마스 폰 데어 트라베 명인은 오래전부터 대리인 역할을 베르트람이라는 '그림자'에게 맡겨오고 있었다. 그는 뛰어난 유리알 유희자였고 교사로서도 자신의 역할을 최소한 적절하게 수행했으며, 또한 양심적인 관리로서 명인에게 절대적으로 헌신했다. 그럼에도 불구하고 그는 지난 몇 년 동안 눈에 띄게 인기를 잃었고 영재 학교의 젊은 세대들과는 특히 적대적인 관계에까지 놓이게 되었다. 그는 명인과 같은 맑고 기사다운 성품을 지니고 있지 못했기에 사람들의 그런 눈초리에 평정심을 잃었다. 그 사실을 알게 된 명인은 그를 쫓아내지는 않았지만 몇 년 동안 영재들에게서 떼어놓았으며 공식 석상에 내보내는 일을 줄이고 가급적 사무실이나 기록실 일을 맡겼다. 그런데 이렇게 인기가 없던 인물이 정말로 운수 사납게 명인의 병으로 인해 이 유희자 마을 대표로 전면에 나서게 된 것이다. 그가 유리알 유희자들이나 젊은 튜터들의 지지를 받고 있었다면 이 어려운 과업을 그럭저럭 수행할 수도 있었을 것이다. 하지만 아쉽게도 그렇지 않았다. 바로 그 때문에 이번의 '장엄한 유희'는 발트첼에게 혹독한 시련이자 거의 재앙 비슷한 것이 되어버렸던 것이다.

유희가 시작되기 전날에야 비로소 명인의 병이 위중해서 유희를 이끌 수 없다는 사실이 공식적으로 발표되었다. 우리 생각으로는 '그림자'가 마지막 순간까지도 카스탈리엔에게 발트첼의 상황을 제대로 알리지 않는 실수를 범한 것 같다. 하지만 그는 선의에서 그런 실수를 저질렀다는 것도 우리는 인정해야 한다. 그는 토마스 명인이 위중하다는 사실을 공표하면 명인을 숭배하는 사람들이 불참하는 사태가 벌어질까봐 쉬쉬했던 것이 사실이라고 봐야 한다. 그는 어떤 의미에서는 죄인이라기보다는 희생자였다.

해마다 그렇듯 이번 대회에도 수많은 사람이 몰려들었다. 발트첼과 인근 마을은 인산인해를 이루었고 수도회 본부와 교육청 사람들도 거의 모두 참석했다. 그 외에 국내 먼 곳이나 해외에서 온 여행객들이 축제 기분에 젖어 이곳으로 모여들었고 숙박 시설은 손님들로 넘쳐났다. 예년과 마찬가지로 축제는 전날 밤의 명상으로부터 시작되었다. 종소리와 더불어 인근은 경건한 침묵에 빠져들었다. 다음 날 아침 첫 번째 음악 연주와 함께 첫 번째 유희 명제가 고시되었고 이 명제에 대한 두 개의 음악적 주제에 대한 명상이 있었다. 유리알 유희 명인 예복을 입은 베르트람은 침착한 모습으로 등장했지만 안색은 창백했다. 그는 하루하루 지날수록 지친 기색을 역력하게 내보이더니 마지막 며칠 동안은 정말로 '그림자'처럼 되어 버렸다.

축제 이틀째 되는 날부터 명인의 생명이 위독하다는 소문이 퍼지기 시작했다. 그리고 또 하루가 지나자 명인이 자신의 병상에서 영재들 대표 두 명과 대리인을 불러 서로 협조해서 축제를 잘 치르도록 부탁했다는 이야기가 전해졌다. 그리고 그다음 날에는 명인이 마지막 유언을 받아 적게 했으며 이미 당국에 자신의 후계자가 될 인물을 지명했다는 주장이 나돌기 시작했고 그 이름까지 거론되었다. 이후 온갖 소문이 나돌았으며 비록 유희를 포기하고 떠나는 사람은 없었지만 식장에서나 손님들 사이에서나 분위기는 가라앉아만 갔다. 비록 축제는 예정대로 정확하게 진행되었지만 축제에 따르기 마련인 기쁨이나 고양된 분위기는 전혀 찾아볼 수 없었다.

이윽고 마지막 유희가 벌어지기 전날 토마스 명인이 영원히 눈을 감았을 때 당국이 아무리 노력해도 그의 사망 소문이 퍼지는 것을 막을 수 없었다. 물론 행사는 예정대로 진행되었지만 마지막 날의 행사는 마치 존경하는 고인의 장례식에라도 참석한 것 같은 분위기가 흐르고 있었다.

크네히트도 물론 이 모든 소문을 다 듣고 있었고 그 분위기를 감지하고 있었다. 하지만 그는 나흘째인가 닷새째부터 친구 테굴라리우스에게 더 이상 명인의 병세에 관한 소식은 자신에게 전하지 말아달라고 부탁했다. 그는 그런 분위기의 영향에서 벗어나 유희의 모든 절차에 집중하고 장엄한 축제를 체험하려고 애썼다.

이윽고 축제의 마지막 장이 막을 내리자 당국은 명인의 죽음을 발표했다. 이어서 유희자 마을에서는 장례식이 거행되었으며 객사에 머물던 요제프 크네히트도 다른 사람들과 함께 조문을 했다. 명인의 장례식은 카스탈리엔의 풍습대로 간소하게 치러졌다. 축제 기간 동안 마지막 순간까지 온 힘을 다해 어려운 일을 치러낸 베르트람은 자신이 이제 물러날 때가 되었음을 알아차리고 산간 지역으로 여행을 떠났다. 이후 더 이상 그에 대한 뒷이야기는 전해지지 않고 있다. '그림자'라는 지위는 명인의 전폭적인 지지를 얻어야 하는 자리였다. 그 점에서 그는 부족할 게 없었다. 하지만 그 자리는 그에 못지않게 영재들의 지지를 필요로 하는 자리였으며 그에게는 그 지지가 없었다. 그의 배후에는 자신이 그 무언가를 잘못했을 때 그를 감싸줄 제도도 없었다. 그래서 과거의 친구들로부터 인정을 받지 못하게 되면 어떤 권위도 그를 도울 수 없었으며 친구였던 젊은 영재들은 그의 심판관이 되었던 것이다.

관례에 의하면 교육 위원회는 명인의 자리를 3주 이상 비워둘 수 없었다. 명인 유고 시 이론의 여지가 없는 후계자가 암묵적으로 정해져 있으면 단 한 번의 회의를 거쳐 그 자리가 채워지기도 했다. 하지만 이번 경우에는 진행 과정이 다소간 오래 걸릴 것 같았다.

얼마 동안 수도회와 교육청의 고위층과 지도자들이 매일 유희 마을에 나타났다. 그들은 관리들과 영재들을 수시로 불러서 이런저런 질문을 했다. 그 내용에 대해서는 영재들 사이에서만 이야기가 돌았다. 여기서 말하는 영재란 자유 연구 중에 있거나 혹은 연구를 마친 젊은 사람들을 총칭하는 것이다. 당연히 요제프 크네히트도 그 부류에 속했고 그도 여러 차례 불려갔다. 한번은 수도회 본부에서 나온 두 명의 수뇌부에게, 또 한번은 언어 명인에게, 이어서 다른 두 사람의 명인에게 불려가 질문을 받았다. 테굴라리우스 역시 마찬가지였으며, 그는 마치 교황을 뽑는 밀실 회의에 갔다 온 것 같다며 기분 좋게 흥분해 있었다.

그러던 어느 날 저녁이었다. 테굴라리우스가 매우 흥분한 모습으로 크네히트의 객사로 찾아왔다. 그는 크네히트를 빈방으로 끌고 가서 문을 잠그더니 흥분해서 외쳤다.

"요제프! 요제프! 오, 맙소사! 미리 짐작했어야 하는데……. 벌써 눈치를 챘어야 하는데……. 충분히 그럴 수 있는 일이었는데……. 오, 난 지금 정신이 하나도 없어! 기뻐해야 할지 어떤지 모를 지경이야!"

유희 마을의 모든 정보를 꿰뚫고 있는 그가 허겁지겁 주워섬겼다. 요제프 크네히트가 유리알 유희 명인으로 뽑히는 일은 이제 가능성 정도를 넘어 거의 확정적이라는 것이었다. 많은 사람이 토마스 명인의 후계자로 꼽던 기록 관리소장은 이미 이틀 전 최종 후보에서 밀려났고, 그와 함께 거론되었던 세 명의 영재 후보들 중 그 어느 누구도 명인들이나 수도회 본부 위원의 추천을 받지 못하고 있다는 것이었다. 반면에 요제프 크네히트는 수도회 본부의 두 위원과 뒤부아 씨의 지지를 받고 있다는 것이었다. 게다가 전 음악 명인이 크네히트에게 무게를 실어주고 있으며 사람들 말에 의하면 이미 여러 명인이 최근에 전 음악 명인을 방문했다는 것이었다.

"요제프, 그들이 자네를 명인으로 선출하려는 거야!" 프리츠 테굴라리우스가 다시 흥분해서 외쳤다.

친구의 말을 듣고 처음에는 크네히트도 깜짝 놀랐고 있을 수 없는 일처럼 여겼다. 하지만 테굴라리우스가 자세히 설명하는 말을 듣는 동안 그는 친구의 추측이 틀리지 않다는 것을 깨달았다. 그보다 오히려 자신의 마음속에 그 사실을 인정하는 그 무엇이 존재하고 있다고 느꼈다. 마치 자신이 내내 그러리라는 것을 알고 있었고 기대하고 있었으며 그것이 올바르고 자연스러운 일이라는 느낌이었다. 그는 흥분해 있는 친구의 입을 손으로 막으며 마치 명령하듯 말했다.

"이보게, 그렇게 떠들지 말아. 그런 잡담은 듣고 싶지 않아. 자네, 친구들에게 가보게."

마치 갑자기 거리가 멀어지고 낯선 사이가 된 것 같은 말투였다. 테굴라리우스는 할 말이 많았지만 입을 다물었다. 그는 완전히 낯선 사람의 시선을 크네히트에게서 느끼고 얼굴이 하얗게 질린 채 밖으로 나갔다. 테굴라리우스는 그 순간 크네히트가 보여준 평온함과 냉정함 앞에서 마치 모욕을 받은 것 같았으며 따귀라도 한 대 맞은 것 같다고 훗날 말했다. 마치 오래된 우정과 신뢰에 대한 배신 같았으며 예정되어 있을 뿐인 유리알 유희 최고위직의 권위를 미리 행사하는 것처럼 보였다는 것이었다. 하지만 그는 그 방에서 나와 걸어가면서 비로소 그의 그 잊을 수 없는 눈초리, 갑자기 멀어진 것 같은 고결한 눈초리, 그러면서도 동시에 고통스러워하는 것 같은 그 눈초리를 상기하고 그 의미를 깨달았다고 말했다. 그는 크네히트가 자신에게 주어진 운명을 자랑스러워하는 것이 아니라 그 앞에서 겸손해하고 있음을 깨달았다고 말했다. 그는 "자네 친구들에게 가보게"라고 말했다. 그러니까 자신의 새로운 지위에 대해 듣는 바로 그 순간 이 이해할 수 없는 사람은 이미 그 입장이 되어 새로운 중심에서 세상을 바라본 것이며, 그 순간 둘은 이미 친구가 아니었고 다시는 그렇게 될 수도 없었던 것이다.

크네히트는 유희 명인이라는 마지막 드높은 소명이 그에게 올 수 있으리라고 충분히 짐작할 수도 있었을 것이다. 그렇지만 테굴라리우스의 입을 통해 그 사실을 알게 되었을 때 그도 분명히 놀랐다. 그는 나중에 전혀 생각할 수 없는 일이 아니었다고 혼잣말을 했다. 사실 그가 젊다는 것만 빼놓고는 그가 최고위직에 선출되는 일에 걸림돌이라고는 없었다. 선임자들은 대개 마흔다섯 살이나 쉰 살에 그 자리에 올랐지만 요제프 크네히트는 아직 채 마흔도 되지 않았다.

며칠 후 수도회 본부에서 그를 호출하자 그는 편안한 마음으로 그곳으로 찾아갔다. 고위직들은 악수와 포옹으로 그를 따뜻하게 맞이했다. 그는 자신이 유리알 유희 명인으로 임명되었다는 통고와 함께, 취임 선서를 위해 이틀 후 유희 회관으로 나오라는 명령을 받았다. 얼마 전 유희 축제가 벌어졌던 바로 그 회관이었다.

취임 전날 그는 수도회 회장과 수학 명인의 지도하에 선서 양식과 '명인 일과서'에 대해 자세히 배웠다. 크네히트는 자신이 수도회에 처음 입회

할 때, 그리고 그에 앞서 전 음악명인에게 지도 받던 때의 일이 떠올랐다. 하지만 그때는 넓은 문을 통해 커다란 집단으로 인도되는 것이었지만 이번에는 바늘귀처럼 좁은 문을 통과해 가장 드높은 명인들의 영역으로 들어가는 일이었다.

명인 취임식은 공식적인 행사가 아니다. 행사에는 교육청 고위관리와 수도회 본부 사람들을 비롯해 상급 학생들, 명인 후보자들, 새로운 명인을 맞이할 부서의 관리들만 참석한다. 의식에서 유리알 유희 명인은 직무 선서를 하고 이어서 열쇠와 인장 등 직책을 대표하는 주요 상징물을 받는다. 그런 후 수도회 본부의 대표자로부터 명인 의복을 받아서 입는다. 행사는 비록 조촐하지만 유리알 유희자들의 작은 공화국이 자신을 대표하는 새 주인을 맞이하는 중대한 행사인 만큼 상당히 엄중하게 진행된다.

명인의 의복을 입혀주는 의식은 수도회 본부의 대표자와 유희기록 관리소 소장에 의해 거행되었다. 그들이 예복을 높이 들어 신임 유리알 유희 명인의 어깨에 걸쳐주었다. 고전문헌학 대가인 문법 명인이 축사를 해주었고 영재들 중에서 뽑힌 발트첼의 대표가 열쇠와 인장을 건네주었다. 그런데 파이프 오르간 옆에 노령의 전 음악 명인이 서 있었다. 그는 사랑하는 제자가 명인 의복을 입는 것을 보기 위해 친히 온 것이었다. 그는 자신이 뜻밖에 참석한 사실에 제자가 놀라며 기뻐하는 모습을 보기 위해 미리 통보도 없이 온 것이었으며 한두 마디 충고도 해주고 싶어서 온 것이었다.

그는 따뜻한 미소를 지으며 크네히트가 명인 예복을 입고 열쇠와 인장을 받아들이는 것을 바라보았다. 제자가 오늘처럼 사랑스럽고 대견하게 보인 적이 없었다. 제자는 이제 옛날의 요제프가 아니라 예복과 직책을 걸머진 사람이 되었다. 왕관에 박힌 보석, 성직 제도라는 건물의 기둥이 된 것이다. 하지만 그는 요제프와 길게 이야기를 나눌 시간을 가질 수 없었다. 그는 잠시 짬을 내어 환하게 미소 지으며 요제프에게 부드럽게 일렀다.

"처음 삼사 주일을 바짝 조심해서 잘 넘겨야 하네. 무척 많은 일을 해야만 할 거야. 언제나 전체를 생각하고 몇 가지 소소한 일은 좀 소홀히 하더라도 별문제가 되지 않는다는 것을 명심하게. 무엇보다 영재들에게 큰 관심을 기울여야 하네. 그 외에 다른 것들은 별로 중요하지 않아. 자네에게 기본적인 것을 가르쳐주기 위해 두 사람이 파견될 거라네. 그중 한 사람은 요가 전문가인 알렉산더라네. 내가 직접 가르친 친구야. 제 할 일을 잘 알고 있는 사람이니 그 사람 말을 잘 듣도록 하게. 윗사람들이 자네를 동류로 맞아들인 게 옳은 일이었다는 확신을 자네가 갖는 게 중요해. 그들을 믿고 자네를 돕기 위해 파견된 사람들을 믿게. 그리고 무엇보다 자네의 힘을 무조건 믿어. 하지만 영재들에 대해서는 경계를 늦추면 안 되네. 그들도 자네가 그러리라고 예상하고 있어. 자네는 이겨낼 거라고 믿네."

신임 명인은 명인의 직무에 대하여 잘 알고 있었다. 이미 조수, 혹은 협력자의 자격으로 업무를 다루어본 적이 있었던 것이다. 그중 가장 중요한 것은 다양한 종류의 유희 강의를 하는 일이었다. 그 일은 별 어려움이 있을 리 없었다. 하지만 명인만이 할 수 있는 일은 예외였다. 최고 교육위원회의 일원으로 활동하는 일, 명인위원회와 수도회 본부와 협력하는 일, 당국에 대해 유리알 유희와 유리알 유희 마을의 대표자로 활동하는 일들은 처음 하는 일일 수밖에 없었다. 그는 무엇보다 그 직무를 익히고 능숙해지기 위해 애썼다. 그리고 그는 본인의 노력과 능력, 그리고 뒤부아 씨 및 몇몇 전문가들의 도움으로 어렵게나마 일을 익혀나갈 수 있었다. 하지만 시간이 흐르자 취임식 날 스승인 전 음악 명인이 해주었던 충고, 즉 영재들에 대해 경계를 늦추면 안 된다는 말이 무슨 의미인지를 실감할 수 있었으며 그 일이 그 어떤 다른 일보다 어려우며 무슨 일이 있어도 스스로 해결해야만 한다는 것을 깨달았다.

기록소 일은 기록관들에게, 초보자 강습은 현재의 교사들에게, 우편물은 비서에게 맡길 수 있었으며 그렇게 해도 별 지장이 없었다. 하지만 영재들은 잠시라도 그냥 내버려두면 안 되었다. 그들 일에 간섭해야 했고 그들 앞에 주제넘을 정도로 나서야 했으며 자신을 그들에게 필수불가결한 존재로 만들어야 했다. 그는 자신이 능력이 있다는 것을, 자신의 의지가 순수하다는 것을 그들의 의식 속에 확실하게 심어주어야 했다. 그들을 정복하고 그들을 달래야 했으며 그들을 이겨야 했고 자신에게 도전하려는 그 어떤 후보자와도 지혜를 겨루어야 했다. 그리고 그런 후보자들은 늘 존재했다.

이곳 카스탈리엔에서는 교육 과정은 이미 마쳤지만 아직 자유로운 연구에 종사하면서 일정한 근무처를 정하지 않은 영재들을 '튜터'라는 별칭으로 부르고 있었다. 그들은 이 카스탈리엔의 가장 소중한 자원이었으며 이곳의 꽃이고 미래였다. 이들 오만한 차세대 젊은 기수들은 유희 마을뿐만 아니라 그 어디에서건 새로운 교사나 상급자에 대해 저항하고 비판적인 경향을 드러냈으며 새로운 책임자에 대해서는 최소한의 예의와 복종만을 아주 인색하게 드러냈다. 그들은 순전히 개인적인 차원에서 설득하고 정복하고 이겨내야 하는 대상들이었다. 신임자가 그들에게 인정을 받고 지휘하에 두려면 온 힘을 다해 그들과 좋은 사이가 되려고 노력해야만 했다.

크네히트는 그 과제에 착수하면서 별 두려움을 느끼지 않았다. 하지만 막상 나서보니 결코 쉽지 않은 일인 것을 알고 놀랐다. 그러나 그는 몸과 마음을 온통 기진맥진하게 만드는 그 게임에서 결국은 승리했다. 그가 그 게임에서 승리할 수 있었던 데는 수도회 본부에서 파견된 두 명의 감독관의 도움이 컸다. 그중 한 명은 그의 일과를 일일이 점검하고 보좌하면서 크네히트가 영재들과의 싸움에 에너지를 쏟을 수 있게 해주었고 요가 명상의 대가 알렉산더는 매일 세 번씩 크네히트가 명상을 하면서 그날의 일을 돌아보고 재충전하는 데 도움을 주었던 것이다. 크네히트는 초인적인 노력을 하는 중에도 두 사람의 도움이 없다면 자신이 과연 이 일을 수행할 수 있을지 의심하곤 했다. 특히 나중에 수도회 회장으로서 수도회 명인이 된 명상 명인 알렉산더와는 각별한 관계를 맺게 되었다.

튜터들은 반은 동정적으로 반은 공격적으로 이 새로운 명인의 엄청난 노력을 지켜보았다. 그들은 기회만 닿으면 새로운 명인의 역량과 인내력, 기지를 시험했으며, 때로는 그 시험을 통해 그를 격려하기도 했고 때로는 방해도 했다. 그리고 그사이에 테굴라리우스 주변에 일종의 공동(空洞) 같은 것이 생겼다는 사실도 덧붙여야겠다. 그는 자신이 친구였던 크네히트로부터 완전히 잊힌 존재가 되었음을 알았다. 게다가 그의 주변의 영재들은 그에게 말을 걸어오지 않았다. 영재들의 눈에는 그가 명인과 한통속으로 보였기 때문이었다.

이 모든 사실은 크네히트도 알 만한 일이었다. 그리고 사실 새로운 명인에게는 테굴라리우스와의 우정을 끊는 것이 주어진 과제이기도 했다. 하지만 나중에 테굴라리우스에게 털어놓았듯이 그는 의식적으로 그런 행동을 한 것이 아니라 그냥 단순히 친구를 잊어버린 것이었다. 자신을 조직 속의 완전한 도구로 만들었기에 우정 같은 사적인 일은 그에게서 자취를 감춰버린 것이었다.

어쨌든 크네히트는 목표를 달성했다. 어려운 싸움 끝에 결국 승리를 거둔 것이다. 이 영재들을 굴복시키고 그들이 지칠 때까지 계속 맞서면서, 야망 있는 자를 길들이고 주저하는 자를 제압하고 오만한 자에게 감동을 주는 일은 실로 엄청난 일이었다. 하지만 이제 그 모든 것이 이루어졌다. 유희 마을의 후보자들이 크네히트를 그들의 명인으로 인정했고 그에게 복종했다. 그러자 그를 도와주던 두 명의 감독이 크네히트에게 당국의 찬사를 대신 전하고 떠나갔다. 그리고 그가 관청에 나갔을 때 이제 자기가 동료 명인들 사이에서 진정으로 동등한 존재로 대접받고 있다는 사실을 분명하게 느낄 수 있었다.

자신의 진가를 드러내기 위한 치열한 싸움에 온 힘을 다 쏟고 나자 이번에는 각성과 차분한 성찰의 시간이 찾아왔다. 그는 이제 자신이 카스탈리엔의 중심에 있음을, 성직 제도 내에서 최고위층에 앉아 있음을 자각했다. 그리고 이런 희박한 공기 중에서도 숨을 쉴 수 있다는 사실, 그리고 마치 이 공기 외에 다른 것은 존재하지 않는 것처럼 이 공기를 호흡하고 있는 자신이 전과는 완전히 다른 사람이라는 것을 알고 마치 정신이 번쩍 드는 기분이었으며 야릇한 실망감도 느꼈다. 바로 그것이 그가 겪은 어려운 시기의 결실이었다. 그가 이전에 했던 그 어떤 일도, 그 어떤 노력도 이번처럼 그를 완전히 소진시켜버린 적은 없었다.

영재들이 그를 지배자로 인정하자 이번에는 '그림자'를 선택해야할 순간이 왔다. 초인적인 노력 끝에 마침내 자유를 얻은 이 순간만큼 그림자의 도움이 절실한 순간은 없다. 과거에 많은 명인이 바로 이 단계에서 쓰러지기도 했다. 그런데 크네히트는 후보자 가운데서 그림자를 선출할 수 있는 자신의 권리를 포기하고 튜터들에게 직접 그림자를 선출해달라고 요청했다. 명인의 호의를 진지한 태도로 받아들인 그들은 몇 번에 걸친 회의 끝에 자기들 중에서 가장 뛰어난 사람을 '그림자'로 선정해 명인에게 추천했다. 크네히트가 명인으로 임명되기 전에 유력한 명인 후보였던 사람이었다.

이제 가장 고된 시련은 넘어선 셈이었다. 이제 산책도 할 수 있었고 음악도 다시 연주할 수 있었다. 시간이 좀 지나면 독서도 할 수 있을지 몰랐다. 테굴라리우스와 우정을 나누는 일도, 페로몬테와 편지를 주고받는 것도 가능할 수 있으며 아주 짧은 휴가를 낼 수 있을지도 몰랐다. 바로 그때 그의 귀에 울리는 말이 있었다. 언젠가 토마스 명인에게 잠시라도 더 자유로운 연구 생활을 하고 싶다고 말했을 때 그가 해준 말이었다. 명인은 다음과 같이 말했었다.

"잠시라니? 대체 얼마나? 요제프 크네히트, 자네는 아직 학생 같은 말을 하고 있군."

겨우 몇 해 전의 일이었다. 그는 경탄과 깊은 존경의 마음으로 명인의 말을 들었었다. 그와 동시에 명인의 몰개성적인 완벽성과 규율에 가볍게 몸을 떨었었다. 그는 당시 언젠가 카스탈리엔이 그에게도 손을 뻗쳐 자신을 수도회 내부로 끌어들여 저 토마스 명인과 같은 사람, 지배자이자 주인이면서 동시에 종복(從僕)인 사람, 완전한 하나의 기계 같은 존재로 만들 것이라고 느꼈다. 그리고 그는 지금 토마스 명인이 서 있는 바로 그 자리에 서 있었다. 그가 튜터들 중 한 명과, 혹은 영리하고 노련한 유리알 유희자들 중의 한 명, 그 부지런하고 오만한 왕자들 중의 한 명과 이야기를 나눌 때면 크네히트는 상대방 너머에서 낯선 아름다운 세계, 한때 자신의 것이었던 그 이상한 세계, 토마스 명인이 자신을 통해 바라보았던 그 이상한 학생 세계를 바라보는 것이었다.

제7장 명인의 직무

처음에는 명인직 수행으로 얻는 것보다는 잃는 것이 더 많아 보였다. 그 일을 수행하기 위해 온 힘을 다 쏟아야 했고 사생활을 희생해야 했으며 모든 습관과 취미 생활을 버려야 했다. 또한 명인직을 수행하면서 그의 마음은 차갑게 식었으며 머릿속에서는 늘 과도한 업무 뒤의 현기증 같은 것을 느껴야만 했다. 하지만 앞서도 말했듯 그 기간이 끝나자 그에게는 회복과 성찰과 적응 기간이 뒤따랐다. 또한 그 치열했던 싸움이 끝나자 그는 영재들의 신뢰를 얻었으며 그들의 협력을 받을 수 있었다. 그는 '그림자'와 의논을 하고 서신과 문서 담당 분야에 테굴라리우스를 기용해 함께 작업했다. 그는 전임자가 남겨 놓은 학생들과 협력자들에 대한 성적이나 기록들을 꼼꼼하게 검토했다. 그리고 그 과정을 통해 영재들에게 더욱 애정을 갖게 되었으며 그들과 더욱 친해지게 되었다. 그는 영재들의 의미와 이 유희 마을의 특질, 또한 영재들과 이 유희 마을이 카스탈리엔 안에서 지니는 역할에 대해서도 그 실체를 정확하게 파악할 수 있게 되었다.

물론 그도 몇 년 동안 이 예술적이고 야심 찬 영재들과 발트첼의 유희 마을에 속해 있었으며 자신이 그 일부라고 느꼈었다. 하지만 이제 그는 단순히 그 일부가 아니었다. 그는 이 공동체와 함께 생활할 뿐 아니라 자신이 이 공동체의 두뇌이며 의식이자 양심이라고 느꼈다. 그는 그 공동체와 운명을 함께 할 뿐만 아니라 이 공동체를 이끌어야 하고 이 공동체에 대해 책임이 있었다.

어느 날 그는 유희 초보자 담당 교사들을 위한 강습에서 고양된 분위기에서 다음과 같이 말했다.

"카스탈리엔은 그 자체로 작은 국가이고 우리 유희 마을은 그 국가 내 또 하나의 작은 국가입니다. 비록 그 크기는 작지만 유구한 역사를 지닌 자부심 강한 공화국입니다. 우리 유희 마을은 다른 자매기관들과 동등한 권리와 위엄을 지니고 있지만, 예술적이며 신성한 기능을 담당하고 있기에 유난히 자부심이 강합니다. 우리는 카스탈리엔의 성소(聖所)이자 유일한 신비요 상징이라고 할 수 있는 유리알 유희를 보존하고 있는 것입니다. 카스탈리엔은 뛰어난 음악가, 예술사가, 문헌학자, 수학자 등 여러 학자를 길러냅니다. 모든 카스탈리엔 기구와 사람들은 오로지 두 개의 목표와 이상을 갖고 있습니다. 자기 전공 분야에서 최상의 성취를 이룰 것, 그리고 자신의 전공 학문이 다른 학문들과 긴밀한 연관이 있음을 인식하고 그것들과 우호적인 관계를 유지함으로써 자기 자신과 자신의 전공에 활력과 유연성을 불어넣을 것, 바로 이 두 가지입니다. 이 두 번째 이상, 즉 인간의 모든 문화적인 활동에는 통일성이 내재되어 있다는 개념, 즉 보편성에 대한 인식은 우리의 유리알 유희에서 완벽하게 표현되어 있습니다. 물리학자나 음악학자, 혹은 다른 분야의 학자들은 때때로 자신의 전공에 엄격하게 몰입해서 그 분야에서 큰 성취를 이루기 위해 보편적인 문화의 개념은 포기해야 할 때가 있을지도 모릅니다. 하지만 우리 유리알 유희자들은 그 어떤 경우에도 그런 예외를 스스로 허용해서는 안 됩니다. 그 예외를 인정해서도 안 되고 실행해서도 안 됩니다. 우리들의 특수한 임무는 바로 '학문의 보편성'에 있기 때문입니다. 우리의 임무는 보편성의 최고 표현인 고결한 유리알 유희를 육성하고, 자기만족에 빠지기 쉬운 개별 학문들을 구원해주는 것입니다.

그런데 스스로 구원받기를 원하지 않는 학문들을 어떻게 구원할 수 있을까요? 우리가 어떻게 고고학자나 교육학자, 천문학자나 다른 분야 학자들에게 자기만족에 그치는 전문 지식에 안주하지 말고 문을 열어놓으라고 요구할 수 있을까요? 유리알 유희를 모든 학교의 정규 교과목으로 개설하게 해서 이룰 수 있는 일도 아니요, 우리의 선조들이 유리알 유희를 창안할 때의 정신을 상기시킨다고 해서 될 일도 아닙니다. 우리가 유리알 유희와 우리 자신이 없어서는 안 될 존재라는 것을 증명해 보일 길은 단 하나뿐입니다. 모든 새로운 성취 새로운 접근 방식들, 여러 학문에서 제기되는 새로운 문제점들을 유희 안에서 구현하여 우리 유희가 모든 문화적인 삶의 정상(頂上) 위치를 지켜나가는 것, 바로 그것입니다. 우리는 보편성을 주장할 것이 아니라 그것을 형성하고 배양해야 합니다. 우리는 통일성이라는 숭고하면서도 위험한 게임을 해야 하는 것이며 그 통일성 자체를 늘 새롭고 사랑스러운 것으로, 설득력이 있으며 매력적인 것으로 만들어야 합니다. 그래야만 제아무리 진지한 자기 분야 연구자나 부지런한 전문가라도 우리의 유희가 전하는 메시지를 느끼게 될 것이고 유혹과 매력을 느끼게 될 것입니다.

한번 상상해봅시다. 우리 유희자들이 열의를 잃고 초보자를 위한 강의가 지루해지거나 상급 과정의 유희 강의에서 생동감, 현실성, 흥미를 느낄 수 없게 된다면, 우리의 연례 유희가 시대에 뒤떨어진 구시대의 유물로 인식된다면 우리의 유희가 얼마나 빨리 몰락해버릴 것인가를! 유리알 유희가 절정기에 달했을 때에 비해 지금의 유희는 거의 쇠퇴기라고 할 만하며 우리는 그것을 방치하고 있는 형편입니다. 얼마 안 가서 바깥세상에서는 유희에 대해 전혀 알지 못하고 대축제가 5년이나 10년에 한 번 열리든지 아니면 아예 열리지 않게 되는 날이 올지도 모릅니다. 그렇다면 우리는 어떻게 해야 할까요? 우리가 해야 하고 할 수 있는 일이 있습니다. 우리의 고향, 우리의 교육주 안에서 믿음과 가치를 잃지 않는 것, 바로 그것입니다. 그런 점에서 우리의 싸움은 희망이 있고 계속 승리를 거둘 수도 있습니다.

우리 카스탈리엔 학교는 전국에서 가장 우수한 학생들을 뽑아 교육하고 있습니다. 그리고 우리 유희자 마을에서는 유희에 대해 천부적으로 유별난 애정과 재능을 지닌 자들 중에서 가장 우수한 자들을 뽑아 진정한 유희 예술가로 공들여 양성해 나갑니다. 여러분이 모두 알다시피, 모든 예술이 그러하듯 우리 유희에도 발전의 끝이라는 것이 존재하지 않습니다. 따라서 우리들 각자는 일단 영재에 속하게 되면 그가 관리자로 근무하게 되건 아니건 자기 자신과 예술의 발전과 정련과 심화를 위해 전력을 다해야 합니다. 우리의 유희 마을에서 영재, 혹은 튜터란 장차 명인이나 강의 담당자, 혹은 기록 관리소 관리가 되기 위한 중간 단계가 아닙니다. 그들 자체가 우리 마을의 목적이며 그들 작은 집단이 바로 유리알 유희 본래의 고향이며 미래입니다. 이들 몇십 명의 가슴과 두뇌 속에서 우리 유희의 발전, 변모, 비약이, 시대정신 및 다양한 학문과의 대결이 이루어지고 있는 것입니다. 따라서 유희의 앞날은 오로지 여러분, 발트첼 튜터들에게 달려 있습니다. 유희가 카스탈리엔의 심장이요 핵심이며, 여러분은 바로 우리 주(州) 전체의 핵심이며 소금이고 정신이기 때문입니다. 여러분의 수가 너무 많다고 해서, 영광스러운 유희를 향한 여러분의 열정이 너무 뜨겁다고 해서 위험할 것은 아무것도 없습니다. 그 열정을 키우십시오! 키우고 또 키우십시오! 모든 카스탈리엔 사람과 마찬가지로 여러분 앞에 놓여 있는 위험은 과도한 열정이 아닙니다. 우리 앞에는 그것과는 전혀 다른 단 한 가지 위험이 놓여 있으니 여러분은 그것을 경계해야 합니다.

우리 교육주와 수도회는 두 가지 원칙에 토대를 두고 있습니다. 연구에서의 '객관성'과 '진리를 향한 사랑'이 그 하나요, 명상적인 지혜와 조화의 함양이 다른 하나입니다. 이 두 원칙을 균형 있게 유지하는 것이 우리가 현명해질 수 있는 길이며, 우리 수도회의 품위를 지키는 일입니다. 우리는 학문을 사랑하고 각자 자신의 학자로서의 원칙을 사랑합니다. 하지만 우리는 자신의 학자적 원칙에 헌신한다고 해서 반드시 이기적인 행동과 악덕과 어리석은 행동을 하지 않게 되리라는 보장은 없다는 것을 잘 알고 있습니다. 역사적으로 그러한 예는 무수히 많으며 파우스트 박사라는 인물은 그 위험을 이야기로 꾸며서 보여준 좋은 예입니다.

우리와 다른 세기의 사람들은 이성과 종교, 연구와 금욕을 결합함으로써 위험으로부터 벗어날 수 있는 안전책을 구했습니다. 그들의 대학에서는 신학이 중심 역할을 하고 있었습니다. 우리에게 그 역할을 하는 것은 명상입니다. 명상, 즉 여러 단계의 요가 수업을 통해 우리는 우리 안에 들어 있는 야수(野獸)성을 몰아내고 모든 학문 내부에 들어 있는 악마성을 몰아내기 위해 힘씁니다. 여러분과 내가 잘 알고 있다시피 유리알 유희 안에도 악마성이 들어 있습니다. 그 악마성은 유희자를 헛된 기교나 예술적 허영, 자기만족, 타인에 대한 지배력의 추구, 권력의 남용으로 유인합니다. 바로 그 때문에 우리에게는 지적인 것 외에 다른 교육이 필요한 것이며 바로 그 필요에서 수도회의 규율에 복종할 것이 요구되고 있는 것입니다. 그것은 우리의 능동적인 정신 활동을 식물적인 꿈같은 것으로 바꾸기 위해서가 아닙니다. 그와는 반대로 우리가 최고의 지적인 성취를 이루게 하기 위해서입니다. 우리가 의도하는 것은 활동적인 생활에서 명상적인 생활로의 도피가 아니며 그 역도 아닙니다. 우리가 의도하는 것은 그 양자 사이를 오가면서 그 둘 모두 집으로 삼아 그 둘 모두와 함께 하면서 계속 움직이는 것, 바로 그것입니다."

크네히트의 이 말이 그가 명인이 되고 난 지 적어도 처음 몇 해 동안의 자신의 직무에 대한 생각을 비교적 명확하게 드러내고 있기에 좀 길지만 그대로 인용해보았다.

그가 명인 직무를 맡아보면서 스스로 놀란 사실이 또 한 가지 있다. 가르치는 일이 그에게 그토록 쉽고 또 기쁨을 준다는 사실이었다. 아마 그 자신은 미처 생각지도 못한 새로운 발견이었을 것이다. 전에도 대리 강의를 해본 적도 있었고 복습 지도 교사 노릇을 해본 적이 있었지만 그때는 연구에 너무 몰두해 있었기에 그런 의뢰가 오면 달갑지 않게 생각했었다. 또한 베네딕투스 수도원에서도 신부들에게 유리알 유희 기초 강의를 했었지만 그때도 그는 야코부스 신부와 사귀면서 그의 충실한 제자가 되는 일에 최대한의 노력을 기울였었다. 말하자면 이제까지 그는 배우는 학생이었다. 그런데 그런 그가 이제 정식으로 남을 가르치는 교사가 된 것이었다.

학생들을 가르치면서 그는 두 가지를 새롭게 발견했다. 그중 하나는 자신이 정신적으로 성취한 것을 남에게 이식해서 그가 변화하여 완전히 새로운 모습으로 빛을 발하는 것을 보는 기쁨이었다. 달리 말하면 가르치는 기쁨이었다. 다른 하나는 학생들의 개성과 겨루면서 권위와 지도력을 획득하고 행사하는 일, 즉 교육하는 기쁨이었다. 그는 이 두 가지를 유감없이 발휘하여 재직 중에 수많은 최고의 유리알 유희자를 배출했다. 그리고 그는 그렇게 몇 년 동안 공들여 길러낸 제자들에게 자신이 하던 강의를 맡기고 자신은 점점 더 초보 저학년 강의를 맡았다. 명인이 아직 연구생에도 이르지 못한 초보 학생들을 직접 가르친다는 것은 이례적인 일이었다. 그런데 그는 놀라운 사실을 또 한 가지 발견했다. 학생이 어리고 모르는 것이 많으면 많을수록 그만큼 더 가르치는 기쁨이 크다는 것을 발견한 것이다. 심지어 그는 얼마 동안 에쉬홀츠나 다른 예비학교로 가서 어린 소년들에게 라틴어나 노래, 대수를 가르치면 얼마나 좋을까 하는 생각까지 했었다. 그리고 그것이 그가 나이가 들수록 점점 더 교육에, 그것도 어린 연령층의 교육에 관심을 기울이게 된 계기가 되었다.

하지만 그의 전기를 쓰고 있는 지금에야 그런 식으로 말할 수 있을지 몰라도 당시에 그가 주변에서 늘 만나는 영재들보다 어린 아이들에게 더 관심이 쏠려 있음을 눈치챈 사람은 없었을 것이다. 그는 세미나와 기록 보관소 일을 조수나 '그림자'에게 거의 다 맡길 수 있게 되었을 때도 공식 연례 유희 같은 장기간의 준비가 필요한 일을 하려면 영재들과 수시로 접촉하지 않으면 안 되었다. 어느 날 그는 그의 친구인 프리츠 테굴라리우스에게 농담 삼아 이렇게 말한 적이 있다.

"백성을 향한 일방적인 사랑 때문에 평생을 힘들어 한 왕들이 있었지. 마음은 항상 농부와 목동, 직공, 학교 선생, 학생들에게 기울어 있으면서도 결코 그들을 보거나 만날 기회는 없었다네. 언제나 왕을 둘러싸고 있는 대신이나 신하들이 마치 성벽처럼 왕과 백성 사이를 가로막고 있었으니까. 명인의 운명도 마찬가지야. 사람들에게 닿고 싶은데 보이는 건 동료들뿐이야. 학생들과 아이들에게 가 닿고 싶은데 보이는 건 상급 학교 학생들이나 영재들뿐이야."

이야기가 너무 앞질러 간 것 같다. 다시 크네히트의 직무 초기로 돌아가기로 하자.

크네히트가 명인이 된 지 몇 달이 지나 발트첼의 밤나무 숲이 어느덧 갈색으로 물들기 시작할 무렵 크네히트는 조그만 책 한 권을 들고 명인 거처에 딸린 작은 정원으로 산책을 나갔다. 작고 아름다운 이 정원은 고인이 된 토마스 명인이 아주 좋아해서 취미 삼아 호라티우스풍으로 손수 손질을 하곤 했던 곳이다. 하지만 크네히트는 명인이 된 이후 아직 한 번도 마음 편히 이 장소를 즐겨본 적이 없었다. 그는 등받이 의자를 양지바른 곳으로 옮겨 놓고 앉은 뒤 가지고 온 작은 책을 펼쳐들었다. 그것은 『유희 명인을 위한 소형 달력』이었다. 70~80년 전에 유희 명인이었던 루트비히 바서말러가 작성한 것을 후대 명인들이 수정 보완한 것으로서 취임 초기의 명인들을 위한 안내서 구실을 하는 책자였다. 한 해의 행사를 일주일 단위로 묶어서 명인의 중요한 임무들을 기록해 놓은 책자였으며 때로는 자세한 설명이나 개인적인 충고가 적혀 있기도 했다.

크네히트는 이번 주에 해당되는 페이지를 찾아서 주의 깊게 읽었다. 별로 놀랍거나 급한 내용은 없었고 다만 마지막 부분에 다음과 같은 말이 적혀 있는 것을 볼 수 있을 뿐이었다.

서서히 연례 유희 행사에 관심을 기울일 것. 너무 이르다고 여길 수도 있겠지만 아직 유희에 대해 별도로 정해 놓은 생각이 없다면 일주일 내로, 적어도 한 달 내로 다가올 연례 유희에 대해 생각해 놓을 것. 착상이 떠오르면 적어 둘 것. 준비를 하되 억지로 착상을 짜내려 하지 말 것. 몇 달 후면 장엄한 임무가 기다리고 있으니 지금부터 정신을 집중하여 연례 유희와 호흡을 맞추려 노력할 것.

이 글은 삼 세대가량 앞서 유희 명인이었던 한 현명한 노인이 쓴 것이었다. 아마 유리알 유희가 형식상 최고의 수준에 올랐을 때였을 것이다. 크네히트는 그 글을 읽으며 백발이 다 된 노인의 모습을 떠올렸다. 그리고 노인이 충고하고 있는 내용 같은 것 때문에 염려한 적이 한 번도 없었다는 사실에 조금은 우쭐해졌다. 더욱이 착상이 떠오르지 않아 억지로 떠올린다는 것은 생각도 할 수 없는 일이었다. 그는 요 며칠 동안 자신이 정말 늙어버린 것 같다는 기분에 젖기도 했지만 막상 노인의 충고를 접하고 보니 자신의 내부에서 젊고 싱싱한 기운을 느꼈다. 그는 유쾌한 기분에 젖어 자리에서 일어났다. 그렇게 정원에서 잠시 휴식을 취하면서 달력을 읽고 나니 긴장도 풀렸고 두 가지 생각을 할 수 있게 해주었다. 그 두 가지 생각이란 다음과 같았다.

첫째, 자신도 나이가 들고 지쳐서 연례 유희의 구성이 귀찮은 일거리로 여겨지거나 착상이 떠오르지 않는 일이 생기면 즉시 명인직에서 물러난다.

둘째, 첫 번째 연례행사 준비를 바로 시작할 것이며 테굴라리우스를 불러 수석 조수로서 함께 일하게 한다. 그렇게 되면 친구에게 만족과 기쁨을 안겨줄 것이며 지금 잠정적으로 끊어진 둘 사이의 우정에 새로운 생기를 불어넣을 수 있는 계기가 될 것이다.

크네히트에게는 이미 마리아펠스 시절부터 품고 다니던 유희 착상이 하나 있었으며 그것을 유리알 유희 명인으로서의 첫 축제 유희에 쓸 작정이었다. 그것은 유희의 구조와 차원을, 중국의 가옥 건축에서 사용되는 저 옛날 공자식 제의에 토대를 둔다는 아주 멋진 착상이었다. 동서남북의 방위, 문, 귀신 차단벽(귀문鬼門), 건물과 안뜰의 배합과 방위들을 고려하고 그것들을 별자리, 월력, 가정생활 및 정원의 상징체계나 양식적 원칙과 조화를 이루게 하는 것이었다. 오래전 『역경』에 대한 해석을 연구하면서 그는 이 법칙의 신화적 질서와 의미가 우주 및 우주 속에서의 인간 존재에 대한 아주 설득력 있고 매력적인 상징일 수 있다고 생각했었다. 비록 적어 놓지는 않았지만 이 유희에 대한 생각을 줄곧 머리에 담아두고 가다듬어 왔기에 이미 완성된 전체 유희를 머릿속에 그려서 지니고 있는 셈이었다. 이 작업을 테굴라리우스와 함께 진행하는 데 한 가지 장애가 있다면 테굴라리우스가 중국어를 할 줄 모른다는 점이었다. 하지만 동아시아 학관에 도움을 청하고 테굴라리우스 자신이 문헌의 도움을 받아 공부를 한다면 극복될 수 있는 문제이리라고 생각했다.

바로 이튿날 면담 시간이 끝나자 크네히트는 테굴라리우스를 불렀다. 크네히트가 친구에게 밝은 목소리로 용건을 이야기해주자 그는 믿기지 않는다는 표정으로 크네히트를 바라보았다. 크네히트가 그에게 중국어를 모르는 것이 좀 문제가 될 거라고 말하자 그는 별 부담을 느끼지 않는 듯 받아들였고 명인과 그 유희를 완성하기 위해서라면 무슨 일이든지 달게 받아들이겠다고 그 자리에서 다짐했다.

우리는 전에 죽림의 장형을 크네히트가 찾아갔던 일을 소개하면서 훗날 크네히트가 장형을 강의에 초청했다가 거절당했다는 이야기를 한 적이 있다. 그것이 바로 이때의 일이다. 크네히트는 중국어 및 역학 사상의 기초를 테굴라리우스가 배울 수 있도록 테굴라리우스를 장형에게 보내 정중하게 부탁을 했던 것이며 장형은 자신에게 주어진 길만 나아가고 싶다며 거절했던 것이다. 장형은 점잖게 거절하면서 금붕어에 관한 고시(古詩)가 붓글씨로 적혀 있는 작은 종이 한 장을 선물로 가져왔다. 테굴라리우스가 물러난 후 홀로 금붕어에 관한 고시를 읽고 있자니 크네히트는 다시 그 암자에 둘러싸여 있는 듯한 기분을 느꼈다. 바람에 흔들리는 대나무 숲속 그의 암자에서 산가지를 다루며 머물러 있던 추억이, 학창 시절의 자유로움, 한가함, 다채로운 낙원에 대한 젊은 시절의 꿈과 더불어 떠올랐던 것이다. 이 용감하고 유별난 은자는 어떻게 그렇게 숨어 지내며 자신의 자유를 지켜낼 수 있는 것일까? 그 조용한 죽림은 어떻게 그를 이 세상으로부터 보호해줄 수 있는 것일까? 그는 어떻게 그 현학적이고 지혜로운 중국주의라는 보금자리에서 깊이 있는 삶을 굳건하게 지켜낼 수 있는 것일까? 그는 얼마나 아름답게, 그 얼마나 마술적인 방법으로 자신의 삶을 그토록 오랜 세월 응축시켜 감히 범접할 수 없게 만들고 있는 것일까? 어떻게 자신의 정원을 중국으로 만들고 자신의 보금자리를 사원 삼아, 또한 금붕어를 신으로 만들고 자신을 현자로 만들면서 지낼 수 있는 것일까? 크네히트는 한숨과 함께 그 생각들을 떨쳐냈다. 자기 자신은 다른 길을 걸어왔던 것, 아니 이끌려 왔던 것이며 이제 중요한 것은 자신에게 주어진 길을 다른 사람들의 삶과 비교하지 않고 똑바로 충실하게 걸어가는 것뿐이었다.

테굴라리우스의 중국어 학습 문제는 동아시아 학관의 도움을 받아 해결했다. 이후 두 사람은 함께 유희 창작에 힘썼고 특히 테굴라리우스는 친구이자 명인인 크네히트에게 자신이 큰 도움이 될 수 있다는 것을 보여주기 위해 혼신의 힘을 다했다.

우리는 크네히트가 몬테포르트로 전 음악 명인을 한 번 찾아가 보았다는 사실도 언급해야겠다. 페트루스라는 음악 명인의 제자가 기록 관리소에 일이 있어 이곳으로 오게 되었고 음악 명인의 안부를 크네히트에게 전한 것이다. 페트루스는 크네히트에게 잠시 짬을 내어 음악 명인에게 다녀오길 권했다. 크네히트가 혹시 음악 명인의 건강에 무슨 이상이라도 생긴 것 아니냐고 묻자 페트루스는 연세가 있어 조금 쇠약해지시긴 했지만 그렇게 염려할 바는 아니라고 말한 후, 하지만 자신이 곁에서 지켜본 바에 의하면 점점 기운이 떨어지시는 것 같으며 점점 더 조용히, 하지만 점점 더 경건한 모습으로 지내신다는 것이다. 페트루스는 크네히트에게 지금이 음악 명인을 만나 뵐 가장 좋은 때라고 생각되어 감히 권유드린다고 말했다.

크네히트는 기록 보관소에서의 페트루스의 일이 끝나자 어려운 시간을 내어 페트루스와 함께 몬테포르트로 갔다. 우리는 크네히트가 몬테포르트로 가서 그의 스승을 만난 일에 대한 상술은 하지 않겠다. 다만 크네히트를 만난 음악 명인이 크네히트에게 아무 말도 없었다는 사실은 특기할 만한 일이었다. 음악 명인은 크네히트가 계속 말을 걸고 질문을 해도 아무 응답이 없었다. 크네히트는 마치 자신이 하는 말이 음악 명인에게 소음처럼 여겨지는 것 같다는 느낌을 받았으며 자신이 보잘것없는 존재처럼 느껴졌다. 그에게는 음악 명인이 마치 자신이 다다를 수 없는 다른 세계에 존재하는 것 같았다. 자신이 처한 세계에서 그 세계로 전하는 모든 말이 마치 돌 위에 빗방울이 떨어지듯 스승에게서 흘러내리는 것 같았다. 그가 스승의 입을 열려는 희망을 포기하려는 순간 음악 명인이 마침내 마법의 벽을 허물고 입을 열었다.

"요제프, 자네는 자기 자신에게 지쳤군."

다정함과 염려가 담뿍 담긴 말이었으며 흡사 오랫동안 말하는 버릇을 잃어버린 사람이 힘겹게 입을 열어 말을 한 것 같았다. 그날 스승에게서 들을 수 있던 유일한 말이었지만 크네히트에게는 스승이 마지막으로 자신에게 도움을 주려는 말처럼 여겨졌다. 그 말과 함께 스승은 크네히트의 팔에 손을 얹었다. 나비처럼 가벼운 손길이었다. 스승은 크네히트를 빤히 바라보며 미소를 지었다. 순간 크네히트는 스승의 맑고 밝은 고요함, 인내와 평온으로부터 무언가가 자신에게로 옮겨오는 것 같았다. 그는 갑자기 노인을 완전히 이해했다. 노인이라는 존재 전체가 향하고 있는 방향을 이해했다. 스승이 사람들로부터 침묵으로, 말들로부터 음악으로, 생각들로부터 하나의 통일성으로 돌아섰음을 이해했다. 그는 스승의 미소와 밝음이 무엇을 의미하는지 이해했다. 스승은 성자로서, 완성을 이룬 존재로서 자신을 한 시간 동안 스승의 밝음 속에 함께 있도록 허락했다는 사실을 이해했다. 그것은 크네히트에게는 가장 경이롭고 멋진 체험이었다. 그는 노명인의 신성한 존재로서의 변용, 즉 현현(顯現)을 목격한 것이었다.

제8장 양극

오늘날까지 '중국 건축 유희'라고 알려져 있으며 자주 인용되곤 하는 그해의 연례 유희는 크네히트와 그의 친구 테굴라리우스에게는 힘들여 노력한 보람을 한껏 안겨 주었고 카스탈리엔과 관청에게는 크네히트를 최고 직위에 앉힌 것이 잘한 일이라는 것을 증명해 주었다. 실로 오랜만에 연례 유희가 성대한 행사로서 큰 성공을 거둔 것이다. 유례없이 젊은 명인이 처음으로 공식 석상에 나타나 자신의 진가를 드러낸 행사였으며 발트첼로서는 지난해 입은 실패와 불명예를 회복할 수 있었던 행사였다. 흰색과 황금색 예복을 입은 명인은 조용하고 범접하기 어려운 드높은 대사제로서 자신과 자신의 친구의 작품을 행사에 올렸다. 행사 자체는 늘 그렇듯 정해진 절차에 따라 진행되었지만 모든 것이 감동적이고 새롭다는 느낌을 주었다. 조수들과 유희 상대역과 영재들은 훈련이 잘된 병사처럼 시키는 대로 따르고 있었으면서도 마치 각자 스스로에게서 우러나오는 영감에 따라 유희를 거행하고 있는 것처럼 보였다.

숭고한 축제였다. 외부에서 온 사람들도 그것을 느꼈고 인정했으며 행사에 처음 참석했으면서도 영원히 유리알 유희 신봉자가 된 사람들도 많았다. 그런데 이러한 승리에 비추어볼 때 요제프 크네히트가 열흘 동안의 행사가 끝나갈 무렵 친구인 테굴라리우스에게 자신이 체험한 것에 대해 다음과 같이 요약해서 말해주었다는 사실은 크게 주목할 만하다.

"만족할 만해. 맞아. 카스탈리엔과 유리알 유희는 정말 굉장해. 이제 거의 완벽에 가까울 정도에 이르렀어. 다만 너무 완벽에 가깝고 너무 아름답지. 너무 아름다워서 두려움 없이 바라볼 수 없을 정도라네. 만사가 그렇듯 카스탈리엔과 유리알 유희도 언젠가 사라지게 되어 있다는 생각을 한다는 것은 유쾌하지 않은 일이야. 하지만 우리는 그 생각을 해야만 해."

크네히트의 이런 역사적인 발언으로 인해 우리는 전기 작가로서 주어진 과제 중 가장 미묘하고 신비로운 부분에 다가서게 된 셈이다. 사실 우리는 이런 문제는 좀 더 뒤로 미루고 우리 눈앞에 명백하게 드러나 있는 사실들, 즉 크네히트의 성공과 모범적인 직무 수행, 그의 삶에서의 절정기에 대해 계속 이야기를 해나가고 싶기도 하다. 하지만 테굴라리우스 외에는 아무도 눈치챌 수 없었던, 명인의 삶과 성격에 내재되어 있던 이러한 이원성과 양극성을 우리가 알아본 이상 그에 대해 언급하지 않는 것은 잘못이며 온당하지 못한 일처럼 여겨진다. 사실상 이제부터 크네히트의 영혼 속에 깃든 이 분열, 혹은 끊임없이 교대하며 나타나는 이 양극성을 그의 본성 중 핵심으로 받아들이고 그것을 있는 그대로 인정하는 것이 우리의 과제가 될 것이다.

카스탈리엔 명인의 전기는 오로지 카스탈리엔의 영광을 기리기 위한 성자(聖者)전의 정신에 입각해서 써야 한다고 생각하는 전기 작가라면 요제프 크네히트가 명인으로 재직하던 시기의 삶 전체를—마지막 몇 년을 제외하고는—오로지 성취와 의무 완수와 성공에 대한 영광스러운 기록들로 채우는 것이 별로 어렵지 않을 것이다. 유리알 유희가 절정기에 달했던 시기의 명인 루디비히 바서말러를 위시해 그 어떤 명인의 업적에 대한 기록을 훑어보더라도 명인 크네히트만큼 나무랄 데 없이 찬양할 만한 것 일색으로 이루어진 경우는 거의 없기 때문이다. 그럼에도 불구하고 크네히트의 직무 수행은 지극히 이상하고 놀라운 결말을, 많은 비판가에게는 마치 일종의 스캔들로 여겨질 만한 결말을 맞게 된다. 그리고 그 결말은 우연이나 불운이 아니라 전적으로 논리적이고 필연적인 결말이었다. 또한 그 결말이 결코 이 존경할 만한 명인의 탁월한 업적과 성공에 반하는 것이 아님을 보여주는 것이 우리의 임무이기도 하다.

크네히트는 위대하고 모범적인 관리자였고 그 높은 자리를 빛낸 사람이었으며 나무랄 데 없는 유리알 유희 명인이었다. 하지만 그는 동시에 자신이 온 힘을 다해 봉사하고 있는 카스탈리엔의 영광을 이미 기울어가고 있는, 필멸의 영광이요 위대함으로 보고 느끼고 있었다. 그는 카스탈리엔의 대다수의 사람처럼 그 영광에 묻혀 아무 예감도, 아무 생각도 없이 지내지 않았다. 그는 카스탈리엔과 유리알 유희의 기원과 역사를 알고 그것을 역사적 존재로 인식하고 있었다. 시간의 흐름에 종속되어 있고 시간의 그 가차 없는 힘에 의해 마모되고 흔들릴 수밖에 없는 그런 역사적 존재로 인식하고 있었던 것이다. 역사적 흐름의 맥박을 느낄 수 있는 이 감수성, 자기 자신과 자신의 활동을 성장과 변모를 거듭하는 큰 흐름 속의 하나의 세포처럼 느낄 수 있는 이 감수성은 그 자신의 역사 연구를 통해서 성숙된 것이고 야코부스 신부의 영향을 받아 깨어난 것이다. 하지만 우리로서는 그 속성이 이미 오래전부터 그의 내부에 잠재해 있었다고 보는 것이 옳을 것이다.

자신의 생애에서 가장 빛났던 순간, 유리알 유희가 유례없는 성공을 거둔 순간, 즉 카스탈리엔 정신을 만방에 알리는 데 이례적인 성공을 거둔 바로 그날 "카스탈리엔과 유리알 유희도 언젠가 사라지게 되어 있다는 생각을 한다는 것은 유쾌하지 않은 일이야. 하지만 우리는 그 생각을 해야만 해"라고 말한 그 사람은 자신이 역사를 이해하기 훨씬 전부터, 생성된 모든 것은 무상하며 인간의 정신에 의해 창조된 것은 불확실한 성격을 띠고 있다는 형이상학적 감각을 생래적으로 지니고 있던 사람이었다. 어린 시절 카스탈리엔 학교를 그만두고 떠난 동료에 대한 그의 감정에 대해 우리는 이미 언급한 바 있다. 그것은 교육주 경계선 밖에 카스탈리엔의 법칙에 따르지 않는 세계가 존재하고 인간 생활이 존재한다는 것을 뜻했고 크네히트는 그런 세계가 자신의 내부에도 존재하고 있음을 느꼈다. 그에게도 자신을 지배하고 있는 규칙에 맞서고 싶은 충동과 환상과 욕망이 있었다. 그는 힘든 노력을 통해 점진적으로 그런 것들을 제어해 왔다. 그런 충동이 너무 강해진 학생들은 카스탈리엔의 영재 학교로부터, 즉 규율이나 정신 훈련의 지배를 받는 곳으로부터 본능의 지배를 받는 저 세계로 돌려 보내졌다. 카스탈리엔의 미덕을 힘써 배우고 지키려는 학생들에게 그 세계는 사악한 지하 세계, 혹은 유혹적인 유흥장이나 투기장으로 여겨질 수밖에 없었다. 그리고 수 세대에 걸쳐 많은 젊은 양심이 카스탈리엔식의 이러한 죄의 개념을 익혔다. 여러 해가 지나 성인이 되었을 때 크네히트는 역사란 이기주의와 본능으로 이루어진 이 죄악의 세계를 실체로 하고 있다는 것, 그 세계를 동력으로 이루어진다는 것, 또한 카스탈리엔의 수도회 같은 숭고한 조직도 그런 탁한 물결 속에서 태어났으며 조만간 그 탁류에 의해 삼

커질 수밖에 없다는 사실을 좀 더 확실히 깨달을 수 있었다. 그리고 그 사실은 단순한 사색의 영역에 속하는 것이 아니라 자신도 공동의 책임을 느껴야 할 실존 자체였다. 그는 자신이 믿고 있는 이상(理想), 혹은 자신이 사랑하는 국가나 공동체가 병으로 고통스러워하는 것을 보고 자신도 병에 걸려 쇠약해지고 이윽고 죽음에 처하게 되는 그런 부류의 사람이었다.

이 맥락을 더 더듬어 올라가다 보면 우리는 발트첼의 초기 시절 크네히트가 청강생인 플리니오 데시뇨리와 의미 있는 만남을 가졌던 때로 되돌아가게 된다. 그 만남에 대해서는 이미 상세하게 말한 바 있지만, 그 체험은 그에게 아주 중요한 체험이었으니, 그는 이질적인 것을 경험하고 그것을 절실히 느끼면서도 카스탈리엔을 옹호하고 대표하는 역할을 맡았던 것이다. 그는 약 10년 후에는 야코부스 신부를 상대로 또다시 그 역할을 맡았으며 유리알 유희 명인으로 재직하면서도 마지막까지 그 역할을 맡았다. 하지만 그때마다 그는 카스탈리엔을 보호막으로 감싸고 고립시킨 것이 아니라 언제나 상대방에게서 그 무언가를 배웠다. 그리고 카스탈리엔이 외부 세계와 활발히 교류하면서 맞설 수 있도록 내적인 준비를 갖추는 데 온 힘을 다 기울였다. 그는 데시뇨리와의 우정, 야코부스 신부와의 우정이나 어린 시절 말고는 세속적인 삶을 곁에서 본 적도 없었고 경험한 적도 없었다. 그러나 그는 자신이 뚜렷이 의식하고 있는 자신의 양극성 덕분에, 그 열린 정신 덕분에 카스탈리엔이 그 어떤 동료들보다, 당국의 그 어떤 고위층보다 세상 물정을 더 많이 알고 있는 사람이 되었다. 그는 늘 진정한 의미에서의 충실한 카스탈리엔 사람이었지만 카스탈리엔이 비록 가장 가치 있고 소중한 것이라 할지라도 그 역시 이 세계의 작은 일부에 불과하다는 것을 결코 잊지 않았다.

이제 크네히트의 면모를 파악하는 데 큰 비중을 차지하고 있는 또 한 사람인 프리츠 테굴라리우스와 그의 우정에 대해 좀 자세히 살펴볼 때가 되었다. 테굴라리우스는 까다롭고 문제가 많은 인물이었다. 그는 유리알 유희의 달인이었고 제멋대로인 면을 지닌 신경질적인 사람이었다. 그는 순수한 카스탈리엔 사람 그 자체라고 할 만했으니, 옛날 마리아펠스를 잠깐 방문했을 때 그런 조잡한 곳에서는 단 일주일도 못 견디겠다고 선언했던 사람, 크네히트가 그런 곳에서 2년 동안이나 머물다니 너무 경탄스럽다고 말한 사람이었다. 그런 테굴라리우스와 크네히트 사이에 지속된 우정을 우리는 어떻게 볼 수 있을 것인가?

둘 사이의 우정에서 우리가 우선적으로 주목해야 할 것은 크네히트의 우정은 베네딕투스 수도회 신부와의 관계를 제외하면 모두 그가 스스로 찾고, 구하고, 필요로 했던 우정이 아니었다는 사실이다. 그는 자신의 고결한 성품으로 인해 남들을 끌어당겼고 존경받았으며 부러움과 사랑을 받았다. 그리고 '각성'의 어느 단계부터는 스스로도 자신의 그 천부적 자질을 의식했다. 그런 식으로 크네히트는 어린 학창 시절부터 테굴라리우스로부터 존경을 받고 사랑을 받았다. 하지만 크네히트는 언제나 그와 일정한 거리를 유지해 왔다.

그럼에도 불구하고 크네히트가 이 친구를 좋아했다는 사실을 밝혀주는 증거는 얼마든지 많다. 하지만 우리가 알다시피 크네히트가 이 친구에게 관심을 가진 것은 그의 뛰어난 재능이나 유리알 유희에 대해 그가 지닌 천재성 때문이 아니었다. 크네히트는 친구의 뛰어난 재능뿐 아니라 그의 결점들, 다른 발트첼 사람들이 눈에 거슬린다며 참아내기 어려워하는 그의 약점들에 더 큰 흥미를 느끼고 있었다. 이 유별난 사람은 너무나 카스탈리엔적이었고 그의 전 존재 양식은 카스탈리엔을 벗어나서는 생각할 수 없었다. 말하자면 그 까다롭고 별난 성격만 아니었다면 테굴라리우스야말로 전형적인 카스탈리엔 사람이었다. 하지만 그는 그 성격적인 결함 때문에 늘 남들과 충돌했고 그것은 결국 성직에 전혀 맞지 않는 지극히 개인주의적인 사고방식과 생활 양식으로 귀결되었다. 만일 크네히트라는 슬기로운 친구의 보호가 없었다면 그는 일찌감치 파멸했을 것이라고 말해도 과언이 아니다.

테굴라리우스는 자신이 속해 있는 사회에 자신을 맞추기를 거부하는 변덕스러운 사람이었다. 그 덕분에 그는 아주 자주 자유로운 정신의 활동력을 보여주기도 했다. 기분이 고조된 순간 그는 대담한 착상과 화려함으로 사람들을 놀라게 하기도 했다. 하지만 그는 자신의 결점을 치료하려 하지 않는 사람이었으며 조화나 질서를 대수롭지 않게 여기는 사람이었다. 그는 성직의 길로 접어들어 마음의 평화에 이르기를 갈망하는 대신 평생 번뇌하는 자, 믿을 수 없는 인간, 천재적인 바보, 허무주의자의 길을 가기를 원한 사람이었다. 분명히 그는 조화와 질서를 이상으로 삼고 있는 공동체에는 맞지도 않고 소화해내기도 힘든 구성원이었다. 하지만 그가 바로 이렇게 문제적이고 소화가 불가능한 존재였기에 그는 그토록 맑고 잘 정돈된 작은 사회에서 생동하는 불안, 비난, 훈계, 경고의 끊임없는 원천이 되었으며 새롭고 대담하며 용감한 아이디어의 발신지이며 양 떼 중에서 제멋대로 고집만 부리는 양 한 마리가 될 수 있었다. 그리고 우리 생각으로는 바로 그런 점 때문에 그는 크네히트가 아끼는 친구가 될 수 있었다.

확실히 테굴라리우스를 향한 크네히트의 우정에는 연민이라는 요소가 개입되어 있다. 그가 늘 불행한 상황에 처해 있다는 사실이 크네히트의 기사도 정신을 자극했던 것이다. 하지만 그것만으로는 크네히트가 명인의 자리에 올라 수많은 의무와 책임을 산더미처럼 짊어진 상태에서도 그와의 우정을 지속해 나간 이유로 부족한 것 같다. 이 테굴라리우스라는 인물은 크네히트의 생애에서 데시뇨리나 야코부스 신부 못지않게 중요한 인물이었던 것이다. 즉 테굴라리우스는 그에게 그 두 사람 못지않게 새로운 전망을 열어주는 작은 창구 역할을 했다. 크네히트는 이 특이한 친구에게서 하나의 인간형을 감지해 냈다고 우리는 생각한다. 요컨대 그는 카스탈리엔의 삶이 새로운 것을 만나 활력을 얻어 젊어지지 않는다면 언젠가 그렇게 되어버릴 수도 있는 카스탈리엔 사람의 모습을 대변하고 있었던 것이다. 대부분의 고독한 천재가 그렇듯이 테굴라리우스는 하나의 선구자였다. 그는 아직 존재하지 않지만 언제고 존재하게 될 미래의 카스탈리엔에서 살고 있었다. 세상과 유리된 채 내적으로는 노쇠화와 도덕적 해이가 진행되어 변질된 카스탈리엔, 정신의 드높은 비상과 숭고한 가치에 전적으로 헌신하는 것이 아직 가능하지만 이 고도로 발달된 드높고 자유로운 정신의 기능을 오로지 이기적으로 향유하는 것 외에는 그 어떤 목표도 갖지 못한 카스탈리엔에서 테굴라리우스는 살고 있었던 것이다. 크네히트는 테굴라리우스에게서 두 가지가 한곳에 공존하고 있음을 보았다. 테굴라리우스는 카스탈리엔에서 찾을 수 있는 최고의 능력의 화신인 동시에 그 능력의 타락과 몰락을 보여주는 인물이었다. 카스탈리엔이 테글라리우스 같은 존재들만 살고 있는 왕국이 되는 것은 무슨 일이 있어도 막아야 했다. 아직 알려지지 않은 병을 앓고 있는 환자가 현명한 의사의 눈길을 끌 듯 이 미래의 카스탈리엔 사람은 크네히트의 눈에 하나의 징후요 경고로 보였던 것이다. 그는 테굴라리우스에게서 그런 징후를 발견했을 뿐 아니라 그를 바른길로 인도하기 위해 무수한 노력을 했다. 그에게 수시로 명상을 권했으며 조직 속에 끼기 힘든 친구에게 자리와 활동 무대를 마련해주었다. 그리고 그렇게 교육적으로 친구를 감화시키기 위해 그는 가장 중요한 수단이 무엇인가 자각하고 실행했다. 그 수단이란 바로 친구로부터 사랑과 찬탄을 받는 일이었다. 그는 테굴라리우스뿐만 아니라 이 유희 마을 거의 모든 사람에게 명인으로서의 직책이 아니라 찬탄과 사랑을 바탕으로 권위와 힘을 쌓아갔다.

우리는 우리의 독자가 크네히트의 인격 안에서 공존하고 있는 이 대립적 양극을 인식하는 것이 필요하다는 생각에 지난 일들을 되돌아보았다. 크네히트의 주목할 만한 삶의 절정기까지 따라온 독자에게 이제 그 마지막 국면을 맞이할 준비를 갖추게 하는 것이 필요하다는 우리의 판단에서였다. 그의 삶에서 양극을 이루고 있는 두 성향, 즉 음(陰)과 양(陽)의 두 성향 중 한쪽은 성직에 충실하며 무조건적으로 봉사하는 방향이었고 다른 한쪽은 '각성'하고 전진하는 방향, 현실을 파악하고 이해하는 방향이었다. 전자의 경향으로 볼 때면 수도회와 카스탈리엔과 유리알 유희가 신성하고 절대적인 가치를 지닌 그 무엇이었다. 하지만 후자의 경향으로 볼 때 그것은 이미 형성되고 쟁취된 것이며 노쇠와 불모화와 멸망의 위기에 놓여 있는 그 무엇이었다. 그것을 지탱하고 있는 이념은 그에게 언제나 신성한 것이었다. 하지만 그 이념이 만들어낸 형태는 언제나 변화가 가능하고 소멸될 수도 있으며 비판이 가능하다는 것을 그는 정확이 인식하고 있었다. 자신이 봉사하고 있는 공동체가, 자신에게는 국가와 세계 전체를 향한 의무가 있고 그에 봉사해야 한다는 것을 잊고 스스로의 목적에 갇혀버린다면 결국 삶 전체로부터 떨어져 나와 불모 선고를 받을 위험이 그 안에 내재해 있음을 그는 알고 있었던 것이다. 그리고 그는 그런 위험을 세상 물정에 어두운 관리들의 형식적인 임무 처리 태도에서도 감지했다. 하지만 그 위험은 무엇보다 그의 친구 테굴라리우스라는 인물에게서 그 위험이 뚜렷하게 나타나고 있었다.

그런 역사의식을 갖고 유희 명인직을 수행하다 보니 크네히트는 교육주의 형편이 안에서 자부하는 것만큼 좋지 않다는 것을 알게 되었다. 요컨대 교육주가 외부 세계 및 국가의 생활, 정치, 교육과 맺고 있는 관계가 몇십 년 전부터 퇴보의 길을 걷고 있음을 확인하게 된 것이다. 물론 연방 의회에서는 교육과 문화 문제에 대해 이곳의 교육청에 자문을 구하고 있었다. 또한 교육주는 계속해서 좋은 선생들을 양성해서 국가 전역에 공급하고 있었고 학문에 관한 제반 문제에서 영향력을 발휘하고 있었다. 하지만 이 모든 일이 점점 더 습관적이고 기계적이 되어 갔다. 카스탈리엔의 각 분야 영재들 가운데 자발적으로 외부 학교 근무를 지원하는 젊은이들의 숫자는 점점 줄어들었고 열의도 식어 갔으며 국가에서 공공 자격으로 혹은 개인적으로 조언을 구하기 위해 카스탈리엔을 찾는 일도 점점 줄어들고 있었다. 전 같으면 중요한 재판의 경우 카스탈리엔의 자문을 구하러 오는 경우가 많았는데 지금은 아주 드물었다. 카스탈리엔의 문화 수준과 국가의 문화 수준은 점점 더 간극이 커지고 있었다. 카스탈리엔의 지적 수준이 더 높아지고 전문화되고 잘 훈련이 될수록 세상은 교육주를 교육주대로 내버려 두려는 경향이 짙어졌다. 즉 교육주를 필수품이나 일용할 양식으로 삼기는커녕 포기하거나 버리기는 아까워서 골동품 창고에 넣어두는 골동품처럼, 어느 정도 자랑스럽기는 하지만 낯선 것처럼 여기게 된 것이다. 당장 버릴 수는 없지만 되도록 거리를 두어야 하는 것, 현실적인 생활에는 맞지 않은 정신적이고 도덕적인 것, 일종의 자의식이라고 여기게 된 것이다.

크네히트는 그 점을 날카롭게 인식하고 있었고 그 인식이 뚜렷해질수록 자신이 유희자 마을에서 오로지 카스탈리엔 사람과 전문가들만을 상대해야 하는 상황에 처해 있다는 사실이 괴로웠다. 그래서 점점 더 초보자 강의에 힘을 기울이게 되었고 가능한 한 나이가 어린 학생들을 가르치려 했다. 나이가 어리면 어릴수록 학생들은 삶 전체 및 외부 세계와 연결되어 있었고 그만큼 덜 길들여지고 덜 전문화되어 있기 때문이었다.

이미 썼던 대로 그는 공직을 맡은 지 2년째부터 다시 역사 연구를 시작했다. 그는 카스탈리엔의 역사 외에도 야코부스 신부의 베네딕투스 수도회에 대한 야코부스 신부의 연구들을 빠짐없이 읽었다. 하지만 그 공부는 외로운 공부였다. 주변에 역사에 대해 관심을 가진 사람이 아무도 없었기 때문이었다. 특히 이 문제에 대한 대화를 적어놓은 쪽지에서 우리는 테굴라리우스가 역사를 얼마나 경멸했는지 알아볼 수 있다. 그는 역사란 카스탈리엔에서는 전혀 연구할 가치가 없는 것이라고 격하게 주장하고 있다. 물론 재미 삼아 하는 것을 막을 생각은 없지만 그 대상이라는 게 너무 속되고 악마적이며 끔찍한 것이고 지루한 것이며, 도대체 어떻게 역사에 시간을 허비하겠다는 생각을 할 수 있다는 것인지 이해가 되지 않는다고 테굴라리우스는 말했다. 역사의 내용이란 게 순전히 인간의 이기주의이고 권력을 향한 싸움이라는 것이었다. 그 싸움에 뛰어든 자들만이 언제나 역사를 높이 평가하며 자신들이 한 짓에 영광을 부여한다고, 그들이 추구하는 것은 잔인하고 짐승 같은 것이며 오로지 물질적인 힘에 불과한 것으로서 카스탈리엔의 정신에는 존재하지 않는 것, 혹은 아무런 가치도 없는 것이라고 그는 말했다. 그는 세계사란 약육강식에 대한 지루하고 재미없는 긴 보고서일 뿐이라고, 본래의 참된 역사, 즉 시간을 초월한 정신사를 역사상 황금 시기, 즉 권력 지향의 야심가나 출세주의자의 어리석은 드잡이와 결부시키려는 짓, 정신사를 속된 일반 역사와 결부시켜 설명하려는 짓은 정신에 대한 배반이라고 말했다. 이어서 그는 19세기, 혹은 20세기에 널리 퍼진 적이 있는 어떤 종파가 생각난다고 말했다. 그 종파의 신자들은 고대인들의 희생 제의와 신들, 사원과 신화 및 다른 모든 훌륭한 것을 식량과 노동의 부족과 과잉의 결과물로 계산해낼 수 있다고, 임금과 빵 가격 사이의 긴장 관계로 풀어내고 설명할 수 있다고 진심으로 믿었다는 것이었다. 달리 말해 그들은 예술과 종교를 오로지 굶주림과 먹는 것에만 관심이 있는 인류 위에 겉치레로 씌워놓은 것, 즉 이데올로기에 불과하다고 믿었다는 것이다.

크네히트는 친구의 말을 재미있게 들은 후 슬쩍 물어보았다.

"사상사나 문화사, 예술사도 역사인 만큼 다른 역사와 연관이 있지 않을까?"

그러자 친구가 외쳤다.

"절대 아닙니다. 제가 부인하는 게 바로 그겁니다. 세계사란 시간과 벌이는 경주입니다. 이익과 권력과 재산을 갖기 위한 경주입니다. 중요한 것은 누가 주어진 기회를 놓치지 않을 힘과 행운과 야비함을 지니고 있느냐 하는 거지요. 사유와 문화와 예술에서 느끼는 성취는 그런 것과는 정확히 반대입니다. 그것은 언제나 시간의 노예 상태에서 벗어나는 것을 뜻합니다. 본능이나 타성의 수렁에서 벗어나 높은 차원으로 오르는 것을 뜻합니다. 시간이 존재하지 않는 차원, 시간으로부터 해방된 차원, 즉 신성의 차원에 오르는 것을 뜻합니다. 그것들은 비역사적이며 반역사적입니다."

크네히트는 친구의 말에 기꺼이 귀를 기울였을 뿐 아니라 그를 자극해 몇 마디 말을 더 털어놓게 한 다음, 다음과 같은 말로 대화를 맺었다.

"문화와 정신의 산물에 대한 자네의 사랑은 존중할 만하네. 하지만 문화적 창조성이란 것은 많은 사람이 생각하듯 우리가 쉽게 참여할 수 없는 것인 경우가 많아. 플라톤의 대화나 하인리히 이자크의 합창곡 같은 것들, 예컨대 우리가 정신의 산물이라고, 예술 작품이라고, 혹은 객관화된 정신의 산물이라고 부르는 것들은 정화와 해방을 위한 싸움의 산물이라네. 자네 표현대로 시간으로부터 시간이 없는 곳으로의 탈출이라고 해도 좋아. 대개의 경우 좋은 작품이란 그 작품을 낳기 이전에 존재했던 번뇌와 고된 노력의 흔적이 전혀 보이지 않는 작품이지. 우리에게 그런 작품들이 남아 있다는 건 대단한 행운이라네. 그리고 우리 카스탈리엔 사람들은 전적으로 그 작품들에 의해 살아가고 있지. 우리들이 발휘하는 창조력은 오로지 그것들을 보존하는 데 있다네. 우리는 바로 그 작품들에 구현되어 있는 시간과 투쟁 너머의 세계에서 살고 있네. 그리고 그 작품들이 없었다면 우리는 우리가 지금 살고 있는 세계에 대해 알 수 없었겠지. 그리고 우리는 순수 정신의 세계, 자네가 원한다면 순수 추상화의 세계라 부를 수도 있는 곳을 향해 더 멀리 나아가고 있네. 우리는 우리의 유리알 유희에서 현자들과 예술가들의 작품의 구성 요소들을 분석한 뒤 거기에서 양식과 형태의 법칙을 추출하고 그렇게 추상화된 것들을 마치 벽돌처럼 다시 조립하고 있지. 물론 이 모든 것은 아름답네. 아무도 이의를 제기하지 않을 거야. 하지만 그 누구도 평생 추상만을 호흡하고 먹고 마시며 살 수는 없는 법이야. 역사는 발트첼의 교사들이 흥미를 느낄 가치가 있다고 여기는 것 이상의 힘을 지니고 있다네. 바로 현실, 실재를 다룬다는 것이지. 추상도 좋은 거야. 하지만 사람은 누구나 공기를 호흡하고 빵을 먹는다는 생각도 나는 하고 있어.

크네히트는 종종 전 음악 명인을 잠깐씩 방문하곤 했다. 이 존경할 만한 노인은 이미 오래전부터 기운이 쇠하고 말하는 습관을 완전히 버렸지만 마지막까지 평온함을 잃지 않았다. 그러던 어느 날 크네히트는 드디어 그의 부고를 받았다. 크네히트가 여러 차례 전 음악 명인의 전기를 써보겠다고 밝혔다는 사실은 그가 스승을 그 얼마나 존경했는지를 보여준다. 우리는 크네히트의 스승의 죽음과 함께 이제 유희 명인으로서의 그의 삶에 대한 보고는 대충 마치기로 하자.

제9장 대화

우리는 이제 명인의 삶의 마지막 시기, 그가 주목할 만한 변화를 보였던 시기로 우리의 눈을 돌릴 때가 되었다. 그가 관직 및 교육주와 작별을 고하고 다른 생활권으로 넘어가 죽음을 맞이할 때까지의 기간이다. 그는 관직을 떠나는 순간까지 자신의 직무를 더없이 모범적으로 충실하게 수행했으며 마지막 날까지 학생들과 동료들의 애정 어린 신뢰를 받았지만 그의 직무 수행에 대한 묘사는 이제 그만하기로 하자. 그가 이미 그의 영혼 깊은 곳에서 자신의 직무에 대해 피로감을 느끼고 있었으며 다른 목표를 향하고 있었음을 우리가 알고 있기 때문이다. 그는 직책이 그에게 제공한 모든 일을 그의 에너지를 발휘해서 최고로 수행해냈으며 그 직책의 정점에 이르러 있었다. 그가 정점에 이르렀다는 것은 달리 말하면 모든 위대한 인물이 그러했듯이, 전통과 질서에 순종하는 이제까지의 길을 버린 채, 오로지 자신 최고의 힘에 기대어 한 번도 경험해보지 않은 새로운 길을 개척해야 할 지점에 이른 것을 뜻한다고 할 수 있다. 우리로서는 그가 결코 직책이나 직책이 주는 영예와 권한에 집착하는 사람이 아니었다는 것, 오히려 그런 영예나 권한은 없는 것이 낫다고 생각한 사람이었다는 사실만 지적하기로 하자. 따라서 모든 사람이 영광으로 생각하는 명인의 지위도 오랫동안 그 자리에 있다 보니 당연히 누려야 할 지위라기보다는 일종의 짐으로 여겨졌다. 물론 그는 어린 학생들을 가르치고 사람을 키워내는 일에서는 큰 보람을 느끼고 있었다. 우리는 그가 철이 든 학생들보다 어린 학생들을 가르치는 일을 더 좋아했음을 이미 밝힌 바 있다. 하지만 그의 직책상 이제 어린아이가 아니라 청년이나 어른만을 상대해야 한다는 사실에도 그는 아쉬움을 느꼈다.

그 외에도 그는 다양한 경험과 심사숙고, 각성을 통해 명인으로서의 자신의 일뿐 아니라 발트첼의 많은 상황에 대해 비판적인 관점을 지니게 되었다. 또한 명인으로서의 그의 직무 자체가 자신의 능력을 최대한 발휘하여 훌륭한 결실을 맺는 데 방해가 된다고 생각하기에 이르렀다. 이런 사실들 중에는 우리에게 알려진 것도 있고 오로지 우리의 추측에 불과한 것도 있다. 명인 크네히트가 명예는 덜 하더라도 보다 강도 있는 일을 위해 직무의 짐을 벗고 자유를 추구한 것이 옳은 일이었을까? 카스탈리엔을 비판한 일이 과연 옳은 일이었을까? 그를 개척자이자 대담한 전사로 보아야 할 것인가, 아니면 탈영병까지는 아니더라도 일종의 반역자로 보아야 할 것인가? 하지만 우리로서는 그 문제는 일단 접어두기로 하자. 우리가 아니더라도 이미 과도할 정도로 논의가 있었던 문제인 까닭이다. 그 논쟁은 한동안 주(州) 전체를 아예 두 편으로 갈라놓았고 아직까지도 그 여파가 가라앉지 않고 있다. 우리는 이 위대한 명인에 대해 깊은 감사와 존경의 마음을 품고 있지만 그 논쟁에서 어느 한쪽 편을 들고 싶지는 않다. 우리는 존경하는 명인의 최후를 가능한 한 진실하게 전하고 싶을 뿐이다. 하지만 정확히 말한다면, 그것은 사실적 이야기가 아니다. 우리는 차라리 그것을 전설이라고 부르고 싶다. 그 이야기에는 확실한 정보와 단순히 소문에 불과한 것이 섞여 있기 때문이다. 그 이야기는 출처가 명확한 것과 명확하지 못한 것이 교육주의 후손들인 우리들 사이에서 떠돌면서 뒤섞여 형성된 것이다.

요제프 크네히트가 어떻게 하면 바깥세상의 새로운 공기로 통하는 길을 찾을 수 있을까 모색하던 시기에 그는 예기치 않게 한 인물을 만난다. 청년 시절 한때 친하게 지냈지만 이후 거의 잊고 있던 인물인 플리니오 데시뇨리를 다시 만난 것이다. 한때 이곳의 청강생이었고 지금은 대의원이자 정치 저술가로 이름을 떨치고 있는 그가 어느 날 뜻밖에도 공적인 임무를 띠고 이곳 교육주의 최고 관청에 모습을 나타냈다. 그는 카스탈리엔의 재정 감사를 맡는 정부 위원회의 위원 자격으로 이곳에 온 것이었다.

크네히트는 위원들을 소개하는 자리에서 그의 이름을 듣고 깜짝 놀랐다. 아니, 놀랐다기보다는 부끄러웠다. 아무리 오래 만나보지 못했다 하더라도 청년 시절의 친구를 한눈에 알아보지 못한 것이다. 그만큼 그는 변해 있었다. 회의 중에도 데시뇨리는 옛 친구에게 깍듯이 존칭을 썼기에 크네히트는 두 번이나 부탁해서 겨우 옛날처럼 말을 놓을 수 있게 되었다.

우리는 젊은 시절의 데시뇨리를 기억하고 있다. 그는 언제나 자신감에 차 있었으며 많은 사람이 그를 보면 눈부셔 했다. 그리고 몇 해 후 크네히트가 그를 다시 만났던 일, 평범해진 그의 모습을 보고 크네히트가 실망했던 일, 둘이 서먹서먹하게 헤어졌던 일도 알고 있다. 그런데 지금 그는 또 다시 완전히 다른 사람이 되어 있었다. 지난날의 공격성이나 솔직함은 어디로 갔는지 자제력이 강한 사람, 아니, 차라리 의기소침한 사람이 되어 있었다. 청춘의 매력도 사라졌고 그에 못지않게 천박함과 거친 세속성도 사라지고 없었다. 그의 모습에서 크네히트가 가장 큰 충격을 받은 것은 그가 고뇌의 표정을 드러내고 있다는 사실이었다. 그리고 그 얼굴에서 드러나 보이는 고뇌가 평범하다기보다는 고귀했으며 어쩌면 비극적으로 보인다는 사실, 이곳 카스탈리엔에서는 찾아볼 수 없는 표정이라는 사실에 그는 마음이 끌렸다.

크네히트는 데시뇨리의 얼굴을 바라보며 마음이 흔들렸다. 저 속세가 잃어버린 옛 친구를 이곳에 보내주었다는 사실이 그에게는 매우 의미 깊게 여겨졌다. 전에 그들이 학생 신분으로서 한 명은 세상을, 한 명은 수도회를 대표해서 논쟁을 벌였듯 이제 둘 다 유력한 신분이 되어 각각의 세계를 대표하는 자격으로 만난 것이다. 하지만 그에게는 속세가 데시뇨리를 통해 웃음과 생의 즐거움, 권력의 기쁨, 거친 모습을 보내온 것이 아니라, 그의 슬픔에 잠긴 고독한 얼굴을 통해 괴로움과 고뇌를 보내왔다는 사실이 더 중요하고 상징적으로 보였다.

명인이 어떤 방식으로 서서히 친구의 신뢰를 다시 얻게 되었는지는 자세하게 보고하기 힘들다. 명인의 경건하면서도 다정한 성품을 아는 사람이라면 나름대로 상상할 수 있을 것이다. 어쨌든 크네히트는 데시뇨리의 마음을 얻기 위한 노력을 계속했다. 그리고 그가 누군가의 마음을 얻기 위해 진심으로 노력했을 때 도대체 그 누가 그것에 저항할 수 있겠는가?

결국 재회가 있은 지 몇 달 후에 데시뇨리는 한 번쯤 발트첼을 방문해 달라는 크네히트의 몇 차례 요구에 응했다. 두 사람은 흐리고 바람이 부는 어느 가을날 오후 함께 옛날에 우정을 나누었던 고장을 방문한 뒤에 그곳에서 하루를 보내고 돌아왔다. 그리고 이튿날 명인의 집무실에서 하루를 함께 보낸 후 저녁에는 명인의 거실에 단둘이 앉아 있게 되었다. 데시뇨리는 다음 날 아침 돌아갈 예정이었다. 데시뇨리는 집으로 돌아오자마자 그날 밤 둘 사이에 오간 대화를 그대로 기록해 두었다. 우리는 꼼꼼한 그의 기록 중 의미가 있다고 생각되는 부분만 옮겨보도록 하겠다.

먼저 명인이 말했다.

"많은 것을 보여주고 싶었는데 그러지 못했군. 어쨌든 지난날의 여러 가지 추억을 되살려볼 수 있었고 내 직무와 일과가 어떤 것인지는 대충 알 수 있었을 거야."

"그 점 고맙게 생각하고 있네. 자네들이 지내고 있는 이곳이 어떤 곳인지 이제 어렴풋이나마 구체적으로 짐작할 수 있게 되었어. 언제고 자네도 나를 한번 찾아와 내가 사는 곳을 한번 보아주기 바라네. 아직 자네와 나 사이에는 심연이 가로놓여 있는 기분이거든. 예컨대 내가 가문이라는 표현을 썼을 때 그 단어의 의미는 내가 사는 세상에서는 대단한 의미를 지닌다네. 하지만 자네들에게는 통 이해가 되지 않거나 전혀 다른 의미를 지니지. 내가 자네에게 무슨 말을 해주더라도 자네는 내 표현의 반밖에는 이해하지 못하는 셈이야. 자네의 존재 양식과는 전혀 다른 사람의 삶에 대한 이야기를 듣는 셈이니까. 우리가 전에 젊은 시절에 벌였던 논쟁 생각나나? 내 입장에서 보자면 자네들 교육주의 세계와 언어를 우리의 그것과 조화시켜보려는 노력이었네. 그런 나에 대해 자네가 가장 호의적이었어. 자네는 카스탈리엔의 삶을 용감하게 옹호하면서도 그와는 전혀 다른 나의 세계와 그 세계의 권리에 대해 무관심하거나 경멸감을 드러내지 않았어. 우리 그 당시에 상당히 친해졌었지. 하지만 그 이야기는 나중에 하세."

데시뇨리가 입을 다물고 침묵에 잠기자 크네히트가 조심스럽게 입을 열었다.

"두 세계가 서로 이해할 수 없다는 사실이 자네 말처럼 그토록 결정적이지는 않을 거야. 물론 같은 나라에 속하면서 같은 언어를 주고받는 사람들처럼 친근하게 소통을 할 수는 없겠지. 하지만 그것이 소통의 노력을 포기할 이유는 될 수 없어. 한 나라에 속하는 사람들 사이에도 완전한 소통이나 완전한 상호 이해를 가로막는 장벽은 있기 마련이야. 문화, 교육, 재능, 개성 같은 것들이 바로 그런 장벽 역할을 하지. 지구상의 모든 인류는 기본적으로 서로 대화가 가능하다는 주장도 있을 수 있고 서로 간에 완벽한 소통이나 이해가 가능한 두 인간은 지구상에 존재할 수 없다는 주장도 있을 수 있어. 둘 다 옳은 주장이야. 그것은 음과 양, 낮과 밤 같은 거야. 우리 둘이 완전히 이해하고 소통할 수 없다는 자네 말에 나도 동의해. 하지만 만일 자네가 서양인이고 내가 중국 사람이라 할지라도, 그래서 우리가 서로 다른 언어를 사용한다 하더라도 우리가 선의를 지니고 있기만 하다면 우리는 서로에게 많은 것을 말할 수 있어. 정확하게 소통할 수 있는 것 너머에서 우리는 각각에 대해 많은 것을 짐작하고 느낄 수 있어. 어쨌든 노력해보자고."

데시뇨리가 고개를 끄덕이며 말을 이었다.

"자네가 내 상황을 짐작하기에 필요한 몇 가지를 이야기해주겠네. 젊은 시절 자네와 논쟁을 벌였을 때 내게는 가족이 있었네. 외아들로서 무엇보다 어머니의 사랑을 듬뿍 받았지. 그와 동시에 나는 거의 카스탈리엔 사람이기도 했어. 아마 기본적으로는 좀 더 세속에 가깝고 피상적이었을지 모르지만 카스탈리엔 사람으로서 행복하고 열정적이었으며 자신감에 가득 차 있었네. 그 당시에는 의식하고 있지 못했지만 아마 내 인생에서 가장 행복했던 시절이었을 거야. 이곳 영재 학교를 떠나 고향으로 돌아가면 여기서 익힌 뛰어난 재주로 세상을 정복하리라고, 행복과 내 삶의 절정이 나를 기다리고 있으리라고 기대하고 있었으니까. 그런데 이곳을 떠난 후 갈등이 시작되었고 그것이 지금까지 이어지고 있으며 나는 결코 승자가 되지 못했네. 내가 돌아간 곳은 나를 껴안기 위해 나를 기다리고 있던 곳도 아니었고 내가 이곳에서 익힌 고귀한 것들을 받아들일 준비를 하고 있던 곳도 아니었네. 게다가 정치학을 배우려고 들어간 대학은 나를 얼마나 실망시켰던지! 학생들 간에 오가는 말투, 그들이 받는 교육과 일상생활의 수준, 많은 선생의 인격, 이 모든 것이 내가 자네들과 함께 지내면서 익숙해졌던 것들과는 그 얼마나 대비가 되었던지! 한때, 자네가 옹호하는 세계에 맞서 우리 세계의 삶이 그 얼마나 온전하며 소박한지 내가 열심히 예찬했던 것, 자네도 기억하지? 그게 벌 받을 만한 바보짓이었다면 나는 톡톡히 벌을 받은 셈이야. 내가 주장하던 소박하고 순진한 삶, 어린아이처럼 천진한 삶은 어디에서도 만날 수 없었고, 그런 사람들 사이에 끼어본 적도 없어. 내가 이곳에서 카스탈리엔 사람들이 거만하고 허세투성이라고 비판했던 것, 자네도 기억하겠지. 계급 의식과 영재 의식에 빠진 채 자기 기만적이고 퇴폐적인 삶을 살고 있다고 비판했지. 그런데 세속의 인간들도 그 못지않게 자신들의 나쁜 매너와 빈약한 교양, 거칠고 시끄럽기만 한 유머, 오로지 이기적인 목적만 추구하는 데 쓰이는, 속이 빤한 지혜를 자랑스러워하고 있었지. 그러고는 내 어깨를 두드리며 내 속에 들어 있는 카스탈리엔적인 것을 노골적으로 비웃고 증오하더군. 천한 것이 보다 고결한 것을 향해 늘 드러내는 그런 증오심 말일세. 나는 그들이 내게 보이는 증오심을 나의 두드러진 자질 탓으로 받아들이기로 결심했지."

데시뇨리는 잠시 말을 멈추고 상대방을 바라보았다. 상대방의 눈길에는 사려 깊은 정겨움이 깃들어 있었다. 혹시 상대방이 지루해하지나 않을까 염려가 되었던 데시뇨리는 안심하고 말을 이어나갔다.

"내 삶이 쓸모없는 것이었고 단지 오류에 불과한 것이었는지 아니면 의미가 있는 것인지는 모르겠네. 다만 의미가 있다면 살면서 우리나라가 카스탈리엔의 정신과 그 얼마나 멀어졌는지, 육체와 영혼, 현실과 이상 사이에 간극이 그 얼마나 크고 깊게 파였는가를 체험했다는 데 있다네. 내 인생에 그 어떤 사명이나 이상이 있었다면 스스로를 이 두 원칙의 종합으로 만들고자 했던 걸 거야. 그 둘 사이의 통역자, 매개자가 되고자 했던 거지. 난 그것을 시도했고 실패했네. 왜 그렇게 됐는지 설명하기란 쉽지가 않네. 간단히 말해 나는 카스탈리엔의 정신으로 세상을 새롭게 바꾸려 했는데, 내가 그 정신을 지키기 위해 명상 수련을 하면 할수록 나는 다른 사람들에게 기분 나쁘고 낯선 사람이 되었던 거라네. 그뿐이 아니었네. 그런 노력으로는 내가 그 사람들을 진정으로 이해할 수 없다는 것을 알게 된 거라네. 내가 다시 그들처럼 되고 그들보다 나을 것이 조금도 없게 되었을 때만, 즉 이곳에서 익힌 명상 같은 것을 버렸을 때만 내가 이 세상 사람들을 이해할 수 있다는 것을 알게 된 거라네. 이 모든 것이 자네에게 변명처럼 들릴지 모르지만 나는 진정으로 노력했다네. 그런데 세상은 나보다 더 강했고 서서히 나를 압도하더니 나를 삼켜버렸다네.

그런데 이 자리에서 자네에게 한 가지 상기시킬 게 있네. 나는 그렇게 세상에 압도당했지만 완전히 굴복한 것은 아니었다네. 오히려 마음속으로는 여전히 자네들과 동류라고 생각하고 있었지. 그래서 유리알 유희 마을의 강습에 참여했던 거라네. 내가 맛보았던 보물을 조금이라도 건졌으면

했던 거지. 대학 3학년 때인가 4학년 때 강습에 갔었지. 하지만 그때 자네는 없더군. 몬테포르트인가 하는 곳에서 연구에 몰두해 있다고 하더군. 그리고 몇 년 후 다시 강습에 참가했을 때 자네를 잠시 만난 거라네. 자네 기억하고 있지?"

크네히트는 머리를 끄덕이며 가볍게 미소를 지었지만 말은 하지 않았다.

데시뇨리가 말을 이었다.

"단도직입적으로 말하겠네. 나는 그때 강습에 실망했네. 유리알 유희 강습을 받겠다고 온 사람들에게도 실망했지만 강의 자체에 더 실망했다네. 마치 이류 학교의 강의 같았고 불량 학생이 벌 대신 들어야 하는 강의 같았거든. 한참 뒤에 경험자에게 들었는데 내가 운이 나빴다고 하더군. 우연히 그런 사람들만 모인 반에 편성된 거야. 당연히 강의자도 실망해서 열의를 덜 내게 된 것이고. 하지만 나는 자네를 만나기만 하면 그 모든 것은 아무 문제도 되지 않으리라는 생각을 하고 있었다네. 자네와 다시 가까워져서 내가 심각하게 생각하고 있던 문제에 대해 진지한 이야기를 나눌 수만 있다면 아쉬울 게 아무것도 없다고 생각하고 있었지. 그리고 바로 그때 자네가 나타난 거야. 자네를 보자 나는 기쁨과 희망을 느꼈다네. 적수일지는 몰라도 더불어 이야기할 수 있는 사람, 철저히 카스틸리엔 사람이면서도 카스탈리엔적인 가면과 갑옷을 쓰고 얼어붙어 있지 않은 사람, 사람을 이해할 수 있는 사람을 만났다고 느낀 거지.

자네도 나를 기쁜 얼굴로 반갑게 맞아주었지. 그리고 잠깐 동안의 반가운 인사로 그치지 않고 나를 초대해주었지. 하루 저녁을 나를 위해서 희생해준 거야. 오, 그런데 그날 저녁이란! 우리 둘 다 쾌활한 척, 교양 있는 척, 그러면서 허물없는 친구인 척하느라 얼마나 힘들었던가! 맥 빠진 대화를 질질 끄느라 얼마나 힘들었나! 그냥 무관심한 다른 사람과의 만남보다 이미 사라진 우정을 되살려보겠다고 애쓰는 그 만남이 더 나쁘고 슬펐어. 그날 저녁 나의 환상이 완전히 깨지고 사라진 거라네. 내가 이곳 카스탈리엔에서는 외지인에 불과하다는 것이 너무 확실해진 거야. 자네들에 대한 나의 애정, 유리알 유희 공부, 우리의 우정 이런 것이 아무것도 아니고 아무 의미도 없다는 걸 알게 된 거야."

흥분을 억제하려고 애쓰면서 데시뇨리는 말을 끊더니 주의 깊게 크네히트를 바라보았다. 명인은 조용히 귀를 기울이고 있었지만 조금도 흥분한 모습이 아니었다. 그는 정감 어린 미소를 지으며 옛 친구를 바라보았다. 데시뇨리는 잠시 그 눈길을 받고 있다가 갑자기 소리쳤다.

"자네 웃고 있나? 웃고 있냐고! 그냥 다 괜찮다는 건가?" 그는 격하게 소리를 쳤지만 화가 난 것 같지는 않았다.

그러자 크네히트가 여전히 웃으며 말했다.

"인정하지. 그때의 일을 정말 훌륭하게 잘 묘사했어. 정말 자네가 묘사한 그대로였어. 조금 난처한 상황에 처해 있던 두 청년의 이야기이지. 하지만 지금 자네의 그 이야기를 듣고 있자니 정말 즐거워."

데시뇨리가 좀 놀란 듯한 표정을 지으며 말했다.

"내 이야기가 재미있다는 건가? 재미있으라고 한 말이 아니라는 걸 모르겠나?"

그러자 크네히트가 말했다.

"하지만 우리가 지금 이 이야기를 얼마나 유쾌하게 대할 수 있는지 모르겠나? 우리 두 사람 모두에게 자랑스럽지 않은 이 이야기를 말일세. 우리는 그 일에 대해서 이제 웃을 수 있네."

"웃어? 왜 그래야 하지?"

"왜냐하면 한때 카스탈리엔 사람이었던 플리니오가 옛 친구의 마음에 들기 위해 유리알 유희를 배우려 애를 쓰던 이야기는 이제 과거의 일이고 완전히 끝난 일이기 때문이지. 튜터였던 크네히트의 이야기도 마찬가지야. 카스탈리엔의 온갖 예법이 몸에 배어 있었으면서도 갑자기 만나게 된 자네 앞에서 당황했던 그 모습이 지금도 거울에 비쳐 보이듯 눈에 훤하네. 다시 말하지만 자네는 기억력이 정말 좋고 제대로 말해주었어. 나라면 그렇게 못 했을 거야. 그 이야기가 이제 끝난 이야기이고 우리가 그 일에 대해 웃을 수 있다는 건 좋은 일이야."

데시뇨리는 당황했다. 명인이 진심으로 유쾌해하고 있음을 느낀 것이다. 그것은 비웃음과는 거리가 멀었다. 그는 명인의 유쾌함에는 극도의 진지함도 포함되어 있다는 것을 느낄 수 있었다. 하지만 그는 그 이야기를 하면서 그때의 그 일화의 쓰라림을 다시 맛보았기에, 또한 그 이야기는 일종의 고백 같은 성격을 띠고 있었기에 쉽게 말투를 바꿀 수 없었다.

"자네는 잊은 모양이로군." 그는 이미 반쯤은 설득당해 있었음에도 불구하고 망설이며 말했다. "자네와 내 입장이 전혀 달랐다는 사실을 말일세. 자네에게는 기껏해야 유감스러운 일 정도였겠지만 내게는 패배요, 몰락이었다네. 말하자면 내 삶에서의 중요한 변화의 시작이었단 말일세. 그때 강의가 끝나고 반트첼을 떠나면서 나는 다시는 이곳에 돌아오지 않겠다고 결심했네. 카스탈리엔과 자네를 증오할 지경이었지. 나는 결코 이곳에 속한 사람이 아니라는 것을 깨달았던 거야. 나는 거의 변절자, 혹은 공공연한 적이 될 판이었다네."

친구는 유쾌하면서도 꿰뚫는 듯한 눈초리로 그를 바라보며 말했다.

"그랬을 거야. 언젠가 그 이야기를 모두 해주길 바라네. 어쨌든 우린 서로 자신을 방어했고 거의 미워할 지경이었지. 당시 내가 자네 신경을 건드렸듯 자네도 내게 거슬렸으니까. 상대방에게 줄 것도 없었고 상대방을 있는 그대로 인정하지도 못했으니 우리는 헤어질 수밖에 없었던 걸세. 하지만 이보게, 우리는 이제 부끄럽게 묻어두었던 그 기억을 되살릴 수 있고, 그때의 광경, 그때의 우리 둘 모습에 대해 웃을 수 있네. 지금 우리는 그때와는 전혀 다른 사람으로, 전혀 다른 의도와 가능성을 지니고 만났기 때문일세. 우리에게는 이제 감상벽도 없으며 질투와 미움의 감정을 억지로 누를 필요도 없고 자부심 같은 것도 없네. 우리 둘 다 이제 어른이 된 거지. 말이 나온 김에 더 하겠네. 자네가 한 말의 뜻을 이제야 이해할 것 같아서일세. 자네는 자네가 당시 얼마나 비탄에 빠져 있었는지 강조하고 있지? 그리고 그런 것을 전혀 알아보지 못하고 점잖은 모습만 보이던 당시의 나에 대해 실망했다고 말하고 싶지? 그리고 지금도 마찬가지라고 말하고 싶지? 하지만 자네가 그 비탄을 표현했을 때라야 비로소 나도 그 비탄에 함께 빠질 수 있다는 이야기를 우선 해주고 싶네. 그렇지만 그날 자네는 그런 기색은 전혀 보이지 않고 아주 쾌활한 태도를 취했지. 그리고 자네의 그 가면 뒤에 숨어 있는 진짜 모습을 내가 알아봐 주길 기대했겠지. 물론 당시의 내가, 그 진짜 모습의 전부는 아니더라도 일부분은 눈치챘을 수도 있어. 하지만 그때 내가 자네를 걱정한다는 말을 어떻게 할 수 있었겠나? 만일 그랬다면 분명히 자네의 자존심을 건드렸을 걸세. 게다가 나는 자네에게 줄 게 아무것도 없는 빈손이었는데 어떻게 자네에게 손을 내밀 수 있었겠나? 솔직히 말할까? 나는 자네가 그 쾌활한 태도 뒤에 숨기고 있는 불쾌함과 불행이 싫었네. 자네는 이미 카스탈리엔 사람이 아닌 게 분명했는데 왜 이곳까지 찾아와 손을 벌리는 것일까, 하는 것이 당시의 내 심정이었네. 그래, 내가 자네를 정중하게 대한 것을 냉정한 거절의 표현으로 보았다면 잘 본 걸세. 나는 자네를 본능적으로 거부했던 걸세. 자네가 세속적인 사람이라서가 아니라 카스탈리엔 사람으로 인정받기를 요구했기 때문일세.

그런데 수년이 지나고 최근에 자네가 다시 나타났을 때 더 이상 그런 흔적은 남아 있지 않았네. 자네는 세속인처럼 보였고 바깥세상에서 온 사람처럼 말했네. 나는 특히 자네의 얼굴에 나타나 있는 슬픔과 비탄과 불행의 표정에서 전과 전혀 달라졌음을 알 수 있었다네. 하지만 전과 달리 나는 자네의 모든 것이 마음에 들었네. 자네의 태도도, 자네의 말도, 심지어 자네의 슬픔까지도. 그것들은 아름다웠고 자네다웠으며 자네에게 어울렸네. 나는 아무런 갈등도 없이 그 모든 것을 받아들이고 긍정할 수 있었네. 과장된 예절이나 태도도 없었기에 나는 자네를 곧바로 친구로 받아들이고 애정과 관심을 보일 수 있었네. 하지만 이번에는 이전과는 상황이 완전히 역전되었다네. 전과는 달리 자네가 물러서려 하고 내가 자네의 마음을 얻으려고 애쓰게 되었지. 자네가 결국 내 청원을 받아들여서 이렇게 만나게 되었으니 이제 우리의 우정을 새롭게 하기를 나는 바란다네.

이보게, 친구, 지금의 우리의 만남은 내게 아주 큰 의미가 있다네. 내가 오늘 자네에게 말해줄 수 있는 것 이상으로, 또한 자네가 짐작할 수 있는 것 이상으로 큰 의미가 있다네. 간단히 말해, 잃어버렸던 옛 친구가 돌아오고 과거가 새로운 힘을 얻어 되살아난다는 것 이상의 의미를 지닌다네. 그 무엇보다 우리의 만남은 내게는 일종의 부름이며 바깥세상으로부터 내게 들려온 응답일세. 이 만남은 자네의 세계로 향할 길을 내게 열어주었네. 나를 '자네와 나의 종합'이라는 오래된 질문 앞에 다시 서게 만든 거라네. 게다가 아주 때맞춰 이 일이 일어난 거야. 나는 결코 이 부름에 귀를 닫고 있지 않을 거라네. 이 부름에 이전 어느 때보다 더 깨어 있을 거라네. 이 부름은 내가 그 부름에 응할 수도 있고 응하지 않을 수도 있는, 내 외부에서 온 낯선 부름처럼 내게 온 것이 아니라네. 이 부름은 나의 내부로부터 온 것이라네. 하지만 그 이야기는 언젠가 나중에 다시 하기로 하세. 벌써 너무 늦었군. 우리 둘 다 좀 쉬어야지. 아, 참, 자네의 슬픔과 비탄에 대해 아무 이야기도 하지 않았군. 내 생각을 조금 말해주어야겠네. 자네는 자네가 지닌 슬픔과 비탄에 비해 이곳 카스탈리엔의 삶이 너무 무사안일에 빠져 있다고 비판할 수도 있을 걸세. 현실적으로 구체적인 삶을 살아가는 사람들에 비해 우리는 겁쟁이나 게으름뱅이, 혹은 유치한 장난에 빠져 있는 어린아이로 비칠 수도 있겠지. 물론 때로는 우리들의 맑음에서 영원한 신의 모습을 보기도 할 거야. 그런데 딱 한 가지만 결론처럼 말하고 싶군. 자네의 슬픔이나 불행, 혹은 어떻게 불러도 아무 상관없지만 그 모든 것은 카스탈리엔으로부터 온 것이 아니라 다른 곳으로부터 왔다는 사실이야. 나는 자네를 더 행복하고 맑게 하거나 자네와 카스탈리엔의 관계를 좀 더 자유롭고 유쾌하게 만드는 길을 찾아낼 수 있으리라 확신해. 하지만 그 이야기는 나중에 하세. 어쨌든 자네가 아직 그런 식으로 이곳 카스탈리엔에 대한 부정적인 견해를 갖고 있다면,—내가 보기에는 그럴 것이 틀림없지만—그건 자네가 자신의 영혼을 카스탈리엔적인 것과 세속적인 것을 둘로 분열시켜 놓은 다음 자네에게 아무 책임도 없는 일로 괴로워하고 있는 것처럼 보이네. 그리고 정작 자네에게 책임이 있는 일은 등한시하고 있는 것처럼 보인단 말일세. 짐작이지만 자네 오랫동안 명상 수련을 하지 않았지? 그렇지 않은가?"

데시뇨리는 쓴웃음을 지었다.

"정말 날카로우시군요, 각하! 오랫동안이라고 했나? 내가 이곳과 인연을 끊겠다고 생각하고 돌아간 이래, 하지 않았네. 대신 속세의 유혹들에 취했지. 자네, 나를 더 행복하고 맑게 할 수 있는 방법을 찾을 수 있을 거라고 말했지? 하지만 내가 진정으로 그것을 원하느냐고는 묻지 않았어."

"글쎄." 크네히트가 웃으며 말했다. "우리가 어떤 사람을 행복하고 맑게 해줄 수 있다면 그 사람이 부탁하건 말건 그렇게 해주어야겠지. 게다가 자네가 어찌 그런 것을 원치 않을 수 있겠나. 자네는 그 때문에 이곳에 돌아온 것이고 우리가 이렇게 마주 앉아 있는 거야. 자넨 카스탈리엔을 미워하고 멸시하지. 또한 자네의 세속적인 기질과 슬픔을 너무 자랑스러워 하기에 이성과 명상을 통해 구원을 얻으려 하지도 않고. 하지만 동시에 자네는 이곳의 행복과 맑음을 너무 동경하고 있기에 이곳으로 온 거라네. 그리고 아까도 말했지만 정말 때맞춰 잘 왔네. 나 또한 자네들 세계의 부름과 그쪽으로 향하는 문을 간절히 원하고 있던 참이었으니까. 하지만 그 문제는 나중에 이야기하세. 너무 늦었어. 자네는 내일 아침 일찍 떠나야 하고 나도 직무가 기다리고 있으니 이제 곧 잠자리에 들어야 해. 하지만 15분 정도만 시간을 내줄 수 있겠나?"

그는 자리에서 일어나 창가로 가더니 흐르는 구름 사이로 별이 떠있는 하늘을 바라보았다. 그는 손을 들어 하늘을 가리켰다.

"구름이 떠있는 저 하늘을 보게나. 얼핏 보기에 어두운 곳이 바로 심연처럼 여겨질 거야. 하지만 저 어둡고 부드러운 부분은 단지 구름일 뿐 우주 공간의 심연은 이 구름 산맥의 가장자리와 협곡으로부터 시작되는 것이라네. 심연은 밝음과 질서의 최고로 장엄한 상징이지. 우주의 심연과 신비는 구름이 검게 덮인 곳에 있는 게 아니라네. 심연은 밝음과 맑음으로 이루어진 우주 공간에 존재해. 잠자리에 들기 전에 이 별이 가득한 항만과 해협을 한번 바라봐주게. 그리고 그것들로부터 떠오르는 생각이나 꿈이 있다면 물리치지 말아주게."

데시뇨리의 가슴이 이상하게 저려왔다. 그것이 슬픔인지 행복인지 그는 알 수 없었다. 아주 먼 옛날 발트첼에서의 학창 시절에 명상 연습을 할 때 그런 말을 들었던 것이 떠올랐다.

"한마디만 더 하겠네." 유리알 유희 명인이 나지막한 목소리로 말을 이었다. "명랑한 맑음에 대해, 저 별의 맑음과 정신의 맑음, 그리고 우리 카스탈리엔식의 맑음에 대해 조금 더 말해주고 싶네. 자네는 자네가 슬픔의 길을 걸을 수밖에 없다는 생각 때문에 맑음에 대해 반감을 지니고 있어. 그래서 모든 밝음과 쾌활함, 특히 카스탈리엔의 그것을 천박하고 유치하며 비겁하다고 생각하지. 자네에겐 그것이 현실의 두려움이나 심연을 피해 오로지 형식과 공식뿐인 세계, 추상과 세련뿐인 세계로의 도피처럼 보일 거야. 하지만 슬픔에 온몸을 던진 벗이여! 그런 도피가 있을 수 있고, 공식에 집착해 유희나 일삼는 카스탈리엔 사람이 있다고 할지라도, 아니, 우리 대부분이 그런 사람이라 할지라도 진정한 맑음, 하늘과 정신의 맑음이 그 가치와 빛을 잃는 것은 아니라네. 우리들 중에도 쉽게 만족을 구하고 겉으로만 맑은 척하는 사람들이 있지. 하지만 그와는 반대로 진정한 깊이를 지닌 그런 맑음을 보여주는 사람들도 있는 법이라네. 자네도 알고 있는 분이지만 이제 고인이 되신 전 음악 명인이 바로 그런 분이라네. 그 어른은 만년에 맑음의 미덕을 드높은 경지까지 몸에 익히고 계시던 분이라네. 그렇기에 마치 태양이 만물을 비추듯 그분의 맑음은 그분에게서 나와 모든 사람에게 전해졌고, 그 빛을 진심으로 받아들여 마음속에 간직한 사람들에게서 계속 빛났지. 나 또한 그 빛을 받은 사람이며 그분은 많은 사람에게 그 빛을 나누어주셨다네. 그런 맑음에 도달하는 것, 그것이 나의, 또한 나와 함께 하는 사람들의 가장 드높은 목표라네. 그런 맑음에서 나오는 쾌활함은 시시덕거리는 것도 아니고 자기만족도 아니라네. 그것은 최고의 통찰력이며 사랑이고, 온갖 현실에 대한 긍정이며, 심연과 나락의 끝에서도 깨어 있는 것을 뜻하네. 그것은 성자와 기사의 미덕이며 결코 파괴될 수 없는 것이고 나이를 먹어야만, 죽음에 가까워져야만 더욱 증가할 수 있는 것이라네. 그것은 미(美)의 비밀이며 모든 예술의 실체라네. 춤추는 듯한 시구(詩句)로 삶의 광휘와 공포를 찬양하는 시인이나 그것을 순수하고 영원한 실재로서 들려주는 음악가는 처음에는 우리를 눈물과 고통으로 이끌지 모르지만 결국은 빛을 가져오는 자, 이 세상을 더 즐겁고 밝게 해주는 자들이라네. 그들이 실제로는 고독하고 슬픈 삶을 살았다 할지라도, 우울한 몽상가였다 할지라도 그들의 작품은 신들, 그리고 별들의 맑음과 함께 한다네. 그들이 우리에게 주는 것은 그들의 어둠과 불안이 아니라 한 방울의 순수한 빛, 영원한 맑음이라네. 모든 민족과 언어가 신화와 우주론, 종교를 통해 이 우주의 가장 심오한 이치를 밝혀보려 할 때도 그 모든 것이 궁극적으로 도달할 수 있는 것은 바로 이 맑음, 이 명랑성이라네. 고대 인도인들이 고뇌와 사색과 참회와 금욕을 통해 도달하고자 했던 것도 바로 이 밝음과 명랑성이라네. 금욕주의자와 부처의 미소도 명랑하고 그들의 심오하고 수수께끼 같은 신화 속에 펼쳐지는 모든 신의 모습의 귀결점은, 비록 각자의 신들의 역할과 의미는 다를지 몰라도 바로 명랑한 미소라네.

생성과 변화와 파멸과 재생의 역동적 움직임, 즉 인간과 온갖 피조물이 지니는 사악함, 나약함이 궁극적으로 동경하는 것은 바로 그 명랑한 미소임을 보여주는 것이지.

이제 우리 자신, 즉 카스탈리엔의 명랑성으로 돌아오기로 하세. 그것은 어찌 보면 저 위대한 명랑성의 뒤 끝에 자리 잡은 작은 변종에 불과할지도 모르네. 하지만 그럼에도 불구하고 완벽하게 정통적인 형태를 취하고 있지. 학문은 언제 어디서나 명랑해야 하거늘 그렇지 못했네. 하지만 우리 카스탈리엔에게는 학문, 즉 진리에 대한 숭배는 미에 대한 숭배와 밀접하게 연관이 있으며 명상에 의한 영혼의 갱신을 실행하는 것과 굳게 맺어져 있지. 그 결과 이곳에서는 맑은 명랑성을 잃는 일이 결코 없다네. 우리의 유리알 유희는 학문, 미의 숭배, 명상이라는 세 원칙을 완벽하게 통합하고 있다네. 따라서 진정한 유리알 유희자라면 잘 익은 과일이 달콤한 과즙으로 가득 차 있듯이 명랑성에 젖어 있어야 하네. 그는 그 무엇보다 음악의 명랑한 맑음을 지녀야 해. 음악이란 결국 이 세상이라는 공포와 화염 속을 미소를 잃지 않은 채 춤추며 뚫고 앞으로 나아가는 용감한 행동, 그 맑음, 기꺼이 그 제의의 희생물이 되는 것, 바로 그것이라네. 나는 학창 시절, 연구생 시절 그 명랑한 맑음에 대해 어렴풋이 느끼고 계속 관심을 가져왔다네. 그리고 앞으로 내가 아무리 불행해지고 고통에 처하더라고 결코 포기하는 일은 없을 걸세. 자, 이제 정말 그만 잠자리에 들기로 하세. 곧 다시 들러서 자네에 대해 더 이야기해주게. 나도 내 이야기를 더 해주겠네. 아마 발트첼에도, 더 나아가 명인의 삶에도 의혹과 낙담과 절망과 욕망이, 위험한 정열이 있다는 이야기를 듣게 될 거야. 하지만 지금은 자네와 함께 귀에 음악을 가득 채운 채 잠자리에 들고 싶군. 잠자기 전에 별이 가득한 하늘을 바라보고 귀를 음악으로 가득 채우는 것보다 더 좋은 수면제는 없을 거야."

그는 피아노 앞에 앉아 퍼셀의 소나타 1악장을 아주 나지막하게 연주했다. 야코부스 신부가 좋아하던 곡이었다. 음악 소리가 마치 황금빛 방울처럼 정적 속에 떨어져 내렸다. 너무나 나지막한 연주였기에 안뜰에서 흐르고 있는 샘물이 노랫소리가 그 소리와 어울렸다. 부드럽고 엄격하게, 절제되어 있으면서 감미롭게 그 사랑스런 소리들이 만나서 서로 섞였다. 그것들은 용감하게 그리고 즐겁게 시간과 무상함의 공허함 속에서 부드럽게 발을 맞추며 그 방과 밤 시간을 우주처럼 광활하게 부풀렸다. 둘이 작별인사를 나눌 때 손님의 얼굴은 밝게 변해 있었다. 그의 두 눈에는 눈물이 그득했지만…….

제10장 준비

크네히트가 얼음을 깨는 데 성공했기에 그와 데시뇨리 사이에는 활기 있는 교류가 이어졌고 둘 다 새롭게 생기를 찾을 수 있었다. 데시뇨리는 친구의 말이 옳다는 것을 인정했다. 자신이 교육주로 돌아온 것은 오랫동안 자신을 휩싸고 있는 우울을 치료하고 싶다는 마음에서였으며 카스탈리엔의 밝음과 명랑함을 동경하는 마음에서였음을 인정하게 된 것이다. 그는 위원회나 관청에 볼 일이 없어도 자주 카스탈리엔으로 찾아왔다. 그리고 얼마 되지 않아 크네히트는 데시뇨리의 신상에 대해 알고 싶어 하던 것을 모두 알게 되었다.

카스탈리엔에서 그가 받은 영재 교육은 실패작이라고 볼 수밖에 없었다. 앞서 그의 말을 통해 확인했듯이, 교육을 마치고 돌아간 후 그는 갈등과 실망만을 느꼈으며 그와 같은 부류의 사람이 견디기 어려운 고독한 삶에 빠지고 말았다. 게다가 그는 일단 그런 부적응의 가시밭길로 들어서자 자신의 고립과 고난을 가중시키는 온갖 종류의 일을 저질렀다. 그는 학창 시절부터 가족들과 불화를 겪었으며 특히 아버지와는 날카롭게 대립했다.

그의 아버지는 손꼽히는 정계 지도자는 아니었지만 데시뇨리 가문이 늘 그랬듯이 친정부적인 정당의 유력 인사였다. 그런데 아들 플리니오가 대학생 신분으로 반정부적인 현대 정당 사람들과 가까이 지내다가 급기야 그 정당에 가입을 했으니 그는 실망한 정도가 아니라 격분했다. 당시 중산층 자유시민과 내에 젊은이들을 중심으로 하는 좌익 정당이 결성되었으며 그 지도자는 저널리스트요 국회의원이며 뛰어난 웅변가인 베라구트였다. 카스탈리엔의 도덕을 대신할 새로운 이상주의를 찾고 있던 젊은 플리니오 데시뇨리는 그의 웅변에 마음을 빼앗겼고 그의 정열, 호전성, 재치, 멋진 외모와 말솜씨에 감탄했다. 플리니오는 즉시 당에 가입했고 당의 중심이 되었으며, 그 사실을 알게 된 아버지가 호통을 친 것은 당연했다. 하지만 플리니오는 굽히지 않고 아버지와 맞서서 오히려 아버지를 설득하려 들었으니 그것으로 부자지간의 인연은 거의 끊기다시피 되어버렸다. 게다가 베라구트의 수제자요 협력자가 된 플리니오가 몇 년 후에 아예 그의 사위가 되어버리자 부자지간의 단절은 돌이킬 수 없게 되었다. 플리니오는 아버지 같은 계급들이 누리던 세습적 특권과 지위를 잃었지만 새로운 삶의 방향과 과제를 발견했다는 기쁨으로 들떠 있었다. 하지만 그가 가슴 아파한 일이 생겼으니, 그가 결혼하자 어머니가 병에 걸려 곧 세상을 떠난 것이다. 그는 아버지와 자기 사이에 끼어 고통을 받던 어머니가 그 일 때문에 수명이 단축되었으리라는 생각에 자책하며 비통해했다. 어머니가 세상을 떠나자 플리니오는 아예 집에 발길을 끊었고 아버지마저 세상을 뜨자 조상 대대로 내려온 유서 깊은 그 집을 팔아버렸다.

만일 그가, 가족과의 단절을 무릅쓰고 젊은 날의 열정으로 택한 자신의 길에 계속 만족했더라면 그는 나름 행복할 수도 있었을 것이다. 하지만 플리니오 데시뇨리는 그러지 못했다. 그는 자신이 속한 당과 지도자, 정치적 활동, 가정생활에 충실했지만 시간이 지나면서 그 모든 것이 의심스러워지기 시작했다. 젊은 날의 열정이 식자 그는 자신이 오로지 진리와 정의를 위한다는 신념에서 이 길로 들어선 것인지, 혹시 베라구트의 웅변과 멋진 외모 등에 반해서 그 길을 택한 것은 아닌지 의혹에 빠졌다. 또한 아버지 식의 삶이 정말 비열한 것인지도 의심스러워졌다. 무엇보다 자신이 행복과 평온, 긍정, 신뢰 속에 살아가지 못하고 불안과 의혹, 양심의 가책 속에 살아가고 있다는 사실이 자신이 택한 길에 대한 확신을 심어주지 못했다. 결혼 생활도 크게 보자면 성공도 실패도 아니었지만 그래도 미묘한 갈등과 불안 속에 유지되고 있었다. 부부간의 갈등 속에 응석받이로 자란 외아들 티토는 차츰 어머니 쪽으로 기울더니 아예 어머니 편이 되어버렸고 그것이 데시뇨리의 삶에서 가장 결정적인 마지막 고통이자 상실이었다. 하지만 데시뇨리는 그것으로 무너지지는 않았다. 그는 그 생활에 적응했고 근엄한 태도를 유지했다. 하지만 그의 근엄한 태도 이면에는 모든 것을 참고 지내는 자로서의 괴로움과 우울함이 깃들어 있었다.

우리가 간략하게 묘사한 데시뇨리의 삶의 행적을 크네히트는 친구의 이야기를 통해 모두 알게 되었다. 한편 크네히트는 크네히트 나름대로 솔직하게 자신의 경험이나 자신이 안고 있는 문제에 대해서도 많은 것을 털어놓았다. 크네히트의 고백을 통해 데시뇨리는 그의 삶이 겉보기와는 달리 많은 희생을 치러야 하는 고독한 생활이라는 것을 실감할 수 있었다. 그중에서도 그가 무엇보다 공감하고 이해할 수 있었던 것은 크네히트가 젊은이들, 잘못된 교육으로 망가져 버리기 전의 아이들과 가까이하고 싶다는 열망을 지니고 있다는 사실이었다. 데시뇨리는 크네히트가 공적인 일이 주는 속박이나 광휘에서 벗어나 초등학교의 음악 선생이나 라틴어 선생 같은 일을 하고 싶어 한다는 사실에 깊이 공감했다.

크네히트는 분명 이 우울한 옛 친구에게 해맑은 웃음을 되찾게 해준다는 어려운 과제를 스스로 떠맡고 있었음이 틀림없었다. 우리는 그가 왜 그런 어려운 일을 떠맡았는지 정확한 이유는 알 수 없다. 그런데 당사자인 데시뇨리가 훗날 이렇게 말한 적이 있다.

"크네히트 같은 사람이 왜 나처럼 고질적인 불행을 지닌 사람과 가까이 지내려던 것인지 그 이유를 밝혀보려 하면 할수록 나는 거기에 일종의 마술, 혹은 짓궂은 장난이 작용하고 있었다고 점점 더 확신하게 된다. 그는 주변 사람들이 생각하는 것 이상으로 대단한 장난꾸러기였고 장난과 재치와 술수가 넘치는 사람이었다. 그는 상대방에게 마법을 걸어 속이는 일, 변장하는 일, 갑자기 사라졌다가 나타나는 일을 즐겨 했다. 내가 카스탈리엔의 관청에 모습을 드러냈을 때 그는 그런 식으로 나를 붙잡아 나를 바로잡아주려고 결심했던 것 같다. 그가 왜 그런 귀찮고 힘든 일을 떠맡으려 했는지 정확하게 말할 수는 없다. 다만 그런 류의 사람들은 그런 일을 거의 무의식적으로, 혹은 반사적으로 행한다는 생각이 들 뿐이다. 그 누군가 비탄에 빠져 있는 사람을 만나게 되면 즉각 그 부름에 응해야 할 과제를 떠맡은 것처럼 느끼게 되는 것이다.

그는 내가 도움의 팔을 내밀지 않으리라는 것, 내가 마음의 문을 닫고 있다는 것을 알고 있었다. 그런데 바로 그 장애물이 그를 자극했던 것 같다. 내가 아무리 까탈을 부려도 그는 물러서지 않았고 마침내 원하던 바를 이루어냈다. 그 무엇보다 그는 우리가 서로 도움을 구하고 있는 관계인 것처럼 보이게 만들었다. 즉, 내가 그와 동등한 힘과 가치를 지니고 있으며,

내가 그를 필요로 하듯이 그도 나를 필요로 하고 있는 것처럼 보이게 만드는 데 성공했던 것이다. 맨 처음 긴 대화를 나눌 때부터 그는 나 같은 사람이 나타나기를 기다리고 있다고, 아니 간절히 원하고 있다고 말했다. 그리고 머지않아 명인직을 사임하고 교육주를 떠날 계획이라고 고백했다. 또한 그 점에 있어서 그가 내 도움이나 조언을 필요로 하고 있으며 내가 비밀을 엄수할 줄 알기에 더욱 신뢰한다고 자주 말했다. 속세에 친구도 없고 아무 경험도 없기 때문이라는 것이었다. 나는 그런 말이 듣기 좋았다는 것을 인정한다. 그리고 그 덕분에 나는 그를 전폭적으로 신뢰했으며 나 자신을 완전히 그에게 떠맡길 수 있었다. 나는 그에게 무슨 속셈이나 있는 것인지, 정말 진심이었는지 아니면 기교를 부린 것인지 한마디도 할 수 없고 말할 자격도 없다. 그가 나보다 너무나 우월했고 내게 너무나 많은 것을 베풀어주었기 때문이다. 그리고 그는 정말 위대한 예술가였기 때문이다.

또한 그에게는 남을 가르치고 감화시키고 치료하고 돕고 발전시키겠다는 충동이 거의 본능처럼 작동하고 있었다. 따라서 수단은 거의 문제가 되지 않았다. 게다가 그는 아주 사소한 일이라도 완전히 몰입해야 하는 사람이었다. 당시 그는 친구로서, 훌륭한 의사이자 인도자로서 나를 받아들였고, 할 수 있는 한 끝까지 나를 일깨워주고 고쳐주었다. 막상 자신은 카스탈리엔으로부터 떠나겠다는 결심을 품고 있으면서도 그는 나를 다시 카스탈리엔 쪽으로 유혹하고 이끌었다. 그는 나를 다시 명상하게 만들었으며 카스탈리엔의 음악과 명상을 통해, 카스탈리엔의 맑음과 용기를 통해 나를 다시 가르쳤고 나를 다시 변모시켰다. 비록 카스탈리엔 사람들을 동경했다고는 하지만 완전히 비(非)카스탈리엔적이고 반(反)카스탈리엔적이었던 나를 그들의 일원으로 만들었다. 그는 카스탈리엔을 향한 나의 보답 없는 사랑을 보답을 받는 사랑으로 변모시켰다.”

사실 데시뇨리가 이런 식으로 감탄하며 고마워하는 데는 이유가 있다. 데시뇨리가 어린 학생이었다면 크네히트가 완수해 낸 일은 그다지 대단치 않게 보일 수도 있다. 하지만 이미 나이가 오십에 가까운 남자를 그런 식으로 변모시킨다는 것은 분명히 어려운 일이었을 것이기 때문이다. 물론 데시뇨리가 완벽한 카스탈리엔 사람이 되었던 것은 아니다. 하지만 크네히트가 의도했던 바는 충분히 이루어졌다. 데시뇨리의 불행의 무게를 덜어주었으며 그의 민감하고 상처받기 쉬운 영혼을 조화와 맑음으로 돌려놓았고 그의 몇 가지 나쁜 습관을 좋은 습관으로 바꿔 놓았다. 물론 그 모든 일을 명인 혼자 감당한 것은 아니었다. 그는 친구를 위해 발트첼과 수도회의 시설 및 인력을 동원했다. 심지어 수도회 본부가 있는 히르스란트의 명상 교사를 주기적으로 친구의 집에 파견해 계속 그를 연습시키고 감독하게 했다. 그러나 그 모든 것을 계획하고 방향을 잡는 일은 모두 명인의 몫이었다.

크네히트가 명인으로 재직한 지 8년째 되던 해에 그는 여러 번에 걸친 친구의 초대를 처음으로 받아들여 수도(首都)에 있는 친구의 집을 방문했다. 그는 수도회 본부로부터 허가를 받아 휴일 하루를 친구 집 방문에 썼다. 앞서도 말했듯 크네히트는 최근 수도회 본부의 회장이 된 알렉산디와 매우 가까운 사이였다.

그가 이 방문에 큰 기대를 걸고 있었음에도 불구하고 1년 가까이 망설이고 있던 것은 한편으로는 친구에 대한 확신이 섰을 때 방문하고 싶어서였고 다른 한편으로는 약간의 두려움도 있었기 때문이었다. 그것은 결국,

그의 친구 데시뇨리가 커다란 슬픔을 가지고 온 그곳, 그에게는 많은 비밀을 간직하고 있는 그곳, 바로 속세로의 첫 걸음을 의미했던 것이다.

데시뇨리의 부인은 총명하고 거동이 조심스러운 사람이었다. 반대로 그의 잘생긴 아들은 응석받이로 자라 버릇이 없었다. 마치 집안 모든 일이 그 아이를 중심으로 돌아가는 것 같다고 할 정도였다. 모자(母子)는 카스탈리엔에 관한 것은 무엇이든 냉담하고 불신하는 듯 했지만 얼마 되지 않아 명인의 마법에 걸린 듯 공손해졌다. 그들에게 명인이라는 직책은 뭔가 신화적이고 신비적인 아우라를 내뿜고 있었던 것이다. 어쨌든 첫 방문 때는 모든 것이 경직되고 부자연스러웠고 크네히트는 가능한 한 관찰만 할 뿐 침묵을 지켰다.

한마디로 그들 가족은 마치 서로에게 죄를 지은 듯한 태도로 충동을 억누르며 힘겨운 공동생활을 하고 있었다. 행동이나 말씨도 지나치게 작위적으로 관리되고 있는 것 같았다. 게다가 플리니오 데시뇨리의 얼굴에 떠오르기 시작했던 맑은 기운이 집안에서는 완전히 사라지고 없었다. 발트첼이나 히르스란트의 수도회 본부에서는 음울함과 슬픔을 완전히 벗어버린 것 같았던 그가 다시 어두운 그림자에 휩싸여 동정을 불러일으켰던 것이다.

첫 방문 이후 크네히트는 여러 번 그 집을 찾았고 대화 주제가 아들의 교육에까지 이르게 되었다. 아들 이야기가 나오면 어머니도 냉정, 침착하던 태도를 버리고 활기찬 모습을 보였다. 그녀는 아들을 카스탈리엔의 학교에 보내고 싶었지만 아들과 헤어진다는 것은 상상도 할 수 없는 일이었기에 그러지 못했다고 말했다. 크네히트는 그 말이 그토록 총명해 보이는 그녀의 입에서 나오는 말이라고는 생각할 수 없었다. 아이를 구하기 위해 아이와 헤어지느니 아무리 열악한 조건하에서라도 아들을 곁에 두겠다는 말이 아닌가? 아들을 향한 부인의 태도를 비롯해 이들 세속 사람들의 삶은 그에게는 보면 볼수록 수수께끼처럼 여겨질 뿐이었다. 하지만 그가 수도를 방문하면서 체험한 것에 대해서는 더 이상 알려진 것이 없으니 우리로서는 이 정도 보고로 만족할 수밖에 없다.

크네히트는 이제껏 히르스란트에 있는 수도회 본부 회장과 업무상의 일 외에는 거의 접촉이 없었다. 그런데 지금까지 재직했던 회장이 고령으로 세상을 떠나자 수도회에서는 알렉산더를 새로운 회장으로 임명했다. 알렉산더는 크네히트가 유희 명인으로 임명되었을 때 명상 명인의 자격으로 수도회 본부에서 파견했던 바로 그 인물이었다. 그때부터 유희 명인은 이 모범적인 명상 명인을 늘 감탄의 눈초리로 쳐다보았고, 명상 명인도 유희 명인의 고해 상대역까지 해주면서 그를 가까이에서 관찰한 결과 그를 무척 좋아하고 있었다. 그런데 이제 알렉산더가 수도회의 수장(首長)이 되자 그들의 우정은 구체적인 모습을 띠게 되었고 두 사람은 자주 만나 함께 일을 하면서 더욱 친근해졌다.

수도회 명인이라고 불리는 수도회 회장은 법적으로는 다른 명인들과 서열이 같았지만 전통에 따라 최고 회의 의장직을 맡고 있었다. 지난 수십 년 동안 수도회에 명상적 성격이 강해지면서 회장의 권위는 그만큼 더 높아졌는데 물론 그 권위는 수도회 내부에 국한된 것일 뿐 외부까지 영향력이 미치는 것은 아니었다. 교육주에서 수도회 회장과 유희 명인은 점점 더 카스탈리엔 정신의 두 지주가 되어갔다.

크네히트가 수도회 명인과 맺고 있는 친근한 관계는 한편으로는 그의 마음속에서 일고 있는 새로운 생활을 향한 갈망과 충동을 억제하는 속박이요 반동을 의미하기도 했다. 그럼에도 불구하고 새로운 것을 향한 그의 경향은 억누를 수 없을 정도로 커갔으며 '각성'의 인간인 그는 그 충동을 의식화했고 자신의 사색 속에 받아들였다. 그가 명인으로 재직한 지 6년이나 7년째 되었을 때부터인 것 같은데, 그때부터 그는 자신이 머지않아 지금의 직무와 교육주를 완전히 떠나게 되리라는 생각에 익숙해져 있었다. 그 생각은 때로는 언젠가 자유로운 몸이 되리라고 믿고 있는 죄수의 심정과 같은 것이기도 했고, 때로는 심한 병을 앓고 있는 사람이 언젠가는 자신이 죽으리라는 것을 알고 있는 것과 같기도 했다.

그는 플리니오 데시뇨리와 솔직한 대화를 나누었을 때 처음으로 그 생각을 입 밖에 내어 말했다. 아마 친구를 가까이 오게 하려고, 또한 그의 마음을 열기 위해 그 말을 했을 수도 있다. 하지만 누군가에게 처음으로 고백을 함으로써 자신의 이 새로운 '각성', 삶을 향한 이 새로운 태도를 밖으로 열어놓기 위해서였는지도 모른다. 말하자면 누군가를 자신의 비밀 안으로 끌어들임으로써 그것의 실현을 위한 첫걸음을 내디딘 것인지도 모른다. 그리고 실제로 데시뇨리와 여러 차례 대화를 나누면서 새로운 생활 속으로 뛰어들고 싶다는 그의 소원은 이미 결심 단계로 넘어가 있었다. 그는 자신이 건강을 되찾은 데 대해 감사해하는 데시뇨리와의 우정을 조심스럽게 쌓아가면서 바깥 세계 및 그 수수께끼 같은 삶으로 이어지는 교두보를 확보한 셈이었다.

명인이 그의 친구 테굴라리우스에게 한참 뒤에야 자신의 비밀계획에 대해 귀띔을 했다는 것은 전혀 놀랄 일이 아니다. 발트첼을 떠난다는 사실을 테굴라리우스 같은 성격의 사람이 납득하고 소화할 수 있게 하려면 적절한 방법이 필요했다. 크네히트가 일단 발트첼을 떠나게 되면 그는 이 친구에게서 영영 사라지는 셈이었다. 이 친구를 자기 앞에 놓인 그 위험한 길로 데리고 간다는 것은 상상도 할 수 없는 일이었다. 크네히트는 친구에게 자신의 의도를 알리기까지 오랜 시간을 기다리며 생각에 생각을 거듭했다. 하지만 그의 성격상 친구에게 자신의 의도를 끝까지 비밀로 한다는 것은 있을 수 없는 일이었다. 크네히트는 데시뇨리에게 그랬듯 테굴라리우스를 조력자요 공범자로 삼기로 마음먹었다. 그는 생각 끝에 카스탈리엔 제도가 몰락의 위기에 처해 있다는 사실을 이야기의 실마리로 삼기로 결정했다. 크네히트가 그런 생각을 하고 있다는 것은 테굴라리우스도 이미 알고 있었기에 그 사실만으로 그와 논쟁을 벌일 필요도 없었다.

예상 밖으로 프리츠 테굴라리우스는 명인의 비밀 고백을 그다지 비극적으로 받아들이지 않았다. 오히려 명인이 관직을 내던지고 자기 취향에 맞는 삶을 살겠다고 결심했다는 사실에 흥분했을 뿐 아니라 심지어 즐거워하는 것 같기도 했다. 개인주의자요, 모든 규범적인 것을 적대시하는 그는 언제나 권위에 맞서 개인을 옹호해 왔다. 공권력에 맞서 기지를 발휘해 조롱하고 이기려는 싸움이 벌어진다면 그는 언제나 공권력의 반대편이었다.

테굴라리우스의 반응은 크네히트에게 일을 진행할 수 있는 길을 터준 셈이었다. 그는 이 일이 관청과 관료주의에 대한 일종의 기습 공격이라고 생각하는 테굴라리우스를 그대로 내버려둔 채 그에게 이 기습 공격의 공모자이자 협력자이며 공범자의 역할을 맡겼다. 즉 관청에 올려야 하는 청원서 작성을 테굴라리우스에게 맡겼던 것이다. 테굴라리우스가 그 청원서를 작성하려면 크네히트의 의도를 반영해야 했고 그 때문에 그는 크네히트의 요구대로 카스탈리엔의 창설과 번영, 현재의 상태에 대한 역사적 고찰을 통해 그 모든 것을 자기 것으로 만들어야 했다. 그러려면 그가 지금까지 거부해온 역사를 연구해야 했지만 그는 별로 문제 삼지 않는 것 같았다. 완강한 개인주의자의 입장에서 권위와 성직 조직의 결점 및 문제점을 자극하는 일에 흥이 났던 것이다. 그는 열성과 끈기로 새롭게 주어진 과제에 몰두했다.

물론 크네히트는 친구의 열성적인 작업에 큰 기대를 걸지는 않았다. 그는 자신의 결심이 당국을 이겨내리라고 생각하지 않았다. 게다가 당국과 맞서 자신의 뜻을 관철시키는 것은 오로지 자신의 몫이었다. 하지만 테굴라리우스가 자신의 곁에 있는 동안만이라도 그 무언가에 열중해 있는 모습을 본다는 것은 좋은 일이었다. 나중에 플리니오 데시뇨리를 만났을 때 이 문제에 대해 명인은 다음과 같이 말했다.

"테굴라리우스는 지금 바삐 일을 함으로써 자네의 재등장 때문에 잃었다고 생각했던 부분을 채우고 있는 거라네. 그가 자네를 질투하고 있다는 사실을 나는 잘 알고 있었지. 그는 지금 자신이 내 편이 되어 동료들과 대적하는 일에 가담해 있다는 생각에 거의 행복할 지경이라네. 하지만 내가 그가 하는 일에 무슨 기대를 걸고 있다는 생각은 하지 말게. 관청 최고위층에서 내 청원을 받아들이는 일은 절대로 있을 수 없어. 바로 거기에 우리 수도회의 근본 원칙이 놓여 있는 거지. 만일 청원이 근거가 있다고 선뜻 받아들이고 나를 카스탈리엔이 아닌 다른 곳으로 쉽게 보낼 수 있는 조직이라면 이곳은 별로 내 마음에 들지 않을 거야. 게다가 우리의 현 수도회 명인의 성격도 고려해야 하네. 그는 그 어떤 일이건 결코 굽히는 법이 없는 사람이야. 그러니 이 싸움은 오로지 나 혼자 감당해야 해. 하지만 당분간은 테굴라리우스가 애를 쓰도록 내버려둘 걸세. 그 일로 해서 약간의 시간을 낭비하게 되겠지만 내가 떠난 후에 발트첼이 제대로 돌아가게 하려면 이것저것 정리할 시간이 필요하기도 해. 그리고 자네는 그사이에 내가 자네들 세계로 갔을 때 내가 머물 곳과 할 일을 미리 마련해 두어야 하네. 하찮은 일이라도 상관없어. 말하자면 음악 선생 자리 같은 것도 좋아. 출발점으로서의 발판이 필요할 뿐이니까. 무엇보다 공직을 얻고 싶은 생각은 없으니까 그런 자리는 알아보지 말게. 그저 작은 방과 일용할 양식 정도면 되네. 하지만 무엇보다 교육자로서 일할 수 있는 자리여야 해. 가까이 있으면서 영향을 줄 수 있는 한두 명의 학생이면 돼. 개인 가정교사라든지 그런 일이면 좋겠어. 요컨대 나를 필요로 하는 사람이 한 명이라도 있다면 그것으로 족해. 자네가 전에 대학교수 자리를 얼핏 비쳤지? 만일 그렇게 된다면 다시 기계화된 직무 체계 속으로 들어가게 되는 걸 뜻할 텐데, 그건 내가 원하는 것과 정반대 방향이야."

그러자 데시뇨리가 작심한 듯 말했다.

"자네가 그렇게 말하니까, 자네에게 제안을 하고 싶은 게 있네. 최소한 신중하게 숙고해주길 바라네. 만일 자네가 내 제안을 받아들인다면 자네가 내게 도움을 주는 셈이 된다네. 자네도 알다시피 우리 집 상황이 많이 좋아졌지만 아직 골칫거리가 남아 있네. 바로 아들놈과 나와의 관계지. 어릴 때부터 나와 아내가 경쟁적으로 잘 대해주다 보니까 응석받이에 버릇없게 되어버렸어. 아이는 결국 어머니 편이 되어버렸고 나는 체념할 수밖에 없었지. 하지만 자네 도움으로 나는 다시 희망을 갖게 되었다네. 이쯤 되면 내가 무슨 부탁을 하려는지 알겠지? 학교생활에 어려움을 겪고 있는 티토에게 얼마 동안만이라도 곁에서 돌봐줄 가정교사를 두고 싶네. 이기적인 부탁이라는 건 알고 있어. 게다가 그 일이 자네에게 적합한지 아닌지도 알 수 없고. 하지만 이런 제안을 할 수 있는 용기를 내게 심어준 건 바로 자네라네."

크네히트는 미소를 지으며 친구에게 손을 내밀었다.

"고맙네, 플리니오. 이보다 더 반가운 제안은 없을 걸세. 자네는 부인의 동의만 얻어내도록 하게나. 다만 한 가지 조건이 있네. 자네 부부는 한동안 티토를 내게 완전히 맡겨놓을 결심을 해야 할 걸세. 내가 그 애와 그 무언가를 이루려면 집안의 영향을 완전히 끊어 놓아야 해. 자네 부인에게 그 조건을 받아들이도록 납득시켜 주게. 시간을 들여서 신중하게 진행해야 해."

이런 식으로 크네히트는 두 친구를 각자 다른 방식으로 자신의 계획에 동참하게 만들었다. 수도(首都)에서는 데시뇨리가 아내에게 새로운 계획을 내놓고 승낙을 받으려 애쓰는 동안 발트첼에서는 테굴라리우스가 크네히트가 지시한 글을 쓰기 위해 도서실에서 자료를 수집하고 있었다.

그사이 크네히트는 몇 차례 수도를 방문했다. 데시뇨리 부인은 점점 더 크네히트를 신뢰하게 되었고 남편의 제안에 찬성하기에 이르렀다. 그리고 크네히트는 티토와 몇 차례 산책을 하며 이야기를 나누기도 했다. 산책하는 동안 티토는 크네히트의 말에 열심히 귀를 기울였지만 집으로 돌아오면 전과 다름없이 반항기를 드러내곤 했다. 소년은 그토록 의견 충돌이 잦은 부모님이 공통으로 존중하는 이 손님에게서 그 무언가 알지 못할 강력한 힘을 느꼈다. 소년은 그 힘이 자신의 자유를 앗아갈지도 모른다는 예감에 더욱 무례하게 굴었다. 하지만 전과는 달리 그런 무례한 행동 후에 후회하는 마음이 들기도 했다. 하지만 자존심 때문에 자신의 약점을 결코 드러내려 하지 않았다. 다만 제멋대로인 마음 한구석에서 어쩌면 이 사람은 매우 사랑하고 존경할 만한 사람일지도 모른다는 생각이 피어올랐다.

그 외에 우리에게 알려진 한 가지 사실이 더 있다. 어느 날인가 데시뇨리가 일이 바빠 퇴근이 늦었을 때 크네히트는 응접실에서 주인이 오기를 기다리고 있었다. 티토가 응접실로 들어갔을 때 소년은 눈을 감고 있는 손님에게서 고요와 맑음과 평온의 빛이 뿜어져 나온다고 생각했다. 소년이 조용히 밖으로 나가려던 순간 손님이 눈을 떴다. 크네히트는 자리에서 일어나더니 방 안에 있는 피아노를 가리키며 음악을 좋아하느냐고 물었다. 티토는 좋아하기는 해도 별로 연습을 하지 못해 연주는 잘 못한다고, 하지만 듣는 것은 좋아한다고 말했다. 크네히트는 유리알 유희 기초 연습 음악인 스카를라티의 안단테 한 악장을 연주해준 후 유리알 유희 연습에 대해 간단히 설명해주었다. 티토는 처음으로 이 손님에게서 뛰어난 학자의 모습이라기보다는 섬세한 예술가의 면모를 발견했다. 그리고 거의 생전 처음으로 이 뛰어난 인물의 명랑함과 흔들리지 않는 평온이 어디에서 오는 것인지 곰곰이 생각해보았다.

이 마지막 시기에 크네히트의 업무는 그가 처음 직무를 시작했을 때만큼 과중했다. 자기가 맡은 일을 빈틈없이 모범적으로 남기기 위해 노력했기 때문이었다. 그는 유희자 마을이라는 작은 나라를 두루 시찰하면서 작은 일까지 꼼꼼하게 챙겼고 자기의 '그림자'가 머지않아 모든 일을 자기 대신 다 수행할 수 있도록 눈에 띄지 않게 세심하게 신경을 썼다. 그러는 동안 그는 깨달은 것이 있었다. 자신이 이곳 카스탈리엔을 떠나려는 것은 이곳을 위협하는 위험을 알고 그 장래를 염려해서라기보다는 그 자신의 영혼과 마음속에 아직 미답(未踏)의 비어 있는 부분이 있으며 바로 그 부분이 스스로 성취를 이루겠다는 권리 주장을 하고 있기 때문이라는 것을 알게 된 것이다.

그 무렵 그는 수도회의 법규와 규정을 다시 한번 꼼꼼하게 검토했다. 그리고 법규상으로는 자신이 명인직을 사임하고 이곳을 떠나는 것이 처음 생각만큼 어려운 일이 아니라는 것을 발견했다. 그에게는 양심에 따라 자신의 사임을 결정할 권리가 있었으며 수도회를 떠나는 것도 마찬가지였다. 수도회의 선서는 결코 평생을 담보로 하는 것이 아니었다. 물론 그런 자유를 선언하는 경우는 아주 드물었고 최고위층에서는 단 한 번도 없었다. 그에게 이 첫 발걸음이 한없이 어렵게 여겨졌던 것은 규정의 엄격함 때문이 아니었다. 그것은 바로 성직자 정신 그 자체와 자신의 마음속에 깃들어 있는 충성심 때문이었다.

다시 말하거니와 그는 지금 테굴라리우스가 열심히 작성하고 있는 청원서가 효력을 발휘하리라고는 믿지 않았다. 아마도 사람들은 그를 달래고 경고를 하거나 휴가를 주려고도 할 것이다. 사람들이 결코 자신을 풀어주지 않으리라는 사실을 그는 날이 갈수록 확신하고 있었다. 그를 풀어준다는 것은 수도회의 전통을 훼손하는 일이 될 것이기 때문이었다. 만일 당국에서 그를 놓아준다면 그것은 그의 청원이 정당하다는 것을 인정하는 셈이 될 것이었다. 게다가 그것은 카스탈리엔에서의 생활이, 게다가 그렇게 높은 자리에 앉은 사람의 생활이 사람에게 만족을 주지 못하는 생활이라는 것, 체념과 속박의 생활이라는 것을 인정하는 꼴이 될 것이었다.

제11장 회람

우리는 이제 우리의 이야기의 막바지에 이르렀다. 앞에서 말했듯이 이 마지막 부분에 대해서 우리는 단편적인 사실들만 알고 있을 뿐이며 그것도 역사적인 사실에 입각한 것이라기보다는 전설적인 성격을 띠고 있다. 그런 만큼 크네히트의 생애의 끝에서 두 번째 부분인 이 장(章)을 공식적인 기록으로 채울 수 있게 된 것은 아주 다행이다. 그 기록이란 유리알 유희 명인 자신이 당국에 자신이 왜 이런 결심을 하게 되었는지 그 이유를 설명하고 사임을 청원한 장문의 글이다.

우리는 그가 테굴라리우스를 협력자 및 공모자로 끌어들이기 위해 청원서를 그에게 부탁했다는 사실, 하지만 스스로도 그 청원서가 효과를 발휘하리라고는 믿지 않았다는 사실을 알고 있다. 그는 분명히 이런 청원서를 제출하지 않은 채 명인직을 사임하고 수도회를 떠나겠다고 주저 없이 선언하는 것이 더 나으리라고 생각했을 것이다. 그럼에도 불구하고 그는 청원서를 제출했다. 그가 친구 테굴라리우스에게 이 일을 부탁한 것은 테굴리리우스가 이 일을 함으로써 작별을 이겨낼 수 있게 해주겠다는 의도에서였다. 그런데 테굴라리우스는 그의 예상 이상으로 청원서 작성에 온갖 정성을 다 기울였다. 만일 그가 작성한 청원서가 무용지물이 되어버린다면 그는 큰 상처를 입을 것이 틀림없었다. 그는 친구에 대한 배려에서 자신의 조급한 마음을 억눌렀다.

우리는 여기서 테굴라리우스가 몇 개월의 노력에 의해 작성한 원고를 소개하는 것도 아주 흥미로운 일이리라 생각한다. 그 글은 주로 역사적 자료를 바탕으로 한 증명과 예시들로 이루어진 것이지만 수도회뿐 아니라 세계 전체, 또한 세계사에 대한 날카롭고 재치 있는 비판들도 상당 부분 들어 있을 것이기 때문이다. 하지만 우리에게 그 자료를 이용할 가능성이 있더라도 여기서 그 내용을 전하는 일은 삼가야만 할 것이다. 이 책은 그 내용을 소개하기에는 적당한 자리가 아니기 때문이다.

우리에게 관심이 있는 것은 친구가 열성적으로 작성한 그 자료를 크네히트가 어떤 식으로 사용했는가 하는 점이다. 테굴라리우스가 작업의 결과물을 가져오자 크네히트는 진심으로 감사하면서 그것을 받았고 칭찬을 아끼지 않았다. 그리고 그는 친구를 기쁘게 해주기 위해 그것을 읽어달라고 했다. 이후 둘은 며칠 동안 매일 30분씩 명인의 정원에서 함께 지냈다. 테굴라리우스는 매우 흡족한 마음으로 자신의 원고를 읽어주었다. 정원에서는 이따금 두 사람의 큰 웃음소리가 들려오곤 했다. 테굴라리우스로서는 더없이 행복한 나날이었다. 그런 후 크네히트는 집 안에 틀어박혀 친구가 쓴 원고의 많은 부분을 인용하며 직접 관청에 보낼 장문의 청원서를 작성했다. 그 내용은 다음과 같다.

교육청에 보내는 유희 명인의 글

심사숙고 끝에 유희 명인인 저는 공식적인 문서 대신 이렇게 개별적이고 사적인 글을 통해 당국에 청원하기에 이르렀습니다. 저는 이 글을 공문서라기보다는 제 동료 명인들에게 보내는 회람(回覽) 편지로 생각하고 있습니다.

직무 수행 중에 장애가 생기거나 위험에 직면하면 본청에 보고하는 것이 명인의 의무입니다. 지금 제가 맡고 있는 직무는 제가 아무리 혼신의 힘을 다 기울인다 하더라도 극복하기 힘든 위험에 직면해 있습니다(혹은 제게는 그렇게 보입니다). 그 위험은 일차적으로는 저 개인으로부터 오는 것이기도 하지만 그것만이 유일한 원인은 아닙니다. 어쨌든 저는 더 이상 제가 유희 명인으로서 봉사하는 데 적합하지 못하다고 생각하기에 이르렀으며 그러한 상황은 저의 통제 밖에 있습니다. 간단하게 말씀드리겠습니다. 저는 제게 과연 제 직무를 온전히 수행할 능력이 있는지 의심하기 시작했습니다. 유리알 유희 자체가 위기에 처해 있는 것으로 보였기 때문입니다. 이 글의 취지는 그 위기가 현존하고 있다는 사실, 그리고 그것을 각성한 제가 지금 하고 있는 일과는 다른 일을 하려 할 수밖에 없다는 사실을 당국에 납득시키는 것입니다.

대부분의 우리 수도회 형제들은 카스탈리엔 제도, 수도회, 유리알 유희를 비롯해 우리의 학문 연구와 교육 사업 등 모든 것을 마치 우리들이 숨 쉬고 있는 공기나 우리가 발 딛고 있는 땅처럼 당연한 것으로 여기고 있습니다. 언젠가 그 공기나 땅이 존재하지 않을 수도 있다는 생각은 추호도 하지 않고 있습니다. 우리들 대부분은 이런 작지만 정결하고 명랑한 세계 안에서 안전이 보장되어 있는 삶이 늘 존재해 왔고 자신은 태생적으로 이런 곳에 살게 되어 있다는 이상한 착각에 빠져 있습니다. 저도 젊은 시절 한때 그런 착각에 빠진 적이 있었습니다만, 그래도 저는 제가 카스탈리엔에 살도록 태어난 것은 아니라는 것, 교육 당국에 의해 이곳으로 보내져 교육을 받게 되었다는 사실은 자각하고 있었습니다. 카스탈리엔과 수도회, 관청, 학교, 기록 관리소와 유리알 유희가 언제나 존재했던 것도 아니며 자연의 산물이기는커녕 인간의 의지의 산물이라는 것, 그 모든 것이 제아무리 고귀하다 하더라도 그 비슷한 다른 모든 것과 마찬가지로 덧없는 것이라는 것을 잘 알고 있었습니다. 하지만 저 역시 그것을 현실로 인지하지는 않았습니다. 그에 대한 생각을 하지 않았거나 무시했습니다. 그리고 우리들 대부분은 그렇게 이상하고도 기분 좋은 환상에 빠진 채 죽으리라는 것도 알고 있었습니다.

하지만 수백, 수천 년 동안 카스탈리엔과 수도회가 존재하지 않던 세월이 있었으며 앞으로 그런 시대가 또다시 올 수도 있습니다. 제가 조롱받을 것을 각오하고 이런 경고자의 역할을 떠맡는 것은 여러분 대다수가 제 글을 읽어주시고 몇 분이나마 세부적인 면에서 제게 찬성해주시기를 원해서이며 그것만으로도 이미 상당한 성과라고 볼 수 있기 때문입니다.

정신적인 일에 헌신하고 있는 작은 국가라고 할 수 있는 우리 카스탈리엔과 같은 조직은 내적, 외적 위험에 처해 있습니다. 내적인 위험의 대부분을 우리는 알고 있으며 우리는 그에 대해 주의를 기울이며 그 위험과 싸우고 있습니다. 우리는 우리의 영재 학교에 어울리지 않는 천성, 고치기 어려운 본능을 지니고 있다고 생각되는 학생들을 세상으로 되돌려 보내고 있습니다. 그들이 열등해서가 아니라 속세로 돌아가 각자 자신의 능력대로 자신에게 걸맞은 일을 하며 살아가기를 바라기 때문입니다. 우리의 그런 행동은 나름대로 가치가 있다고 할 수 있습니다. 그럼으로써 우리 공동체는 그 위엄을 지키고 자기 수양의 덕목을 보존하는 한편, 정신의 고결함을 회복한다는 과업을 완수할 수 있습니다. 우리들 중에 상식 이하로 인격이 낮거나 게으른 사람은 없을 것입니다.

하지만 저는 우리 수도회가 지니고 있는 그런 자부심 자체에 이의를 제기할 만한 문제점이 있다고 봅니다. 모든 귀족 계급이나 특권층은, 그럴 만한 사유가 있건 없건, 계급적 오만에 빠지기 쉽고, 그 오만이라는 타성에 젖어 있을 수 있다는 말씀을 드리고 있는 것입니다. 사회사를 살펴보면 한 사회는 그 정점에서는 늘 귀족 계급을 형성하게 되어 있습니다. 사회화를 이룩하기 위한 모든 노력은 일종의 귀족정치, 뛰어난 사람들에 의한 통치를 이상으로 삼고 있는 듯 보입니다. 권력자들은 —그가 왕이건 익명의 집단이건—항상 새로 부상하는 귀족들을 보호해주고 그들에게 특권을 주면서 그들을 격려합니다. 제가 말하는 귀족이란 정치적 귀족뿐 아니라 혈통, 선출, 혹은 교육에 의해 형성된 귀족들 모두를 뜻합니다. 하지만 이렇게 권력의 비호를 받으며 양지에서 무럭무럭 자란 귀족은 일정한 단계가 지나면 그 자체 하나의 유혹이 되어 부패하게 됩니다. 만일 우리가 우리의 수도회를 귀족층으로 보고, 국민 전체와 세계를 향한 우리의 행동이 우리의 특권적 지위를 그 얼마나 보장해줄 수 있는 것인지, 또한 우리가 귀족층의 특징적 질병이라고 할 수 있는 오만함, 거드름, 계급적 자부심, 자기 정당화, 착취적 기질에 이미 어느 정도 오염되어 있는 것이나 아닌지 면밀히 검토해보면 많은 의혹에 사로잡힐 수밖에 없습니다.

오늘날 우리 카스탈리엔 사람들에게 규율에 대한 복종, 근면함, 지성 함양의 측면에서는 아무런 부족함이 없을 것입니다. 하지만 한 국가라는 구조 내에서의, 또한 이 세계와 세계사 내에서의 자신의 위치에 대한 통찰 면에서는 심각한 결함이 있는 것이 아닐까요? 우리들은 과연 자신의 존재의 바탕이 무엇인지 의식하고 있을까요? 우리는 우리 자신이 하나의 살아 있는 유기체의 잎이나 꽃으로, 가지나 뿌리로 존재하고 있다는 것을 알고나 있을까요? 우리는 우리를 먹이고 입히기 위하여, 우리가 가르치고 연구할 수 있도록 해주기 위하여 국가가 치르는 희생에 대해 조금이라도 생각해본 적이 있나요? 우리의 특별한 지위의 의미가 무엇인지 신경을 쓰고 있나요? 우리 수도회와 수도회의 삶의 목표에 대해 실질적인 개념을 갖고 있나요?

물론 우리에게도 칭송받을 만한 예외적인 경우가 있겠지만 저로서는 그 모든 질문 앞에서 아니라는 대답 쪽으로 기울어지게 됩니다. 평균적인 카스탈리엔 사람들은 외부 세계 사람들, 학자가 아닌 사람들을 경멸하거나 시기하거나 미워하지는 않더라도 그들을 형제나 자신을 먹여 살리는 고용주로 여기지는 않을 것이며 바깥세상에서 벌어지고 있는 일에 대한 공동 책임감은 조금도 느끼지 않습니다. 그들의 삶의 목표는 학문 그 자체를 위한 학문을 함양하는 것, 혹은 문화의 꽃밭을 즐겁게 산책하는 데 있는 것으로 보입니다. 게다가 이곳의 문화는 보편성을 가장하고 있지만 제가 보기에는 그와는 거리가 멉니다. 한마디로 오만함과 자화자찬을 키우고, 지식 자체에 몰입해 있는 전문가를 육성하는 쪽으로 어느 정도 기울어져 있습니다.

물론 저는 실질적인 봉사 외에는 아무것도 바라지 않고 성실히 일하는 소중한 카스탈리엔 사람들이 많이 있음을 알고 있습니다. 그들은 바로 이곳에서 키워낸 사람들로서 저 바깥세상 속세에서 금욕적인 봉사를 하고 있는 교사들입니다. 그들이야말로 실제로 카스탈리엔이 세워진 목표를 실행하면서 국가와 국민이 우리에게 베풀어준 은혜에 보답하는 유일한 사람들입니다. 우리가 지향해야 할 최고로 신성한 목표는 국가와 세계의 '지적 토대'를 보존하는 일임은 우리 모두 잘 알고 있습니다. 또한 그 '지적 토대'는 아주 효과가 높은 도덕적 요소임이 입증되었습니다. 그것은 진리에 대한 의식 바로 그것이며 정의를 비롯한 다른 많은 덕목이 바로 그 진리 의식에서 비롯되기 때문입니다. 다시 말씀드리지만 우리들은 모두 그 사실을 잘 알고 있습니다. 하지만 우리들을 냉정하게 돌아보면 우리들은 실제로 이 세계가 건강하게 잘 돌아가고 있는가에 대해서, 또한 지적이고 정신적인 정직함과 순수성이 저 바깥세상에서도 이 작은 교육주 안만큼 잘 보존되고 있는가에 대해서는 별 관심이 없다는 것을 인정하지 않을 수 없습니다. 그것은 핵심 관심사도 아니고 별로 중요하게 여겨지지도 않습니다. 그러면서 우리는 저 바깥세상에서 봉사하는 용감한 교사들에게 우리들이 세상으로부터 지고 있는 빚을 갚아나가는 일, 우리 유리알 유희자, 천문학자, 음악가, 수학자들이 누리는 특권을 변호해주는 일을 온통 다 맡겨버리고 있습니다. 그러고는 우리가 누리고 있는 특권에 대해서는 너무나 당연한 듯 조금도 의문을 제기하지 않습니다.

우리 내부의 결함이나 위험에 대한 지적은 이 정도로 그치겠습니다. 이런 것들은 평화 시라면 우리의 존재를 직접적으로 위협하지는 않겠지만 그래도 상당한 의미를 지니고 있는 위험들입니다. 그런데 사실 우리 카스탈리엔은 우리들 자신의 도덕성과 합리성에만 그 존재 근거를 두고 있는 것이 아닙니다. 우리는 국가의 형편이라든지 국민들의 의지에 결정적으로 의존하고 있습니다. 국민의 마음이 바뀌거나 국가가 더 이상 우리들에게 의식주를 제공할 수 없게 되면 바로 그 순간 우리의 연구소와 우리의 생활은 막을 내리게 됩니다. 언젠가 국가가 우리 카스탈리엔과 우리의 문화를 더 이상 지원해줄 필요가 없는 사치로 여기게 될지도 모릅니다. 심지어 우리를 자랑스럽게 여기기는커녕 해로운 기생충이나 해충, 혹은 적으로 여기게 될지도 모릅니다. 바로 그것이 우리를 위협하는 외부의 위험입니다.

이 위험을 일목요연하게 보여드리자면 역사에서 그 예를 빌려오는 것이 적합할 것입니다. 그러나 만일 일반 카스탈리엔 사람들에게 그런 시도를 한다면 무수한 반발, 유치하다 싶을 정도의 무지와 무관심에 봉착하게 될 것입니다. 여러분도 아시다시피 우리 카스탈리엔 사람들 사이에서는 세계사에 관한 관심이 매우 빈약합니다. 사실상 우리들 대부분은 역사에 대한 관심이 부족할 뿐 아니라 역사를 존중하지도 않습니다. 저는 그 원인에 대해 숙고한 결과 두 가지 원인이 있음을 알아낼 수 있었습니다.

첫째는 역사의 내용 자체를 저급한 것으로 여기고 있기 때문입니다. 물론 저는 우리가 소중히 여기고 있는 정신사나 지식사에 대해 말하고 있는 것이 아닙니다. 우리는 세계사라는 개념 자체를 정신적인 것과는 거리가 먼 물질적이고 양적인 것의 영역에 속한다고 보면서 경멸적인 시선을 던지고 있습니다. 역사를 권력과 재화와 영토와 원료와 돈을 위한 야만적인 투쟁으로 보면서 멀리하고 있는 것입니다.

우리가 역사를 경멸하게 된 두 번째 이유는 어떤 종류의 역사기술에 대한 전통적인 불신에서 유래한다고 저는 봅니다. 그 역사관은 우리 수도회가 세워지기 이전의 데카당스기에 나와서 대단한 인기를 끈 것으로서 저는 그 불신에는 타당한 면이 있다고 봅니다. 우리는 그 당시 유행했던 이른바 역사 철학에 대하여 조금도 신뢰의 눈길을 주지 않습니다. 헤겔이 가장 빛나면서도 위험하기 짝이 없는 대표자라 할 수 있는 그 역사 철학은 다음 세기에 이르러 역사를 형편없이 왜곡해버리며 진리의 의미를 온통 파괴해버립니다. 우리로서는 이 역사 철학 애호 성향을 우리가 때로는 '전쟁 시대'라고 부르기도 하지만 대체로 '잡문 시대'라 부르는 시대—지적, 정신적 토대가 무너지고 정치적 권력 투쟁이 판을 쳤던 시대의 주요 특징으로 보고 싶습니다. 그런데 그 시대의 폐허로부터, 정신의 패배, 혹은 정신적 불건강과의 투쟁으로부터 우리의 현재 문화, 수도회와 카스탈리엔이 생긴 것입니다.
그런데 우리는 바로 그러한 역사적 사실을 잊고 있습니다. 역사를 파괴와 살육의 난장판으로 보면서 그것 역시 역사의 한 단면에 불과하다는 사실을 잊고 있습니다. 무엇보다 우리 자신이 역사의 한 부분이며 역사 속에서 생성된 존재라는 사실, 우리 자신 스스로 생성과 변화의 능력을 상실하면 죽음을 선고받을 수 있는 존재라는 사실을 잊고 있습니다. 우리 자신이 역사이며 우리는 세계사에 대하여, 또한 세계사 내에서의 우리의 위치에 대하여 공동 책임을 져야 합니다. 그런데 우리에게는 이 책임 의식이 너무나도 결여되어 있습니다.
우리의 눈길을 우리 자신의 역사로 돌려보면 우리의 선배이자 창립자이신 분들은 결코 세계사에 대해 우리처럼 체념하거나 오만하지 않았음을 알 수 있습니다. 그분들은 '전쟁 시대', 혹은 '잡문 시대' 말기에 파괴된 세계 속에서 일을 시작했습니다. 대충 제1차 세계대전의 발발과 함께 시작된 그 시대에 대한 우리들의 공식적인 설명은 지나치게 편중되어 있습니다. 당시에는 정신적인 것들이 조금도 중요하지 않았다고 우리는 간단하게 말해버립니다. 권력을 쥔 지배자들이 지적인 것과 정신적인 것을, 필요할 때 갖다 쓰는 아주 질이 낮은 무기로 간주했다고 말합니다. 그리고 그러한 태도야말로 '잡문 시대적' 부패의 필연적인 결과라고 말합니다.

맞습니다. 그 시대는 분명 반지성적이었고 야만적이었다는 사실은 자명합니다. 당시에도 지적인 능력이나 방법론에 있어 엄청난 업적이 이루어졌다는 사실을 저는 알고 있지만 저는 과감하게 반지성적이라는 표현을 씁니다. 저는 정신과 지식을 진리에 대한 의지로 보고 있고 당시의 지적 업적이나 투쟁은 진리에 대한 의지와는 아무 상관이 없었기 때문입니다.

모두 열에 들떠 있던, 격렬한 증오에 사로잡혀 있던, 모두 이루 말할 수 없는 고통을 겪었던 그 시대는 우리에게는 어떤 의미에서는 일종의 잊힌 시대가 되었습니다. 하지만 그 시대가 우리 모든 제도의 설립과 밀접하게 연관이 있으며 그 전제이자 원인이면서도 그렇게 잊혔다는 사실을 저는 납득하기 어렵습니다. 풍자적으로 말한다면 모험 끝에 귀족이 된 사람이 출생과 부모를 잊는 것과 같다고 할 수 있을 것입니다.

말이 나온 김에 그 '전쟁 시대'에 대해 조금 더 살펴보도록 하겠습니다. 저는 당시의 기록들을 제법 많이 읽으면서 정복된 민족이라든지 파괴된 도시들보다는 당시의 지식인들의 태도에 더 관심을 가졌습니다. 그들은 정말 어려운 시기를 겪었고 대부분은 그 고난을 견디지 못했습니다. 종교인이나 학자들 중에 순교자들도 많이 나와 당시에도 귀감이 되긴 했지만 대부분의 사람은 이 폭력 시대의 압력에 견디지 못했습니다. 또 어떤 사람들은 압력에 굴복해서 자신의 재능과 지식과 기술을 통치자의 처분에 맡겼습니다. 당시 마사게텐 공화국의 한 대학교수가 남긴 "2 더하기 2의 답이 무엇인지 정확히 결정할 수 있는 것은 대학이 아니라 사령관 각하이다"라는 유명한 말을 상기해 보시지요. 물론 자신이 할 수 있는 한도 내에서 이의를 제기한 사람들도 있었습니다. 당시 세계적으로 알려진 어느 작가는—치겐할스의 글에서 본 것입니다—일 년 동안에 항의문과 경고문, 이성에 대한 호소문에 무려 200번 이상이나 서명했다고 합니다. 하지만 대부분의 사람은 침묵하는 법을 배웠습니다. 굶주림과 추위를 견디는 법, 구걸하는 법, 경찰을 피해 숨는 법을 배웠습니다. 그들은 수명을 다하지 못하고 죽었고 살아남은 사람은 죽은 사람을 부러워했습니다. 수많은 사람이 스스로 목숨을 끊었습니다. 학자나 작가라는 사실이 조금도 자랑스럽거나 명예롭지 않았습니다. 통치자에게 부역하면서 그들의 구호를 작성해준 문인은 일자리와 빵을 구할 수 있었지만 동료들로부터 경멸을 받아야만 했으며 그들 대부분은 양심의 가책에 시달렸습니다. 부역을 거절한 사람들은 굶주림에 시달려야 했고 법의 보호를 받지 못했으며 현장에서 비참하게 죽거나 유배지에서 죽었습니다. 믿을 수 없을 정도로 잔인한 숙청 작업이 벌어졌습니다. 권력과 전쟁의 요구에 부응하지 못하는 학문은 급속히 쇠퇴했습니다. 역사는 그때그때 주도권을 잡은 국가 위주로 해석되어 제멋대로 왜곡되었고 단순화되었습니다. 역사 철학과 잡문이 모든 분야를 지배했습니다.

더 이상 상세한 이야기는 않겠습니다. 정말 야만적이고 난폭한 시대였고 혼돈에 휩싸인 바빌론적인 시대였습니다. 민족과 당파들이, 늙은이와 젊은이들이, 적과 백이 더 이상 서로를 이해하지 못했습니다. 충분히 피를 흘리고 타락을 겪고 나서야 겨우 끝을 볼 수 있었습니다. 그러자 합리성을 향한, 공통 언어의 재발견을 향한, 질서와 도덕과 보편타당한 윤리적 기준을 향한, 권력에 좌지우지되지 않고 시대에 따라 변하지 않는 알파벳이나 구구단 표 같은 것을 향한 열망이 그 어느 때보다 강하게 일어났습니다. 진리와 정의를 향한, 이성을 향한, 혼돈 극복을 향한 엄청난 욕구가 생겨났습니다. 오로지 피상적인 것만 중시하던 폭력의 시대가 끝나고 찾아온 이 진공 상태가, 새로운 시작과 질서의 회복을 간절히 원하던 많은 이의 이 열망이, 우리의 카스탈리엔을 탄생시켰습니다. 비록 보잘것없는 소수였지만 용감하기 그지없는 사람들, 굶주림에 시달리면서도 굽힐 줄 모르는 사람들, 진정으로 생각이 있는 사람들 일단(一團)이 자신들이 할 수 있는 일이 무엇인지 자각하기 시작했습니다. 그들은 영웅적인 금욕주의와 자제력으로 스스로를 위한 규율과 법도를 만들기 시작했습니다. 도처에서, 심지어 가장 작은 그룹에서조차 그들은 전력을 다해 프로파간다를 쓸어냈습니다. 그들은 바닥으로부터 출발해서 지적인 삶, 교육, 연구, 문화를 재건했습니다.

그 건설은 성공했고 몇 세대가 지나자 수도회, 교육청, 영재 학교, 기록보관소, 전문학교와 세미나, 유리알 유희가 생겼습니다. 우리는 바로 그 상속자이자 수혜자로서 이 호화찬란한 건물 속에 살게 된 것입니다. 그런데 우리는 지금 우리 모습의 초석이 된 수많은 사람의 희생이나 우리

선조들의 고난에 찬 체험, 또한 우리의 건물을 세워주거나 최소한 용인해 준 역사에 대해 더 이상 아무것도 알고 싶어 하지 않습니다. 역사는 오늘날 우리를 지탱해주고 용인하고 있으며 우리 시대 이후에도 상당 기간 그러할 것입니다. 하지만 또한 역사는 늘 자신이 키워놓은 것을 뒤엎고 삼켜버렸듯이 조만간 이 건축물을 뒤엎고 삼켜버릴 것입니다.

우리 조직과 수도회는 이미 번영과 행운의 절정을 넘어섰습니다. 그렇기에 우리는 이미 쇠퇴의 길을 걷고 있으며 그 길은 점점 더 가파르게 기울고 있습니다. 제 생각으로는 저희가 이제 퇴화의 길을 걸을 수밖에 없을 만큼 충분히 성숙해 있는 것 같으며 세계 또한 새로운 격변기를 맞이하고 있는 듯 보입니다. 만약에 세계사에 격변이 찾아온다면 우리가 과거의 유산을 아무리 지키려 한들, 우리의 이상에 충실하려 한들 허사일 것입니다. 지금 벌써 몇몇 국회의원은 카스탈리엔이 우리나라에서 너무 사치스러운 조직이라는 발언을 종종 하고 있습니다. 멀지 않아 국고를 절약해야 할 일이 벌어지면 비록 정부가 우리에게 호의를 품고 있다하더라도 우리가 첫 번째 절약 대상이 될 것입니다. 여러분 한번 가정해보십시오. 전쟁이 임박해서 카스탈리엔을 희생시킬 것인지 아니면 군비 부족으로 국가가 몰락에 처하도록 내버려둘 것인지 선택해야 할 상황에 놓이게 된다면 국민들은 어느 쪽 편을 들어줄까요?

그런 거대한 물결이 이미 일고 있습니다. 그리고 어느 날 우리를 휩쓸어버릴 것입니다. 필연적으로 그렇게 될 것입니다. 하지만 존경하는 동료 여러분, 비록 제한적이기는 하지만 우리는 아직 무엇이 인류의 특권인지, 무엇이 '역사'를 '인류의 역사'로 만들 수 있는 것인지 결정하고 행동할 자유를 지니고 있습니다. 우리는 상황에 대한 우리의 이해도에 따라, 우리의 각성과 용감성의 정도에 따라 선택을 할 수 있습니다. 우리는 아직 우리 코앞에 닥치지 않은 위험에 대해 눈을 감을 수도 있습니다. 아마도 오늘날의 명인들은 마지막 순간까지 편하게 직무에 임하다가 위험이 모두의 눈앞에 현실로 드러나기 전에 평온한 임종을 맞이할 수도 있을 것입니다. 하지만 저는—저뿐 아니라 다른 모든 분도 마찬가지이겠지만—그런 식의 평온이 양심상 꺼림칙할 뿐입니다. 제가 이 회람 글 첫머리에서 '지금 제가 맡고 있는 직무는 제가 아무리 혼신의 힘을 다 기울인다 하더라도 극복하기 힘든 위험에 직면해 있습니다'라고 쓴 것은 그 때문입니다. 제 마음의 대부분을 다가올 위험에 대한 염려에 빼앗기고 있기 때문입니다. 저는 그 재앙이 우리에게 어떤 방식으로 다가올 것인가에 대해서는 상상하지 않겠습니다. 하지만 그 재앙 앞에서 이런 질문이 떠오르는 것은 어쩔 수 없습니다. 이 위험에 대처하기 위해 우리는, 그리고 나는 어떻게 해야 할 것인가? 그 점에 대해 제 생각을 간략하게 말씀드리겠습니다.

저는 학자, 혹은 현자가 나라를 다스려야 한다는 플라톤의 명제를 주장하고 싶지는 않습니다. 플라톤 시대의 세계는 젊었습니다. 그리고 플라톤은 어떤 의미에서 카스탈리엔 비슷한 것을 설립하기는 했지만 그는 결코 카스탈리엔 사람이 아니었습니다. 그는 귀족 태생이었고 왕족 혈통이었습니다. 물론 우리들도 귀족이고 귀족 사회를 이루고 있지만 우리는 정신적 귀족이지 혈통상의 귀족이 아닙니다. 저는 혈통적으로 귀족이면서 지적, 정신적으로도 귀족인 사람을 키워내는 일은 절대 성공할 수 없다고 믿고 있습니다. 만일 그럴 수 있다면 정말 이상적인 귀족이 되겠지만 그것은 꿈에 불과합니다. 우리 카스탈리엔 사람들은 교양이 있고 고도로 지적인 사람들이지만 다른 사람을 다스리거나 국가를 통치하는 데는 적합한 사람들이 아닙니다. 우리가 통치를 하게 되면 진정한 통치자에게 요구되는 힘과 우직함을 지니지 못할 것입니다. 게다가 우리의 진정한 관심 분야인 모범적인 문화생활을 함양하는 일은 곧바로 뒷전으로 밀려날 것입니다.

오만한 지식인들이 종종 말하듯 통치자에게 요구되는 자질은 어리석음과 조악(粗惡)함이 아닙니다. 통치자에게는 외향적 활동을 진심으로 즐기는 자질, 자신의 목표를 스스로와 혼연일체로 만드는 자질이 필요함은 물론이고 성공에 이르는 길을 선택할 때 망설임 없이 단호하게 택하는 기민성이 필요합니다. 이 특질들은 우리 학자들이—우리는 스스로를 현자라고 부르고 싶지는 않습니다—가지고 있지 않은, 또한 가져서도 안 되는 것들입니다. 우리에게는 성찰이 행동보다 중요하기 때문이며 목표에 도달하기 위한 방법을 선택하는 경우에도 그것이 '인간적'으로 가능한 방법인지 조심스럽게 의심하고 살피라고 배웠습니다.

따라서 통치를 한다거나 정치에 관여하는 것은 우리의 본분에 어긋납니다. 우리는 조사와 분석과 측정의 전문가들입니다. 우리는 모든 문자과 구구단 표와 온갖 방법을 지키고 검증하는 사람이며 문화의 표준 도량형을 지키는 사람들입니다. 물론 우리는 다른 일들도 할 수 있습니다. 우리는 상황에 따라 혁신자, 발명가, 모험가, 혹은 정복자가 될 수 있으며 새로운 해석자가 될 수 있습니다. 하지만 우리의 가장 중요한 첫 번째 기능은 모든 지식의 원천을 순수하게 보존하는 것이며 사람들이 우리를 필요로 하고 보호해주는 이유는 바로 그 때문입니다. 상업이나 정치에서는 거짓을 참이라 우기는 지록위마(指鹿爲馬)의 자질이 천재성을 보증해주는 자질일 수 있을지 몰라도 우리에게는 결코 그렇지 않습니다.

과거에는 전쟁이나 혁명이 일어났던 시기, 이른바 '위대한' 시기에 지식인들이 정치적이 되기를 요구하는 경우도 있었습니다. 특히 후기 잡문 시대에 그런 일들이 많이 있었습니다. 우리는 이러한 요구에 응할 수 없습니다. 물론 우리에게도 국가가 위기에 처했을 때 우리의 안락과 생명을 국민에게 희생할 각오가 되어 있습니다. 비상시에 학자가 연구실에서 나와 전쟁터로 나가는 일, 경우에 따라서는 자원입대하는 일 등은 우리도 감수해야 합니다. 평상시 누려온 특권이 크면 클수록 비상시에는 희생이 더 커질 수밖에 없습니다. 하지만 우리가 국민을 위하여 희생할 각오가 되어 있다는 것이 정신 그 자체를, 우리의 정신적 삶의 전통과 도덕성을 시대와 국민과 장군들의 요구에 희생할 준비가 되어 있다는 뜻은 아닙니다. 국민으로서 감내해야 하는 도전과 희생과 위험 앞에서 물러나는 자는 비겁자입니다. 하지만 정신생활의 원칙들을 물질적 이익을 위해 배반하는 자, 앞서 예를 들었듯이 2 더하기 2의 답을 장군이 결정하도록 내버려두는 자는 그 이상으로 비겁자이며 반역자입니다. 진리애, 지적인 정직성, 정신의 법칙과 방법들에 대한 충성을 다른 이익을 위하여 희생하는 일은 설사 그것이 조국의 이익을 위한 일이라 할지라도 배신일 수밖에 없습니다. 프로파간다가 난무하면서 이익을 위한 온갖 싸움으로 인해 진실이 가치 절하되고 왜곡되고 폭력이 가해질 위험에 처해진다면 그에 저항하고 진실을 지켜내는 것, 아니, 차라리 진실을 향한 우리의 노력 자체를 지켜내는 것이 우리의 임무이며 우리의 지상의 신조입니다. 알고 있으면서도 거짓을 말하고 쓰는 학자, 알면서도 거짓과 사기를 지지하는 그릇된 선생들은 단순히 유기적 생명체로서의 원칙을 위반하는 것만이 아닙니다. 그런 사람들은 그 순간에는 그 어떤 허울을 둘러쓰고 있는지 모르지만 사실은 국민들에게 심각한 위해를 가하는 것입니다. 그들은 공기와 토양을 오염시킨 것이며 음식과 음료를 썩게 만든 것이고 나라의 생각과 법을 독살한 것이며 국가를 파멸로 이끌 적대적이고 사악한 힘에게 일조한 것입니다.

따라서 카스탈리엔 사람은 정치가가 되어서는 안 됩니다. 그는 필요한 경우 자신이라는 한 개인을 희생시킬 수는 있지만 정신생활에 대한 충성심을 희생할 수는 없습니다. 그가 진리를 배반하는 순간, 더 이상 진리를 숭배하지 않게 되는 순간, 그가 진리를 팔아넘기는 순간, 그는 극악한 악마가 되는 것입니다. 그것은 본능적인 야수성보다 더 나쁜 것입니다. 야수성에는 자연의 순수성이 어느 정도 깃들어 있기 때문입니다.

존경하는 동료 여러분, 국가와 수도회가 위기에 처했을 때 우리 수도회가 해야 할 임무가 무엇인지 생각해보는 일은 여러분 각자의 몫으로 남깁니다. 분명히 여러 견해가 있을 수 있습니다. 제게는 제 견해가 있습니다. 이제까지 말씀드린 여러 문제를 심사숙고한 결과 저는 제게 바람직해 보이는 행동이 어떤 것인지, 어떤 것이 제 의무인지 확실한 생각을 갖게 되었습니다. 그 때문에 이런 개인적인 청원을 하기에 이른 것이며 그 청원으로 이 글을 맺을까 합니다.

우리 교육청의 여러 명인 가운데 유희 명인인 제가 저의 직무상 아마 외부 세계와 가장 멀리 격리되어 있을 것입니다. 수학자나 언어학자, 물리학자와 교육학자, 기타 여러 다른 명인은 속세와 공유하는 영역이 있습니다. 이 모든 학과는 수도회가 생기기 전부터 존재해 왔고 수도회가 없어진다 하더라도 살아남을 것입니다. 하지만 유리알 유희만은 우리 고유의 발명이며 우리만의 특산물이고 우리가 좋아하는 우리의 장난감입니다. 그것은 우리 카스탈리엔적 정신의 가장 섬세하고 궁극적인 표현 그 자체입니다. 동시에 가장 귀중하면서 가장 비공리적인, 가장 사랑스러우면서도 가장 깨지기 쉬운 보물입니다. 만일 카스탈리엔의 존속이 문제가 된다면 유리알 유희가 가장 먼저 없어지게 될 것입니다. 우리들이 지닌 것들 중 가장 취약한 것이기 때문이며 문외한의 눈에는 없어져도 상관없을 것으로 보일 것이기 때문입니다. 새로운 무기를 발명하기 위해서라도 수학과 물리학 등은 필요할 것이지만 유희 마을과 유리알 유희를 없앤다고 해서 국가나 국민에게 해가 될 것은 아무것도 없다고 생각할 것이 분명합니다. 유리알 유희는 우리가 지은 건축물 최첨단에 자리 잡고 있으며 또한 가장 위태로운 부분이기도 합니다. 제가 세상에 일고 있는 변화를 가장 먼저 감지하고 그에 대해 경고를 하게 된 것도 그 때문인 것 같습니다.

하지만 제가 유리알 유희 명인이라고 해서 유희의 종말을 막거나 연기시키는 것이 저의 임무라고는 생각하지 않습니다. 미(美)는, 그것이 아무리 최고의 아름다움을 뽐내더라도 그것이 지상의 역사에 속해 있는 한 다른 모든 것과 마찬가지로 쇠락의 운명을 겪게 되어 있습니다. 우리는 그것을 알고 있고 그에 대해 깊은 슬픔을 느낄 수는 있지만 그 운명을 바꾸려고 진지하게 노력할 수는 없습니다. 그것은 도저히 바꿔놓을 수 없는 운명 자체이기 때문입니다. 유리알 유희가 사라지면 카스탈리엔과 세상은 손해를 입게 되겠지만 당장은 그 손실을 느끼지 않을 것입니다. 위기의 순간이 되면 당장 구할 수 있는 것부터 구하는 데 정신이 없을 것이기 때문입니다.

유희가 없는 카스탈리엔은 생각할 수 있어도 진리를 숭배하지 않는 카스탈리엔, 정신에 충실하지 않은 카스탈리엔은 생각할 수 없습니다. 유희 명인이 없더라도 교육청은 제대로 기능을 발휘할 수 있습니다. 사실 우리가 모두 잊고 있지만 '유희 명인'이라는 말은 원래 지금 우리가 사용하고 있는 뜻을 담고 있는 말이 아니라 단순히 학교 선생님이라는 뜻이었습니다. 그런 의미에서 나라가 위기에 빠질수록, 카스탈리엔이 위기에 빠질수록, 선생님으로서의 유희 명인은 그만큼 더 필요해질 것입니다. 그런 상황일수록 진리를 지키고 가르치는 훌륭하고 용감한 학교 선생님이 더 필요해지는 법이니까요. 이는 우리 영재 학교에만 해당되는 것이 아니라 저 바깥세상에도 적용되는 이야기입니다. 국가 문화생활의 근간은 연구실이나 유리알 유희에 있는 것이 아닙니다. 우리 시대의 시민과 농부들, 직공과 군인들, 정치가와 장교들, 그리고 통치자들을 키워내는 저 바깥세상의 학교가 바로 그 근간입니다. 우리는 이 나라에 교사들과 교육자들을 제공해 왔으며 제가 앞서 말했듯 그들이 우리들 가운데 가장 훌륭한 사람들입니다. 하지만 우리는 이제까지 해 왔던 것보다 훨씬 더 많은 일을 해야만 합니다. 우리는 우리 카스탈리안엔 존속을 더 이상 저 바깥세상에서 일하고 있는 그 훌륭한 사람들의 도움에만 의존할 수는 없습니다. 우리는 겸손한 가운데 막중한 책임감을 가지고 저 속세의 학교에 봉사하는 일을 우리의 첫 번째 명예로운 과제로 인식하고 활동 범위를 넓혀야 합니다.

바로 그 때문에 저는 존경하는 우리의 당국에 다음과 같은 청원을 하게 되었습니다. 저는 이 자리를 빌려 유희 명인으로서의 저의 직책을 면해

주시고 저를 바깥세상의 일반 학교로 보내주시기를, 그 일을 몇 명의 젊은 회원들과 함께 할 수 있게 해주시기를 청원 드립니다. 저는 우리 카스탈리엔의 원칙을 바깥세상 젊은 사람들에게 스며들게 하는 데 도움이 되리라고 기대하는 사람들을 교사로서 초빙할 것입니다.

존경하는 당국이 저의 청원 및 사유를 너그럽게 통찰하시어 결정을 내려주시기를 바랍니다.

유리알 유희 명인

추신 : 제가 존경하는 야코부스 신부님의 말씀을 이 자리에 인용하도록 허락해주십시오. 그분에게 개인적으로 가르침을 받을 때 적어놓은 것입니다.

'공포와 실로 깊은 고난의 시대가 닥쳐오리라. 그러나 그런 고난 가운데도 행복이 존재할 수 있다면 그것은 오로지 정신적인 행복뿐이다. 그것은 저 옛 시대의 문화유산을 뒤돌아보면서, 또한 세상이 아무리 변해도 정신에 관계되는 일이 끈기 있게 옹호되는 미래를 내다보면서 느끼는 행복이다. 만일 정신적인 것이 보호되지 못한다면, 장차 모든 것이 완전히 물질적인 것에 굴복해버리는 시대가 오리라.'

테굴라리우스는 이 문서에 자신이 한 작업이 얼마나 반영되었는지 알 수 없었다. 그에게는 마지막으로 작성된 이 원고를 볼 기회가 없었던 것이다. 크네히트는 자신이 앞으로 취할 행동을 친구에게 알리지 않기로 결심했다.

예상했던 것보다 회답이 빨리 왔다. 하지만 그는 테굴라리우스에게는 알리지 않았다. 히르스란트에서 온 편지의 내용은 다음과 같다.

발트첼의 유희 명인 귀하

존경하는 동료 명인께,

수도회 본부와 명인 일동은 따뜻한 마음과 명민함이 담긴 귀하의 회람 편지를 대단히 흥미롭게 읽었습니다. 귀하의 역사적 성찰은 미래에 대한 불길한 전망 못지않게 호소력이 있었으며 우리들 중 몇 사람은 분명히 근거가 있을 귀하의 성찰에 대하여 오랫동안 심사숙고하게 될 것이고 그로부터 유익한 결과를 도출해내기 위하여 힘을 쓰게 될 것입니다. 또한 귀하의 글을 통해 이타심(利他心)이라는 우리 카스탈리엔의 기본 정신을 상기시켜주신 데 대해 깊은 공감과 감사를 표합니다. 우리는 귀하의 글이 우리 주(州)에 대한 거의 본능적이라고 할 만한 깊은 사랑에서 우러나왔음을 알고 있습니다. (……) 역사를 단순히 학문적 목적만을 위해서 연구하지 않는 태도, 그것을 주관적 감정이 배제된 미적 유희로 보지 않는 태도, 역사적 지식을 직접 현재의 요구에 적응하려는 귀하의 태도는 저 유명한 베네딕투스 수도회 역사학자의 제자인 귀하가 당연히 취할 태도라고 봅니다. 게다가 존경하는 귀하가 유리알 유희 명인에서 물러나는 것이 무슨 정치적 임무 때문이라거나 보다 영향력 있고 명예로운 자리에 오르기 위해서가 아니라 원래의 의미의 루디 마기스터, 즉 소박한 학교 교사가 되기 위해서라는 사실은 귀하의 성품에 너무나 잘 어울리는 일입니다.

위에 적은 내용은 귀하의 회람을 읽은 후 우리들 모두가 거의 본능적으로 일치를 본 느낌입니다. 하지만 귀하의 견해와 청원의 내용을 평가하는 일에 있어서 우리는 의견의 일치를 볼 수 없었습니다. 이 문제를 논의하기 위해 모인 회합에서 우리들은 우리의 존재가 위협받고 있다는 귀하의 견해를 어느 정도 받아들일 수 있는가 하는 문제와, 만일 그런 위협이 존재한다면 그것은 어떤 종류의 위협이며 어느 정도 규모인지에 대해, 또한 언제 그 위협이 닥쳐올 것인가에 대해 활발한 의견 교환이 있었습니다. 하지만 그중 어느 문제에 있어서도 귀하의 견해를 지지하는 의견은 많지 않았다는 점을 알려드리지 않을 수 없습니다. 또한 우리 수도회와 카스탈리엔 체계가, 예외적으로 오랫동안 지속되고 있는 이 평화 시대에 대해 사회와 공유할 책임이 있는 것인지, 또한 우리 수도회를 정치사에서의 하나의 요인으로 간주할 수 있는지에 대해서는 극소수만이 귀하의 견해에 동의했고 그나마 몇 가지 단서가 붙은 것들이었습니다. 다수의 견해에 따르면 전쟁 시대가 막을 내린 후 우리 대륙에 찾아온 평온은 부분적으로는 피비린내 나는 끔찍한 전쟁 뒤에 찾아온 피로감과 의기소침에서 기인한 것이라고 할 수 있지만 보다 중요한 요인은 유럽이 더 이상 세계사의 초점도, 패권 쟁탈전이 벌어질 무대도 아니게 되었다는 사실입니다.

물론 우리는 우리 수도회가 이룩한 진정한 성과에 대해 조금도 의심하지 않습니다. 그렇지만 우리 카스탈리엔의 이상, 즉 명상을 통해 드높은 정신문화를 함양한다는 그 이상이 역사 형성에 그 어떤 힘을 발휘하거나 세계의 정치적 상황에 중요한 영향력을 행사할 수 있다고는 보지 않습니다. 그런 식의 요구나 야심은 카스탈리엔의 정신과는 완전히 배치

되는 것이기 때문입니다. 이 문제를 진지하게 검토해본 몇 명의 사람들은 그 어떤 정치적 영향력을 행사하거나 평화와 전쟁에 영향을 미치는 일은 결코 카스탈리엔의 목적이 아니라는 점을 특히 강조했습니다. 카스탈리엔의 모든 것은 이성과 연관되어 있으며 합리성의 틀 안에서 행해지고 있기 때문이라는 것입니다. 하지만 세계사에 대해서는 결코 이성과 연관되어 있다고 말할 수 없습니다. 정신사를 대충 훑어보기만 해도 문화의 전성기는 단순히 정치적 상황만으로는 설명할 수 없다는 것을 알 수 있습니다. 회합에 참가한 대부분의 사람들은 문화나 정신, 혹은 영혼은 그 자체 독립적인 역사를 형성하고 있다는 데 찬성했습니다. 그 정신의 역사는 우리가 물질적 권력을 얻기 위한 끊임없는 투쟁이라고 보고 있는 세계사 옆에서 제2의, 은밀하고 피를 흘리지 않는, 신성한 역사로서 발걸음을 나란히 하고 있습니다. 우리 수도회는 바로 이 신성하면서도 은밀한 역사와 관련을 맺고 있기에 정치사에 대해 감시의 눈길을 보내는 것, 정치사 형성에 도움을 주는 것은 우리의 임무가 될 수 없다는 것입니다.

따라서 세계 형세에 대해 예민한 촉각을 세우고 대비해야 한다는 귀하의 의견은 몇 표를 제외하고는 다수의 반대로 부인되었습니다. 오늘의 세계정세에 대한 귀하의 의견도 비록 몇몇 사람에게 깊은 인상을 남겼고 귀하의 예지에 경의를 표한 사람도 있었지만 다수가 동의를 했는지는 모르겠습니다. 대부분의 사람은 귀하가 지나치게 비관적이라고 비판하는 분위기였습니다. 심지어 불확실한 미래에 대해 이런 식의 경솔한 경고를 하는 것이 오히려 위험한 일이라는 견해도 있었습니다.

공식적인 응답은 이만 간단하게 줄이겠습니다. 하지만 명인께서 직접 구두 대화를 원하신다면 언제고 가능함을 알려드립니다. 이 간단한 회답에서 귀하는 이미 귀하의 청원이 소기의 목적을 달성하지 못했음을 아실 수 있을 것입니다. 귀하의 청원 내용에 대부분의 사람이 동의하지 않았을 뿐 아니라 회람의 형식조차도 의심의 눈초리를 받고 있습니다. 많은 사람은 그 형식 자체가 이미 지나치게 개혁적이라고 생각하고 있고 심지어 불법이라고 선언한 사람도 있었습니다. 간단히 말해 귀하의 청원은 부결되었습니다.

만일 수도회가 더 이상 수도회 내의 사람들을 각자 알맞은 자리에 임명할 수 없게 된다면 우리 제도와 체제는 어떻게 되겠습니까? 만일 각자가 자신의 인격과 재능에 대해 스스로 평가하고 그에 따라 자신의 자리를 찾게 되면 카스탈리엔은 어떻게 되겠습니까? 우리는 유희 명인께서 잠시 이 점에 대해 숙고할 시간을 가지시기를 권합니다. 그리고 신임받은 지금의 명예로운 직책을 계속 수행해 나가도록 명합니다.

다시 한번 가까운 시일 내에 구두로 귀하와 이야기를 나눌 기회가 있기를 바랍니다. 우리 수도회 본부에서는 귀하의 능력을 전적으로 신임하고 있지만 귀하가 귀하의 글에서 직무 수행에 어려움이 있다고 말한 부분에 대해 우려를 금할 수 없기 때문입니다.

크네히트는 별 기대가 없었음에도 불구하고 서신을 주의 깊게 읽었다. 그는 여러모로 생각해본 결과 이 문서의 작성자가 수도회 회장이자 수도회 명인인 알렉산더일 것이라고 결론 맺었다. 공식 문서인 만큼 문체로는 누구인지 알 수 없었지만 수도회의 정신, 정의, 질서에 대한 사랑이 짙게 깔려 있는 점, 은연중 자신의 청원서에 대한 분노를 드러내고 있는 점, 또한 불만과 거부감과 함께 일말의 동정심이 숨어 있다는 것을 느끼고 알렉산더가 아니라면 작성이 불가능한 답변서라는 것을 크네히트는 알 수 있었다.

이제 우리는 우리의 여정의 끝에 이르렀다. 우리는 이로써 요제프 크네히트의 생애에서 중요한 부분에 대해서는 모든 보고를 마쳤기를 바란다. 그의 생애에 대한 보다 자세한 내용들은 후세 전기 작가가 보다 더 정확하게 덧붙일 수 있을 것이다.

우리는 명인의 마지막 나날들에 대해서 우리가 직접 보고하지 않으려 한다. 우리는 그 나날들에 대해 발트첼의 학생들이라면 누구나 알고 있는 내용 이상의 것을 알지 못하며 수많은 사본이 떠돌고 있는 「유리알 유희 명인에 관한 전설」보다 더 잘 쓸 수 없을 것이기 때문이다. 아마 그 전설은 고인이 사랑하던 몇 명의 학생이 썼을 것이다. 우리는 그 전설로 이 책을 끝맺을까 한다.

제12장 전설

명인이 사라졌다는 사실에 대해, 그가 사라진 이유에 대해, 그의 결정과 행동이 옳으냐 그르냐에 대해, 그의 삶이 의미가 있느냐 없느냐에 대해 동료 학생들이 왈가왈부하는 이야기를 듣고 있자니 우리는 마치 그리스 역사가 디오도루스 시켈로스의 나일강 홍수의 원인에 대한 온갖 잡다한 추론이라도 듣는 듯한 기분이었다. 그런 억측들에 대해 무언가 의견을 덧붙이는 일은 무용할뿐더러 옳지 않은 일일 것이다. 우리로서는 바깥세상을 향해 신비스러운 출발을 감행한 직후 더 신비스러운 피안으로 넘어가버린 명인에 대한 추억을 가슴으로 간직하고 싶을 뿐이다. 그에 대한 추억은 우리에게 너무나 소중하다. 바로 그렇기에 그 사건에 대해 우리가 들은 바를 그대로 기록하겠다.

자신의 청원을 거절한 당국의 답변서를 읽은 후 그는 가벼운 전율을 느꼈다. 이른 아침에 정신을 맑게 만드는 전율과 같은 것으로서 그에게 이제 때가 되었음을, 더 이상 망설이거나 우물거릴 때가 아님을 알리고 있었다. 그 스스로 '각성'의 순간이라고 부르는 그 독특한 느낌은 그의 삶에서 결정적인 순간이 찾아올 때마다 그가 익숙하게 경험한 것이었다. 그것은 그에게 생기를 불어넣어 주면서도 동시에 고통스러운 느낌이었고 석별감과 새로운 모험심이 뒤섞인 것이었으며 마치 봄날의 폭풍처럼 그의 무의식 깊은 곳까지 뒤흔들어 놓는 것이었다. 그는 시계를 보았다. 한 시간 뒤에는 강의가 있었다. 그는 남은 시간을 명상에 바치리라 생각하고 명인의 정원으로 들어갔다. 가는 도중 갑자기 시구 하나가 그의 머리에 떠올랐다.

모든 시작에는 마법의 샘이 있으니

그는 언제 읽었는지 모를 그 시를 소리 없이 읊조렸다. 지금 자신의 상황과 너무 잘 맞아떨어지는 것 같아 가슴에 와 닿았다. 정원에서 명상을 마치고 작은 강의실로 들어가는 순간 그 시구가 다시 떠올랐다. 그러자 기억이 선명해지며 좀 전에 잘못 기억했음을 알았다. 그는 다시 소리 없이 시를 읊었다.

모든 시작에는 마법의 샘이 깃들어 있으니
우리를 지켜주고 우리가 살아갈 수 있도록 도와주도다.

강의가 끝나고 한참이 지난 뒤에야 그는 그 시구가 어디에서 온 것인지 알 수 있었다. 다른 사람이 쓴 시가 아니라 학창 시절에 바로 자기 자신이 썼던 시였다. 시는 이렇게 끝을 맺고 있었다.

그렇다면 좋다, 마음이여! 끊임없이 작별하라.

그날 저녁 그는 대리인인 '그림자'를 불러 자신이 내일 기약 없는 여행을 떠나게 될 것이라고 알렸다. 그는 대리인에게 짧은 지시와 함께 모든 업무를 맡긴 다음 간단한 출장을 떠날 때처럼 가볍게 작별 인사를 했다.

이어서 그는 잠들기 전에 테굴라리우스를 찾아갔다. 한때 그를 보지 않고 떠날 생각을 한 적도 있었지만 그것은 어려운 일을 회피하는 것과 다를 바 없다는 생각에 그를 찾아간 것이다. 테굴라리우스는 깜짝 놀라며 그를 맞았다. 그는 직접적으로 이별에 대해 말하지 않고 낮에 읊었던 시를 넌지시 들려주었다. 눈치가 빠른 테굴라리우스는 명인의 결심을 이내 알아차렸다. 하지만 그는 예상 외로 침착했다. 크네히트는 홀가분한 마음으로 그의 방에서 나올 수 있었다. 하지만 숙소가 늘어서 있는 텅 비고 어두운 길을 걸어가다 보니 이별의 엄숙함에 사로잡혔다. 작별이란 언제나 추억을 일깨워주는 법이다. 이 순간 그는 그가 아직 소년으로서 최초의 예감과 희망을 안고 발트첼에 오던 때를 회상했다. 그리고 말없이 서 있는 나무들과 건물 한가운데 서서 서늘한 밤기운을 맞으며 이 모든 것을 보는 것도 이제 마지막이라는 것을, 낮에는 그처럼 활기 있던 마을을 감싸고 있는 정적에 귀를 기울이는 것도, 수위실의 작은 불빛이 분수대에 어리는 모습을 보는 것도, 명인 정원의 나무들 위로 밤 구름이 흐르는 모습을 보는 것도 마지막이라는 사실을 뼈저리게 실감했다. 그는 천천히 유희자 마을 구석구석을 거닐었다.

그는 거처로 돌아가 몇 통의 편지를 썼으며 그중에는 데시뇨리에게 자신이 도착할 시각을 알리는 편지도 있었다. 이어서 그는 명상을 하면서 자신의 마지막 일, 즉 내일 벌어질 수도회 회장과의 토론 준비를 위해 마음을 가다듬었다.

이튿날 아침 명인은 평소와 같은 시각에 잠자리에서 일어나 차를 가져오라고 했다. 그가 출발하는 것을 본 사람은 몇 안 되었고, 그들은 별로 이상하게 생각하지 않았다. 그는 초가을의 아침 안개 속에서 히르스란트를 향해 차를 몰았다. 그는 정오쯤 수도회 본부에 도착해서 수도회 명인에게 면회를 신청했다. 그는 보자기로 싼 아름다운 금속 상자를 들고 있었다. 사무실 금고 안에서 꺼내서 가져온 것으로서 상자 안에는 인장과 열쇠가 들어있었다.

유희 명인이 사전 예고도 없이 사무실에 나타나자 모두들 놀랐다. 전례가 없는 일이었던 것이다. 그들 중 한 명이 황급히 수도회 명인에게 가서 보고하고 돌아오더니 수도회 명인이 두세 시간 후에나 시간을 내줄 수 있을 것이라고 말했다. 그는 수도회 명인의 분부라며 그에게 점심을 대접했다. 식사를 마치고 휴게실로 간 크네히트는 수도회 규정집을 갖다 달라고 부탁한 후 자리에 앉아서 누군가 갖다준 규정집을 죽 읽어 내려갔다. 그는 지난날 자유스럽게 연구에 종사하던 젊은 무렵 감명 깊게 읽었던 조항을 다시 읽으며 생각에 잠겼다. 그 조항은 다음과 같았다.

> 상급 관청으로부터 보직을 받으면 명심하라. 직책이 올라간다는 것은 자유를 향해 한 걸음 다가가는 것이 아니라 속박으로 한 걸음 더 다가가는 것이다. 관청에서의 권한이 강해질수록 속박은 더 심해진다. 개성이 강하면 강할수록 자신의 의지를 자의로 행하는 것은 더욱더 금지된다.

한때 그 조항이 그 얼마나 결정적이고 명백한 의미를 품고 있는 것으로 보였던가! 이 조항은 젊은 정신에게는 그 얼마나 초시간적이며 절대적인 것이었는가! 그런데 지금은 그 표현들, 특히 속박, 개성, 의지 같은 단어들의 의미는 그 얼마나 달라졌는가! 그렇다! 만일 카스탈리엔이 세계 전체를 의미하는 것이었다면, 한없이 다양하며 불가분인 세계 자체를 의미하는 것이었다면 이 조항은 지금도 그렇게 절대적일 수 있을 것이다. 그러나 카스탈리엔은 세계 한가운데 작은 한 조각, 그로부터 강제적으로 떨어져 나온 한 조각에 불과한 것이다. 만일 지구 전체가 영재 학교이고 수도회가 모든 인류 공동체라면, 수도회 수장이 신이라면 이 모든 규정들은 그 얼마나 완전무결한 것일까! 그리고 크네히트는 한때 이곳 카스탈리엔을 그렇게 보았던 적이 있었다. 그는 카스탈리엔 사람을 인류로 보았고 카스탈리엔이 아닌 곳의 사람들을 일종의 유아로, 교육주 세계로 들어오기 이전의 문지방 단계 정도로 보았으며 이곳을 최종 문화와 구원을 기다리고 있는 원초적 토양으로 여겼었다.

그렇다면 크네히트라는 한 개인의 인격과 마음속에서 무슨 이상한 변화가 일어난 것인가? 이전에, 아니 바로 어제까지만 해도 그는 자신의 독특한 인식 방법, 스스로 '각성'이라고 이름 붙인 현실적 체험을 이 세계의 중심을 향한 점진적인 발걸음으로, 진리의 핵심을 향한 발걸음으로 간주하지 않았던가? 점차적으로 성취해야 할 끊임없이 이어지는 길, 하나의 발전이자 진보로 생각하지 않았던가? 당시 그에게는 자신이 카스탈리엔 사람이 되는 것이 곧 진보요 각성으로 보였다. 그리고 수년간 의혹의 시절을 보낸 후에 유리알 유희와 발트첼에 자신을 헌신하기로 한 것도 진보이며 진실을 향한 길이었다. 토마스 명인의 명에 의해 관직에 봉사하게 된 것도, 음악 명인에 의해 수도회에 받아들여진 것도, 훗날 유희 명인으로 임명된 것도 마찬가지였다. 매순간 작은 발걸음이건 큰 발걸음이건 그는 직선으로 뻗어 있는 길을 통해 전진하는 것 같았다. 그리고 그 길의 끝에서 그가 발견한 것은 세계의 중심도 아니었고 진리의 핵심도 아니었다. 지금의 각성조차도 그가 눈을 조금 더 크게 뜨게 된 것에 불과했고, 새로운 상황에 처한 자신에 대한 발견이며, 새로운 성운(星雲)에 적응하는 것에 불과했다. 그를 발트첼로, 마리아펠스로, 수도회로, 유희 명인으로 이끌었던 바로 그 엄격하며 뚜렷하고 똑바로 뻗은 길이 이제 그를 다시 밖으로 끌어내고 있었다. 각성이라는 행위의 결과는 바로 이별을 낳게 되었던 것이다. 카스탈리엔과 유희와 장인직은 발전의 한 단계나 최종 목표가 아니라 그 각각이 나름대로 발전과 버림을 필요로 하는 주제들이었다. 그것들은 통과해야 할, 넘어서야 할 공간들이었다.

말하자면 그가 나아간 길은 곧은 직선이 아니라 일종의 원, 혹은 타원이나 나선형이었다. 직선이라는 것은 기하학에서나 존재할 뿐 자연과 삶에는 존재하지 않는 것이었다. 그는 매번 각성할 때마다 새로 시작한 것이며, 시작은 곧 결별을 의미했다. 그는 용감하게 이 무대에서 저 무대로, 이 공간에서 저 공간으로 피로해 하거나 침체하지 않은 채, 타락이나 불성실과는 거리가 먼 채 나아갔던 것이다. 그가 지금 하는 행동도 수도회의 입장에서 보자면 타락하고 불성실한 행동처럼 보일 것이고 수도회의 모든 도덕에 맞서 자신만의 개성을 내세우는 것처럼 보일 수도 있을 것이다. 하지만 지금 그가 하는 행동도 그런 곡선적 움직임의 하나였다. 그에게는 자신의 이번 행동이 개성에 따른 자의적 행동이 아니라 그가 불굴의 정신으로 과감하게 걸어온 각성의 과정에 속한다는 것을, 이번에 자신이 택한 길은 자유가 아니라 사실은 봉사이며 복종이라는 것을 분명히 알고 있었다. 이 길이 자유가 아니라 새롭고 낯설고 불안한 구속이라는 것을, 자신은 도망자로서 이 길을 가는 것이 아니라 부름을 받은 자로서 이 길을 가는 것이라는 것을, 이 행동이 앞장선 행동이 아니라 복종하는 것이며 자신은 주인이 아니라 희생자라는 것을 알렉산더 명인에게 분명히 밝히고 설득할 수만 있다면!

지금 크네히트의 '각성'에서는 진실과 인식이 문제가 되는 것이 아니었다. 이제 그 각성에서는 실제 세상에서의 경험과 자신의 존재 증명이 문제였다. 당신이 그런 각성을 하게 된다면 당신은 사물의 핵심, 혹은 진리에 파고들어 그에 가까이 가는 것이 아니다. 당신은 지금 처한 상황에서의 당신 자신의 자아의 태도를 파악하고 파악한 것을 수행하거나 감내해낼 뿐이다. 그때 당신이 발견하는 것은 그 어떤 추상적 법칙이 아니다. 당신은 다만 하나의 결정, 혹은 결심을 하게 될 뿐이다. 당신은 그때 이 세상의 중심을 향한 길에 놓이는 것이 아니라 당신이라는 개인 자신의 중심을 향한 길에 놓이게 된다. 바로 그 때문에 각성의 체험은 남에게 전하기가 어려운 것이며 공식화하기도, 말로 표현하기도 힘들다. 언어는 우리 삶의 이런 부분을 소통하기 위해 만들어진 것이 아니다. 만일 누군가 그 각성을 이해할 수 있는 사람이 있다면 그는 비슷한 상황에서 비슷한 각성을 겪은 사람이다. 프리츠 테굴라리우스는 어느 정도 크네히트의 경험을 공유하고 있었으며 플리니오 데시뇨리는 좀 더 크네히트를 잘 이해했다고 볼 수 있다. 그 외에 누구의 이름을 더 들 수 있을까? 아무도 없었다.

날이 이미 저물기 시작하고 있었다. 크네히트가 명상에 빠져 자신의 처지도 완전히 잊고 있을 때 누군가 문을 두드렸다. 그가 즉시 대답하지 않자 다시 문을 두드렸다. 그제야 크네히트는 명상에서 깨어나 대답을 했고 심부름을 온 직원은 그를 사무국 건물 내 수도회 회장의 집무실로 안내했다. 알렉산더 명인이 크네히트를 맞이했다.

수도회 명인이 말했다.

"미리 통보를 해주시지 않는 바람에 기다리시게 했군요. 죄송합니다. 이렇게 갑자기 찾아오시니 무슨 일인지 궁금하군요. 나쁜 일은 아니겠지요?"

크네히트는 웃었다.

"아닙니다. 나쁜 일이 아닙니다. 그런데 정말 제가 그렇게 불시에 찾아뵌 건가요? 정말 제가 왜 찾아뵙는 건지 짐작이 되지 않으세요?"

알렉산더는 심각한 표정으로 상대방을 쳐다보며 말했다.

"물론 몇 가지 짐작되는 게 있지요. 지난 며칠 동안, 당신의 회람 건을 적절하게 처리하지 못했다는 생각을 하고 있었습니다. 당신이 보기에 너무 딱딱한 회신을 보내서 실망시켜 드리지나 않았는지 걱정하고 있었습니다."

"아니, 전혀 그렇지 않습니다. 애당초 회신 내용 이상의 것을 기대하지도 않았고 오히려 그 말투가 마음에 들었습니다. 그 글을 쓰신 분이 얼마나 애를 썼는지 알 수 있었으며 만약 그 글에 약간의 꿀을 섞었더라면 저는 오히려 좀 불쾌하고 거북했을 것입니다. 회신은 아주 성공적이었으며 저는 그에 대해 감사하고 있습니다."

"그렇다면 명인께서는 그 회신의 내용을 받아들이신 겁니까?"

"아니, 그 뜻이 아니라 저로서는 거절하는 회답 외에는 다른 것을 기대할 수 없었다는 뜻입니다."

"그렇다면 다행이로군요. 그렇다면 거절을 받을 것을 빤히 알면서도 그런 회람 글을 보내신 의도가 무엇인지 물어봐도 되겠습니까?"

크네히트는 다정한 눈길로 상대방을 바라보며 대답했다.

"회장님, 제 글에는 두 가지 목표가 담겨 있었고, 어느 정도 성과를 거두었다고 생각합니다. 회람에는 물론 제가 직무에서 사임하고 다른 일을 할 수 있게 해달라는 개인적인 청원 내용이 들어있습니다. 하지만 저는 그 개인적인 청원을 사실 부차적인 것으로 생각하고 있었습니다. 그리고 그 청원이 거절되리라고 짐작하고 있었으니 제가 바라던 바가 이루어지지 못했다고 보기도 어렵습니다. 그 회람에는 사임에 대한 청원과 함께 몇 가지 제 생각이 적혀 있으며 실은 그것들을 여러분께 환기시키는 것이 더 중요한 목적이었고 그 목적은 달성했다고 봅니다. 제 회람이 어느 정도 효과를 거두었는지 문제는 차치하고라도 최소한 경고의 외침이나 환기는 되었을 것입니다."

회장이 머뭇거리며 말했다.

"사실입니다. 하지만 그런 의도를 갖고 있었다면 왜 그런 경고를 청원서라는 형식을 빌려서 한 거지요? 만일 동료들에게 위험에 대해 경고를 발할 필요가 있었다면 대화나 편지로도 충분했을 것 아닙니까? 또한 청원서도 그런 회람 형식보다는 공식적인 절차를 밟는 게 옳았을 겁니다."

크네히트는 여전히 다정한 눈길로 수도회 명인을 바라보며 밝게 말했다.

"맞습니다. 명인님 말씀이 백번 지당할지도 모릅니다. 하지만 제가 제기하고 있는 문제는 우리가 일상적으로 부딪치는 평범한 문제가 아닙니다. 제 회람의 내용도 그렇지만 이곳의 명인 한 명이 교육주 밖에 있는 교사 자리를 원한다는 사실 자체가 이미 예사로운 일이 아닙니다. 저는 제 고뇌가 아주 심각하다는 점, 제가 높은 자리를 포기하고 바닥부터 다시 출발하려는 점을 동료들이 알아주기를 바라는 마음에서 그런 비상식적인 방법을 택했습니다. 다시 말해서 성과를 믿지도 않고 보낸 제 청원서는 일종의 시늉이었고 형식이었습니다."

알렉산더 명인의 표정은 더 어두워졌고 거의 우울해 보이기까지 했다. 하지만 그는 크네히트의 말을 가로막지는 않았다.

크네히트가 말을 이었다.

"다시 말씀드리지만 저는 청원서를 내면서 호의적인 답변이 오리라고는 기대하지 않았습니다. 그렇다고 부정적인 답변을 절대적인 결정으로 공손히 받아들일 준비가 되어있지도 않았습니다."

"부정적인 답변을 절대적인 결정으로 공손히 받아들일 준비가 되어있지 않았다—명인님, 제가 제대로 들은 건가요? 그렇다면 도대체 어떤 의도를 갖고 있단 말인가요?"

회장이 크네히트의 말을 끊더니 한 단어 한 단어 또박또박 강조하며 말했다. 사태가 심상치 않다는 것을 분명히 깨달은 것이다.

"제 마음과 이성이 명하는 대로 행동하려 합니다. 당국의 위임이나 허락이 없더라도 제 직책을 사임하고 카스탈리엔 밖에서 할 일을 찾아보겠습니다."

회장은 눈을 감더니 두 차례 길게 호흡을 가다듬었다. 그러자 창백해졌던 얼굴에 다시 정상적인 화색이 돌아왔다. 크네히트는 자신이 그토록 존중하던 이 인물이 다시 평소처럼 위엄 있는 태도로 돌아와 침착하고 냉정한 눈길로 자신을 훑어보는 것을 가벼운 두려움에 휩싸여 견디고 있었다.

"이제야 당신을 제대로 이해할 수 있을 것 같군요." 마침내 알렉산더가 차분한 목소리로 말했다. "벌써 오래전부터 당신 직무나 카스탈리엔 생활에 싫증을 느끼고 있었군요. 그리고 저 세속 생활에 대한 욕망 때문에 괴로워했겠군요. 그러니까 형식을 제대로 갖추어 양심의 가책이라도 덜어보려고 청원서를 제출한 것이로군요. 그렇다면 묻고 싶군요. 이미 오랫동안 그런 결심을 마음에 품고 있었고 실제로는 이미 탈주자와 다름없으면서도 어떻게 누구도 눈치채지 못할 만큼 아무 과오 없이 직무를 수행할 수 있었습니까?"

그러자 크네히트는 여전히 다정함이 깃들어 있는 말투로 말했다.

"제가 이곳에 온 것은 이 모든 문제를 회장님과 상의하고 회장님의 모든 질문에 답변을 드리기 위해서입니다. 일단 제 자유 의지로 결정을 내린 이상, 제 상황과 행동에 대해 회장님께서 얼마나마 이해를 해주시기 전에는 히르스란트와 회장님의 집무실을 떠나지 않기로 마음먹고 있습니다."

알렉산더 명인은 생각에 잠겼다.

"그 말은 내가 당신의 행동과 계획을 용인해준다는 뜻입니까?"

"아닙니다. 회장님께 인정을 받을 생각은 결코 하지 않고 있습니다. 그냥 제 결정을 납득하시고 제가 떠나더라도 회장님이 저를 조금이나마 존중하시는 마음을 간직하고 계시기를 바랄 뿐입니다. 제가 이곳을 떠나면서 유일하게 남은 할 일입니다. 저는 오늘부로 발트첼과 유희자 마을을 영원히 떠날 것입니다."

알렉산더는 다시 눈을 감고 잠시 동안 가만히 있었다. 이 이해할 수 없는 사내로부터 나온 느닷없는 말에 완전히 당황한 것이다.

그가 다시 눈을 뜨며 말했다.

"영원히? 그렇다면 다시 당신 자리로 돌아올 생각이 전혀 없다는 말인가요? 정말 사람을 놀라게 하는군요. 괜찮다면 한 가지만 묻지요. 당신은 지금 당신 자신을 유희 명인으로 생각하고 있기나 한 건가요?"

요제프 크네히트는 갖고 온 작은 상자를 집어 들었다.

"어제까지는 그랬습니다. 우리 기관의 대표자이신 명인께 이 인장과 열쇠를 반납함으로써 그 직무로부터 해방되고자 합니다. 인장과 열쇠는 온전하며 조사를 해보시면 유희자 마을에도 아무 문제가 없다는 것을 알게 되실 것입니다."

그러자 수도회 명인은 천천히 의자에서 일어났다. 피곤해 보였고 갑자기 나이가 든 것 같았다.

그가 메마른 어조로 말했다.

"인장을 우선은 이곳에 놓아두도록 하겠습니다. 인장을 받는 것이 당신의 사임을 받아들이는 것을 뜻한다면, 그에 대해 내게는 아무런 권한이 없다는 걸 알아주시오. 적어도 당국자 전원의 3분의 1이 출석해서 결정하는 게 관례입니다. 이런 식의 새로운 방식에는 당장 적응하기가 어렵군요. 어떻습니까? 우리 대화를 마무리하기 위해 하루 정도 더 시간을 내줄 수는 없습니까?"

"명인님의 처분대로 하겠습니다. 저는 오래전부터 명인님을 존경해 왔고 지금도 전혀 변함이 없다는 사실을 믿어주십시오. 회장님은 제가 이곳을 떠나기 전에 작별 인사를 드릴 유일한 분이십니다. 저희들의 대화가 끝났을 때 회장님께서 제 서약을 풀어주시기를 간절히 원합니다."

"생각할 시간을 주시오. 당신은 하루 종일 걱정해도 모자랄 문제를 내게 던진 셈이오. 오늘은 이것으로 충분하니 내일 더 이야기하도록 하지요. 내일 오전 11시쯤 이곳으로 다시 와 주시오."

크네히트를 객사로 보낸 후 알렉산더는 생각에 잠겼다. 그는 언젠가 크네히트가 찾아오리라는 예상은 하고 있었다. 하지만 모범적일 만큼 순종적이고 예의를 중시하는 유희 명인이 이런 식으로 제멋대로 물러나겠다는 통보를 하리라고는 전혀 예상하지 못했기에 적잖이 당황했다. 어제까지만 해도 동료 가운데 가장 믿을 만하던 이 인물이 관직 인장을 마치 무슨 여행 가방처럼 내던지고는 모든 것을 그만두고 작별 인사를 하겠다며 찾아온 것이다. 그는 자제력을 잃지 않기 위해 온 힘을 다해야 했다.

이제 어찌할 것인가? 유희 명인을 강제로 감금하고 교육청 당국자들을 소환해서 아침에 회의를 열 것인가? 그것이 가장 손쉽고 올바른 행동이 아닐까? 하지만 그의 내부에서 그 무언가가 그 행동을 막고 있었다. 그렇게 해서 얻을 것이 무엇이 있겠는가? 유희 명인에게는 치욕만 안겨줄 것이고 카스탈리엔 쪽에서도 얻을 것이 하나도 없었다. 가장 바람직한 것은 크네히트의 마음을 돌리는 것이고 아직 그럴 가능성은 있었다. 또한 크네히트가 자신과 담판을 벌인 후 최후의 작별을 고하려고 온 그 행동은 근본적으로 올바르고 고귀한 태도임을 인정하지 않을 수 없었다. 게다가 엄밀히 말한다면 크네히트는 수도회 규정을 어긴 것도 아니었다. 규정에 의하면 누구에게나 언제고 수도회에서 탈퇴할 자유가 있었다. 크네히트가 인장을 반납하고 속세로 나가는 행위 자체는 전대미문의 무서운 일이었지만 형식상으로는 아무런 문제가 없었다.

다음 날 알렉산더와 크네히트는 수도회 명인의 집무실에서 몇 시간을 마주 앉아 대화를 나누었다. 이때 나눈 대화 내용은 데시뇨리가 이따금 한 말을 근거로 전해진 것이며 데시뇨리는 크네히트 본인을 통해 들은 것이다.

먼저 말을 꺼낸 것은 알렉산더였다.

"어제 무척 놀랐습니다. 당황할 정도였습니다. 지난밤에 곰곰이 생각해 보았지만 내 입장에는 변함이 없습니다. 규정에 따르면 당신에게 사임할 권리가 있긴 하지만, 그런 식의 과격한 방법 말고 장기 휴가나 무기한 휴가 형식이 어떨지 권하고 싶군요. 청원서의 목적에도 부합하니까요."

"그렇지 않습니다. 만에 하나 제 청원이 받아들여지고 제가 수도회에 남게 되더라도 저는 직책을 갖지 않게 되기를 바라고 있습니다. 회장님 제안대로라면 제가 직책을 여전히 유지하는 것이니 그건 회피일 뿐입니다. 더욱이 제가 추구하는 것은 단순히 세속 생활에 대한 호기심이나 일시적 체험이 아닙니다. 저는 여행자로서 이곳 밖으로 나가는 것이 아닙니다. 저는 모험과 고난과 위험을 바라고 있습니다. 제가 지금 내디딘 그 길은 제게 단 하나뿐이며 전부인 길입니다. 그것은 저의 법칙이며 고향이고 제 봉사입니다."

알렉산더는 알았다는 듯 고개를 끄덕이며 말했다.

"알았습니다. 이제 더 이상 당신을 설득하는 일은 그만두겠습니다. 대신 당신이 그런 놀라운 결심을 하게 된 이유, 스스로 전락(轉落)을 택하게 된 이유에 대해 설명해주기 바랍니다. 그것이 고해건, 변명이건, 고발이건 들어보겠습니다."

크네히트는 고개를 끄덕였다.

"제가 마치 미치광이처럼 날뛰는 듯 보이겠지만 저는 지금 큰 기쁨에 젖어 있습니다. 고발할 것은 아무것도 없습니다. 말로 옮기기가 정말 쉽지는 않지만 어쩌면 고해나 변명이 될지는 모르겠습니다."

그는 안락의자에 등을 기대고 시선을 둥근 천장으로 향한 채 잠시 침묵에 잠겨 있었다. 이윽고 그가 다시 입을 열었다.

"제가 명인직에 싫증을 느끼고 사임할 수도 있다는 생각을 하게 된 것은 제가 명인에 임명된 지 채 몇 달도 되지 않아서였습니다. 한때 유명한 유희 명인이었던 루드비히 바서말러가 남긴 달력 형식의 비망록을 읽으면서였습니다. 저는 그 비망록을 읽으면서 결심했습니다. 다가올 축제에서의 유희를 생각하면서 기쁨 대신 걱정이, 자신감 대신 불안이 앞서면 명인직을 사임하고 당국에 인장을 반납하겠다는 결심을 한 것입니다. 그런 생각을 한 것은 그때가 처음이었습니다. 명인께서는 그 시절의 저에 대해서 아마 저보다 더 잘 아시고 계시리라 생각합니다. 제가 초기에 직무에 어려움을 겪고 있을 때 명인께서는 저의 조언자이자 고해 신부였으니 말입니다."

알렉산더가 조심스러운 시선을 크네히트에게 던지며 말했다.

"나는 당시 당신과 나 자신에게 정말 만족하고 있었습니다. 당신을 얼마나 자랑스럽게 여겼는지……. 그런데 이제는 더 이상 그럴 수가 없게 되었으니……. 당신이 카스탈리엔에 던질 파문을 생각하면 자책이 듭니다. 당신에게 이런 결심을 하게 만든 책임이 내게도 있는 것 같군요."

"전혀 그렇지 않습니다. 책임이 있다면 그것은 오로지 저 하나의 몫입니다. 계속 제 말씀을 드리겠습니다. 제 취임 초기에 이미 그런 결심을 하게 되었고, 그 결심을 지금 실현하려 하는 데는 제가 '각성'이라고 부르는 저의 영적 체험과 연관이 있습니다. 하지만 명인께서는 이미 그에 대해 아시고 계십니다. 제 정신적 지도자이자 보호자이시던 시절 제가 말씀드린 적이 있습니다."

"기억하고 있어요." 수도회 명인이 고개를 끄덕였다. "당시 나는 당신이 그런 체험을 할 수 있다는 것에 대해 좀 놀랐습니다. 우리들 사이에서는 좀처럼 찾아보기 힘든 능력이기 때문입니다. 그런 것이 바깥세상에서는 여러 가지 모습으로 자주 나타나지요. 가끔 천재들, 특히 정치가나 장군들에게 나타납니다. 한편으로는 반쯤 병적인 사람, 예컨대 점술가나 무당, 영매 같은 사람들에게 나타나지요. 그런데 당신은 전쟁 영웅이나 점술가 같은 사람과는 아무 연관이 없는 사람입니다. 그래서 나는 당신이 말한 '각성'을 한 개인이 성장하면서 그때그때 겪는 자각 정도로 생각했지요. 그렇다면 말해보시지요. 당신은 당신의 '각성'을 보다 높은 힘이 보여주는 계시나 객관적이고 영원한 신적 진리의 왕국에서 오는 전언이요 부름 같은 것으로 믿은 적이 있습니까?"

"그 말씀을 하시니 제게 아주 어려운 과제를 주신 셈입니다. 언어로 표현되기를 거부하는 것을 언어로 표현하는 것, 합리성 밖에 있는 것을 합리적으로 설명하는 것 말입니다. 저는 각성을 신이나 악마, 혹은 절대 진리의 현시라고 생각해본 적이 한 번도 없습니다. 그 체험이 제게 무게를 갖는 것은 그것이 진리를 내포하고 있다거나 신성함을 지니고 있기 때문이 아니라 그 체험의 실재성 때문입니다. 그 체험은 놀랄 만큼 현실적입니다. 극심한 육체적 고통이나 폭풍, 지진 같은 돌발적인 자연현상이 평상시와는 완전히 다른 현실성, 현재성, 불가피성을 띠고 있는 것과 마찬가지입니다. 그런 것들을 겪고 일상으로 돌아간 후에는 그에 대해 농담처럼 이야기할 수 있을지 몰라도 겪고 있는 동안에는 의심할 여지가 없는, 넘쳐날 정도의 현실입니다. 저의 '각성'도 바로 그만큼의 절박성과 현실성을 지니고 있습니다. 그 결과 아름다운 것, 빛나는 것이 생길 수도 있고 광란과 암흑을 초래할 수도 있습니다. 하지만 그 어떤 경우이건 그 안에는 위대함, 필연성, 중대함이 품어져 있는 듯 보이고 일상적으로 일어나고 있는 일들과는 완전히 다른 모습을 보입니다."

크네히트는 잠시 숨을 돌린 후 이야기를 계속했다.

"하지만 그 문제를 다른 측면에서 살펴보도록 하겠습니다. 명인께서는 성 크리스토포루스(가톨릭 성인으로서 소년의 모습을 한 그리스도를 업고 강을 건넜기에 '그리스도를 나른 사람'이라는 별명을 얻었음-옮긴이 주)의 전설을 알고 계시지요? 그는 위대한 봉사자였고 지금까지 자신이 봉사하던 사람보다 더 크고 위대한 존재가 나타나면 그 새로운 사람에게 봉사했습니다. 저는 이 위대한 봉사자가 마음에 들었고 저도 그와 어느 정도 비슷하다고 생각했습니다. 제가 젊었을 때 몇 년을 두고 의심하고 검토한 끝에 유희에 몸을 맡기기로 한 것은 최고의 것을 실현하고 최상의 주인에게 봉사하겠다는 갈망이 제 마음속에 있기 때문이었습니다."

그러자 알렉산더가 잠시 크네히트의 말을 끊고 입을 열었다.

"알겠습니다. 하지만 당신 말을 듣고 있자니 한 가지 생각이 계속 떠오르는군요. 당신은 당신이라는 개인에게 너무 민감하며 당신이라는 개인에 너무 의존하고 있다는 생각 말입니다. 그것은 위대한 인격과는 거리가 먼 것입니다. 아주 탁월한 개인적 능력이 있는 사람이 중심을 잘 잡고 있으면 자신이 속한 체계 안에서 마찰이나 힘의 낭비 없이 잘 지낼 수 있습니다. 하지만 축이 제대로 굳게 박혀 있지 않으면 중심을 벗어나게 되고 결국 주변을 혼란스럽게 하거나 자신의 힘을 낭비해 버리게 되는 법입니다. 내 눈에는 당신이 후자처럼 보입니다. 성 크리스토포루스 이야기를 했지요? 거기에 대해서도 해줄 말이 있습니다. 그에게 설혹 위대하고 감동적인 면이 있다 하더라도 그는 우리 수도회 조직에 봉사하는 사람들에게는 본받을 만한 모범이 아닙니다. 이곳에서는 일단 봉사하기로 마음먹은 이상 자신이 서약한 주인과 고락을 같이 하며 그 봉사를 이어나가야 합니다. 더 나은 주인을 찾으면 즉시 주인을 바꾸겠다는 조건을 그 서약 속에 감추고 있으면 안 되는 것입니다. 당신도 그와 마찬가지입니다. 당신은 오로지 최상의 주인에게만 봉사하겠다는 생각으로 당신이 택할 주인에게 서열을 매기고 있습니다."

크네히트는 주의 깊게 귀를 기울이고 있었지만 슬픔의 그림자가 얼굴에 스쳐 가는 것을 어쩔 수 없었다. 그가 다시 입을 열었다.

"훌륭한 말씀에 경의를 표합니다. 덧붙이자면 그 이상의 말씀은 기대하지 않았다는 고백도 드립니다. 하지만 제 이야기를 조금 더 계속해보겠습니다. 어쨌든 저는 최고의 주인에게 봉사한다는 마음으로 유리알 유희자가 되었고 한동안 그 사실을 확신하고 있었습니다. 제 친구 데시뇨리가 저를 오만하고 불손하기 짝이 없는 패거리들의 하나라고 눈에 선하도록 묘사한 모습, 그것이 바로 그때의 제 모습이었습니다. 그런 학창 시절과 '각성' 이후로, 자신의 현 상태를 초월한다는 것이 제게 어떤 의미를 갖게 되었는지 좀 더 말씀드려야겠습니다. 초월이라는 단어의 의미는 어느 계몽철학자의 저술과 토마스 폰 데어 트라베 명인의 영향으로 저에게 각인된 것으로 생각됩니다. 이후로 그 단어는 '각성'이라는 단어와 함께 진정한 마법처럼 저를 채찍질하고 위로해주는 약속의 말이 되었습니다. 그리고 저는 제 삶이 한 단계, 한 단계 앞으로 나아가는 영원한 발전, 영원한 초월이 되어야 한다고 다짐했습니다. 매 단계 초월을 경험하는 그런 발전 말입니다. 마치 음악이, 지치거나 잠드는 일 없이 늘 깨어 있는 상태에서, 영원한 현재 속에서, 주제에서 주제로, 박자에서 박자로 옮겨가면서 각각의 주제와 박자를 완벽하게 끝까지 연주하고 그 뒤에 남겨두는 것처럼 제 삶 또한 공간과 공간을 차례대로 거치며 지나가는 것이 되어야 한다고 다짐했던 것입니다. 각성 체험과 연관되어 삶에는 그런 여러 단계와 영역이 실제로 존재한다는 것, 그리고 삶의 어느 단계든 그 끝으로 갈수록 늘 시들게 되어 있고 죽음을 갈망하게 된다는 것을 저는 알게 되었습니다. 그리고 그를 통하여 삶은 새로운 단계, 새로운 영역, 각성, 새로운 시작으로 넘어간다는 것을 알게 되었습니다. 유리알 유희에 헌신하겠다는 것은 제 인생 단계 중의 하나였습니다. 그리고 직무를 수행하면서 가르치고 교육하는 것도 즐겁다는 발견을 하게 되었습니다. 이어서 가능한 한 어린 학생을 가르치는 일을 원하게 되었고 결국 초급 학교 교사가 되었으면 좋겠다는 생각을 하게 되었습니다. 간단히 말해 저는 종종 제 직무 밖의 일을 상상하기 시작했던 것입니다."

그가 잠시 말을 멈추자 수도회 명인이 말했다.

"당신의 말을 들으면 들을수록 놀라게 되는군요. 당신은 온통 당신의 개인적인 이야기만 하고 있습니다. 온통 개인적이고 주관적인 체험, 개인적인 소망, 개인적인 발전의 결심뿐이지 않습니까? 당신과 같은 직책을 맡고 있는 카스탈리엔 사람이 그런 식의 사고방식을 갖고 있을 줄은 정말 몰랐습니다."

수도회 명인의 음성에는 비난과 슬픔이 서려 있었다. 크네히트도 마음이 아팠다. 하지만 그는 마음을 다잡으며 짐짓 쾌활하게 말했다.

"하지만 명인님, 우리가 지금 나누고 있는 이야기는 카스탈리엔에 대해서도, 우리 관청에 대해서도, 성직에 대해서도 아닙니다. 오로지 제 개인에 대해서입니다. 회장님의 마음을 아프게 해드린 것은 요제프 크네히트라는 한 개인이지 유리알 유희 명인이 아닙니다. 명인으로서의 제 업무 수행에 대해 말하는 것은 제 권한 밖의 일입니다. 부탁이니 조금만 제 말을 더 들어주십시오.

제가 우리 교육주 밖에도 하나의 세계가 존재한다는 사실을 알게 된 것은 처음에는 외부 세계에서 온 손님이자 제 친구인 데시뇨리를 통해서입니다. 그리고 나중에는 베네딕투스 수도회의 야코부스 신부님과 함께 지내게 되면서입니다. 저는 그분을 통해서 역사라는 것이 무엇인지 어렴풋이 알게 되었습니다. 일단 역사에 대한 관념을 품고 이곳으로 돌아오자 이 쾌적한 사회에 대한 생각이 바뀌었습니다. 넓고 높은 세계로만 알았던 이 사회가 전적으로 고립된 세계로 비춰졌던 것입니다. 한마디로 저는 카스탈리엔 사람일 뿐 아니라 인간이라는 사실, 세계 전체가 나라는 개인과 관련을 맺고 있다는 사실을, 제가 그 속에서 함께 살아가기를 이 세계가 요구하고 있다는 사실을 알게 되었습니다. 하지만 제가 새롭게 알게 된 사실들은 이곳에서는 결코 허용되지 않는 것이었습니다. 카스탈리엔 사람의 눈에 세속의 삶이란 시대에 뒤떨어진 저급한 삶, 무질서와 조잡함이 지배하고 있는 삶, 정념과 혼란으로 이루어진 것으로 보이니까요. 이곳에서 보기에 바깥세상에는 아름답거나 바람직한 것은 아무것도 없습니다. 그러나 속세 및 속세의 삶은 카스탈리엔 사람이 생각하는 것보다 훨씬 더 크고 풍요로웠습니다. 그곳은 변화와 역사와 투쟁으로 충만해 있었고 영원히 새로운 시작이 있었습니다. 혼돈처럼 보일 수도 있지만 그곳은 모든 운명 모든 예술 모든 인간성의 고향이자 토양이었습니다. 그 세계가 언어와 국가와 문화를 산출했습니다. 또한 그 세계는 우리 카스탈리엔을 마련해주었으며 이 모든 것이 소멸하는 것을 보면서 이후에도 존속될 것입니다. 제 스승인 야코부스 신부는 그 세계에 대한 애정을 제게 심어주었습니다. 그 세계는 계속 성장하면서 자양분을 찾습니다. 하지만 이곳 카스탈리엔에는 그런 자양분이 없습니다. 이곳은 세상 밖에 존재하고 있었고 우리는 작고 완벽한 세계를 이루고 있지만 결코 변하지도 성장하지도 않는 그런 세계입니다."

크네히트는 한숨을 깊이 내쉰 다음 한동안 잠자코 있었다. 수도회 명인이 아무 대꾸도 없이 가만히 있었기에 그는 상대방에게 고개를 끄덕여 보이고는 말을 이어나갔다.

"저는 한동안 바깥세상을 향한 애정을 끊고 직무에 충실했습니다. 그런데 플리니오 데시뇨리 덕분에 다시 외부 세계와 접촉하게 되었습니다. 그리고 이제 이곳에서의 제 역할은 끝났고 새로운 무대가 저를 기다리고 있다는 사실을 깨달은 것입니다. 말하자면 제 삶의 한 단계가 끝났음을 자각하게 된 것입니다. 저는 카스탈리엔이라는 하나의 영역을 지난 것입니다."

그러자 알렉산더가 고개를 저으며 말했다.

"아니, 어떻게 그런 말을 할 수 있습니까? 마치 카스탈리엔이 한 사람의 일생을 바칠 만큼 크지도 않고 가치도 없다는 듯 말하고 있군요. 정말 이 공간을 낱낱이 체험했고 이제 넘어설 때가 되었다는 말인가요?"

"아, 아닙니다." 크네히트는 힘주어 말했다. "저는 그런 생각은 추호도 해본 적이 없습니다. 제가 이곳 경계까지 갔다는 말은 제가 이곳에서 저 개인으로서, 또한 제 지위에서 행할 수 있는 일은 다했다는 정도의 뜻입니다. 달리 말씀드리자면 유리알 유희 명인으로서의 제 일이 영원한 되풀이나 공허한 습관이나 형식처럼 되었다는 뜻입니다. 아무 기쁨이나 감격도 없이, 심지어 많은 경우 아무런 신념도 없이 기계적으로 일을 해나가는 한계선상에 와 있다는 것을 알게 되었습니다. 이제 그만둘 때가 된 것입니다."

알렉산더는 한숨을 내쉬었다.

"그건 꼭 당신에게만 해당되는 건 아닙니다. 수도회 회원이 사사로운 감정에 사로잡히거나 일에 권태를 느끼는 일은 종종 있습니다. 그럴 때 우리 규정이 다시 제 길을 제시해주고 균형을 잡아 줍니다. 당신은 그 사실을 잊었나요?"

"저는 일에 권태를 느낀 것도 아니고 변덕을 부린 것도 아닙니다. 조사해 보시면 아시겠지만 제가 업무에서 균형을 잃거나 소홀히 한 것은 없습니다. 저는 끝까지 제 임무에 충실했습니다."

그러자 알렉산더가 말했다.

"하지만 이 말은 꼭 해야겠습니다. 당신과 나는 지금 위치가 다릅니다. 당신은 오로지 당신 개인 이야기만 하고 있지만 나는 수도회 대표로서 당신과 이야기를 하고 있는 것입니다. 당신이 어제까지 온갖 규정을 다 지키고 개인적 유혹 같은 것을 이겨내면서 직무를 잘 수행했다고 칩시다. 그렇다면 그런 사람이 오늘 갑자기 이곳에서 탈출하겠다는 말을 하고 있다는 사실을 수도회 대표로서 내가 어떻게 이해해야 할까요? 당신은 여전히 당신이 훌륭한 카스탈리엔 사람이고 그 일을 끝까지 잘 수행했다고 하지만 나로서는 당신이 이미 오래전부터 병들어 있었다고 볼 수밖에 없습니다. 그런데 당신은 왜 자신이 끝까지 의무에 충실한 명인이었다는 점을 강조하는지 이해가 되지 않아요. 당신은 결국 밖으로 한 발자국 내디딘 것이며 순종의 서약을 깬 것이고 탈주를 저지른 셈인데, 그리고 그것이 결국 당신에 대한 최종 판단으로 남을 것인데 왜 최후까지 충실했다는 점을 강조하는 거지요?"

크네히트는 항변했다.

"죄송합니다만, 제가 왜 그 점을 강조하면 안 된다는 거지요? 그것은 제 이름과 명성에 관계되는 일이며 제가 이곳에 남겨두게 될 추억과 연관이 있는 일입니다. 또한 그것은 밖에서 제가 카스탈리엔을 위하여 할 수 있는 일과도 연관이 있습니다. 제 행동을 당국으로부터 인정받기 위해서가 아닙니다. 동료들로부터 제 행동이 의심받고 문제 인물로 여겨지리라는 것도 알고 있고 그런 것은 감수할 준비가 되어있습니다. 하지만 제가 배신자나 정신병자로 여겨지는 것은 원치 않습니다. 그건 제가 받아들일 수 없는 평결입니다. 저는 명인께서 받아들이기 어려운 일을 했지만 그래야 했기에 한 것이며, 그것이 제게 부과된 의무이기에, 그것이 제 운명이기에 한 것입니다. 저는 그 운명을 믿고 선한 의지로 그 운명을 떠맡았습니다. 만일 명인께서 이것마저도 인정하실 수 없다면 저는 패배한 것이며 당신과의 대화는 헛수고였다고 생각하겠습니다."

그러자 알렉산더가 대답했다.

"아무리 이야기를 해봤자 마찬가지입니다. 내가 믿고 있고 또 내가 대표하고 있는 법규를 상황에 따라 한 개인이 깨뜨릴 권리가 있다고 인정하란 말입니까? 나는 우리의 질서를 믿으면서 동시에 이 질서를 깨뜨리는 당신의 사적인 권리를 믿는 일은 할 수 없습니다. 제발 내 말을 가로막지 말아요. 나는 당신이 자신의 권리, 숙명적인 행동의 의미를 확신하고 있고 당신이 당신의 계획에 대한 사명이 있다고 믿고 있다는 사실, 그것은 인정할 수 있어요. 하지만 당신도 그런 행동 자체를 인정해주기를 바란 것은 아니겠지요. 어쨌든 당신은 당신의 생각을 되돌리려는 내 생각을 단념하게 만드는 데는 성공했습니다. 나는 수도회에서 탈퇴하겠다는 당신의 뜻을 받아들이고 당신이 자발적으로 사임하겠다고 한 말을 당국에 전하겠습니다. 내가 받아들일 수 있는 것은 거기까지일 뿐 당신의 뜻 자체를 받아들일 수는 없습니다, 요제프 크네히트."

유리알 유희 명인은 순종의 몸짓을 해보였다. 이어서 그는 조용한 목소리로 말했다.

"감사합니다. 인장과 열쇠는 이미 전해드렸고요. 또한 발트첼의 상황, 특히 튜터단에 대하여, 또한 제 직책을 이을 만한 사람에 대한 제 의견을 적은 기록들을 당국의 대표인 당신께 넘겨 드리겠습니다."

크네히트는 몇 장의 접힌 종이를 주머니에서 꺼내어 책상 위에 놓더니 자리에서 일어났다. 알렉산더도 자리에서 일어났다. 크네히트는 오랫동안 슬프고 다정한 눈길로 수도회 명인의 눈을 들여다본 다음 허리를 굽혀 절하며 말했다.

"헤어질 때 악수를 청할 생각이었습니다. 하지만 단념하겠습니다. 명인께서는 언제나 제게 귀하신 분이었고 지금 이 순간도 마찬가지입니다. 안녕히 계십시오, 존경하는 명인님."

알렉산더는 이내 눈시울이 뜨거워졌다. 그는 얼른 고개를 숙이고 크네히트가 떠날 수 있게 해주었다.

그는 크네히트가 앉았던 책상으로 다가갔다. 불가해한 그 인물의 발소리가 여전히 그의 귓가에 울리고 있었다. 그를 누구보다 사랑했기에 알렉산더의 고통은 더 컸다. 그의 걸음걸이, 표정, 음성은 서로 너무 잘 어울렸고 그의 기질은 선임자인 토마스 명인의 귀족적이고 신중한 기질을 연상시키면서 동시에 전 음악 명인의 소박하면서도 다정한 기질을 떠올리기도 했다. 알렉산더는 크네히트의 그 모든 것을 사랑했다. 그런데 그 사람은 이제 알지 못할 곳으로 떠났다. 아마도 그를 다시 만날 수 없을 것이며 그의 웃음소리도 더 이상 듣지 못할 것이고 그의 갸름하고 아름다운 손가락이 유리알 유희의 상형문자를 그리는 모습도 보지 못할 것이다.

알렉산더는 책상 위에 놓여 있는 종이쪽지를 들고 읽기 시작했다. 짤막한 메모였지만 곧 있을 유희자 마을 감사 준비와 새 명인 선출을 당국이 쉽게 해나갈 수 있도록 필요한 내용을 깔끔하게 적어놓은 것이었다. 그 짧은 글에도 그의 걸음걸이나 거동과 마찬가지로 그 누구도 대신할 수 없는 그 인물의 특징이 그대로 드러나 있었다. 당국에서 그의 후임자를 선임하는 일은 쉽지 않을 것이다. 진정한 명인과 진정한 인격자는 드물기 마련이다. 그런 인물은 순전히 행운의 선물이며, 영재들의 교육주인 이곳 카스탈리엔도 예외는 아니었다.

요제프 크네히트는 길을 걷는 것이 즐거웠다. 도보 여행은 몇 해 만에 처음이었다. 기억을 더듬어보니 언젠가 연례 유희에 참가하기 위해 마리아펠스 수도원으로부터 발트첼로 돌아오던 때가 마지막이었던 것 같았다. 그 행사는 토마스 폰 데어 트라베 명인의 죽음으로 그늘이 드리워졌고 이후 크네히트가 토마스 명인의 뒤를 잇게 되었다. 평상시에 그 시절을 회상해보면 마치 삭막하고 추운 방에서 넓고 양지바른 곳, 두 번 다시 돌아오지 않을 추억의 낙원을 바라보는 것 같았다. 그런데 오늘, 이처럼 청명한 9월의 어느 날 오후 유쾌한 마음으로 걸어가면서 한가롭게 풍경들을 바라보고 있자니 마치 지금의 도보 여행이 그때의 도보 여행과 비슷해 보였으며 지금의 요제프 크네히트가 그때의 요제프 크네히트와 형제처럼 비슷해 보였다. 모든 것이 다시 새롭고 신비롭고 희망에 차 있었다. 모든 일이 다시 일어날 것 같았고 많은 새로운 일도 일어날 것 같았다. 자유가 주는 행복, 스스로 운명을 개척해 나간다는 행복이 마치 독한 음료처럼 그를 훑고 지나갔다. 이런 느낌, 이렇게 사랑스럽고 매력적인 환상을 가져본 적이 얼마만이란 말인가! 그는 잠시 생각에 잠겨 이런 소중한 감정이 처음으로 꺾이고 타격받았던 때를 떠올렸다. 그것은 토마스 명인의 친근하면서도 약간 비꼬는 듯한 눈길을 받으며 그와 대화를 나눌 때의 일이었다. 그는 자신이 자유를 상실하던 그 당시의 이상한 느낌을 다시 회상해보았다. 그것은 실제로는 고통이나 타는 듯한 번뇌가 아니었다. 그것은 차라리 급습해온 두려움이었으며 뒷덜미에 느껴지는 가벼운 전율이었고 그의 횡격막 위 어디엔가 가해지는 생명체로서의 경고 같은 것이었다. 또한 그것은 체온의 변화, 특히 삶에 대한 의식의 속도 변화였다. 그 운명적인 시간의 불안하고 죄어드는 듯한 감각, 숨어서 목을 조르는 것 같은 감각이 오늘에서야 보상받고 치유되는 것 같았다.

전날 그는 히르스란트로 가면서 무슨 일이 벌어지더라도 불평하지 않겠다고 결심했었다. 그리고 지금 그는 알렉산더와 나눈 대화의 내용, 그의 마음을 얻기 위해 그와 벌인 투쟁에 대해 더 이상 생각하지 않기로 마음먹었다. 그는 마치 일과를 끝내고 휴식을 취하고 있는 농부처럼 자신을 감싸고 있는 느긋함과 자유를 만끽했다. 그는 자신이 지금 안전하며 아무 의무도 없음을 의식하고 있었다. 지금 이 순간 그는 모든 것에서 완전히 벗어나 있었다. 그에게는 그 어떤 책임도, 수행해야 할 임무도 없었고 그 어떤 생각도 할 필요가 없었다. 밝고 활기찬 날이 그를 부드러운 빛으로 감싸고 있었다. 그것은 완벽한 현존이었고, 그 어떤 요구도 없었으며 더 이상 과거도 미래도 없었다. 그는 흡족한 기분에 젖어 걸어가면서 콧노래를 흥얼거렸다. 그가 에쉬홀츠의 영재 학교 시절 소풍을 가면서 3부나 4부 합창으로 부르던 행진곡이었다. 그토록 해맑던 그의 삶의 이른 아침 시절로부터 작고 밝은 추억들과 소리들이 마치 새들의 지저귐처럼 그에게로 날아들었다.

그는 나뭇잎이 어느덧 붉게 물든 어느 벚나무 아래에서 걸음을 멈추고 풀밭에 앉았다. 그는 상의 안주머니에서 무언가 꺼냈다. 알렉산더 명인이라면 그가 그런 것을 가지고 있으리라고는 상상도 할 수 없을 물건이었다. 자그마한 나무 피리였다. 언젠가 음악 이론에 관한 문제를 카를로 페로몬테와 의논하기 위해 몬테포르테에 갔을 때 그에게서 선물로 받은 것이었고 그는 그 목관 악기를 틈나는 대로 연습해서 익혔다. 그는 피리를 불며 아득한 들판을 바라보았다. 그가 지금 소유하고 있는 것은 몸에 걸친 옷과 이 피리가 전부였다. 그는 자신이 피리를 지니고 있다는 사실에 기쁨을 느꼈다. 그것은 겸손하고 사랑스러운 길동무였다.

이튿날 수도에 도착한 그는 데시뇨리의 집을 찾아갔다. 플리니오 데시뇨리는 계단을 뛰어 내려와 그를 감격스럽게 포옹했다.

"정말 목이 빠지게 기다렸네. 얼마나 걱정했는지 몰라! 정말 엄청난 발걸음을 내디딘 거라네. 우리들 모두에게 좋은 결과를 가져올 거야. 하지만 그들이 자네를 놓아주다니! 정말 믿어지지 않아."

크네히트는 웃었다.

"보는 대로 여기 내가 왔어. 그 일에 대해서는 차츰 이야기하기로 하세. 당장은 제자를 만나보고 싶군. 물론 자네 부인도. 내가 새롭게 하게 될 일에 대해서 의논을 하고 싶어. 그 일을 당장 시작하고 싶어."

데시뇨리는 하인을 불러 아들을 데려오라고 했다. 하녀가 아들을 데리러 간 사이 데시뇨리는 크네히트를 객실로 안내한 다음 크네히트가 개인적으로 티토를 지도할 수 있도록 어떤 만반의 준비를 해놓았는지 열심히 설명했다. 그는 자신이 벨푼트라는 산악 지대에 별장을 한 채 가지고 있으며 호숫가에 자리 잡은 그곳에서 크네히트가 제자와 함께 지내게 될 것이라고 말했다. 하녀가 두 사람의 뒷바라지를 해줄 것이며 그녀는 만반의 준비를 갖춰 놓기 위해 미리 그곳으로 떠났다는 것이었다. 데시뇨리는 산장 일대를 담은 사진첩을 크네히트에게 보여주며 산장의 방, 난로, 정자, 호숫가의 욕실, 폭포 등에 대해 자세하게 설명해주었다.

두 사람이 이야기를 나누고 있는데 발소리가 들리더니 누군가가 객실로 들어왔다. 하지만 티토도 아니었고 티토를 부르러 갔던 하녀도 아니었다. 바로 티토의 어머니인 데시뇨리 부인이었다. 그녀는 크네히트에게 다정하게 인사를 했다. 그런데 크네히트는 그 정중한 미소 뒤에 불안과 염려가 숨어 있음을 눈치챘다. 인사를 끝낸 그녀는 남편 쪽으로 몸을 돌리더니 마음속에 품고 있는 걱정을 격하게 쏟아냈다.

"정말 이상해요. 아이가 없어졌는데, 도통 어디에서도 보이질 않는단 말이에요."

"잠깐 외출했나 보지." 플리니오가 아내를 달래듯 말했다. "별일 없을 거요."

"그렇지 않은 것 같아서 걱정이에요. 아침나절부터 보이지 않는 걸요."

그러자 크네히트가 말했다.

"실례지만 한 가지만 여쭤보겠습니다. 아드님은 우리들의 계획에 대해서 알고 있었습니까? 또 제가 오늘 이곳에 도착한다는 것도 알고 있었습니까?"

그러자 데시뇨리 부인이 대답했다.

"물론이지요, 명인님. 그 계획에 만족하는 것처럼 보이기까지 했는걸요. 적어도 학교에 다니는 것보다는 명인님을 개인 교사로 맞는 게 더 좋다고 생각하고 있었어요."

"그렇다면 두 분 모두 안심하십시오. 자유롭게 지내다가 자기를 가르치게 될 사람을 만나는 게 좀 귀찮게 여겨졌을 뿐일 겁니다. 잠시 피하고 싶었을 겁니다."

부인이 어느 정도 진정되자 크네히트와 데시뇨리는 티토의 방으로 올라갔다. 그런데 책상 위에 뒤죽박죽 흩어져 있는 물건들 중에 종이 한 장이 삐죽 꽂혀 있는 책이 한 권 눈에 띄었다. 사라진 아이가 남긴 메모였다. 크네히트는 쪽지를 읽은 후 빙그레 웃으며 쪽지를 친구에게 건네주었다. 쪽지를 읽은 친구의 얼굴이 밝아졌다. 쪽지에는 부모에게 전하는 말이 적혀 있었다. 티토는 새벽에 자기 혼자 산을 향해 출발할 것이며 그곳 벨푼트에서 선생님을 기다리겠다고 적은 다음, 자신의 자유가 다시 구속을 받기 전에 이런 작은 즐거움이나 누리도록 허가해주길 바란다고 썼다. 이 즐거운 여행을 마치 감시를 받는 죄수처럼 선생님과 함께 한다는 생각만 해도 우울해진다는 것이었다.

"충분히 납득할 수 있는 일이지." 크네히트가 말했다. "내일 아침 벨푼트를 향해 떠나겠네. 틀림없이 산장에서 그 아이를 만날 수 있을 거야. 자, 어서 부인께 가서 소식을 전하게나."

그날 오후 집안 분위기는 밝고 명랑했다. 저녁에 크네히트는 플리니오 데시뇨리가 하도 조르는 바람에 지난 며칠간 있었던 일, 특히 알렉산더 명인과의 대화에 대해 그에게 이야기해주었다. 또한 그날 밤 크네히트는 흥미로운 시를 하나 썼는데 그 시는 지금도 데시뇨리가 가지고 있다. 사실 그 시는 크네히트가 직접 쓴 시가 아니라 저녁 식사 전에 데시뇨리가 한 시간 정도 그를 혼자 내버려두었을 때 책장을 뒤적이다가 발견한 것을 옮겨 적은 것이었다.

우리의 소중한 나날들이 사라져 가는 것을 우리는 흔쾌히 바라보나니
그 자리에서 보다 소중한 것들이 자라날 수만 있다면.
정원사로서 기쁜 마음으로 맞이하는 진귀하고 색다른 식물들이,
우리가 가르친 아이 같은 것, 우리가 쓴 작은 책 같은 것들이.

그는 옮겨 적은 것을 데시뇨리에게 건네주며 말했다.

"이 시가 마음에 들었어. 무미건조한 듯하면서 절실한 울림이 있어. 그리고 지금의 내 상태와 아주 잘 어울려. 나는 비록 정원사는 아니지만 무엇보다 교사이자 교육자가 아닌가. 그리고 나는 지금 내 할 일을 향해, 내가 가르칠 아이를 향해 가고 있네. 오, 내가 얼마나 고대했던 일인지! 이 시를 쓴 뤼케르트(독일의 19세기 시인. 슈베르트, 슈만 등이 그의 시를 다수 작곡했음-옮긴이 주)는 정원사와 교육자와 저술가로서의 정열을 모두 지니고 있던 사람인 모양이야. 게다가 마지막의 '작은 책'이라는 표현이 마음에 들어. 거창한 책이 아니라 소중한 작은 책을 아끼는 마음이 잘 드러나 있거든. 얼마 안 되는 몇몇 좋은 친구와 독자를 염두에 둔 그런 작가가 눈앞에 떠오른다네."

이튿날 아침 크네히트는 벨푼트를 향해 떠났다. 전날 데시뇨리가 함께 가겠다고 했으나 그는 한사코 혼자 가겠다고 했다. 데시뇨리가 계속 우기자 그는 단호하게 말했다.

"그 아이는 새 선생을 맞이한다는 성가신 일만으로도 견디기 힘들 거야. 그런 마당에 아버지까지 만나야 한다면 아무런 도움도 되지 못할 걸세."

상쾌한 9월 아침, 데시뇨리가 세낸 차를 타고 달려가자니 크네히트에게

어제의 즐거운 여행 기분이 되살아났다. 그는 이따금 기사와 이야기를 나누었고 경치가 마음에 들면 차를 천천히 몰게 했다. 그리고 여러 번 피리를 불기도 했다. 정오가 지나자 가파른 오르막길이 시작되었다. 이윽고 거친 산악 지대로 접어들자 지세는 험해졌지만 자그마한 꽃들이 마치 낙원인 양 풍성하게 피어 있어 풍경은 더욱 아름다워졌다.

마침내 자동차는 산중의 호숫가에 자리 잡은 작은 산장에 도착했다. 산장은 회색빛 바위에 가려 거의 보이지 않을 정도였다. 현관에는 티토가 서 있었다. 소년은 약간 당황한 기색이었지만 웃으며 다정하게 그를 맞았다. 티토는 차에서 내리는 크네히트를 부축하며 말했다.

"무슨 심술궂은 생각에서 선생님을 혼자 여행하시게 한 건 아니에요." 그리고 미처 크네히트가 대답도 하기 전에 서둘러 덧붙였다. 신뢰가 담뿍 담긴 말투였다. "선생님은 제 기분을 아시는 것 같아요. 그렇지 않다면 분명히 아버지와 함께 오셨겠지요. 아버지께는 제가 무사히 도착했다고 벌써 알렸어요."

크네히트는 웃으며 소년과 악수했다. 소년은 크네히트를 안으로 안내했다.

저녁 식사를 마친 후 크네히트는 취침 시간 전까지 티토와 이야기를 나누었다. 긴 여행으로 너무 피곤해 머릿속이 텅 빈 것 같았지만 제자가 눈치채지 못하게 하려고 애를 썼다. 소년은 명인이 수업 시간이나 방법, 학교 성적 등에 대해 한마디도 묻지 않자 의아하게 생각했다. 티토는 기분이 좋아 다음 날 아침 멀리까지 산책을 가자고 선생님에게 제안했다. 크네히트는 흔쾌히 제안을 받아들인 다음 말했다.

"산책이 기다려지네. 한 가지 부탁을 해도 될까? 아까 들어오면서 네가 식물 채집한 걸 보았어. 고산 식물에 대해 네가 나보다 훨씬 더 많은 걸 알고 있는 것 같더군. 우리가 함께 지내는 목적 가운데는 서로 아는 지식을 교환하고 서로 간에 균형을 취하는 것도 들어있어. 그러니 우선은 네가 내 빈약한 식물에 대한 지식을 키워주는 것부터 시작하기로 하자."

잠자리에 들면서 인사를 나눌 때쯤에 티토는 기분이 좋았고 좋은 방향으로 마음을 다졌다. 다시 한번 새로운 선생님이 마음에 들었던 것이다. 크네히트는 여느 학교 선생님들처럼 멋진 말들을 늘어놓거나 학문이나 덕, 정신의 고귀함 따위에 대해 말하지 않았다. 이 맑고 친근한 사람은 그의 행동이나 말투를 통해 상대방이 의무감을 느낄 수 있게 했고 스스로 고귀하고 드높은 그 무엇을 향한 노력을 기울이게 할 수 있는 힘을 발휘했다. 소년은 비로소 가문이나 혈통과는 상관없이 정신적으로 귀족인 사람을 만난 것이었다. 자존심이 불처럼 강한 소년은 자신도 이런 종류의 귀족이 되고 거기에 봉사하는 것이 자신의 의무이자 명예가 될 수 있음을 느꼈다. 소년은 이토록 친절하고 다정하면서도 철저히 신사인 이 선생님을 통해 자기 인생의 의미가 구체적인 모습을 띠고 가까이 나타난 것이며 자신의 삶의 목표가 정해진 것 같은 느낌을 갖게 된 것이다.

아침이 되어 집 안이 깨어난 기척을 보였을 때 크네히트는 자리에서 일어났다. 침대 곁에 목욕 가운이 준비되어 있었다. 그는 잠옷 위에 가운을 걸치고 전날 밤 티토가 가르쳐준 대로 집 뒷문을 통해 호수 옆 욕탕으로 향하는 복도로 나왔다.

밖으로 나오니 눈앞에 짙은 녹색의 작은 호수가 보였다. 건너편으로는 마치 그 날카로운 끝으로 흐릿한 아침 하늘을 베어내듯 가파른 절벽이 냉엄하게 솟아 있었다. 하지만 절벽 뒤편으로는 이미 해가 뜨고 있음을 알 수 있었다. 그는 어제 여행할 때보다 더욱 강렬하게 고산 지대의 육중함과 싸늘함, 위엄 가득한 이질감을 느꼈다. 그 풍광은 사람을 맞이하지도, 초대하지도, 받아들이지도 않는 것 같았다. 삶의 자유를 향한 첫걸음이 그를 바로 이곳, 이 말 없는, 차가운 위대함으로 이끌었다는 사실이 기묘하면서도 의미 깊은 일로 여겨졌다.

티토가 수영복을 입고 나타났다. 그는 명인과 악수를 나눈 후 건너편 절벽을 바라보며 말했다.

"때맞춰 잘 나오셨어요. 곧 해가 뜰 거예요. 여기는 정말 멋진 곳이에요."

티토는 시커멓게 솟아 있는 절벽 꼭대기를 열띤 눈길로 바라보았다. 그 뒤로 아침 햇살에 하늘이 물결치고 있었다. 산꼭대기 바위 조각이 마치 녹아내리는 금속처럼 눈부시게 빛을 발했다. 이윽고 마치 산꼭대기가 갑자기 녹아내려 낮아지는 것 같더니 절벽 틈으로 눈부신 태양이 모습을 드러냈다. 동시에 저 땅들과 집들, 호숫가가 환하게 밝아졌다. 두 사람은 강한 햇빛을 받으며 기분 좋은 따스함을 느끼며 서 있었다. 소년은 눈앞에 펼쳐진 장엄한 아름다움과 자신의 젊음과 힘이 주는 행복감에 취해 리드미컬하게 두 팔을 움직이며 앞으로 뻗었다. 이윽고 그의 몸 전체가 그 움직임에 합류했다. 그 몸은 열광에 찬 춤으로 하루의 시작을 찬미했으며 이 파동치며 빛나는 요소들과 하나가 되었음을 표현했다. 그의 발걸음이 찬양의 기쁨을 담고 승리의 태양을 향해 나아갔다가 공손하게 물러서기도 했으며 활짝 펼친 두 팔로 산과 호수와 하늘을 껴안기도 했다. 이어서 그는 무릎을 꿇어 대지 모신에게 경의를 표했고 호수의 물을 향해 두 팔을 뻗었다. 그는 마치 자연의 힘에 자신을, 자신의 젊음을, 자신의 자유를, 자신의 삶에 대한 불타오르는 감각을 제물로 바치려는 것 같았다. 그의 구릿빛 어깨에서 태양이 반사되고 있었으며 그는 눈부신 빛 때문에 두 눈을 반쯤 감고 있었다. 그의 젊은 얼굴은 거의 열광적인 엄숙함을 띠고 있었으며 무슨 영감이라도 받은 듯 마치 가면처럼 굳어 있었다.

명인 역시 이 바위투성이 외딴곳에서 조용히 동이 트는 장엄한 광경에 압도되었다. 하지만 그는 자신의 눈앞에서 펼쳐지는 인간의 모습에, 제자가 아침과 태양을 맞이하면서 펼치고 있는 장엄한 춤에 더욱 매료되었다. 그 춤은 감정에 좌우되기 쉬운 미숙한 젊음을 장엄한 경배의 단계로 고양시켰다. 그 춤은 마치 방금 떠오른 태양이 이 차갑고 어두운 산골짜기를 열어주고 밝혀주었듯이 한순간에 그 젊은이의 가장 깊은 곳에 있는 고결한 성향들, 재능들, 운명들을 보는 사람 앞에서 환하게 드러내 보여주는 것 같았다. 순간 그 젊은이는 크네히트가 이제까지 생각했던 것보다 훨씬 더 강하고 뛰어나 보였으며 동시에 다가가기 어려운 존재로, 문화로부터 더 멀어진 존재로 보였다. 그 춤으로 인해 마치 그 소년은 더 낯설고, 멀리 달아나는 존재, 부름에도 응하지 않을 존재처럼 되었다.

소년은 그 춤을 배운 적이 없었으며 한 번도 추어본 적이 없었다. 그 춤은 태양과 아침을 경배하기 위해 그가 고안해 낸 것도 아니었다. 나중에서야 그 자신도 자각하게 된 것이지만 그 춤이나 그 무엇에 홀린 것 같은 그 상태는 부분적으로는 산의 공기, 태양, 아침에 느낀 자유의 감정에서 우러난 것이었다. 하지만 그것은 무엇보다도 명인이라는 다정하면서도 경외감을 불러일으키는 존재 앞에서, 그 무언가 변화가 자신을 기다리고 있다는 느낌, 자신의 젊음에 새로운 장(章)이 펼쳐지고 있다는 느낌에 대한 반응이었다. 바로 이 아침 한순간에, 어린 티토의 운명을 형성하게 될, 그리고 이 순간을 수많은 다른 시간과 달리 고귀하고 장엄하고 신성한 시간으로 만들어줄 요소들이 젊은 티토의 영혼을 고양시켰던 것이다. 그는 자신이 무엇을 하는지도 알지 못한 채 이 지복의 순간이 요구하는 대로 태양을 향해 경배했으며 그 춤으로 자신의 기쁨, 생명에 대한 믿음, 경건한 마음을 고백한 것이다. 그는 그 춤을 통해 자신의 경건한 마음을 태양과 신 앞에 제물로 바쳤을 뿐 아니라 그가 존경하면서 동시에 두려워하는 인물, 현자이면서 동시에 음악가인 인물, 저 신비로운 왕국에서 온 마술 유희의 명인, 자신의 미래의 선생이자 친구인 인물에게 바친 것이다.

그 모든 것이, 눈 깜짝할 사이에 태양이 떠오른 것처럼 순식간에 벌어진 일이었다. 크네히트는 바로 자신의 눈앞에서 제자가 변신하면서 자신을 드러내는 모습을; 그리고 새롭고 낯선 존재로서 자기와 완전하게 동등한 존재로서 걸어 나오는 경이로운 광경을 감동한 채 바라보았다. 두 사람은 잠시 흥분한 채 마주 서 있었다. 티토는 무아지경에서 춤을 추다가 갑자기 자신의 춤을 바라보고 있는 사람이 있다는 것을 의식했다. 그는 깊이 잠든 사람을 흔들어 깨웠을 때처럼 멍한 표정이었다. 그는 선생의 얼굴을 멍하니 쳐다보더니 잊고 있던 사실이 갑자기 생각났다는 듯 호수 반대편을 손가락으로 가리켰다. 그쪽은 아직 햇빛을 받지 않고 어둠에 싸여 있었다.

티토가 아이답게 충동적으로 말했다.

"빨리 헤엄치면 저쪽 호숫가에 해보다 먼저 갈 수 있어요."

태양과 수영으로 겨루겠다는 말을 입 밖에 내자마자 티토는 힘껏 뛰어올라 물속으로 뛰어들었다. 마치 방금 전에 자신이 자신도 모르게 했던 행동들을 모두 지워버리고 싶어 하는 것 같았다. 잠시 후 머리와 어깨와 팔이 물 위로 드러났고 티토는 청록색 수면 위를 빠르게 앞으로 나아가기 시작했다.

크네히트는 이곳으로 오면서 애당초 수영을 하거나 목욕을 할 생각이 없었다. 게다가 긴 여행으로 지쳐 있었기에 지금 헤엄을 친다는 것은 무리였다. 하지만 소년이 말없이 자신을 부르는 소리가 경고 소리보다 강했고 의지가 본능보다 강했다. 그는 목욕 가운을 벗고 심호흡을 한 다음 제자가 뛰어든 바로 그 지점에서 물속으로 뛰어들었다.

빙하에서 흘러들어온 물은 살을 에는 듯 차가웠다. 단련이 되지 않은 사람은 한여름에도 견뎌내기 어려울 만큼 차가운 물이었다. 어느 정도 예상은 하고 있었지만 이 정도로 차가울 줄은 몰랐다. 물 위로 몸을 내민 크네히트는 티토가 훨씬 앞에서 헤엄치고 있는 모습을 보았고 이 얼음처럼 차갑고 적대적인 그 무언가가 자신을 몰아세우는 듯 느꼈다. 그는 겨우 획득한 것처럼 보이는 소년의 존경과 우정을 유지하기 위해, 소년의 영혼을 얻기 위해 그것들과 싸웠다. 하지만 그는 이미 자신에게 달려들고 있는 죽음과 싸우고 있었던 것이다. 크네히트는 심장이 뛰는 동안은 온 힘을 다해 싸웠다.

젊은이는 수영을 하면서 가끔 뒤를 돌아다보고는 명인이 자신을 따라오는 것을 보고 흡족해했다. 하지만 다시 뒤돌아보았을 때 명인의 모습이 보이지 않았고 그는 불안해졌다. 그는 뒤돌아보고 소리를 지르다가 방향을 돌려 명인을 구하려고 급히 헤엄쳐 갔다. 하지만 명인을 찾을 수 없었다. 그는 자맥질과 잠수를 반복하면서 오랫동안 명인을 찾았지만 혹독하게 차가운 물 속에서 그 역시 기진맥진하고 말았다. 그는 숨이 끊어질 듯 헐떡이며 겨우 호숫가에 닿았다. 그는 목욕 가운을 집어 들고 자신의 몸을 문질렀다. 딱딱하게 얼어붙었던 피부가 다시 따뜻해지자 그는 차가운 청록색 물속을 물끄러미 바라보았다. 차가운 물빛은 이상하게 공허했고 낯설었으며 악의에 차 있는 것 같았다. 몸이 서서히 회복되면서 의식이 돌아오고 방금 일어난 무서운 사건이 떠오르자 그는 당혹감과 깊은 슬픔에 사로잡혔다.

그는 슬픔과 공포에 사로잡혀 생각했다.

'오, 나는 그분의 죽음에 책임이 있다.'

그는 그제야, 스승이 사라지고 더 이상 자신의 자존심을 내세울 필요도 없고 저항할 필요도 없어진 때가 되어서야 깊은 충격과 슬픔을 느꼈으며 자신이 그 사람을 이미 얼마나 사랑하고 있는지 느낄 수 있었다. 그는 그 어떤 그럴듯한 이유를 내세우더라도 자신이 명인의 죽음에 책임이 있음을 느꼈다. 그는 일종의 경이로운 예감에 몸을 떨며 이 죄의식이 자신과 자신의 삶을 완전히 바꾸리라는 것, 이제껏 스스로 자신에게 요구했던 것보다 더 위대한 것을 자신에게 요구하게 되리라는 것을 분명하게 느낄 수 있었다.

요제프 크네히트의 유고

학생 시절과 연구생 시절의 시

비탄

우리는 흐름일 뿐 우리에게는 영속이 허용되지 않았지.
그 어떤 형태를 만나건 그에 맞춰 흘러가네.
낮과 밤을 지나, 사원과 무덤을 지나
우리를 묶을 형태를 갈망하며 영원히 흘러 지나가네.

그렇게 쉬지 않고 형태를 바꿔도
기쁨과 슬픔을 깊이 맛볼 고향을 찾지 못한다네.
우리는 끝없이 움직이는 영원한 길손이니
어떤 밭도 쟁기도 우리의 것이 아니며 우리는 거두지 못한다네.
신이 우리를 어쩌려는 건지 모르겠네.
신은 유희자로서 우리를 진흙처럼 주무르고
우리는 말없이 온순하게 웃지도 울지도 못하고 있다네.

신은 우리를 빚었으나 우리를 굳힐 불을 주지 않았으니.

돌로 굳어져 영속하리라!
우리는 머물 권리를 영원히 갈망하네.
하지만 영원히 우리에게 남는 것은 두려움뿐이니,
우리는 결코 우리의 길 위에서 쉴 수 없으리라.

타협

단순함을 금과옥조로 삼는 자들은
우리의 섬세한 회의(懷疑)를 이해 못하지.
그들은 지구는 평평하다고 말하며
깊이의 신화는 터무니없다고 외치지.
우리가 애지중지하는 두 차원 외에
또 다른 차원이 존재한다면,
인간이 어찌 긴장하지 않고 살 수 있겠는가?
인간이 어찌 마음 놓고 살 수 있겠는가?

평화롭게 공존하기 위해서는
하나의 차원을 지워버리자!

만일 그들 원칙론자들이 옳다면,

깊이 있는 삶이 그토록 해로운 것이라면
제3의 차원이야 없어도 좋으리.

그러나 우리는 은밀히 갈망하나니

우아하게 아라베스크 춤을 추고 경배하면서
우리의 삶은 맑고 아무런 걱정도 없어 보이나니,
우리는 허무의 주변에서 살랑살랑 춤을 추며
이곳과 지금을 제물로 바친다.

우리의 꿈은 사랑스럽고 우리의 유희는 밝으니,
오, 그 얼마나 아름답고 화려한가.
하지만 그 조용한 표면 저 깊은 곳에서는
피와 야만과 밤을 향한 동경의 불이 타오르고 있도다.

우리의 삶은 그렇게 자유롭게 맴돌며
공기처럼 가볍게 유희를 한다.
하지만 우리는 은밀히 갈망하고 있으니,
생식과 탄생과 번뇌와 죽음이라는 실재를!

알파벳

이따금 우리는 펜을 손에 들고
흰 종이 위에 상징을 적는다.
그 의미는 누구에게나 전달될 수 있으리니,
멋진 규칙이 정해진 유희니까.

그러나 야만인이나 월인(月人)이 와서
이상하게 구불구불 이랑이 파인 그 종이를 본다면,
신기한 눈으로 그 행렬과 틀을 본다면,
그들 앞에 드러난 세계는 그 얼마나 이상한 것이랴.
그것은 기묘한 것들로 이루어진 마술 회랑.
그에게는 A와 B가 사람이나 동물처럼,
움직이는 혓바닥이나 팔다리, 눈처럼,
눈 위에 찍힌 학의 발자국처럼,
때론 느리게, 때론 빠르게 움직이는 것을 보리라.
그는 그 글자들과 함께 달리고 앞뒤로 날면서,
그 검게 얼어붙은 상징들 속에,
두텁고 얇은 그 화려한 필치 아래,
수없이 많은 세계가 숨겨져 있음을 보리라.
그는 불타오르는 사랑과 떨리는 번뇌를 보면서,
놀라고 웃고 두려움에 떨면서 울리라.
이 문자로 엮인 창살 뒤에서

눈먼 충동에 휩싸인 온 세상이
상징의 마법에 걸려 난쟁이로 축소된 것을,
마치 죄수처럼 엄격하게 통제된 채 걷고 있는 것을 보게 되리라.
그는 생각하리라. 모든 기호가 너무 비슷해져서
삶과 죽음에 대한 사랑이, 기쁨과 고뇌가,
쌍둥이처럼 구분할 수가 없어져 버렸다고…….
마침내 야만인은 공포에 사로잡힌 비명을 내지르며
불을 피워 불길을 높이고,
주문을 외우고 이마를 땅에 두드리며
자신의 의식이 몽매해지기 전에
그 이상한 종이를 그가 피운 불꽃에 봉헌하리라.

그는 몽롱한 가운데
이 마술에 걸린 가짜 세상이,
도저히 참아낼 수 없는 이 공포가
결코 존재하지 않았던 것처럼 사라지는 것을 보게 되리라.
그는 한숨짓고 미소 지으며 정상으로 돌아왔음을 느끼리라.

옛 철학자의 책을 읽으며

전에 우리를 즐겁게 했던 이 고귀한 사상들,
우리는 그것들을 명품 와인처럼 맛보았지.

그런데 그것들이 마치 음표가 사라진 악보처럼,
신맛을 내며 그 의미가 사라져버린다.
굳건히 그것을 지탱하고 있던 중력의 중심에서 벗어나,
산산이 흩어지며 무너져 내리고
끝없이 울리는 메아리만 남긴 채
조화를 이루고 있던 음들이 소음으로 변한다.

우리가 사랑했고 존경했던 노현자의 얼굴도
쭈그러져 볼품없이 변해,
마치 정신이 그 눈을 흐리게 한 듯,
가련하고 공허한, 당혹감만 남겨 놓는다.

우리의 감각을 휘젓는 환희도,
우리가 그것을 느끼자마자 씁쓸함으로 바뀔 수 있다.
마치 만물이 시들고 죽고 쇠락할 수밖에 없다는 것을,
우리가 본능적으로 알고 있었다는 듯.

그러나 이 영원한 죽음의 골짜기 위에서
인간의 정신은 썩지 않고 투쟁하고 있으니
힘겹게 횃불을 높이 들고 죽음에 도전하며
그 열망에 의해 불멸을 획득한다.

마지막 유리알 유희 연주자

색색의 유리구슬을 손에 들고
그가 고개를 숙이고 앉아 있다. 그의 주변으로는
전쟁과 질병으로 황폐해진 땅이 펼쳐져 있고
그 폐허에 담쟁이덩굴이 자라고 벌들이 잉잉거린다.
지친 평화가 소리 없는 찬송가로
노년의 적막한 세상에 울리고 있다.
노인은 색색의 유리구슬을 헤아린다.
푸른 구슬은 이쪽에 흰 구슬은 저쪽에,
큰 유리알과 작은 유리알을 확인하면서
아주 조심스럽게 유희 고리를 만든다.
한때 위대한 유희 명인이었던 그,
수많은 예술과 언어의 명인이었던 그,
세상사에 정통하고 곳곳을 여행했던 그,
북극에서 남극까지 두루 명성을 떨쳤던 그,
늘 제자들과 동료들에 둘러싸여 있던 그,
그러나 이제는 늙어 쓸모없이 되어 그늘에 홀로 앉아 있구나.
축복을 구하러 오는 제자도 없고
논쟁을 하러 오는 명인도 없네.
그들은 모두 가버리고, 사원도, 도서관도,
카스탈리엔의 학교도 이제는 없네.
노인은 폐허 한가운데서 유리알을 손에 들고 쉬고 있다.

한때 그 많은 의미를 지녔던 상형문자들,
이제는 그저 색색의 유리 조각에 불과하구나.
유리 조각들 노인의 손에서 힘없이 굴러 떨어져,
소리 없이 모래 속에 묻혀버린다.

예배

태초에 신성한 왕들이 세상을 통치했다.
밭과 곡식과 쟁기를 신성하게 하고,
희생의 법과 절제의 법을
필멸의 존재인 인간에게 전해주었다.

인간은 영원히 갈망해 왔으니,
일월성진의 균형을 완벽하게 취해주고,
그 영원한 광휘 속에서 고통도 느끼지 않고 죽음의 세계도 모르는
그 비가시적인 존재들이 올바로 지배해주기를…….

신들의 자손으로서의 그 신성한 혈통은 이미 오래전에
사라지고 인간만이 외롭게 남았다.
존재로부터 떨어져 나와 쾌락과 고통에 비틀거리며
신성함도, 절제도 없이 영원한 변화의 형벌을 받았다.

그러나 참된 삶을 향한 암시는 결코 사라지지 않았으니,
이런 속된 세상에서도, 은유와 상징과 노래를 통해
선조들의 저 신성한 경외심을
지켜나가는 것은 우리의 몫이리라.

언젠가 어둠이 밀려나고
언젠가 시간이 방향을 바꾸어
태양이 우리의 신으로서 우리를 다시 다스리고
우리 손의 제물을 받을 날이 오리라.

비눗방울

오랜 세월의 연구와 사색 끝에
한 노인이 명쾌한 작품을 주조해 냈으니,
그 명쾌하면서도 복잡한 논설 속에
달콤한 지혜들을 재미삼아 가득 집어넣었다.

넘치는 정열을 이기지 못한 어느 부지런한 학생이,
도서관과 문서고를 열심히 돌아다닌 끝에
자신의 천재적인 자질을 더해
깊이가 있는 첫 저작을 썼다.

소년 한 명이 짚 대롱을 들고 앉아서
숨결로 오색영롱한 비눗방울을 만들고 있다.
비눗방울 하나하나가 마치 찬가처럼 작열하고
소년은 그 얇은 방울들에 자신의 영혼을 불어넣고 있다.

노인과 학생과 소년, 이 셋은 모두
이 세상이라는 덧없는 거품으로부터
환상들을 만들어내고 있다.
그것들은 그 자체 좋거나 나쁜 것은 아니지만
영원의 빛은 그것들 안에서 자신의 모습을 보고,
다시금 즐겁게 타오른다.

단계들

모든 꽃은 시들고 청춘도 떠나가듯이
우리 인생의 여러 단계도,
모든 덕목도, 진리에 대한 깨우침도,
제 철에 꽃을 피울 뿐 영원하지 않다.
매 단계마다 삶은 우리를 소환하나니
그때마다 새로이 힘을 내서 이별을 준비하고,
낡은 것이 줄 수 없는 새로운 빛을 찾아
후회 없이 용감하게 나아갈 준비를 해야 하리라.

모든 시작에는 마법의 샘이 깃들어 있으니
우리를 지켜주고 우리가 살아갈 수 있도록 도와주도다.
공간에서 공간으로 밝고 맑게 움직이면서
그 어디에도 고향인 양 마음을 두지 말자.
우주의 영(靈)은 우리를 구속하는 것이 아니라
보다 더 넓은 공간을 향해 한 단계, 한 단계씩 나아가게 한다.
생의 어느 한 단계를 고향으로 받아들이는 순간,
나태가 우리를 찾아오리니,
습관의 노예에서 벗어나려면
떠날 준비를 해야만 하리라.

죽음의 순간에도 우리는
신선하고 새로운 세계로 넘어가는 것인지 모른다.
삶은 우리를 새로운 것을 향하여 계속 부를 것이니,
그렇다면 좋다, 마음이여! 끊임없이 작별하라.

유리알 유희

우주의 현에, 장인의 하모니에
우리는 경건하게 귀를 기울이며
정결한 혼연일체 속에서
드높고 성스러운 마음과 시간을 일깨운다.

우리는 상형문자를 드높이 고양시키노니,
가없는 것, 모든 존재의 폭풍이,
혼돈에 형태를 주고 우리의 삶을 구속하는
바로 그 문자의 신비 속에 들어있도다.

그 패턴들은 맑은 성좌처럼 노래하고
우리가 유리알에 대해 말할 때 우리는 전체에 봉사하는 것,
우리는 우주적 영혼의 궤도에 함께 하면서
그 누구도 그에서 벗어나거나 길을 잘못 들지 않으리라.

세 개의 자서전

1. 기우사(祈雨師)

수천 년 전 여자들이 지배하고 있을 때의 이야기이다. 부족 내에서도, 집안에서도 어머니와 할머니가 존경받았고 그 명령에 따랐으며 사람들은 사내아이보다 계집아이의 출생을 반겼다.

마을에 백 살 이상 된 족장 할머니가 있었다. 사람들이 기억하는 한 할머니는 손가락을 움직이지도 않았고 말을 한마디도 하지 않았지만 모두가 여왕처럼 존경하고 두려워했다. 할머니는 시중드는 친척들을 거느리고 오두막 입구에 앉아 있는 날이 많았다. 그녀는 그곳에 앉아서 많은 사람의 존경과 선물, 청원, 소식, 보고, 호소를 받았다. 그녀는 그렇게 앉아서 일곱 딸의 어머니로, 수많은 손자와 증손자의 할머니, 증조할머니로 모두에게 알려져 있었다. 그녀는 그렇게 앉아 깊게 파인 주름살과 그을린 이마에 마을의 지혜와 전통과 율법과 도덕과 명예를 간직하고 있었다.

어느 봄날 저녁이었다. 날이 흐려서 일찍 어둠이 찾아왔다. 진흙 오두막 앞에는 족장 할머니가 아니라 그녀의 딸이 앉아 있었다. 딸도 백발이었고 어머니보다 별로 젊어 보이지도 않았다. 그녀는 문지방 평평한 돌 위에 앉아 있었고 그 주변에는 아이들과 아낙네들이 모여 있었다. 족장 할머니의 딸이 들려주는 이야기를 듣거나 노래로 들려주는 속담을 듣기 위해서였다. 족장 할머니의 딸이 해주는 이야기나 속담은 모두 그녀의 어머니로부터 흘러나온 것이었다. 그들 모녀 외에 이런 지식을 갖고 있는 사람이 딱 한 명 더 있었다. 하지만 그는 거의 은둔 생활을 하고 있었다. 그는 신비스럽고 말이 없는 남자였으며 '기우사'로 불렸다.

족장 할머니의 딸 주변에 둘러앉아 있는 아이들 가운데 크네히트라는 소년이 쪼그리고 앉아 있었고 그 곁에는 아다라는 이름의 작은 소녀가 앉아 있었다. 크네히트는 그 소녀를 좋아해서 자주 데리고 다니며 보살폈다. 사랑하기 때문이 아니었다. 크네히트는 아직 어렸기에 사랑에 대해서는 아무것도 몰랐다. 실은 아다가 기우사의 딸인 때문이었다. 크네히트는 기우사를 족장 할머니와 그 딸 다음으로 존경했다. 하지만 그 노인은 좀처럼 가까이하기 어려운 노인이었기에 우회로가 필요했고, 크네히트는 그 때문에 기우사의 딸과 가까이한 것이었다. 그는 자주 기우사의 외딴 오두막으로 가서 소녀를 데리고 나와 저녁에 할머니의 오두막 앞에 앉아 이야기를 들은 다음 다시 데려다주곤 했다. 오늘도 크네히트는 소녀를 데리고 나와 그 애 곁에 쪼그리고 앉아 족장 할머니의 딸의 이야기에 귀를 기울이고 있었던 것이다.

할머니는 오늘 마녀의 마을에 대한 이야기를 해주었다. 마을에서 쫓겨난 사악한 마녀들이 사는 마을이 있으며 숲에서 길을 잃은 소녀가 우연히 그 마을의 마녀에게 사로잡히게 된 무서운 이야기였다. 그런데 할머니가 이야기를 해나가는 도중 크네히트의 옆에 앉아 있던 아다가 마치 뱀에게라도 물린 듯 비명을 지르며 펄쩍 뛰어 일어나더니 쏜살같이 달려가기 시작했다. 아까부터 무서운 걸 참고 이야기를 듣고 있었지만 더 이상 참을 수가 없었던 것이다. 크네히트는 벌떡 일어나 소녀의 뒤를 따라갔다. 할머니는 빙그레 웃더니 남은 사람들에게 이야기를 계속했다.

기우사의 오두막은 마을 연못 근처에 있었다. 아다는 아직도 무서운 듯 길가 어느 오두막 벽에 등을 기댄 채 떨고 있었다.

"무서웠니?" 크네히트가 물었다. 아다가 고개를 끄덕이자 크네히트가 달래주었다.

"무서워할 필요 없어. 네게 무슨 짓을 할 사람은 아무도 없어. 모두들 아다를 좋아하잖아. 자, 이리 와, 집에 데려다줄게."

아다는 아직도 몸을 떨면서 약간 울먹이고 있었지만 마음은 벌써 가라앉아 있었고 고마움과 신뢰의 마음으로 크네히트를 따랐다.

희미한 붉은빛이 오두막 문틈으로 새어나오고 있었다. 기우사는 오두막 안 난롯가에서 허리를 굽히고 있었다. 그는 불 위에 작은 단지를 두 개 올려놓고 무언가 끓이고 있었다. 크네히트는 아다와 함께 안으로 들어서기 전에 밖에서 호기심 어린 눈길로 안을 들여다보았다. 음식을 끓일 만한 시간은 아니니 음식이 아닌 뭔가 다른 것을 끓이고 있음이 분명했다. 기우사는 인기척을 느끼고 단지 뚜껑을 닫고 재로 주변을 덮으며 물었다

"밖에 게 누구냐? 어서 안으로 들어와라. 아다, 너냐?"

크네히트는 안으로 들어서며 여전히 그 신비스러운 단지를 힐끔거렸다. 그는 이 오두막에 들어설 때마다 호기심과 존경심으로 가슴이 두근거렸다. 무슨 핑계를 대서라도 이곳에 자주 오곤 했지만 막상 이 집에 들어

서면 언제나 오늘처럼 어딘가 어색하고 불편했다. 하지만 호기심과 즐거움이 두려움을 이겨냈다. 한편 노인은 크네히트가 벌써부터 자기를 졸졸 쫓아다니면서 자기를 섬기고 싶어 한다는 것을 알고 있었다.

기우사 투루가 마치 매처럼 날카로운 눈으로 크네히트를 바라보며 차갑게 말했다.

"여기서 뭘 하고 있는 게냐. 남의 집에 나다닐 시간이 아니잖느냐."

"아다를 데려다주었습니다. 할머니께서 마녀 이야기를 해주고 계셨는데 아다가 갑자기 무섭다고 비명을 지르기에 제가 데리고 온 거예요."

크네히트는 곧장 그 집에서 나와 평소에 잠을 자는 공동 숙소로 갔다. 그는 부모 없는 고아였다. 그가 아다의 오두막에 마음이 끌린 것은 그 때문이기도 했다.

기우사 투루는 겉보기에는 무뚝뚝하고 주변 일에 아무 관심이 없는 것처럼 보였다. 하지만 실제로는 그렇지 않았다. 그는 자기 주변에서 일어나고 있는 일에 대해 정확히 알고 있었다. 특히 그는 좀 성가시긴 했지만 귀엽고 영리한 소년이 1년 넘게 자신의 뒤를 따라다니고 있음을 잘 알고 있었다. 그리고 그것이 무엇을 의미하는지도 그는 정확히 알고 있었다. 그것은 소년의 미래에 큰 의미가 있으며 기우사인 자신에게도 의미가 있는 일이었다. 그것은 소년이 기우(祈雨)에 반해 있으며 그것을 열렬히 배우고 싶어 한다는 것을 의미했다. 마을에는 그런 소년들이 여럿 있었으며 그들도 이 소년처럼 자신의 뒤를 따랐었다. 하지만 대부분의 아이들은 결국 지레 겁을 집어먹고 도망갔지만 그렇지 않은 아이들도 있었다. 노인은 그 아이들 중 두 아이를 거두어 몇 해 동안 제자로 삼은 적이 있었다. 그의 제자

두 명은 나중에 멀리 떨어진 다른 마을에서 결혼을 했고 한 명은 기우사가, 다른 한 명은 단순한 약초 채집가가 되었다. 그 뒤로 그에게는 제자가 없었으며 만일 지금 제자를 받아들인다면 그것은 곧 후계자를 삼기 위한 것이었다.

그가 보기에 크네히트에게는 재능이 있었다. 소년에게는 노인이 요구하는 자질이 있었으며 무엇보다 탐구적이면서도 동시에 꿈꾸는 듯한 눈길이 있었다. 행동은 절제되어 있고 신중했으며 소년의 얼굴 표정과 머리 모양에는 뭔가 탐색하고 냄새 맡고 경계하는 기색, 소리와 냄새를 탐지하는 기색이 있었다. 소년에게는 매나 사냥꾼 같은 기질이 있었던 것이다. 분명히 이 소년은 기우사, 더 나아가 마술사가 될 자질이 있었으며 제자로 거둘 만했다. 하지만 서두를 필요는 없었다. 소년은 아직 어렸고 소년이 인정받고 있다는 기색을 미리 보여줄 필요는 없었다. 그 애를 위해서라도 수련이 너무 쉽게 이루어지면 안 되었고 모든 것을 그 애 스스로 헤쳐나가게 할 필요가 있었다. 만일 그 애가 지레 겁을 먹고 물러선다면 아쉬울 것도 없었다. 기다리며 봉사하게 내버려 둘 일이다. 자기 주변을 돌아다니며 자신의 비위를 맞추게 내버려 둘 일이다.

투루는 소년의 끈질긴 구애에 대하여 지나칠 정도로 인색하게 조금씩만 곁을 내주었다. 소년이 너무 쉽게 원하는 바를 이루지 못하게 하려는 뜻에서였다. 그럼에도 불구하고 소년은 늘 그의 뒤를 쫓아다녔다. 소년은 왜 그런지 이유를 모르면서도 노인에게 끌리고 있었다. 기우사가 멀리 떨어진 숲이나 늪, 혹은 황야로 가서 덫을 놓거나 짐승 발자국을 탐색하고 약초 뿌리를 캐낼 때면 그는 문득문득 소년의 눈길을 느끼곤 했다. 크네히트는 벌써 몇 시간째 소리 없이 숨어서 노인의 일거수일투족을 살펴보고 있었던 것이다. 노인은 대개 모르는 척했고 때로는 야단을 쳐서 소년을 쫓아버리기도 했다. 하지만 어떨 때는 눈짓으로 소년을 가까이 오게 해서 하루 종일 곁에 두고 시중을 들게 했다. 노인은 소년에게 이것저것 보여주며 테스트하기도 했으며 식물들 이름을 알려주기도 했고 물을 떠오고 불을 피우는 일을 시키기도 했다. 그 모든 일에는 그만이 알고 있는 특별한 요령과 솜씨와 비법과 공식이 있었는데 그는 소년에게 그런 것들을 가르쳐주면서 이 모든 것을 비밀로 하라고 엄명했다.

크네히트가 좀 더 성장하자 마침내 노인은 크네히트를 공동 숙소로부터 자신의 오두막으로 옮겨와 지내게 했다. 소년을 자신의 제자로 인정한 것이다. 그로 인해 크네히트는 모든 사람에게 특별한 존재가 되었다. 그는 더 이상 여러 소년 중의 한 명이 아니었다. 그는 기우사의 제자가 된 것이다. 그것은 그가 모든 것을 견뎌내 어느 경지에 오르면 기우사의 후계자가 되리라는 것을 뜻했다.

크네히트가 오두막에 받아들여지면서 둘 사이에 장벽이 사라졌다. 물론 존경과 복종의 거리는 여전했지만 불신과 어색함의 장벽은 사라졌다. 노인은 열의를 다해 소년을 가르치기로 결심했다. 물론 소년을 가르치기 위한 이론이나 방법, 개념도 없었고 교과서 같은 것도 없었다. 있는 것은 단지 몇 마디 말뿐이었다. 스승은 크네히트의 지성보다는 감각을 훈련시켰다. 전통과 경험을 통해 전수되어 온 것들, 당대의 자연에 대한 총체적 지식 같은 것들이 관리되고 운영되고 전수되어야 했다. 경험과 관찰과 본능, 탐구 습관으로 이루어진 거대하고 견고한 체계가 천천히, 그리고 흐릿하게 소년의 눈앞에 펼쳐졌다. 그 체계는 개념으로 이루어진 것이 아니었다. 그것들은 거의 모두 감각으로 파악하고 배우고 시험해야 할 대상이었다. 이 학문의 기초와 중심은 달에 관한 지식이었다. 달이 차고 기울어지면서, 죽은 자를 받아들인 다음 이어서 새로이 죽은 자를 받아들일 공간을 마련하기 위하여 다시 태어나는 그 과정에 관한 지식이었다.

무서움에 질려 있던 아다를 노인의 오두막으로 데려갔던 그날의 경험과 함께 크네히트의 기억에 아로새겨진 새로운 경험을 크네히트는 하나 더하게 되었다. 어느 날 자정이 두 시간쯤 지났을 때 스승은 크네히트를 깨워 밖으로 데리고 나가더니 초승달이 떠오르는 광경을 보여주었다. 크네히트는 뭔가 두려우면서도 황홀한 기분으로 달을 바라보았다. 그러자 스승이 말했다.

"머지않아 달은 모습을 바꾸고 다시 차오를 것이다. 그러면 씨를 뿌릴 때가 된 것이다."

그런 후 그는 침묵에 잠겼다. 깊은 숲속에서 부엉이 울음소리가 들렸다. 노인이 오랫동안 생각에 잠겨 있다가 몸을 일으키더니 크네히트의 머리 위에 손을 얹었다. 그리고는 마치 꿈속에서 들리는 것 같은 나직한 음성으로 말했다.

"내가 죽으면 내 혼령은 달로 날아갈 것이다. 그때면 너는 어른이 되어 있을 것이고 아내가 필요할 것이다. 내 딸 아다가 네 아내가 될 것이다. 그 애가 아들을 낳으면 내 혼령이 돌아와서 너희들 아들 안에 머물게 될 것이다. 그 아이에게 나와 마찬가지로 투루라는 이름을 붙여주어라."

스승의 말을 듣고 제자는 깜짝 놀랐지만 삼라만상이 서로 연결되어 있으며 반복 교차한다는 느낌에 이상한 전율에 사로잡혔다. 순간 스승이 더없이 경탄할 만한 존재로 여겨졌으며 수많은 비밀로 겹겹이 싸여 있는 존재처럼 보였다. 그는 자신의 죽음에 대해 생각할 수 있는 사람이었다. 그의 혼령은 달에서 머물다가 다시 한 인간에게로 되돌아올 것이며, 그 인간은 그와 같은 이름을 가진 크네히트의 아들이 될 것이다. 크네히트는 다시 하늘을 올려다보았다. 마치 운명이 눈앞에 펼쳐져 있는 것 같았다. 그는 저 드넓은 천체의 운행으로부터 가장 미세한 것들까지, 삼라만상이 생명 속에 포함되어 있는 죽음을 통해, 그 생사의 반복을 통해 거대한 하나를 이루고 있는 것 같았다. 젊은이는 이 위대한 비밀과 그 위엄과 깊이에 감동받았으며 그 비밀과 처음으로 함께 한다는 느낌에 전율했다. 그는 그것을 말로 표현할 수 없었으며 그때뿐 아니라 생애 내내 그것을 설명할 수 없었지만 수도 없이 그것에 대해 생각했다. 그리고 그가 공부와 경험을 더 쌓아 가면 갈수록 그날의 생생했던 경험이 되살아나 그에게 이렇게 속삭였다.

"생각하라. 이 모든 것이 존재하고 있다는 것을, 달과 너와 투루와 아다 사이에 빛이 있고 흐름이 있다는 것을, 죽음이 있고 영혼의 땅이 있으며 그곳으로부터의 귀환이 있다는 것을, 네 마음속에 이 삼라만상에 대한 답이 들어 있다는 것을, 모든 것이 너와 연관이 있다는 것을, 너는 인간으로서 알 수 있는 만큼 이 모든 것에 대해 알아야 한다는 것을."

크네히트는 생전 처음으로 그 속삭임을 경험한 것이었다. 그는 전일성(全一性)에 대한 예감, 모든 것이 연결되어 있다는 느낌, 자신을 포함하고 있는 거대한 질서, 자신을 만물에 대한 책임감으로 이끄는 그 질서에 대한 느낌으로 전율했다. 그러한 총체적인 지혜에 도달하면 모든 개별적인 것에서 전체를 볼 수 있었으며 한 사물이나 생명체의 한 부분을 보고도 나머지들을 알 수 있었다. 그러나 그것은 우리들의 개념어로는 표현할 수 없는 그 어떤 경지였다. 크네히트는 그 특별한 날 밤 스승과 단둘이 있으면서 그것을 예감하고 맛보았으며 마치 비밀 의식처럼 체험하고 익혔다. 그것은 마치 '이름 붙일 수 없는 것', '우주의 신비'와의 유대 관계 속으로 입문하는 일종의 통과 제의 같은 것이었다. 그 체험은 말로 표현할 수 없는 것이었지만 많은 사람이 공유하고 있는 체험이었으며 생생한 현실이었다. 마치 이스트에 반죽이 부풀어 오르듯 모든 것이 그 체험으로 부풀어 올라 현실이 되었다. 하지만 당시 그가 보고 느낀 모든 것은 지극히 현실적이면서 동시에 초현실적이었고 그렇기에 청년의 감각 속으로 더없이 격렬하게 밀려 들어왔으며 그의 온몸과 마음에 깊이 아로새겨졌다. 감각적인 인상이 그 어떤 훌륭한 체계로 이루어진 분석적 방법보다 깊게 마음에 각인되는 법인 것이다.

기우사는 특수한 기술과 능력을 지니고 천직을 수행하는 몇 안 되는 사람 중의 한 명이었지만 그의 일상생활은 부족 내 다른 일원들과 별로 다를 바 없었다. 그가 하는 일 중에서 가장 중요하고 엄숙하며 신성한 역할은 온갖 종류의 과실이나 약초 씨를 파종하는 날을 정하는 일이었다. 하지만 그 일은 이제 해마다 족장 할머니가 직접 거행하거나 가장 나이가 많은 할머니의 친척이 대행하고 있었다. 따라서 그가 이 마을에서 가장 중요한 인물이 될 때는 기우사로서의 본분을 수행할 때였다. 그 일은 오랫동안 가뭄이나 홍수, 한파가 계속되어 밭이 황폐해지고 부족이 굶주림의 위협에 직면했을 때였다. 그럴 때면 투루는 불모와 흉작에 대처할 효과적인 수단을 마련해야 했다. 제물을 바치거나 구마(驅魔)의식을 벌이거나 주문을 외우는 일이었다. 전설에 의하면 끈질기게 가뭄이나 홍수가 계속되어 어떤 수단으로도 귀신의 마음을 돌릴 수 없을 때 사용하는 최후의 방법이 있었다. 마을 사람들이 기우사를 제물로 바치는 것이었다. 어머니와 할머니 시대에 종종 사용된 방법으로서 족장 할머니도 그런 희생 제의를 한 번 겪어보았다고 했다.

날씨를 돌보는 일 외에도 기우사가 담당하고 있는 일이 한 가지 더 있었는데, 족장 할머니의 영역을 침범하지 않는 범위 내에서 의사의 역할을 담당하는 것이었다. 하지만 그밖에는 기우사는 여느 사람과 다름없이 생활했다. 그도 다른 사람들과 함께 공동 농지를 경작했고 오두막 옆에 자그마한 개인 정원도 지니고 있었다. 그는 열매와 버섯, 장작들을 모아서 저장했다. 낚시와 사냥도 했으며 한두 마리의 염소도 키웠다. 농부로서는 보통 사람과 같았지만 사냥이나 낚시, 약초 채집에서는 어느 누구도 흉내낼 수 없을 정도로 천재적인 재능을 발휘했다. 하지만 그의 독보적인 영역은 그렇게 가시적인 것이라기보다는 일종의 마법이라고 할 만큼 비밀스러운 영역이었다. 요컨대 달과 별을 관찰하는 일, 기후의 변화를 감지하고 예견하는 능력, 마술을 부리는 일 등이 그의 본령이었다. 그는 치료에 도움이 될 수 있으며 마법적 효력을 발휘할 수 있고 축복을 내리거나 마귀를 쫓아내는 데 쓰일 동식물들을 수집했다. 그는 온갖 진귀한 약초를 찾아낼 수 있었으며 온갖 종류의 두꺼비나 뱀에 대해서도 정통했고 그것들이 숨어 있는 곳을 알고 있었으며 온갖 기묘한 모양을 하고 있는 식물에 대해서도 정통했다.

크네히트는 이 모든 것을 머리를 통해서가 아니라 손과 발, 눈과 귀, 촉각, 후각으로 배웠으며 투루는 말이나 논리를 통해서가 아니라 실례와 몸짓을 통해 가르쳤다. 크네히트가 이런 가르침을 통해 큰 기쁨을 느낄 수 있었던 것은 그 가르침이 밖에서 오는 것이 아니기 때문이었다. 그는 투루의 인도에 의해서 이미 자신 내부에 들어있던 것을 배우고 깨우친 것이었다. 그는 잠복하고 기다리고 엿듣고 살금살금 다가가 살피고 감시하는 법,

잠을 자지 않고 밤새 추적하는 법을 배웠다. 하지만 그가 스승과 함께 잠복하면서 노린 것은 여우나 오소리나 살모사나 두꺼비, 새나 물고기만이 아니었다. 그가 노린 것은 본질, 전체, 의미, 관계 같은 것이었다. 그들은 일시적이며 변덕스러운 날씨에 대해 알아내고 예견하는 일, 딸기 덤불 속에 혹은 뱀에 숨어 있는 죽음을 아는 일, 구름과 폭풍우가 달의 변모 양상과 맺고 있는 내밀한 관계를 엿보는 일, 식물의 성장뿐 아니라 인간과 동물의 성쇠와도 관련이 있는 그 변모 양상을 은밀히 탐색하는 일에 전념한 것이다. 그들도 수세기 후의 과학 기술과 마찬가지로 자연을 지배하고 그 법칙을 관리한다는 목표를 갖고 있었다. 하지만 그들의 방법은 후대의 과학 기술과는 전혀 달랐다. 그들은 자연으로부터 떨어져 나오지도 않았고 강제로 자연의 비밀을 파헤치려 하지도 않았다. 그들은 자연과 맞서거나 적대적인 적이 없었다. 그들은 언제나 자연의 일부분이었으며 경건하게 자연을 경배했다. 그들은 자연에 대해 후대의 사람들보다 더 잘 알고 있었고 더 현명하게 자연을 다루었던 것이다. 하지만 그들은 아무리 대담해진 순간에도 언제나 자연 앞에서 두려움을 가졌으며 결코 자신이 자연보다 우월하다는 생각을 감히 품지 않았다. 자연의 힘이나 죽음, 혹은 악마 앞에서 두려움 외에 다른 감정을 갖는 것은 상상조차 할 수 없었다. 두려움은 인간의 삶을 위에서 감싸 누르고 있었다. 그것은 극복할 수 없는 것이었다. 하지만 두려움을 완화하고, 속이고, 가면을 씌우고 삶의 전체성 속에 편입시키는 일은 가능했다. 다양한 형태의 희생 제의는 바로 그런 목적을 위해 행해지는 것이다. 두려움은 사람들의 삶에 영원히 가해지는 압박이다. 그런 강한 압력이 없다면 인간의 삶에는 스트레스가 없을 수 있겠지만 동시에 강력한 집중력도 없을 것이다. 두려움의 일부를 경외심으로 바꾸어 격상시킬 수 있는 사람은 많은 것을 얻을 수 있다. 그런 류의 사람들, 즉 두려움을 경건함으로 바꾼 사람들은 그 시대의 본보기가 될 수 있는 사람이고 진보를 이룩한 사람이다. 바로 그런 의미에서의 희생 제의를 담당하는 것이 바로 기우사가 해야 할 일이었다.

때가 되자 아다는 크네히트의 아내가 되었다. 그때부터 크네히트는 투루의 제자가 아니라 조수로 인정받았다. 투루는 족장 할머니에게 크네히트를 자신의 사위이자 후계자라고 소개했고 그 뒤부터 크네히트에게 여러 가지 직무를 대신 수행하게 했다. 그리고 해가 갈수록 노인은 점점 명상에 빠졌고 급기야 모든 직무를 크네히트에게 넘겼다. 그는 어느 날 화롯가에서 마법의 용액이 담긴 단지 위로 허리를 굽히고 백발이 불에 그슬린 채 죽어 있었다. 그때는 이미 크네히트가 마을의 기우사로서 이름이 알려져 있었을 때였다. 크네히트는 마을 회의에서 스승의 명예를 드높이기 위한 성대한 장례식을 해달라고 요구했고 그의 무덤 위에 고귀하고 값진 약초를 제물로 쌓아놓고 불을 질렀다. 그것이 벌써 오래전 일이었다. 그리고 그때는 이미 여러 자식이 생겨서 좁은 오두막이 미어질 정도였으며 그 가운데 투루라는 이름을 가진 아이도 있었다. 노인이 달나라로의 죽음 여행으로부터 그 아이에게로 돌아온 것이다.

크네히트는 스승이 생전에 행했던 일들을 그대로 수행했다. 그리고 그의 두려움 가운데 일부는 경외심과 경건함으로 바뀌었다. 그리고 달을 경배하고 연구하는 일에서 높은 경지에 이르렀고 이윽고 스승을 능가하게 되었다. 그렇게 달에 대한 연구에서 높은 경지에 이르자 그는 더 이상 두려움의 지배를 받지 않게 되었고 달과 정답게 이야기를 나눌 수 있게 되었으며 자신이 달과 정신적으로 은밀하게 맺어져 있음을 알게 되었다. 그는 달이 이지러지고 새롭게 태어나는 일을 자신의 마음속에서 하나의 신비처럼 체험했다. 그리고 영원과 회귀에 대한 신념, 즉 죽음을 갱신하고 극복할 수 있다는 믿음을 갖게 되었으며 그 믿음이 그의 본성처럼 되어 다른 사람들이 알아볼 수 있을 정도였다. 그리하여 크네히트는 경건한 사람, 더없이 평온하며 죽음을 거의 두려워하지 않는 사람, 드높은 자연의 힘과 어깨를 겨루는 사람으로 간주되었다.

하지만 기우사로서 그가 평탄한 삶을 산 것은 아니었다. 가뭄이 몇 해 동안 계속되어 그가 자신을 제물로 내놓을 상황까지 몰린 적도 있었다. 그는 혼신의 힘을 다해 물과 샘과 수로를 찾아내어 마을 전체를 고난에서 구해냈다. 그런 어려운 일을 여러 번 겪으면서 사람들은 그를 더욱 높은 존경심으로 대했다.

그밖에도 크네히트는 인생의 절정기에 이르기까지 온갖 시련을 겪어야 했다. 그는 족장 할머니 두 분의 매장을 도와야 했고 여섯 살짜리 귀여운 아들을 늑대에게 잃기도 했다. 그는 중병을 앓기도 했다. 하지만 그는 다른 사람의 도움을 받지 않고 스스로 자신의 의사가 되어 그 병을 이겨냈다. 그는 굶주림과 추위에 시달리기도 했다. 그가 겪은 이 모든 시련이 그의 얼굴에도, 그의 영혼에도 아로새겨졌다. 그는 또한 생각이 깊은 사람은 주변 사람들에게 불쾌감과 혐오감을 불러일으킨다는 사실도 경험으로 알게 되었다. 사람들은 멀리서 그런 사람을 높이 평가하고 필요한 경우 도움을 요청하지만 그를 사랑하거나 받아들이기는커녕 오히려 피하려 할 뿐이라는 사실을 알게 된 것이다. 그는 또한 병자나 불행에 빠진 사람들은 지각 있는 충고를 따르기보다는 전통적인 마술 주문이나 구마(驅魔)의식을 훨씬 더 잘 받아들인다는 사실도 알게 되었다. 사람들이 자기 자신을 변화시키거나 자기 자신의 내면을 성찰하는 대신 외부로부터 오는 불행이나 형벌을 더 달게 받는다는 사실, 이성보다는 마술을, 경험보다는 공식을 더 쉽게 받아들인다는 사실을 알게 되었다. 많은 훌륭한 역사책이 보여주듯 그러한 경향은 그 뒤로 수천 년이 흘러도 변하지 않았다. 하지만 그런 것들과 함께 크네히트는 탐구적이고 사색적인 인간은 결코 사랑을 잃어버려서는 안 된다는 사실, 사람들의 소원과 어리석음 앞에서 오만함을 드러내면 안 되지만 그 앞에서 허리를 굽실거려도 안 된다는 사실, 현자와 사기꾼, 사제와 협잡꾼, 도움을 주는 형제와 기생충 같은 자 사이는 불과 한 걸음밖에 떨어져 있지 않다는 사실, 사람들은 아무 대가 없는 헌신적 도움을 받기보다는 악당에게 값을 지불하고 사기꾼에게 이용당하는 편을 택한다는 사실을 알게 되었다. 사람들은 신뢰와 사랑으로 보답하기보다는 돈과 물질로 지불하기를 원했다. 사람들은 서로 속이면서 자신도 속기를 기대하고 있었다. 크네히트는 인간을 약하고 이기적이고 겁 많은 존재로 보는 법을 배워야 했다. 또한 자신에게도 이런 사악한 속성과 충동이 들어있다는 것을 깨달아야 했다. 그러면서도 그는 인간이란 영혼과 사랑이며, 인간의 내면에는 본능에 거역하면서 본능이 순화되기를 갈망하는 그 무언가가 들어있다는 것을 믿고 그 믿음을 키워야만 했다. 하지만 이런 이야기들은 너무 추상적이고 도식적인지도 모르겠다. 우리로서는 그가 그런 것들을 알고 깨닫는 도중에 있었다고, 혹은 언젠가는 그런 생각들에 도달해서 그것들을 넘어서게 될 것이라고 말하는 편이 옳을 것이다.

크네히트는 이제 여러 가지 재능을 쌓고 실행할 수 있었다. 그가 습득한 능력들 중에는 후세 사람들은 더 이상 지닐 수 없는 능력, 그저 어렴풋이 이해할 수밖에 없는 능력도 있었으며 그중에서 가장 중요한 것은 비를 내리는 능력이었다. 그에게는 비결이 있었다. 그는 하늘의 힘에 탄원하고 심지어 하늘이 꼼짝 못 할 정도로 졸라대기도 했지만 그런 가운데 정성을 다하고 절도를 지켰으며 무엇보다도 하늘의 의지에 복종했다. 그리고 그는 그 모든 것을 머리로 안 것이 아니라 감각으로 이해하고 행동했으며 그것이 바로 그의 비결이었다. 그는 기상 상태, 대기와 온도의 긴장 상태, 날씨를 관장하는 정령의 위협이나 약속, 기분과 변덕을 미리 그의 피부와 머리카락, 감각 전체로 예감할 수 있었기에 무슨 일이 일어나도 놀라거나 실망하지 않았다.

기후의 변화를 자신의 내부에 집중시키고 자신 안에 보유하게 되면서, 결국 그는 구름과 바람을 부릴 수 있는 능력을 지니게 되었다. 그것은 물론 마음 내키는 대로 구름과 바람을 좌지우지할 수 있게 된 것을 의미하는 것이 아니었다. 그것은 자신과 세계 사이, 내부와 외부 사이의 차이를 완전히 지우고 자신이 구름과 바람과 혼연일체가 되는 것을 의미했다. 그는 마치 완벽하게 익히고 있는 음악의 한 악장을 마음속에 환기하여 재생해 내듯 바람과 천둥을 불러오고 잠재웠다. 그리고 만일 외부와의 이런 유대 관계가 깨지면 크네히트의 내면의 질서도 깨졌다. 그는 그런 날이면 일반인처럼 집안일을 돌보고 낚시를 하거나 약초를 캐면서 자신의 내면을 다스렸다. 또한 그는 사람의 얼굴을 닮은 나뭇가지, 나무처럼 무늬가 있는 자갈, 태곳적 동물의 화석, 기묘한 형태를 한 과일 씨앗, 기묘한 형상을 띠고 있는 돌멩이들을 수집하면서 그것들에 새겨진 상징의 의미를 해독하고 미래를 점쳤다.

그는 그 무언가를 새로 발명하고 창조하는 사람이 아니었다. 그는 사슬

속의 고리 중의 하나였다. 그는 자신이 전수받은 것을 후대에 물려주었으며 자신이 새로 배우고 쟁취한 것을 거기에 덧붙였을 뿐이었다. 당연히 그에게는 제자가 생겼다. 그는 세월이 흐르는 동안 두 명의 제자를 길렀는데 그중 한 명이 그의 후계자가 되었다.

대흉작과 기근이 휩쓸고 지나간 지 얼마 되지 않았을 때 한 젊은이가 그를 찾아오더니 주변에서 그를 엿보며 존경하기 시작했다. 자신이 젊은 시절 겪었던 일이 똑같이 벌어지는 것을 보고 크네히트는 기묘한 느낌에 사로잡혔다. 이제 자신의 청춘은 이미 지나갔으며 열매를 맺을 때가 되었다는 감정을 맛본 것이다. 그는 옛날 투루 노인이 자신을 대했던 것과 똑같이 소년을 대했다. 그는 자신의 스승이 자신에게 그랬듯이 소년을 멀리하고 퉁명스럽게 대했다. 그것은 스승의 행동을 모방한 것도 아니었고, 젊은이를 테스트하기 위한 교육적인 목표에서 행한 행동도 아니었다. 실은 그 젊은이가 성가셨을 뿐이었다. 크네히트에게는 자신을 따라다니는 젊은이가 자신의 권리와 습관을 침해하고 자신의 독립을 빼앗으려는 자로 보였다. 하지만 옛날에 투루가 그랬듯이 소년의 열성에 그의 마음도 결국 누그러졌다. 그리고 그는 그것이 피할 수 없는 운명적인 일이라는 것도 자각했다. 이제 무한한 진보를 이룩하고 온갖 지혜를 얻겠다는 개인적인 꿈 대신 한 명의 제자가 나타난 것이다.

하지만 비밀을 전수하고 후계자를 양성한다는 가장 중요하고도 책임이 무거운 일에서 크네히트는 쓰라린 환멸을 맛보았다. 그가 첫 번째 제자로 받아들인 소년의 이름은 마로였는데 크네히트는 그에게서 결코 잊을 수 없는 실망을 경험했다. 그는 비굴한 아첨꾼이었고 무조건적으로 복종하는 모습을 보였지만 그에게는 크나큰 결점들이 있었다. 무엇보다도 그에게는 용기가 없었다. 그는 특히 밤과 어둠을 두려워했지만 애써 그 사실을 숨기려 했다. 또한 이 제자에게는 관찰 그 자체에 몰두하는 자질, 기우사로서의 천직을 이행하면서 생각과 성찰에 몰두하는 자질이 없었다. 그는 영리하고 이해력도 뛰어났기에 깊은 성찰과 몰입을 요구하지 않는 일은 재빨리 익히고 배웠다. 하지만 이 제자가 크네히트를 따르고 흠모했던 것은 그의 기술을 배워 남들보다 뛰어난 사람으로 인정받기 위해서라는 사실이 시간이 흐를수록 명확해졌다. 그는 사람들의 갈채를 원했고 사람들을 지배할 힘의 획득을 원했다. 스승은 그 사실을 깨닫고 매우 놀랐으며 차츰 제자를 멀리하기 시작했다. 그리고 이 제자가 뇌물의 유혹에 넘어가 자신의 허락도 받지 않고 병든 아이를 치료하고 재난을 막는 굿을 벌였다는 사실을 알게 되자 몹시 심하게 꾸짖었다. 하지만 꾸중을 들은 이후에도 그런 일이 계속되자 스승은 제자를 쫓아냈다.

그런 뒤에 그는 두 번째 제자를 받아들였는데 그가 바로 마지막 제자인 아들 투루였다. 그는 스승의 현신이라고 할 수 있는 투루를 무척 사랑했고 그에게 모든 것을 전수할 수 있다는 생각에, 특히 그가 자신의 아들이라는 사실에 매우 흡족해했다.

그는 첫 번째 제자 마로를 쫓아냈지만 마로는 여전히 그의 생각과 생활 안에서 완전히 사라지지 않았다. 마로는 마을에서 큰 존경을 받고 있지는 못했지만 큰 인기가 있었고 대단한 영향력을 발휘하고 있었다. 그는 결혼을 했으며 일종의 협잡꾼이나 어릿광대로서 사람들을 즐겁게 했고 고수(敲手)들의 우두머리가 되었다. 그는 기우사의 보이지 않는 적이 되어 크네히트가 사람들에게 친절하지 않고 사교적이지 않다고 험담을 하고 다녔다. 그것은 어느 정도 사실이긴 했다. 크네히트는 사람들과 사이좋게 지내기보다는 고독과 자유를 좋아했다. 그는 소년 시절 스승 투루로부터 사랑을 받으려 애를 썼던 경우를 제외한다면 그 누구에게도 애정과 존경을 구하려 하지 않았다. 그런 그가 이제 자신을 증오하는 적을 갖는다는 것이 어떤 것인지 알게 되었다. 그리고 바로 그 사실이 그의 여생에 많은 악영향을 미쳤다.

마로는 재주가 많았다. 하지만 그 재주는 자신 안에 지니고 있던 재능이 밖으로 표출된 것이 아니라 대개 불로소득으로 얻거나 남들로부터 훔치고 빼앗은 것이었다. 재주가 높고 상상력은 뛰어나지만 인품이 그것들을 따라가지 못하면 반드시 스승을 당혹스럽게 만들기 마련이다. 스승이 제자를 두는 것은 제자에게 봉사하기 위해서가 아니라 문화에 봉사하기 위해서이고, 교육의 의미도 바로 그 봉사에 있다. 그런데 재주만 뛰어날 뿐 봉사의 뜻을 체득하지 못한 제자는 결국 봉사의 정신을 해치고 문화를 배신한다. 우리는 수많은 민족의 역사 가운데 문화나 정신적인 질서가 심각하게 교란되어 오로지 재능만 있는 자들이 공공 기관, 학교, 학술 기관, 정부의 요직을 차지한 경우가 있음을 잘 알고 있다. 그런 자들이 요직을 차지하기 전에 미리 알고 저지하는 일, 그들을 비교육적이고 비문화적인 일, 비정신적인 일로 되돌려 보내는 것은 대단히 힘든 일이다. 그런 점에서 크네히트도 잘못을 저질렀다. 그는 마로를 너무 오랫동안 참고 기다려주었던 것이며 이 허울뿐인 야심가에게 너무나 많은 비교(秘敎)적인 지식을 전수해주었던 것이다. 참으로 유감스러운 일이었으니 그 결과는 그가 미처 예견할 수 없을 정도로 심각했다.

세월이 흘러 크네히트의 수염이 이미 백발이 된 어느 해의 일이었다. 크네히트는 문득 천지간의 질서 잡힌 관계가 마귀들의 범상치 않은 힘과 악의에 의해 교란되고 있음을 느꼈다. 추분이 지났을 때였다. 그는 벌써 며칠 전부터 삼라만상이 뭔가 불안한 기운에 휩싸여 있음을 느끼고 있었다. 그는 저녁 무렵 오두막 뒤의 작은 경작지를 왔다 갔다 하다가 장작들 사이에 있는 나무 그루터기에 걸터앉았다. 별들이 하나둘 떠오르기 시작하더니 여느 때와 마찬가지로 반짝이기 시작했다. 다만 팽팽하게 당겨진 옅은 공기로 예리하게 문질러 놓은 듯 평소보다 별들이 더 밝은 빛을 내고 있었다. 크네히트는 평소에 달과 함께 별들을 찬미하고 숭배해 왔다. 하지만 지금 별들을 바라보고 있자니 평소처럼 마음이 안정되지 않았다. 마치 미지의 공간으로부터 어떤 힘이 그를 잡아당겨 그의 숨구멍을 조이고 눈을 빨아들이면서 조용히, 그리고 끈기 있게 영향력을 발휘하고 있는 것 같았다. 그것은 하나의 흐름이었고 경고의 진동이었다.

크네히트의 귀에 오두막 안에서 아다가 아이를 재우느라 나지막하게 자장가를 흥얼거리는 소리가 들려왔다. 바로 그때였다. 하늘에서 대재난이 일어나기 시작했다. 오랜 세월이 지나도 마을 사람들이 결코 잊을 수 없는 대재난이 벌어지기 시작한 것이다. 별들이 조용하게 반짝이는 가운데 그 별들을 엮고 있는 그물, 평소에는 보이지 않는 그 그물들 여기저기서 마치 불이라도 붙은 듯 번쩍번쩍 경련이 일어나기 시작했다. 마치 돌을 집어던진 듯 별들이 반짝였다가 꼬리를 만들며 하늘을 가로질러 비스듬히 떨어지기 시작했다. 그리고 미처 먼저 떨어진 유성에서 눈을 떼기도 전에 수십 수백씩 무리를 지어 별들이 미끄러지듯 떨어지기 시작했다. 수를 헤아릴 수도 없을 만큼 많은 별이 침묵하고 있는 밤을 가로질러 떨어진 것이다. 수천수만의 별이 무시무시한 정적을 뚫고 지금까지 단 한 번도 별이 떨어져 본 적이 없는 바닥 모를 심연 속으로 사라져버렸다.

크네히트는 심장이 얼어붙는 것 같았다. 그는 현기증이라도 난 것 같은 눈빛으로 그곳에 선 채 마법에 걸려 변화하고 있는 하늘을 바라보았다. 그는 자신의 눈을 의심했지만 눈앞에서 무시무시한 일이 벌어지고 있는 것이 분명했다. 저 이름 모를 별들뿐 아니라 자신이 익히 알고 있는 별들까지 동요하면서 떨어지는 것 같았고, 땅이 하늘을 삼켜버리거나 하늘의 둥근 천장이 텅 비어버려 새까맣게 되어버릴 것만 같았다.

하지만 잠시 후 그는 다른 사람들은 알 수 없었던 사실을 깨달을 수 있었다. 자신뿐 아니라 사람들이 잘 알고 있는 별들은 여전히 여기저기 제자리를 지키고 있다는 것을 알 수 있었던 것이다. 이 놀라운 별들의 방사와 추락은 누구에게나 친근한 별들 사이에서 일어난 것이 아니라 땅과 하늘 사이의 공간에서 일어났다는 사실, 땅을 향해 떨어지면서 급작스럽게 나타났다가 사라지는 이 빛은 오래된 정상적인 별들과는 다른 빛깔로 불타고 있다는 사실을 알 수 있었던 것이다. 그런 사실 때문에 크네히트는 위안을 받았고 마음의 안정을 어느 정도 찾을 수 있었다.

하지만 비록 이 별들이 새롭고 일시적이며 기존의 별들과는 다른 별들이라 할지라도 그 역시 재난이었고 무질서인 것은 분명했다. 그는 깊은 책임감을 통감하고 탄식을 내뱉었다. 그는 천지간의 질서에 대해 어느 정도 책임이 있었다. 그는 강의 범람이나 우박, 폭풍우 같은 재난을 미리 감지하고 그때마다 어머니들과 장로 노파들에게 미리 경고하여 최악의 피해를 면하게 해왔었다. 그런 식으로 그는 자신의 지혜와 용기로, 천상의 힘에 대한 자신의 믿음으로 마을이 갑작스런 동요와 재난에 빠지지 않게 해왔었다. 그런데 어찌하여 이번에는 사전에 아무것도 알 수 없었으며 아무런 조치도 취할 수 없었던 것일까? 어째서 그는 자신이 느꼈던 예감에 대해 그 누구에게 한마디도 하지 않았던 것일까?

그는 오두막 입구의 거적을 들어 올리고는 손가락을 입에 대고 아다에게 밖으로 나오라고 말했다. 아다가 밖으로 나오자 그가 말했다.

"아이들은 자게 내버려 둬요. 애들에게는 저 모습을 보여주지 말아요. 투루에게도 보여주지 말고 당신도 집 안에 있어요."

"대체 무슨 일이지요? 아주 나쁜 일인가요?" 아다가 물었다.

"나쁜 일이오." 그가 부드럽게 말했다. "아주 나쁜 일인 것 같소. 하지만 당신이나 아이들에게는 상관없는 일이오. 집 안에 그대로 있어요. 나는 사람들에게 가봐야겠소. 자, 안으로 들어가요."

아다가 안으로 들어가자 그는 무거운 한숨을 내쉬며 빠른 걸음으로 족장 할머니의 오두막이 있는 마을 쪽으로 발걸음을 향했다.

그곳에는 벌써 마을 사람들의 절반 정도가 모여 있었다. 모두들 웅성거리며 공포와 절망에 사로잡혀 있었다. 하지만 다행히 족장 할머니는 침착함을 잃지 않고 있었다. 크네히트는 족장 할머니에게 익숙한 별들은 여전히 제자리를 지키고 있으니 무엇보다도 공포에 취해 있는 사람들을 마귀들의 손에 맡겨놓으면 안 된다고, 그들을 광기와 격정과 자기 파괴 욕구에 빠지게 만들면 안 된다고 말했다. 족장 할머니는 그의 말을 따랐고 기우사의 주변에 그의 말을 이해하는 사람들이 몇 명 모였다. 하지만 그 수는 극소수였다. 크네히트는 이런 경우 이성이나 현명한 말 몇 마디로 사람들의 마음을 안정시킬 수는 없다는 사실을 알고 있었다.

다행히 다른 방법이 있었다. 이성의 힘으로 저들의 죽음의 공포를 몰아내는 일은 불가능하더라도 이 공포를 인도하고 조직해서 그것에 형상을 부여하는 일은 가능했다. 그렇게만 할 수 있다면 광기에 휩싸인 사람들의 혼란을 굳건한 유대감으로 바꿀 수 있고 자제력을 잃은 개별적 목소리들이 하나의 합창이 될 수 있을 것이었다. 우물쭈물할 시간이 없었다. 크네히트는 사람들 앞에 나서서 모두가 잘 아는 기도문을 큰소리로 외쳤다. 공공참회식이나 장례식 때 시작을 알리는 기도문으로서 족장 할머니의 죽음을 추도하거나 정식 희생 제의 때, 혹은 전염병이나 홍수 같은 것이 닥쳐와 희생 제의를 벌일 때 주로 사용했다. 크네히트는 손뼉으로 박자를 맞추면서 거의 땅바닥에 닿을 정도로 허리를 굽혔다가 일어나기를 반복했다. 처음에는 열 명 정도가 그 의식에 동참하더니 이윽고 스무 명으로 늘어났고 마침내 모든 사람이 동참했다. 그가 쓴 방법은 큰 효과를 거두었다. 미쳐서 절망에 빠져 있던 무리들이 이제는 희생과 고해 준비가 된 경건한 사람들로 변해 그곳에 서 있었다. 그들은 이제 죽음의 공포를 자신 속에 가두어 두거나 홀로 무서움에 울부짖는 대신, 박자에 맞춰 주문을 외는 예식의 즐거운 분위기에 젖었고 마음을 굳게 먹을 수 있었다. 그러한 의식에는 신비스러운 힘이 작동하는 법이다. 각 개인들이 통일성을 경험할 수 있다는 것, 공동체 의식을 확인할 수 있다는 것이 바로 그 힘이다. 그 효력은 바로 절도와 질서, 리듬과 음악에서 오는 것이다.

하늘에서는 여전히 무질서하게 별들이 떨어지고 있었다. 하지만 사람들은 이제 더 이상 공포를 느끼지 않았고 인간의 불안과 허약함을 질서와 예배의 화음으로 바꿈으로써 질서를 잃은 하늘에 대항했다. 그러자 마치 기적 같은 일이 벌어졌다. 하늘이 서서히 안정을 되찾으며 회복되는 모습을 보인 것이다. 사람들은 예배로 마귀의 힘을 길들였던 것이며 하늘이 다시 질서를 되찾게 되었다는 안도감을 맛보았다.

그 공포의 밤은 결코 잊히지 않았다. 사람들은 그날의 공포에 대해 이야기했지만 더 이상 속삭이지 않고 자신들이 꿋꿋하게 이겨낸 재난, 투쟁으로 쟁취한 승리에 대해 이야기하듯 당당했다.

하지만 크네히트에게 그 사건은 과거의 사건이 아니었다. 그 사건은 그에게 잊을 수 없는 경고로 남았으며 그를 계속 자극하는 바늘 같은 것이 되었다. 실제로 시간이 흐르면 흐를수록 그에게 그 사건은 점점 더 중요한 사건으로 여겨졌으며 그는 그 사건에 대해 더 많은 의미를 부여했다. 그에게는 그 기적 같은 자연 현상이 여러 양상을 품고 있는 거대하고 어려운 문제로 여겨졌다. 그 사건은 그것을 단 한 번이라도 목격한 사람이라면 평생을 바쳐서 몰두할 수 있는 문제인 셈이었다.

그런데 크네히트는 왜 자신의 아들인 투루에게 이 광경을 보지 못하게 한 것일까? 그 문제를 자신처럼 진지하게 받아들일 유일한 목격자일 수 있는 투루를 계속 잠자게 한 것일까? 그 답은 간단하면서도 모호하다. 한마디로 투루를 너무 사랑했기 때문이었다. 그는 이 자연의 재난을 하나의 징조로, 기우사인 자신과만 관련이 있는 징조이자 예고라고 생각했다. 다가오게 될 이 운명은 성숙하고 용기 있는 남자를 요구할 것이다. 따라서 그 일에 아들을 끌어들여 함께 고통받게 하거나 그 일에 대해 알게 하는 것은 옳은 일이 아니리라. 그는 아들을 높이 평가하고 있었지만 아직 채 성숙하지 않은 젊은이가 그런 위협과 맞설 수 있는지는 자신할 수 없었다.

겨울이 오고 다시 지나갔다. 비가 많이 오고 다소 따뜻한 겨울이었다. 별들은 더 이상 떨어지지 않았고 여느 때와 다른 일도 벌어지지 않았다. 마을은 평온했다. 그런데 봄이 되자 기우사의 불길한 예언이 부분적으로 맞아 떨어졌다. 달이 마치 배신이라도 한 듯, 싹도 나지 않고 나무에 수액도 오르지 않는 아무 즐거움도 없는 봄이었던 것이다. 파종 날짜를 결정하는 데 도움이 될 징조들도 일치하지 않았고 들에 꽃도 거의 피지 않았으며 가지에 싹을 틔웠던 잎은 말라 죽었다. 크네히트는 늘 하던 대로 구마 의식을 벌였고 개인적인 제물도 바쳤다. 마귀를 달래기 위해 죽과 음료를 끓이기도 했다. 수염을 짧게 깎기도 했으며 초승달이 뜨는 밤에 머리카락을 나무의 진과 나무껍질과 함께 태워 짙은 연기를 피우기도 했다.

하지만 별로 소득이 없었으며, 예년의 파종 기간을 넘기게 되자 족장 할머니에게 보고하고 상의할 수밖에 없었다. 그런데 평시에 그에게 어머니처럼 자애로운 모습을 보여주던 족장 할머니를 만날 수 없었다. 할머니가 병이 들어 여동생에게 모든 것을 일임한 것이다. 족장 할머니의 동생은 기우사에게 아주 냉담했으며 족장 할머니로서의 근엄함이 없는 여자였다. 그녀는 오락 거리나 사소한 일들에 더 많은 관심을 갖고 있었고 바로 그 때문에 고수(鼓手)이자 요술쟁이인 마로와 가깝게 지냈다. 그는 그녀에게 유쾌한 시간을 마련해주고 비위를 맞추는 법을 알고 있었다. 크네히트는 대리 족장 할머니와 파종 시기에 대해 의논을 하려 했으나 냉담하게 거절당했으며 족장 할머니를 만나서 돌보고 싶다는 요청도 거절당한 채 물러날 수밖에 없었다,

그는 보름에 걸쳐 파종에 적합한 날씨를 만들기 위해 온갖 애를 다 썼다. 그러나 이제껏 그의 마음과 보조를 맞추던 날씨가 마치 그에게 적개심이라도 품은 듯 그를 피해 갔으며 마술도, 제물도 아무런 효과가 없었다. 그는 할 수 없이 다시 대리 족장 할머니를 찾아갔다. 그녀와 대화를 나누면서 크네히트는 그녀가 광대인 마로와 의논했음을 알 수 있었다. 노파

가 지나칠 정도로 모든 문제에 대해 아는 척했으며 한때 자신의 제자였던 마로를 통하지 않고는 알 수 없을 표현들을 가끔 썼던 것이다. 크네히트는 사흘 말미를 더 달라고 요청했고 세 번째 초승달이 뜨는 날을 파종일로 정했다. 노파가 동의했고 그 결정은 마을에 알려졌으며 모두 파종 준비를 했다. 한동안 모든 일이 순조롭게 진행되는 것 같았다. 그런데 마귀가 또 심술을 부렸다. 파종일 전날 족장 할머니가 세상을 떠난 것이다. 마을의 모든 일이 미뤄진 채 장례를 선포하고 준비해야만 했다. 파종은 또다시 연기될 수밖에 없었다.

장례식이 거행되고 난 후 세상을 떠난 족장 할머니의 누이인 새 족장 할머니의 요청에 따라 성대한 파종제가 거행되었다. 의식을 제대로 끝내고 나자 크네히트는 안도의 한숨을 내쉴 수 있었다.

하지만 파종제와 함께 엄숙하게 뿌려진 씨앗들은 아무런 기쁨과 수확을 갖다주지 못했다. 은총을 받지 못한 해였다. 겨울로 돌아간 듯한 한파가 이어지는 등 그해 봄 날씨는 온갖 변덕을 다 부렸다. 여름이 되어 드문드문 야윈 작물이 들판을 덮었을 때 최악의 사태가 벌어지고 말았다. 유사 이래 볼 수 없었던 지독한 가뭄이 이어진 것이다. 태양이 작열하는 가운데 냇물이 말라붙고 마을 연못은 찐득찐득한 진흙 바닥을 드러냈다. 사람들은 작물이 시들어 말라 죽어가는 모습을 보고 있을 수밖에 없었다. 간혹 구름이 몰려오기도 했지만 마른벼락만 울릴 뿐이었다.

어느 날 크네히트가 아들을 불러 말했다.

"투루, 상황이 좋지 않구나. 모든 악마가 우리와 맞서고 있다. 유성이 떨어졌을 때 이미 시작된 일이다. 이제 내 목숨을 바칠 때가 된 것 같다. 내가 해주는 말을 명심해라. 내가 희생이 되면 내 일을 네가 맡아라. 그리고 내 몸을 불태우고 그 재를 밭에 뿌리겠다고 해라. 사람들은 지독하게 굶주리며 겨울을 보내야 할 것이다. 하지만 그것으로 악마의 주문은 풀리게 된다. 아무도 마을의 공동 씨앗에 절대로 손을 대지 못하게 해라. 이듬해는 훨씬 나아질 것이며 사람들은 젊고 새로운 기우사를 맞이한 게 다행이라고 말할 것이다."

마을은 절망에 빠져 있었다. 마로는 사람들을 부추겼고 사람들은 자주 기우사를 위협하고 저주했다. 아다는 병에 걸려 고열과 구토에 시달리고 있었다. 크네히트는 마로가 자신을 제물로 바칠 것을 종족 할머니에게 건의했음을 잘 알고 있었다. 그는 자신의 명예와 자식을 위해 최후의 한 발자국을 내디뎠다. 투루에게 제의 복장을 입혀 할머니에게 데려간 자리에서 투루를 후계자로 지목하고 자신이 제물이 되겠다고 자청했던 것이다. 족장 할머니는 잠시 크네히트의 표정을 살피더니 이윽고 고개를 끄덕여 승낙했다.

희생 제의는 바로 그날 거행되었다. 병에 걸려 누워 있는 사람들을 제외하고는 모두 의식에 참가했으며 투루가 예복을 입고 의식을 주도했고 고수대 우두머리인 마로도 동행했다. 사람들의 행렬은 숲속으로 들어가 넓은 공터 앞에 멈추었다. 크네히트가 의식 장소로 정한 곳이었다. 숲속 공터에 이르자 기우사를 중앙에 세우고 사람들이 그를 둥그렇게 에워쌌다. 남자들은 도끼를 들고 있었다. 시체를 화장할 나무를 베기 위해서였다. 좀 더 바깥쪽으로는 일반 군중들이 커다란 원을 그리고 있었다. 모두가 머뭇거리며 당황한 모습을 보이자 크네히트가 먼저 입을 열었다.

"저는 여러분의 기우사였습니다. 많은 세월 저는 여러분을 위해 최선을 다했습니다. 이제 악마가 제게 맞서고 있고 제가 할 수 있는 일은 없는 것 같습니다. 그렇기에 저는 저를 제물로 내놓기로 했습니다. 그러면 악마들의 마음도 풀릴 것입니다. 제 아들 투루가 여러분의 새로운 기우사가 될 것입니다. 이제 저를 죽이십시오. 그 뒤에는 투루가 하자는 대로 하면 됩니다. 안녕히 계십시오. 자, 누가 희생을 집행할까요? 저는 고수 마로를 추천합니다. 그가 이 일에 적합한 사람인 것 같군요."

그가 입을 다물었다. 아무도 꼼짝하지 않았다. 무거운 가죽 모자를 쓴 투루는 얼굴이 벌겋게 달아오른 채 고통스러운 눈길로 사람들을 둘러보았다. 그의 아버지의 입이 조롱하듯 일그러졌다. 마침내 족장 할머니의 호통이 떨어졌다. 그녀가 화난 듯 마루에게 외쳤다.

"어서 이리 나와. 도끼를 들고 어서 집행해!"

마로는 도끼를 높이 치켜들고 옛 스승의 앞에 섰다. 그는 그 어느 때보다도 옛 스승이 증오스러웠다. 말 없는 노인의 입가에 떠오르는 비웃음이 그를 쓰라리게 했다. 그는 도끼를 쥐고 머리 위로 들어올렸다. 그는 허공에 도끼를 치켜든 채 겨냥을 하고는 희생자의 얼굴을 응시하면서 그가 눈을 감기를 기다렸다. 하지만 크네히트는 눈을 감지 않았다. 그는 두 눈을 크게 뜨고 도끼를 들고 있는 사내를 똑바로 쳐다보았다. 그 눈은 거의 무표정이었지만 동정과 비웃음 사이를 오가는 표정을 얼핏 엿볼 수 있었다.

마로는 화난 듯이 도끼를 집어던지며 외쳤다.

"못 하겠어!"

그는 중얼거리면서 사람들 사이를 뚫고 군중 사이로 황급히 사라졌다. 몇몇 사람이 소리 없이 비웃음을 흘렸다. 할머니는 분노로 새파랗게 질렸다. 그녀는 저 기우사의 당당한 태도에 못지않게 마로의 아무짝에도 쓸모없는 비겁한 태도에 화가 났다. 그녀는 마을 장로 가운데 한 사람에게 신호를 보냈다. 그는 위엄 있고 말 없는 사람이었다. 그는 이 불쾌한 광경에 수치심을 느끼고 있는 것 같았다. 그는 앞으로 나서면서 제물을 향해 짧게 고개를 끄덕이며 다정한 인사를 건넸다. 둘은 소년 시절부터 잘 알고 지내던 사이였다. 이제 희생자가 기꺼이 눈을 감았다. 그는 두 눈을 꼭 감은 채 고개를 약간 숙여주었다. 노인이 도끼로 크네히트를 내리쳤고 크네히트는 쓰러졌다. 새 기우사인 투루는 한마디 말도 할 수 없었다. 그는 오로지 몸짓으로 할 일을 지시했다. 얼마 후 장작더미가 쌓이고 그 위에 죽은 자의 몸이 눕혀졌다. 두 개의 축성(祝聖)된 나무로 불을 붙이는 장엄한 의식이 투루가 기우사로서 행한 첫 번째 공적인 일이었다.

2. 고해사(告解師)

성 힐라리온(4세기 가자 지구 태생의 은둔 수도자-옮긴이 주) 생전에 가자 시에 요제푸스 파물루스라는 사람이 살고 있었다. 그는 서른 살 남짓까지 세속적인 생활을 하며 이교도 책들을 연구했다. 그런데 자신이 흠모하던 한 여인을 통해 하느님의 가르침과 기독교 덕목의 달콤함을 알게 되었다. 그는 세례를 받고 죄를 짓지 않겠다는 서약을 한 후 수년간 마을 사제 밑에서 사제 수련을 받았다. 그는 특히 광야에서 은둔 생활을 하던 경건한 사람들의 이야기에 감명을 받았으며 서른여섯 살이 되던 해에 자신의 재산을 모두 마을 사람들에게 나눠준 후 도시를 떠나 광야로 갔다. 사악한 속세를 떠나 참회자의 길로 들어선 것이다.

몇 해가 지나는 동안 그는 햇볕에 그을리고 바싹 야위었다. 그는 바위와 모래밭에 무릎을 꿇고 앉아 기도했다. 그는 단식을 하며 기다림의 세월을 보냈고, 해가 지면 몇 알의 대추야자 열매를 먹으며 지냈다. 악마들이 유혹하고 조롱하고 기만하며 그를 괴롭혔지만 그는 기도와 참회와 헌신으로 그들을 물리쳤다.

당시 황량한 황야에 샘물 하나, 작은 풀밭, 크고 작은 오아시스만 있으면 곳곳에 은자들이 살고 있었다. 가난과 이웃에 대한 사랑을 실천하며 속세의 자아에서 벗어나 구세주에게로, 빛과 영원의 세계로 넘어가기를 갈망하는 사람들이었다. 그렇게 금욕 생활을 하면서 참회자들 대부분은 자신만의 특별한 능력을 획득했다. 기도 능력, 안수 치료 능력, 예언 능력, 마귀를 쫓아내는 능력, 재판하고 벌하는 능력, 위안하고 축복을 내리는 능력 등이 그것이었다. 요제프에게도 한 가지 능력이 깃들기 시작했으며 그의 머리카락이 백발로 변하게 되면서 그 능력은 활짝 꽃을 피웠다. 그것은 남의 이야기에 귀를 기울일 줄 아는 능력이었다. 은자들 중의 한 사람, 혹은 영혼이 고통을 받고 있는 세속인이 그에게 와서 자신의 행동이나 고통, 유혹, 그릇된 행동, 선을 향한 싸움과 그 싸움에서의 패배 등에 대해, 또한 상실과 슬픔에 대해 이야기하면 요제프는 그 사람의 말에 귀를 기울일 줄 알았으며 자신의 귀와 마음을 열고 상대방의 고통과 번뇌를 자신의 것으로 받아들일 줄 알았다. 그에게 고해를 한 상대방은 마음을 비우고 평온한 마음이 되어 돌아갔다. 그의 인내심과 묵묵히 받아들이는 성격, 과묵함이 그의 미덕이었다.

세월이 흐를수록 점점 더 많은 사람이 그에게 마음을 털어놓기 위해 그를 찾아왔다. 요제프는 상대방이 고백하는 고통이나 죄가 어떤 것이건 그들을 모두 공평하게 대했다. 심지어 어떤 사람이 악마와 가까운 사이이며 악마와 친하게 지낸다고 해도 놀라지 않았다. 또한 그 누군가 자신의 죄의 중요한 부분을 감추거나 저지르지도 않은 죄를 고백하는 것이 분명할 때도 그는 동요하지도 않았고 윽박지르지도 않았다. 사람들이 그에게 털어놓는 모든 한탄과 고백과 호소, 양심의 가책들이 모두 사막의 모래에 물이 스며들 듯이 그에게 스며드는 것 같았다. 그는 그 어떤 고백에 대해서도 판단을 하지 않는 것 같았으며 고백하는 사람을 동정하거나 멸시하지도 않는 것 같았다. 그럼에도 불구하고, 혹은 바로 그 이유 때문에 그에게 행한 고해는 헛되지 않고 늘 효력이 있었다. 서로 말하고 듣는 가운데 고해자는 변화하고 가벼워지고 회복이 되는 것이었다. 요제프는 경고나 훈계를 하는 일은 매우 드물었고 충고나 명령을 하는 일은 거의 없었다. 그것은 그가 할 일이 아닌 것 같았으며 그에게 고해하러 오는 사람들도 그렇게 느끼는 것 같았다. 그가 할 수 있는 일은 신뢰감을 불러일으키는 것, 참을성 있게 사랑하는 마음으로 수동적으로 귀를 기울이는 것, 그리하여 앞뒤가 맞지 않는 고해에 모양을 갖추게 해주는 것, 마음속에 쌓여 있거나 딱지가 앉아버린 참회를 자연스럽게 흘러나오게 만드는 것이었다. 그는 그 고해들을 받아서 침묵으로 감쌌다.

그의 명성이 가자 지역 전체로 퍼져나갔다. 그의 명성이 하도 드높아져서 때로는 저 존경받는 고해 신부이며 은자인 디온 푸길에 비견되기도 했다. 디온 푸길의 명성은 요제프보다 10년 앞서부터 널리 퍼져 있었으며 그는 요제프와는 전혀 다른 능력을 지니고 있었다.

디온 신부에게는 어떤 식으로 고백을 해야 할지 미처 할 말을 찾지 못하는 사람의 마음을 읽어낼 줄 아는 능력이 있었다. 심지어 그는 상대방이 아직 털어놓지 않은 죄를 제대로 지적해서 상대방을 놀라게 한 적도 많았다. 상대방의 마음속을 꿰뚫어 보는 이 사람의 능력에 대해서 요제프는 수없이 놀라운 이야기를 들은 적이 있었으며 자신을 그 위대한 사람과 비교한다는 것은 감히 생각조차 할 수 없는 일이었다. 디온 신부는 방황하는 영혼의 현명한 조언자였으며 위대한 판관이었고 벌을 주고 교정해주는 인물이었다. 그는 죄에 대한 보상으로 참회와 고행과 성지순례를 부과했으며 혼인을 중매했고 원수들을 화해시켰다. 그는 주교와 같은 권위를 누렸다. 그는 아스칼론 근처에 기거했지만 예루살렘은 물론이고 그보다 더 먼 지역으로부터도 그에게 고해를 하려고 사람들이 찾아왔다.

요제푸스 파물루스는 다른 은자들과 마찬가지로 격렬하고 소모적인 싸움을 벌여야만 했다. 비록 속세의 생활과 결별하면서 재산과 집도 다른 사람에게 넘겨주고 수많은 유혹이 있는 도시를 떠났다 하더라도 자기 자신까지 완전히 버리지는 못했다. 그의 육체와 영혼 내부에는 인간을 고뇌와 유혹으로 이끌 수 있는 본능들이 남아 있었던 것이다. 그는 우선 육체를 혹독하게 다루었다. 더위와 추위, 굶주림과 갈증, 상처와 물집에 길이 들면서 그의 육체는 서서히 쇠약해져 갔다. 하지만 악마는 그런 고행자에게 더욱 강력한 유혹의 손길을 뻗치는 법이다. 그는 그 유혹을 자신에게 위로를 받고자 찾아오는 사람들의 고해를 받으며 이겨냈다. 자신이 하느님의 도구로서 타인에게 봉사하는 과업을 수행하고 있다는 숭고한 감정으로 그는 자기 자신으로부터 벗어날 수 있었다.

그 감정은 그 자체 놀랍고도 고양된 감정이었다. 하지만 그런 과업을 수행하는 도중에 그는 영혼 역시 유혹의 덫에 걸릴 수 있다는 사실을 알게 되었다. 누군가 길을 가다가 그의 동굴 앞에서 물 한 모금을 청하거나 자신의 고해를 들어주기를 청하면 요제프는 만족감과 기쁨을 느꼈다. 그는 스스로에게 자기도취에서 비롯된 허영과 자기애가 있음을 알고 크게 놀랐다. 그는 자주 무릎을 꿇고 하느님께 기도하면서 더 이상 고해자가 자신에게 찾아오지 않게 해달라고 빌었다. 하지만 고해자가 찾아오지 않는 것은 근본적인 치유책이 아니었다. 다음에 다시 많은 고해자가 찾아오면 그는 커다란 기쁨을 느꼈고 마치 자신이 새로운 죄를 범하는 것 같았다. 그는 고해를 듣고 난 후 스스로 참회를 했다. 또한 그는 모든 고해자를 형제로서 뿐만이 아니라 공경하는 마음으로 대하는 것을 하나의 원칙으로 삼았다. 고해자들을 자신을 시험하기 위해 하느님이 보낸 사자로 여긴 것이다. 그런 식으로 여러 해가 지나자 이미 노령에 접어들었지만 그는 삶에서 균형을 찾을 수 있었다. 그는 이웃 사람들로부터 하느님 안에서 평화를 찾은 흠결 없는 사람이라는 평가를 받았다.

하지만 평화 또한 하나의 생명체로서 다른 살아 있는 모든 것과 마찬가지로 흥망성쇠의 과정을 겪기 마련이며 적응하고 시험받으면서 변하기 마련이다. 요제프가 누리고 있는 평화도 마찬가지였다. 그 평화는 불안정했으며 어느 순간 눈에 보이는 것 같다가도 다음 순간 멀리 가버리곤 했으며 때로는 두 손에 들고 있는 촛불처럼 가깝게 느껴지다가 어떤 때는 겨울 하늘의 별처럼 까마득히 멀어지기도 했다. 그뿐 아니었다. 세월이 흐르면서 새로운 종류의 죄와 유혹이 생겨서 그를 힘들게 했다. 그것은 정열적으로 본능이 끓어오르거나 동요하는 것과는 달랐다. 아니, 오히려 그 반대였다. 나이가 들어감에 따라 아침과 저녁, 축일과 평일을 구분할 수 없게 되었으며 만사가 나른한 피로와 내키지 않는 기분 속, 타성 속에서 이루어지게 된 것이다. 그는 나이를 먹으면 조화와 원숙함과 안정을 향해 한 걸음 더 다가가리라고 생각하고 있었다. 그런데 권태에 빠진 자신을 보고 자신이 성숙한 것이 아니라 단지 노쇠한 것일 뿐이라는 생각에 슬펐다. 그가 무엇보다 실망한 것은 은자로서의 이 삶 전체에 신물이 났다는 사실이었다. 그는 이제 마치 밀물처럼 자신의 귀에 밀려 들어오는 온갖 고해에 싫증이 났다. 마치 자신이 그런 고해들로 포화 상태에 이른 것 같았다. 그는 고해와 걱정과 한탄과 자책의 흐름들 대신에 평안과 고요와 죽음을 바랐다. 그렇다. 요제프는 종말을 바라고 있었던 것이며 지칠 대로 지친 것이었다. 그는 밤낮으로 자기혐오와 죽음에 대한 욕망의 불길에 휩싸여 지냈다. 이제 그에게 삶은 참을 수 없고 혐오스러운 것이 되었다.

어느 날 요제프가 높은 벼랑 위에 서서 먼 곳을 바라보고 있을 때였다. 멀리 하늘과 땅 사이에 두세 명의 사람들 모습이 조그맣게 보였다. 분명 나그네들이었지만 어쩌면 순례자이거나 자신에게 고해를 하러 찾아오는 사람들일지도 몰랐다. 그러자 문득, 이 장소로부터, 이 생활로부터 당장 빠져나가고 싶다는 억제하기 힘든 충동이 치솟았다. 하도 강한 충동이었기에 다른 생각이나 반박, 회의들은 단번에 쓸려버리고 말았다. 그는 생각할 틈도 없이 대추야자 열매와 물을 담은 호리병을 든 채 지팡이를 짚고 그곳을 떠났다. 마치 벼랑 위에서 본 사람들이 자신의 박해자라도 되는 듯 그는 정신없이 달아났다.

그렇게 달아나면서 그는 자신의 행동에 대해 곰곰 생각했다. 갑작스럽고 분별없는 짓이긴 했지만 부끄러운 짓은 아니었다. 더 이상 감당할 수 없는 지위를 버린 데 불과했다. 이성적으로 볼 때 그 행동이 영웅적이거나 신성하지는 않았지만 그래도 정직한 행동이었으며 불가피한 행동이기도 했다. 그리고 그것은 무엇보다 자신의 모습을 되돌아볼 수 있는 계기가 되었다. 그는 자신의 모습이 구세주를 배신하고 끊임없이 나무에 목매어 죽고 싶은 욕망에 시달리는 절망적인 노인의 모습에 불과함을 알 수 있었다. 그리고 그는 자신이 이제까지 십자가에 못 박힌 그리스도의 삶을 흉내냈을 뿐이라는 것을 느꼈고, 이 도망이 새롭게 하느님을 향해 손을 내민 행동이라고 느꼈다. 그는 자신이 빠져나온 곳이 하느님의 품이 아니라 실은 지옥이었다는 사실을 깨닫고는 마음속으로 수치와 슬픔을 느꼈다. 그러자 갑자기 왈칵 눈물이 쏟아졌다. 놀랍게도 눈물이 쏟아지자 마음이 편안해졌다. 오, 그 얼마나 오랫동안 울지 못했던가! 눈물이 흘러넘쳐 앞을 가렸지만 죽을 것처럼 숨이 막히던 느낌은 사라졌다. 이윽고 정신이 들고 자신이 울었다는 사실을 깨달았을 때 그는 마치 자신이 어린애처럼 아무 근심, 걱정 없는 상태로 되돌아간 것 같았다. 그는 자신이 울었다는 사실이 약간은 부끄러웠지만 미소를 띤 채 발걸음을 계속했다. 어디로 가야 할지 무엇을 해야 할지 몰랐지만 거꾸로 그 무엇엔가 인도를 받는 것 같았고 누군가가 멀리서 자신을 부르는 것 같아서 기분이 가벼웠다. 마치 이번 여행이 도망길이 아니라 고향으로 돌아가는 길 같았다. 그는 이제 지쳐 있었고 그의 이성도 얌전히 있었다. 혹은 이성은 휴식을 취하고 있거나 이성 스스로 자신이 더 이상 필요 없다는 것을 알고 있는 것 같았다.

그날 밤 요제프는 낙타 몇 마리가 휴식을 취하고 있는 우물가를 발견하고 그곳에서 하루를 지냈다. 그는 자리에 누워 이런저런 생각에 잠겨 있다가 갑자기 디온 푸길이 생각났다. 심판관이자 조언자로 유명한 이 고해 신부는 자기에게 충고와 판결과 벌을 내리고 가야 할 길을 알려줄지도 모른다는 생각이 든 것이다. 요제프는 하느님의 대리자를 만나듯 그를 만나서 그가 지시하는 바를 그대로 따르고 싶었다.

다음 날 아침 아스칼론을 향해 길을 떠난 그는 저녁 무렵 아담하고 아늑한 어느 오아시스에 도착했다. 그는 그곳으로부터 카라반들의 여행길을 따라 아스칼론으로 갈 작정이었다. 푸른 그늘 사이로 오두막집의 윤곽이 보이고 인기척이 있었다. 그가 망설이면서 그곳으로 가까이 다가가는데 누군가 자신을 바라보고 있다는 느낌을 받았다. 그는 걸음을 멈추고 주변을 둘러보았다. 그러자 숲 가장자리의 첫 번째 나무줄기에 등을 기대고 똑바로 앉아 있는 사람의 모습이 보였다. 백발 수염에 위엄이 있으면서도 어딘가 엄격하고 완강한 얼굴의 노인이 그를 주시하고 있었다. 분명히 한동안 요제프를 바라보고 있었던 것 같았다. 노인의 눈초리는 날카롭고 단호했지만 누가 자신에게 다가와도 아무런 호기심도 갖지 않고 그냥 내버려둘 것처럼 무표정했다.

"주 예수 그리스도에게 영광을." 요제프가 말했다.

노인도 뭐라고 웅얼웅얼 대답했다.

"실례합니다." 요제프가 먼저 말을 걸었다. "노인장께서도 저처럼 나그네이신가요, 아니면 이 아름다운 고장에 사시는 분인가요?"

"이방인이오." 흰 수염의 노인이 말했다.

"그렇다면 어르신께서는 이곳으로부터 아스칼론으로 가는 길이 있는지 제게 가르쳐주실 수 있는지요?"

"가는 길이 있소." 노인은 그 말을 하면서 천천히 자리에서 일어났다. 말랐지만 체격이 컸다. 그는 요제프를 외면하고 멀리 사막 쪽을 바라보았다. 요제프는 이 큰 노인이 대화를 꺼려한다고 느꼈지만 한 가지만 더 물어보고 싶은 게 있었다.

"한 가지만 더 여쭤보겠습니다." 그가 공손하게 말하자 노인이 그를 향해 고개를 돌렸다. 차갑고 주시하는 듯한 두 눈이 요제프의 얼굴을 바라보았다.

"혹시 디온 신부라는 분을 어디 가면 만날 수 있는지 말씀해 주실 수 있는지요?"

낯선 노인은 그의 말에 이맛살을 찌푸렸으며 눈빛은 한결 더 싸늘해졌다.

"내가 그 사람을 알고 있소." 노인이 짤막하게 말했다.

"그분을 아신다고요?" 요제프가 외쳤다. "그렇다면 제발 가르쳐주십시오. 저는 지금 그분을 찾아가는 길입니다."

노인은 요제프를 살피듯이 아래위로 살펴보더니 다시 나무줄기에 몸을 기댔다. 그는 눈에 보일락 말락 하게 손가락을 움직여 요제프를 가까이 와서 앉으라고 했다. 요제프는 순순히 노인의 손짓을 따랐다.

요제프가 곁에 가서 앉았어도 노인은 한참 동안 아무 말이 없었다. 오랜 시간이 흘렀다. 노인이 갑자기 날카로운 눈길로 요제프를 살펴보더니 마치 명령하듯 물었다.

"당신 도대체 누구요?"

"저는 참회자입니다. 몇 년 동안 세상을 등지고 살았습니다."

"그건 말 안 해도 알고 있소. 당신이 누구냐고 물었소."

"저는 요제프입니다. 요제푸스 파물루스입니다."

요제프가 자신의 이름을 말해주자 노인은 미동도 하지 않았지만 확연하게 눈에 띌 정도로 눈살을 찌푸렸다. 노인은 다시 한동안 침묵을 지켰다. 이윽고 노인이 다시 입을 열었다.

"당신 이름을 들은 적이 있소. 사람들이 고해를 하러 찾아가는 사람 아니오?"

요제프는 당황해서 시인했다. 자신이 누구인지 드러나자 마치 벌거벗은 듯한 기분이었고, 자신의 평판과 마주치자 다시 한번 부끄러웠다.

노인이 다시 짧게 물었다.

"그런데 그런 당신이 지금 디온 푸길이라는 사람을 찾아가는 중이라는 거요? 그에게서 뭘 얻길 원하는 거요?"

"그분에게 고해를 하고 싶습니다."

"그런 다음엔?"

"그분의 명령이나 충고를 따르겠습니다."

"만일 그의 충고나 명령이 잘못된 것이라면?"

"그런 건 따지지 않을 겁니다. 무조건 복종할 겁니다."

노인은 더 이상 입을 열지 않았다. 요제프는 자리에서 일어나며 다시 한번 말했다.

"노인장께서는 어디 가면 디온 신부를 만날 수 있는지 알고 있다고 말씀하셨습니다. 제게 그곳이 어딘지, 어디로 가야 하는지 말씀해주실 수 있겠습니까?"

그러자 노인이 입가에 가벼운 미소를 떠올리며 말했다.

"어쨌든 나는 오늘 이곳에서 머물 것이오. 당신도 피곤할 테니 어서 가보시오. 내일 다시 한번 봅시다."

요제프는 공손히 절을 한 다음 길을 걸어 사람들이 모여 있는 조그만 정착지에 도착했다. 이곳에도 역시 세상을 등진 사람들이 살고 있었다. 그들은 요제프에게 물과 음식과 잠자리를 마련해주었고 요제프는 사람들과 함께 기도를 한 후 잠자리에 들었다.

다음 날 아침 요제프는 자리에서 일어나자마자 서둘러서 어제 노인과 헤어진 장소로 가보았다. 노인은 얇은 모포 한 장을 덮은 채 땅바닥에 누워 잠을 자고 있었다. 요제프는 약간 떨어진 자리에 앉아 노인이 깨어나기를 기다렸다. 얼마 후 노인이 잠에서 깨어나 기지개를 켜자 요제프는 가까이 다가가서 말없이 허리를 숙였다.

"벌써 아침 식사를 했소?"

"아닙니다. 저는 하루에 한 번, 해가 진 뒤에야 식사를 합니다. 노인장께서는 시장하시지요?"

"우리는 지금 여행 중이요." 노인이 대답했다. "게다가 우리는 이제 젊은 사람이 아니요. 그러니 길을 떠나기 전에 뭔가 먹어두는 게 좋을 거요."

요제프는 바랑을 열어 노인에게 대추야자 열매 몇 개와 어제 친절한 사람들이 준 옥수수빵을 주었다.

노인은 식사를 마치자 말했다.

"자, 떠나지."

"그렇다면 함께 가시는 겁니까?" 요제프가 기뻐서 외쳤다.

"물론이오. 당신 어제 디온에게 가는 길을 안내해달라고 하지 않았소? 자, 갑시다."

"정말 친절하십니다." 그가 고맙다는 말을 하려는 순간, 노인이 단호한 손짓으로 그의 말을 막고 말했다.

"친절한 분은 하느님뿐이오. 이제 갑시다. 그리고 내게 더 이상 '노인장'이라고 높여 부르지 마시오. 이제부터 당신을 자네라고 편하게 부를 테니 당신도 편하게 부르시오. 늙은 수도승끼리 속세의 예절을 차려서 뭣하겠는가?"

둘은 곧바로 길을 떠났다. 가는 도중 노인은 말이 없었다. 뜨거운 햇볕을 받으며 몇 시간을 걸은 후 바위틈 그늘에서 쉬게 되었을 때 요제프는 디온 푸길에게 가려면 얼마나 더 걸릴 것이냐고 노인에게 물었다. "그건 오로지 자네에게 달렸지." 노인이 말했다.

"제게요? 정말 제게 달린 거라면 오늘 당장이라도 만나보고 싶습니다."

노인은 별로 말을 하고 싶지 않은 모양이었다. 노인은 "두고 봐야겠지"라고 짧게 말한 후 등을 돌려 눕더니 이내 눈을 감았다. 요제프도 잠이 들었고 떠날 시간이 되자 안내인이 그를 깨웠다.

두 사람은 오후 늦은 시각이 되어서야 숲과 풀밭이 있는 야영지에 도착했다. 그들은 그곳에서 목을 축이고 몸을 씻었다. 노인이 이곳에서 하루 묵어가자고 하자 요제프는 머뭇거리며 이의를 제기했다.

"디온 신부를 언제 만날지는 제게 달린 문제라고 말씀하시지 않았나요? 몇 시간은 더 걸어갈 각오가 되어있습니다. 그분을 오늘이나 내일 중으로 만나 뵐 수 있으면 좋겠습니다."

"하지만 서두른다고 될 일이 아니야."

"그럼 어째서 제게 달린 일이라고 하셨습니까?"

"내가 말한 대로일세. 고해할 의사가 확실하고 준비가 되어있다면 당장에라도 할 수 있어."

"오늘 중에라도요?"

"물론 오늘 중에라도."

요제프는 깜짝 놀라 평온한 노인의 얼굴을 바라보았다.

"아니, 이럴 수가!" 요제프는 아연해서 외쳤다. "그렇다면 당신이 바로 디온 신부란 말인가요?"

노인이 고개를 끄덕였다.

"자, 이 나무 아래에서 쉬세." 그가 상냥한 목소리로 말했다. "하지만 잠들지는 말고 마음을 가라앉히게. 나도 쉬면서 좀 진정하겠네. 그런 뒤에 자네가 하고 싶은 말을 해보게."

요제프는 자신이 목표를 달성한 것을 알고 너무 기뻤다. 그리고 하루 종일 옆에서 함께 걷고도 어떻게 이 존경할 만한 인물을 알아보지 못했는지 이해할 수 없었다. 그는 노인 옆을 물러나 무릎을 꿇고 기도하면서 생각을 가다듬었다. 한 시간 후 그는 노인 곁으로 와서 준비가 되었느냐고 물었다.

고해가 시작되었다. 오래전부터 그 가치와 의미가 퇴색해 보이는 것 같던 요제프의 여러 해 동안의 삶이 그의 입에서 한탄과 의문과 자책과 함께 이야기가 되어 흘러나왔다. 마음을 정결하게 하겠다는 의도에서 시작되었지만 결국에는 큰 혼란과 우매함과 절망의 나락에 떨어진 한 기독교인의 삶에 대한 참회의 고백이었다. 그는 디온 신부를 찾아가기로 결심하게 되었을 때의 자신의 심정을 마지막으로 고백했다.

요제프의 이야기가 끝났을 때는 이미 해가 뉘엿뉘엿 넘어가고 있었다. 디온은 요제프의 이야기를 주의 깊게 경청했지만 도중에 말을 가로막거나 질문을 하지는 않았다. 그리고 고해가 끝난 다음에도 그의 입에서는 한마디 말도 나오지 않았다. 그는 천천히 일어나 다정한 눈길로 요제프를 바라보더니 그에게 몸을 굽히고 이마에 입을 맞춰준 다음 머리 위로 성호를 그려주었다.

그런 후 두 사람은 식사를 하고 밤 기도를 올린 뒤 잠자리에 누웠다. 요제프는 잠시 생각에 잠겼다. 그는 심한 질책이나 엄한 설교가 있으리라고 생각했었는데 모든 것이 예상 밖이었다. 하지만 그는 실망하지도 않았고 마음이 불편하지도 않았다. 디온의 눈길과 입맞춤이 그에게 위로가 되었다. 그는 평온한 마음으로 이내 깊은 잠에 빠져들었다.

아침이 되자 노인은 한마디 말도 없이 요제프를 데리고 길을 떠나 하루 종일 여행을 했다. 그렇게 사오 일 여행한 끝에 두 사람은 디온의 암자에 도착했다. 두 사람은 이제 함께 살게 된 것이다. 디온의 일상생활은 이제껏 요제프가 누려왔던 생활과 별로 차이가 없었다. 하지만 그는 이제 다른 이의 그늘과 보호 아래 살고 있는 것이었고 그런 의미에서 그것은 완전히 새로운 삶이었다.

인근 마을로부터 혹은 아주 먼 곳으로부터 디온 신부에게 고해를 하려고 수많은 사람이 찾아왔다. 요제프는 디온 신부가 고해성사를 하는 동안 처음에는 자리를 비켜주었다. 하지만 시간이 흐르면서 디온 신부는 고해자가 싫다고 하지만 않으면 조수를 곁에 앉히고 함께 고해를 듣게 했다. 고해하러 온 사람들은 이 조용하고 다정한 조수가 옆에 앉아 이야기를 듣는 것을 마다하지 않았을 뿐 아니라 오히려 좋아했다. 이렇게 하여 요제프는 디온의 고해성사 방식을 알게 되었다. 그가 고해를 경청하고 위로를 해주고 간섭하고 야단치는 방법, 벌주고 충고하는 방법들에 대해 알게 된 것이다. 디온이 요제프에게 질문을 허락하는 일은 드물었다. 하지만 언젠가 학자인지 문필가인지 하는 사람이 여행 중에 잠깐 들러서 고해를 하고 난 다음에 예외적으로 디온과 요제프 사이에 긴 대화가 오간 적이 있었다.

그 사람은 그가 말한 이야기의 내용으로 보아 마술사나 점성술사 친구가 한 명 있는 모양이었다. 그는 두 시간 동안 두 명의 늙은 고행자 곁에 앉아 휴식을 취하면서 여러 가지 이야기를 늘어놓았다. 그는 별이나 인간이 신들과 함께 황도 십이궁을 거쳐서 여행하는 이야기를 장시간 박식하게 펼쳐놓았으며 아담이 십자가에 못 박힌 예수와 동일 인물이라고 했고 예수의 구세 행위는 아담이 인식의 나무에서 생명의 나무로 옮아가는 것을 뜻한다고 말했다. 그는 그 외에도 이교도적인 이야기들을 잔뜩 늘어놓았는데, 요제프는 디온이 아무 말 없이 그의 그릇된 이야기에 귀를 기울이는 것을 이해할 수 없었다. 게다가 그가 가끔 이해한다는 듯 고개를 끄덕이기까지 하자 도저히 참기가 어려웠다.

이윽고 그 사내가 가고 나자 요제프가 입을 열었다. 거의 비난의 말투였다.

"그런 신앙도 없는 자의 그릇된 이야기들을 왜 그렇게 얌전히 듣고 계셨나요? 참는 정도가 아니라 큰 관심을 보이시더군요. 왜 그의 말에 맞서지 않으셨습니까? 왜 그 사람 말에 반박하고 그의 잘못을 고쳐서 하느님을 믿도록 이끌지 않으셨습니까?"

디온은 야위고 주름진 목 위의 머리를 좌우로 흔들며 대답했다.

"반박을 해보았자 소용이 없어서 하지 않은 거라네. 하지만 실은 반박할 수 없어서 하지 못한 거지. 어떤 사람이 지니고 있는 믿음이 잘못된 것이고 거짓이라고 주장하면서 맞서는 건 내가 할 일이 아니고 자네가 할 일도 아니라네. 게다가 나는 이 현명한 사내의 이야기를 어느 정도 즐거운 마음으로 들었다고 말할 수도 있어. 그의 말솜씨와 박식함 때문만이 아니야. 무엇보다 그의 이야기를 들으면서 내 젊은 시절이 생각났기 때문일세. 젊은 시절 그 사람이 해준 이야기들에 푹 빠졌던 적이 있거든. 신화에 관한 그 사람의 이야기는 재미있었을 뿐 아니라 절대로 황당한 이야기가 아니라네. 그것들은 종교적 관념이고 우화들이야. 우리들은 유일한 구세주인 예수 그리스도에게서 그런 것들을 구하고 있기에 이제 더 이상 필요 없게 되었을 뿐이지. 하지만 우리와 같은 믿음을 찾지 못한 사람들이—아마 영원히 찾지 못할지 모르지—지니고 있는 믿음, 선조들의 지혜로부터 내려온 그들의 믿음도 나름 존중할 필요가 있다네. 물론 우리의 믿음은 그런 믿음과는 전혀 다르지. 하지만 우리의 믿음이 별자리, 원초적 물, 대지모신이나 그 비슷한 상징들을 필요로 하지 않는다고 해서 그런 것들이 거짓이며 기만이라고 말할 수는 없는 거야."

그러자 요제프가 큰 소리로 반박했다.

"하지만 우리의 믿음이 우월하지 않습니까? 예수님은 모든 사람을 위해 돌아가신 것입니다. 따라서 예수님을 알고 있는 사람이라면 마땅히 저 낡은 가르침에 맞서서 새로운 가르침을 대신 세워줘야 하는 것 아닌가요?"

"자네나 나를 비롯해 많은 사람이 오래전부터 그래 왔지." 디온이 침착하게 말했다. "우리는 예수 그리스도의 믿음과 힘, 모든 사람을 위한 그분의 죽음이 우리를 압도하고 있기에 기독교 신자일 수 있는 거야. 하지만 저 고대의 교리에서 나온 황도십이궁에 대한 신화와 신학을 세운 사람들은 아직 그 힘에 압도당해본 적이 없는 사람들이라네. 또한 우리는 그들에게 그것을 강요할 수도 없어. 이보게, 그 신화학자가 얼마나 비유적으로 말을 잘하는지, 그가 그 이야기를 하면서 그 얼마나 편안한 모습이었는지, 그가 이미지와 상징들의 지혜 속에서 그 얼마나 밝게 살고 있는지 자네도 보지 않았나? 그것은 그가 고통에 짓눌려 있지 않다는 것, 그가 지극히 만족스럽고 만사형통의 삶을 살고 있다는 것을 증명해 주고 있네. 그러니 모든 게 다 잘되고 있는 그런 사람들에게는 해줄 말이 없는 법일세. 한 인간이 속죄에 대한 믿음, 자신을 구원해줄 그런 믿음을 얻기 위해서는, 이전의 믿음을 버리고 구원의 기적에 자신의 전 존재를 내걸기 위해서는 먼저 그가 대단한 불행을 겪어야만 하네. 슬픔과 낙담과 쓰라림과 절망을 경험해야만 하는 거야. 물이 목에까지 차올라야 하는 거야. 이보게, 요제프, 그런 박식한 이교도는 그의 철학과 관념과 화술 속에서 행복하게 지내도록 내버려두세. 어쩌면 내일 당장이라도, 혹은 일 년이나 십 년 뒤가 될지도 모르지만 그는 자신의 화술과 지혜가 산산이 부서지는 아픔을 맛보게 될 걸세. 사랑하는 여자가 죽을지도 모르고 아들이 살해될지도 모르지. 혹은 그가 병을 앓거나 재산을 몽땅 잃던지. 그런 일이 일어나면 그를 다시 만나 도와주기로 하세. 우리가 어떻게 고통을 극복했는지 이야기해주기로 하세. 그러면 그는 아마 이렇게 물을 걸세. '왜 전에 미리 말해주지 않았습니까?' 그러면 우리는 '그때는 당신이 너무 행복했으니까'라고 대답하기로 하세."

그는 잠시 깊은 침묵에 잠겼다. 이윽고 마치 과거에 대한 몽상에서 깨어난 듯 입을 열어 말했다.

"나도 한때 선조들의 지혜에 대해 논하며 즐거워한 적이 있었다네. 그리고 십자가의 길에 들어선 뒤로도 여전히 신학적인 문제들을 갖고 즐거워하고 동시에 괴로워했다네. 나는 천지창조에 대해 깊은 생각에 빠져 있었고 천지창조가 끝났을 때는 이 세상 모든 것이 선해야만 하지 않느냐는 생각에 몰두해 있었네. '하느님께서 만드신 세상을 보시니 모든 것이 선하였더라'라고 성서에 적혀 있으니 말일세. 그러나 만사가 선했던 것은 다만 한순간, 낙원에서의 한순간뿐이었지. 다음 순간에 이미 이 완전함 속으로 죄악과 저주가 침투했단 말일세. 아담이 금단의 열매를 먹었기 때문이지. 심지어 이렇게 말하는 교사들도 있다네. 피조물과 아담과 지식의 나무를 창조한 신은 유일하며 최상이신 하느님이 아니라 그분의 한 부분이거나 그분보다 급이 낮은 신인 데미우르고스라고 말이야. 그 미숙한 데미우르고스가 선한 세상을 창조하는 데 실패했기에 피조물들이 오랫동안 악의 구렁텅이에 빠져 있을 수밖에 없었고 마침내 오로지 한 분뿐인 그분 하느님께서 독생자 예수를 통하여 이 저주받은 세계를 끝낼 결심을 하게 되었다는 결세. 세상에서 일어나고 있는 재앙을 최초의 인간 탓으로 돌린 게 아니라 데미우르고스 탓으로 돌린 거지. 결국 우리는 두 하느님을 갖게 된 셈이었네. 심지어 이 세상은 하느님의 손에 의해서가 아니라 악마의 손에 의해서 창조되었다고 주장하는 사람들까지 생겼지. 나는 당시 그런 학설들에 빠져 즐거워하는 동시에 괴로워했던 거라네.

그러던 어느 날 나는 죽을 정도로 지독한 열병에 걸렸네. 열에 들뜬 꿈속에서 데미우르고스를 상대로 싸움을 벌이며 피를 흘렸네. 환각과 악몽에 시달리면서 열이 극도로 올랐을 때 나의 육신의 탄생을 부정하기 위해 어머니를 죽여야겠다는 생각까지 들 정도였네. 그런 악몽 속에 악마들이 나타나 온갖 짓을 다하며 나를 괴롭혔지. 하지만 결국 나는 회복되었네. 멍청한 인간, 말을 잃은 얼빠진 인간으로 살아남은 거지. 그런 내 모습에, 나와 열띤 신학적 논쟁을 벌이던 친구들은 실망했다네. 나는 체력을 회복했지만 더 이상 철학하는 즐거움을 느끼지는 못했네. 내 몸이 회복되던 며칠 동안, 구세주가 곁에 계신 경험을 했기 때문이지. 며칠간 미칠 듯한 고열로 비몽사몽간을 헤매다가 겨우 깨어나 눈을 뜬 그 순간 나는 구세주가 곁에 계신 것을 느꼈네. 그분으로부터 힘이 흘러나와 내 몸속으로 들어오는 것을 느꼈지. 그리고 몸이 회복되자 더 이상 그분이 곁에 계시지 않은 것을 느끼고 그분 곁으로 가까이 가고자 하는 열망에 사로잡히게 되었다네. 그것으로 충분했지. 간단히 말해 나만의 지혜라든가 철학에서 즐거움을 느끼던 시절은 끝난 거야. 그 후 나는 소박하고 단순한 사람들 사이에서 지내게 되었네. 하지만 철학을 하고 신화학을 하는 사람들, 나도 한때 즐겼던 그런 유희를 할 줄 아는 사람들을 경멸하거나 피할 생각은 없네. 내가 데미우르고스와 성령의 하느님, 창조와 속죄라는 불가해한 문제를 풀리지 않는 수수께끼로 남겨두고 만족한 것처럼, 지금은 내가 철학자를 신자로 개종시킬 수 없다는 사실에 만족해야만 하네. 그건 내가 할 일이 아니니까."

어느 날 어떤 사람이 살인과 간음죄를 고해하고 난 뒤 디온이 조수에게 말했다.

"살인과 간음—흉악하고 잔인한 짓으로 들리지. 실제로 대단히 사악한 짓이야. 하지만 요제프, 그런 사람들은 진정한 의미에서의 죄인이 아니야. 내가 그들의 입장이 되어 생각할 때마다 그들이 완전히 어린애 같다는 생각에서 벗어날 수 없다네. 그들은 경건하지도 않고 선하지도 않으며 고결하지도 않아. 그들은 이기적이고 음란하고 오만하지. 하지만 실제로 그 바탕은 마치 어린아이처럼 결백하다네."

그러자 요제프가 말했다.

"하지만 당신께서는 그들을 자주 엄하게 꾸짖으면서 지옥의 모습을 생생하게 그려 보여주시지 않습니까?"

"맞아. 그들은 어린아이들이야. 그들은 양심의 가책을 느끼고 고해하러 오는 것이고 심한 꾸지람을 기대하며 내게 오는 거야. 하지만 자네는 나와 달랐지. 자네는 그들을 꾸짖지도, 벌하지도, 죄를 사해주지도 않았어. 그저 그들의 이야기에 귀를 기울일 뿐 형제로서 입맞춤을 해준 후 돌려보냈어. 자네를 비판하려는 게 아닐세. 나라면 그렇게 할 수 없을 거라는 이야기를 하는 것뿐이야."

"분명히 그렇습니다. 하지만 그렇다면 제가 당신께 고해를 했을 때 왜 다른 고해자들과는 달리 말 한마디 없이 입맞춤만 해주셨는지 말씀해주실 수 있겠습니까?"

디온 푸길은 꿰뚫어 볼 것 같은 날카로운 눈길로 요제프를 바라보더니 말했다.

"왜, 내가 잘못한 건가?"

"그런 말씀을 드리는 게 아닙니다. 정말 잘하신 일입니다. 만일 그렇지 않았다면 고해 후에 제가 그토록 평온해질 수 없었을 테니까요."

"그렇다면 그것으로 끝내세. 자네에게 더 엄격하고 기나긴 속죄를 부과한 것으로 치면 되네."

디온은 고개를 돌렸다. 하지만 요제프는 호락호락 넘어가지 않고 계속 매달렸다.

"당신은 제가 당신 명령에 복종하리라는 것을 미리 알고 계셨습니다. 저는 고해하기 전부터, 아니 당신이 누군지 알기 전부터 이미 그러리라고 다짐하고 있었습니다. 자, 제발 말해주세요. 왜 저를 여느 사람들과는 다르게 대하신 겁니까?"

디온은 몇 걸음 왔다 갔다 하더니 요제프 앞에 서서 어깨에 손을 얹으며 말했다.

"세상 사람들은 어린애라네. 그리고 성자들은 우리들에게 고해하러 오지 않지. 하지만 자네나 나 같은 사람들, 즉 참회승이나 구도자, 혹은 은자들은 어린아이가 아니고 결백하지도 않아. 우리는 벌을 준다고 해서 바로잡을 수 없는 사람들이야. 그 무언가 알고 생각하는 우리들, 지식의 나무 열매를 먹은 우리들이 바로 진짜 죄인들이야. 우리들은 아이들처럼 회초리로 제 길을 가게 할 수 없는 사람들이야. 우리는 고해를 하고 속죄를 했다고 해서 어린아이 세계로 돌아갈 수 없어. 우리들은 고해나 희생으로 던져버릴 수 있는 나쁜 꿈같은 죄를 범한 게 아니야. 우리는 결코 결백할 수 없고 언제나 죄인이야. 우리는 죄 안에 살고 있고 의식(意識)의 불구덩이 속에 머물러 있어. 우리가 죽은 후 하느님이 우리를 어여삐 보시어 우리를 주님의 은총으로 거두어주시지 않는 한 우리의 큰 빚을 결코 갚을 수 없다는 것을 우리는 알고 있어. 바로 그 때문에 내가 자네나 나 자신에게 설교하거나 참회를 명할 수 없는 걸세. 우리는 결코 탈선이나 악행을 저지르지는 않지. 하지만 우리는 언제나, 그리고 영원히 원죄 그 자체라네. 바로 그 때문에 우리는 각자 서로의 지식을 공유하며 서로 간의 형제애를 확인할 수 있을 뿐 그 누구도 설교나 참회로 상대방을 치료할 수는 없는 거야. 자네는 이 사실을 몰랐단 말인가?"

요제프가 나지막하게 대답했다.

"그렇습니다. 저도 알고 있었습니다."

"그러니 이런 쓸데없는 이야기로 시간 낭비하지 마세."

노인은 잘라 말한 후 오두막 앞에 있는 바위로 향했다. 그가 평소에 기도하는 장소였다.

*

몇 해가 흘렀다. 디온 신부가 자주 쇠약한 증세를 보였기에 아침이면 그가 자리에서 일어나는 것을 도와주어야 했다. 혼자 일어날 기력이 없었던 것이다. 노인은 요제프의 도움으로 기도를 마친 후 하루 종일 먼 곳으로 시선을 향한 채 앉아 있곤 했다.

그러던 어느 날 노인이 요제프에게 말했다.

"나의 최후가 가까웠네. 사람들에게 요제프 자네가 후계자라고 말하게."

요제프가 뭐라고 말을 하려 하자 노인은 무서운 눈빛으로 그를 쏘아보았다. 얼음처럼 차가운 눈빛이었다.

어느 날 노인은 요제프의 도움을 받지 않고 자리에서 일어났다. 평소보다 훨씬 원기 있는 모습이었다. 노인은 요제프를 부르더니 그를 뜰 한구석으로 데려갔다.

"여기가 내가 묻힐 곳이라네. 아직 시간이 좀 있으니 함께 구덩이를 파도록 하세. 삽을 가져오게."

두 사람은 매일 조금씩 땅을 팠다. 어떤 때는 디온이 힘들게 직접 몇 삽을 떠내기도 했으며 그런 날이면 그는 하루 종일 명랑했다. 사실은 무덤을 파기 시작한 이래 그는 내내 기분이 좋았다.

"내 무덤에 대추야자나무를 한 그루 심어주게." 어느 날인가 일을 하면서 노인이 요제프에게 말했다. "자네 아니면 누군가가 그 열매를 먹을 수 있겠지. 나는 나무 한 그루와 자네는 남기는 셈이야. 자네는 내 자식이야."

노인은 날이 갈수록 더욱 명랑해졌다. 어느 날 밤 두 사람이 식사와 기도를 마쳤을 때 디온은 잠자리에 누운 채 요제프를 부르더니 잠깐 동안 자기 곁에 앉아 있어 달라고 부탁했다

"자네에게 하고 싶은 말이 있어. 자네가 고해를 받겠다고 나를 찾아 길을 떠났을 때 어떻게 기적처럼 나를 만날 수 있었는지 이야기해주겠네. 이제 나도 고해할 시간이 되었으니까. 자, 내게도 자네에게서와 똑같은 일이 일어났었다는 고해를 하겠네. 나 자신이 쓸모없고 정신적으로 무가치한 존

재라는 생각에서 벗어날 수 없었던 걸세. 사람들이 나를 믿고 찾아온다는 사실, 세상사 온갖 쓰레기을 내게 털어놓지만 그들로서는 어쩔 도리가 없는 문제였고 나 자신도 어쩔 도리가 없는 문제라는 사실을 견딜 수 없었네.

그런데 종종 요제푸스 파물루스라는 수도승의 소문이 내 귀에 들려왔네. 그리고 많은 사람이 나보다 그를 더 좋아하고 그에게 더 많이 찾아간다는 것도 알게 되었네. 그는 부드럽고 다정한 사람이며 사람들을 꾸짖지도 않고 그저 듣기만 한 다음 입맞춤만 해주고 돌려보낸다는 거야. 처음에는 그 사람이 무척 어리석게만 여겨졌었는데, 차츰차츰 내가 쓰는 방식이 더 어리석게 여겨졌네. 그리고 그 사람에게 대체 무슨 능력이 있는 것인지 궁금해졌네. 그 사람이 나보다 나이가 적다는 건 알고 있었지만 그 역시 노년에 가까운 사람이라는 것을 알고 마음이 흡족해졌네. 그가 젊은이였다면 별로 마음이 끌리지 않았을 걸세. 나는 요제푸스 파물루스를 찾아가서 내 고민을 고백하고 조언을 구하기로, 혹 조언을 구하지 못하더라도 위로나 격려라도 얻어오겠다고 결심했지. 그런 결심을 하자 곧바로 마음이 편해지고 위안이 되었네.

나는 여행을 떠나 그가 은신하고 있던 곳을 찾아 나섰네. 그런데 바로 요제프 형제가 나와 똑같은 경험을 하고 내게 충고를 듣겠다고 나처럼 길을 나선 거야. 나는 그의 얼굴을 보고 단번에 그임을 알아보았네. 내가 예상했던 얼굴 모습 그대로였지. 하지만 그는 도망 중이었고 불행한 처지에 놓여 있었네. 나와 비슷할 정도로 불행했거나 더 심한 것 같았지. 그는 결코 남들의 고해를 들으려 하지 않았네. 그보다는 고해를 해서 자신의 고통을 남에게 넘기려 하고 있었지. 나는 크게 실망했고 슬펐네. 나를 알아보지 못한 이 요제프라는 인물 역시 자신의 봉사에 지쳤고 자기 삶의 의미에 실망한 것이라면 우리 둘 다 결국 아무것도 아니라는 것, 헛된 삶을 산 것이고 결국 실패했다는 것을 의미하는 것 아니겠는가?

자네도 이미 알고 있는 이야기들이니 간단히 말하겠네. 나는 자네를 만난 날 밤 자네 입장이 되어 곰곰이 생각해보았네. 만일 그가 도망친 게 헛된 일이고 푸길을 믿었던 것도 헛된 일이라는 것, 푸길 역시 도망자이며 유혹에 빠진 자라는 것을 알게 되면 그가 어떻게 할까? 이렇게 입장을 바꿔 생각하면 할수록 요제프가 안됐다는 생각이 들었네. 하지만 그와 동시에 하느님이 그를 내게 보내신 것이며 내가 그를 치유해줄 수도 있다는 생각, 그러면서 나도 치유 받을 수 있다는 생각이 들었네. 그런 결론에 도달하자 나는 겨우 잠들 수 있었지. 벌써 밤은 절반 정도 지나간 뒤였네. 다음날 자네는 나와 합류해서 내 아들이 된 거라네.

이 이야기를 꼭 자네에게 해주고 싶었네. 자네, 울고 있는 모양이로군. 실컷 울게나. 자네에게 도움이 될 거야. 내가 너무 말이 많군. 하지만 이보게, 조금 더 참고 들어보고 내 말을 명심하도록 하게. 인간은 이상한 존재이고 믿을 수 없는 존재야. 언제 다시 고통과 유혹이 자네를 덮칠지 알 수 없는 노릇이야. 그럴 때 주님께서 자네를 내게 보내주셨듯이 그처럼 다정하고 참을성 있는 아들이자 제자를 자네에게 보내주셨으면! 마지막으로 한 가지 꼭 해주고 싶은 말이 있네. 사람이 절망해서 죽는다는 것은 애석한 일일세. 하느님은 우리를 죽음으로 이끌기 위하여 우리에게 절망을 내리시는 것이 아닐세. 우리 안의 새로운 삶을 일깨우기 위해 보내시는 거야. 또한 우리들에게 죽음을 내리시는 것, 우리를 이 땅으로부터, 육체로부터 해방시켜 그분에게로 부르시는 것은 커다란 기쁨일세. 피곤해지면 잠을 잘 수 있게 해주시고 오랫동안 무거운 짐을 졌으면 그것을 내려놓게 해주시는 것은 정말 값지고도 놀라운 일일세. 우리가 무덤을 파기 시작한 이래로,—그곳에 대추야자나무 한 그루 심는 것을 잊지 말게—그 일을 시작한 이래로 나는 행복했고 몇 해 동안 맛보았던 것 이상으로 만족감을 느꼈다네.

너무 오랫동안 떠들었군. 이보게, 피곤할 거야. 자네 오두막으로 가서 잠을 자도록 하게. 하느님의 가호가 있기를!"

다음 날 디온은 아침 예배에 나오지 않았고 요제프를 부르지도 않았다. 요제프가 불안한 마음으로 디온의 오두막 안을 살펴보니 노인은 마지막 영원한 잠에 빠져 있었다. 그의 얼굴이 어린아이처럼 빛나고 있었으며 밝은 미소를 짓고 있었다.

요제프는 그를 묻었다. 그는 무덤 위에 대추야자나무를 심었고 나무가 열매를 맺는 모습을 볼 수 있을 때까지 살았다.

3. 인도에서

비슈누가, 혹은 라마의 모습으로 다시 태어난 비슈누가 악마들의 왕과 무시무시한 전투를 벌였을 때 비슈누가 쏜 화살에 맞아 죽은 악마들의 왕의 몸의 일부가 사람 형상을 띠고 지상에서 환생했다. 그의 이름은 라바나였고 갠지스강가에서 호전적인 왕으로 군림하고 있었으며 다자라는 이름의 아들을 두고 있었다. 다자의 어머니는 일찍 세상을 떠나고 왕은 아름다운 여인과 재혼했다. 공명심이 강한 그녀는 장남인 다자 대신에 자기가 낳은 아들 날라에게 왕위를 계승시키기 위해 왕과 다자 사이를 이간질했으며 기회만 되면 다자를 제거하겠다고 벼르고 있었다. 그런데 브라만 승려의 한 사람으로서 궁내 제사를 담당하고 있는 바주데바가 왕비의 음모를 간파하고 있었다. 그는 다자에게 무슨 일이 일어나지 않도록 늘 감시했으며 계모에게서 그를 떼어 낼 기회만 엿보고 있었다.

한편 라바나 왕은 브라마 신에게 봉헌할 암소들을 소유하고 있었다. 그 소들은 신성한 소로 간주되었으며 그 우유와 버터를 자주 신에게 제물로 바쳤다. 따라서 나라에서 가장 좋은 목초지는 그 암소들 차지였고 목자들은 가장 좋은 목초지를 찾아 늘 떠돌았다. 그러던 어느 날이었다. 이 목자들 중 한 명이 버터를 배달하기 위해 궁전으로 왔다. 그는 최근 가뭄 때문에 소들을 방목하고 있던 지역의 목초가 부족하다며 가뭄에도 샘물과 신선한 목초가 풍부한 먼 산간 지방에서 가축을 돌볼 필요가 있다고 말했다. 브라만 승려는 오래전부터 잘 알고 있던 그 목자에게 비밀을 털어놓았다. 목자는 정이 많고 믿을 만한 사람이었다. 다음 날 라바나 왕의 아들인 어린 다자의 모습을 볼 수 없게 되었을 때 그의 행방불명의 비밀을 아는 사람은 바주데바와 목자뿐이었다.

목자들은 어린 다자를 산속으로 데리고 갔으며 다자는 소들과 목자들과 다정하게 어울려 지냈다. 그는 목동으로 자라면서 소를 돌보고 모는 일을 배웠으며 젖 짜는 법도 배웠다. 그는 송아지들과 어울려 놀고 나무 밑에서 잠을 잤으며, 신선한 우유를 마시고 맨발에 소똥을 묻히며 지냈다. 그는 숲과 나무들과 열매들에 대해 알게 되었으며 사나운 짐승들을 피하고 귀여운 동물들과 친해지는 법을 배웠다. 다자는 전에 살던 집과 그 생활을 완전히 잊지는 않았지만 그것들은 마치 꿈처럼 여겨졌다.

어느 날 목자들이 소 떼들을 몰고 다른 지역으로 이동했다. 다자는 꿀을 찾으러 숲속으로 들어갔다. 그는 숲에 대해 알게 된 이래 무척이나 숲을 사랑했다. 게다가 이 숲은 왠지 특별하게 아름다웠다. 한낮의 밝은 햇살이 마치 황금색 뱀처럼 나뭇잎과 나뭇가지들을 휘감고 있었다. 숲으로 들어가자 새들의 즐거운 노랫소리, 나뭇가지들의 속삭임, 원숭이들의 외침 등 온갖 소리이 아름다운 조화를 이루며 들려왔다. 그와 함께 꽃과 나무, 잎들과 물, 이끼와 동물, 과일과 진흙 향기들이 서로 어울리기도 하고 서로 분리되기도 하면서 대기를 채웠다.

그 소리와 향기에 취해 다자는 꿀을 찾는 것조차 잊어버렸다. 다자는 화려한 빛깔을 뽐내며 지저귀는 작은 새들의 노랫소리에 귀를 기울이다가 커다란 양치식물들이 군락을 이루고 있는 곳에서 사람이 지나다닌 것 같은 아주 좁다란 오솔길을 발견했다. 그는 소리를 죽여 조심스럽게 그 오솔길을 따라갔다. 그리고 커다란 보리수나무 아래에 양치식물들로 엮어 만든 자그마한 움막이 있는 것을 발견했다. 움막 옆에 웬 남자가 꼼짝하지 않고 앉아 있었다. 그는 등을 꼿꼿하게 세운 채 두 손을 가부좌한 다리 위에 올려놓고 있었다. 백발과 넓은 이마 아래 고요하고 초점이 없는 듯한 두 눈은 땅을 향하고 있었다. 두 눈을 뜨고 있었지만 그 두 눈은 내면을 응시하고 있었다. 다자는 그 사람이 성자이며 요가 수도자임을 알 수 있었다. 그는 전에도 요가 수도자들을 본 적이 있었지만 이처럼 성스러운 영기(靈氣)와 위엄을 띠고 있는 사람과 마주친 것은 처음이었다. 소년은 감히 그에게 가까이 다가가 그 노인을 휩싸고 돌고 있는 미지의 힘을 깨뜨릴 엄두를 내지 못했다. 소년은 이 사람은 눈길 한 번 들어 올리지 않고도 오로지 생각만으로 사람을 죽이거나 소생시킬 수 있을 것이라고 생각했다.

그 요가 수도자는 잎이나 가지로 숨을 쉬는 나무보다도 더 움직임 없이,

마치 돌로 만든 신상(神像)처럼 미동도 않은 채 그 자리에 앉아 있었다. 그를 본 순간부터 소년도 마치 마술에 의해 땅바닥에 박히고 사슬로 묶인 듯 꼼짝도 하지 못했다. 그는 그 자리에 서서 햇살 한 점이 수도자의 어깨 위에, 그리고 또 한 점이 꼼짝하지 않고 있는 그의 손 위에 비치는 것을 바라보았다. 그리고 그 점들이 천천히 움직이며 새로운 점들이 생기는 것을 바라보았다. 그는 이 햇살을 비롯해 숲 사방에서 들려오는 새들의 노랫소리, 원숭이들이 깩깩거리는 소리, 수도자의 얼굴에 앉아 얼마간 기어 다니다가 날아가 버리는 갈색 꿀벌, 다양하게 펼쳐지는 숲속의 삶 전체가 이 사람과 아무 상관이 없다는 것을 이해했다. 눈에 보이고 귀에 들리는 이 모든 것, 아름답거나 추한 것, 매력적이거나 놀라운 것 등 이 모든 것이 이 성자와는 아무 연관이 없다고 느꼈다. 비가 내려도 그를 춥거나 불편하게 하지 못할 것이며 불로도 그를 태워버리지 못할 것이다. 그를 둘러싸고 있는 세상 전체가 의미 없는 껍질일 뿐이었다. 모든 세상사가 표면에서 불어오는 바람결에 불과하고 심연의 표면에서 일고 있는 파도에 불과할 것이다. 다자는 이 모든 것을 머리로 생각한 것이 아니었다. 그것은 물리적 떨림이나 가벼운 현기증 같은 것이었다. 그것은 공포감이나 위험의 느낌이었고 동시에 그 무언가를 향한 열렬한 갈망 같은 것이기도 했다. 그는 이 요가 수도자가 이 세상의 껍질을 뚫고 존재의 바닥으로, 사물의 비밀 속으로 들어간 것 같았다. 그는 빛과 소리와 색깔과 느낌이 작용하는 감각의 마법 그물을 부수어 떨쳐버리고는 변화하지 않는 본질 속에 단단히 뿌리를 내리고 있는 것 같았다. 다자는 그 모든 것을 지성으로 이해한 것이 아니라 마치 신성이 출현했음을 느끼는 축복받은 순간처럼 온몸과 온 마음으로 느꼈다. 그는 마치 마법에라도 걸린 듯 꼼짝하지 못한 채, 명상에 잠긴 은둔자를 바라보고 있었다. 그러자 이상하게도 자신의 출신과 왕족으로서의 가문이 기억났다. 그는 은둔자의 모습에서 불가해한 평온함과 초연함, 그의 얼굴에 깃든 밝고 맑은 기색, 그의 몸짓에서 풍기는 힘과 자제력, 그의 완벽히 침잠해 있는 모습에 사로잡힌 채, 꼼짝 못 하고 서 있었다.

그가 그 움막 곁에 두세 시간을 있었는지, 아니면 며칠 동안 있었는지 훗날 그는 말할 수 없었을 것이다. 그는 그렇게 시간이 정지된 상태에서 그곳에 머물러 있었다. 이윽고 마법에서 풀려나온 그는 움막 곁을 떠나 숲에서 빠져나온 뒤 소 떼들이 있는 곳으로 돌아왔다. 그런 경험을 하고 난 뒤에 소년은 이따금 자신이 요가 수도자가 되어 은둔 생활을 하는 꿈을 꾸곤 했다. 하지만 세월이 흘러 다자가 성장해서 건장한 청년이 되어 또래 친구들과 운동이나 싸움질에 몰두하게 되면서 그 기억과 꿈은 차츰 희미해졌다. 하지만 그가 잃어버린 왕자나 왕족으로서의 삶을 언젠가는 요가의 위엄과 힘이 대신 보상해줄 수 있을 것이라는 희미한 예감이 그의 영혼 속에 남아 있었다.

목자 무리들이 도시 근처에서 머물고 있던 어느 날 성대한 축제가 준비 중이라는 소식이 들려왔다. 나이 들어 쇠약해진 라바나 왕이 자기 아들 날라를 후계자로 삼아 왕으로 선포하는 날을 정했다는 것이었다. 다자는 축제에 가보고 싶었다. 어린 시절의 기억만이 어렴풋이 남아 있는 도시를 한 번 더 구경하고 싶었던 것이다. 그는 음악이 듣고 싶었고 시가 행렬도 구경하고 귀족들 간의 투기 경기도 보고 싶었다. 화려한 도시 생활이 그에게는 마치 전설이나 동화에서 보고 들은 세계와 비슷했지만, 옛날 언젠가 그 세계가 자신의 세계였다는 것을 알고 있었다.

축제 날 제물로 쓰일 버터를 봉납하라는 명령이 목자들에게 떨어졌다.

그리고 다행스럽게도 다자는 이 일을 위해 목자들의 우두머리가 뽑은 세 사람 가운데 한 명이 되었다.

그들은 축제 전날 밤에 봉헌할 버터를 갖고 궁정으로 왔다. 브라만승 바주데바가 봉납 업무를 총괄하고 있었기에 목자들에게서 버터를 수령했다. 하지만 그는 청년이 된 다자를 알아보지 못했다. 다음 날 그들은 축제에 참가했고 황금색으로 번쩍이는 버터가 하늘을 찌르는 불꽃으로 변하는 광경을 구경했다. 훨훨 타오르는 불꽃과 기름진 연기가 하늘로 까마득히 솟아오르며 삼십 명의 신에게 봉헌되었다. 다자는 화려한 축제에 매혹되기도 했지만 다른 한편으로는 도시인의 삶을 근본적으로 경멸하는 목자의 싸늘한 시선으로 그 모든 것을 바라보았다. 그는 자신이 왕의 장남이었다는 사실, 전혀 기억도 나지 않는 이복동생 날라가 몸에 향유를 바르고 왕위에 올라 축복을 받고 있다는 사실, 실은 자기 자신이 날라 대신 꽃으로 장식된 마차 위에 올라야 한다는 사실에 대해서는 전혀 생각하지 않았다. 그는 왕 행세를 하는 날라가 조금도 마음에 들지 않았다. 멍청하고 사악한 데다 제멋대로인 것 같았고 참을 수 없을 정도로 교만해 보였다.

다자가 축제를 구경하고 돌아온 그때는 그가 이미 어른이 되었을 때였다. 그는 처녀들 뒤를 따라다니기도 하고 젊은이들과 심한 권투와 격투를 해서 이기기도 했다. 그러던 어느 날 목자들은 또다시 다른 지방으로 옮겨 갔다. 그곳에서 다자는 프라바티라는 이름의 아름다운 처녀를 만났고 열렬한 사랑에 빠졌다. 그녀는 어느 소작 농부의 딸이었다. 다자는 그녀를 너무 사랑했기에 그녀를 얻기 위해 다른 모든 것을 잊고 포기할 정도였다. 얼마 후 동료 목자들이 그곳을 떠나게 되었을 때 그는 그 어떤 충고나 경고에도 귀를 기울이지 않았다. 그는 그들과 작별했고 그가 그렇게 좋아했던 목자로서의 삶을 포기했다. 그리고 그곳에 정착하여 프라바티를 아내로 맞았다. 그는 장인의 수수밭과 벼논을 경작하고 물방앗간 일과 나무하는 일을 도왔다. 그는 대나무와 진흙으로 아내를 위한 오두막을 짓고 그녀를 그 안에 가두다시피 해두었다.

한 사내의 마음을 움직여 이제까지의 즐거움과 친구들, 옛 습관들을 버리고 낯선 곳에서 별로 내세울 게 없는 사람의 사위 노릇을 하게 만든다는 것은 쉬운 일이 아니다. 그만큼 프라바티는 아름다웠고 다자는 그녀의 얼굴과 자태에서 흘러나오는 관능적 쾌락에 취해서 다른 모든 것에 눈을 감고 오로지 아내에게만 빠져 지냈다. 그리고 실제로 그는 그녀의 품에서 크나큰 행복을 느꼈다. 그녀의 미소는 언제나 매혹적으로 그를 유혹했고 그녀의 날씬한 사지를 애무하는 것은 너무나 달콤했다. 그녀의 젊은 몸은 수많은 아름다운 꽃이 향기를 뿜어내는 쾌락의 정원이었다.

하지만 그런 행복은 채 일 년도 가지 못했다. 어느 날이었다. 마을 근처가 온통 불안과 소란에 휩싸였다. 말을 탄 사자(使者)들이 나타나 젊은 왕이 출두할 것이라고 알렸다. 이윽고 젊은 왕 날라가 병사들 및 수행원들을 대동하고 사냥을 하기 위해 나타났다.

다자는 그 모든 것에 전혀 신경을 쓰지 않았다. 그는 밭에서 일을 하고 물방앗간 일도 돌보면서 사냥꾼들과 궁중 사람들을 피했다. 그러던 어느 날이었다. 집으로 돌아오니 아내가 보이지 않았다. 궁정 사람들이 근처에 와 있는 동안 집에서 꼼짝 말고 있으라고 아내를 단속했던 다자는 가슴이 철렁했다. 그는 황급히 장인 집으로 달려갔다. 프라바티는 그곳에도 없었고 아무도 그녀를 보았다는 사람이 없었다. 그는 미친 듯이 사방으로 아내를 찾아다녔다.

아직 소년인 막내 처남이 그의 그런 모습을 보다 못해 프라바티가 왕과 함께 있다고 살짝 알려주었다. 그녀가 왕의 천막 안에서 지내고 있으며 그녀가 왕의 말을 타고 가는 것을 본 사람도 있다는 것이었다.

잠시 후 다자는 왕의 천막 주변 나무 위에 몸을 숨기고 있었다. 그의 손에는 옛날 목동 시절에 사용하던 투석기가 들려 있었다. 그가 나무 위에 숨어 있은 지 몇 시간 후에 왕이 말을 타고 돌아왔다. 왕이 말에서 내려 천막을 걷었을 때 천막 그늘 속에서 몸을 일으켜 왕에게 인사하는 젊은 여인의 모습이 보였다. 그의 아내 프라바티였다. 다자는 그녀의 모습을 알아보고 거의 나무에서 떨어질 뻔했다. 이제 모든 것이 분명해졌다. 비통과 분노로 가슴이 터질 것 같았다. 프라바티와의 사랑으로 너무나 행복했던 그였기에 고통과 분노, 상실감과 모욕감은 그만큼 클 수밖에 없었다.

하루 낮과 밤을 다자는 그 지방 숲속을 헤매고 다녔다. 비참한 기분에 그는 사방으로 달리고 헤매고 다닐 수밖에 없었다. 마음으로는 이제 그 가치와 의미를 상실해버린 삶의 끝까지 달려야만 할 것 같았다. 하지만 그는 멀리 미지의 곳으로 가지 못했다. 그는 여전히 자신의 오두막과 물방앗간, 경작지와 왕의 천막 주변을 맴돌았다. 마침내 그는 다시 나무 위에 올라 왕의 천막 안을 엿보았다. 그가 긴장해 있는 가운데 드디어 기다리던 순간이 왔다. 왕이 천막 앞으로 나왔던 것이다. 다자는 소리를 죽여 나무에서 내려온 뒤 투석기를 휘둘러 가증스러운 적의 이마에 돌을 명중시켰다. 왕은 그 자리에 쓰러져 꼼짝도 하지 못했다. 주변에는 아무도 없는 것 같았다. 순간 다자에게 복수의 쾌감이 밀려왔지만 동시에 이상하게도 무시무시한 적막감도 밀려왔다. 다자는 숲속으로 들어가 계곡으로 이어지는 대나무 숲으로 사라져버렸다.

곧 주변이 어수선해졌다. 살인자에 대한 추적이 시작되었고 하루 종일 이어졌다. 다자는 점점 더 높은 산으로 기어 올라가 추적을 피했다.

이제 정처 없이 떠도는 생활이 시작되었다. 그는 사람들로부터 완전히 도망치지는 않았지만 그래도 사람들을 피했다. 그러던 중 그는 그가 아직 철이 들지 않은 소년이었을 때 동료들과 함께 소 떼들을 돌보던 목초지로 우연히 가게 되었다. 마치 아늑한 은신처요 고향에 온 것 같았다. 떠돌아다니는 목동 생활을 하던 그에게 유일하게 제집 같고 고향 같은 기분을 느끼게 해주던 곳이었다. 버드나무 가지를 스치고 지나가는 바람 소리, 작은 시냇물의 행진소리, 새들의 노랫소리와 황금색 벌들이 붕붕거리는 소리들이 그를 반겨주는 것 같았다.

영혼 속에서 울리는 것 같은 그 소리들에 이끌려서 다자는 마치 전장에서 돌아온 병사와 같은 기분으로 이 다정한 풍경 사이를 돌아다녔다. 이방인으로서, 도망자로서, 죽음의 선고를 받은 자로서 두려움에 사로잡혀 지낸 몇 달 만에 처음으로 그는 아무것도 생각하지 않고 아무것도 바라는 것이 없는, 평온한 현재를 있는 그대로 온전히 받아들이는 열린 마음을 맛보게 된 것이다. 그는 그러한 자기 자신이, 이 새롭게 기쁨에 젖어 있는 자신의 마음 상태가 너무 이상하면서도 고마웠다. 그는 아무것도 요구하는 것이 없는 수동적인 마음 상태였으며 긴장이라고는 조금도 없이 명랑했으며 주변을 주의 깊게 관찰하면서 커다란 기쁨을 맛보았다.

그는 푸른 목초지를 지나 숲속으로 들어갔으며 마치 무엇에라도 이끌린 듯 저절로 발걸음이 그 어딘가로 향했다. 그가 거대한 양치식물들이 자라고 있는 큰 숲을 지나자 작은 숲이 나타났고 그곳에 작은 움막이 있었다. 그가 전에 그 앞 땅바닥에서 마치 마법에라도 걸린 듯 꼼짝도 하지 못했던 요가 수도자의 움막이었다. 그리고 지금도 바로 그 요가 수도자가 꼼짝 않은 채 앉아 있었다.

다자는 마치 방금 잠에서 깨어난 듯 그 자리에 멈춰 섰다. 모든 것이 이전과 똑같았다. 이곳에서는 시간이 흐르지 않았고 살육도 고통도 없었다. 이곳에서는 시간과 삶이 수정처럼 단단하게, 영원히 얼어붙어 있는 것 같았다. 그는 노인을 바라보았다. 옛날 그를 처음 보았을 때 느꼈던 경탄과 사랑과 그리움이 그의 마음속으로 다시 돌아왔다. 그는 움막을 바라보며 다음 우기가 닥치기 전에 수리를 약간 해야 할 필요가 있다고 생각했다. 그는 용기를 내어 조심스럽게 몇 발자국 앞으로 다가가 움막 안을 들여다보았다. 거의 아무것도 없다고 하는 편이 좋았다. 나뭇잎으로 만든 침상, 물이 조금 들어있는 표주박 하나, 나무껍질로 만든 자루가 전부였다. 그는 자루를 들고 밖으로 나와 과일이나 달콤한 나무껍질들로 채워서 가지고 왔다. 이어서 그는 표주박을 들고 나가, 신선한 물을 가득 채워 놓았다. 이로써 그가 이곳에서 할 수 있는 일은 다 한 셈이었다. 한 인간이 살아가기 위하여 필요로 하는 것은 그렇게 너무 하찮은 것이었다. 다자는 땅바닥에 웅크리고 앉아 몽상에 잠겼다. 다자는 자기 자신에게 만족했고 그 옛날 청년 시절, 평화와 행복을 느끼게 해주는 고향 같았던 이곳으로 자신을 이끌어온 자신의 내면의 목소리에 만족했다.

이렇게 하여 그는 말 없는 요가 수도자 곁에 머물게 되었다. 그는 침상의 나뭇잎을 새로 갈아 넣고 두 사람이 먹을 음식을 구해왔으며 낡은 움막을 수리했다. 그리고 자신이 기거할 움막을 약간 떨어진 곳에 짓기 시작했다. 노인은 그를 용납한 것 같았지만 다자로서는 자신이 그곳에 있다는 것을 노인이 알고 있기나 한 것인지조차 알 수 없었다. 노인은 움막으로 잠을 자러 가거나 약간의 음식을 먹을 경우, 혹은 숲속을 잠시 거닐 때를 제외하면 내내 명상에 빠져 있었다. 다자는 위대한 인물을 모시는 하인처럼 노인 곁에서 지냈다.

다자에게는 이제 아무런 불안감도 없었고 과거는 잊었으며 미래에 대한 생각은 전혀 하지 않았다. 그가 소망하는 것이 있다면 오로지 노인으로부터 비법을 전수받아 스스로 요가 수도자가 되는 것뿐이었다. 그는 이따금 존경하는 노인의 자세를 흉내내어 가부좌를 튼 채 꼼짝 않고 앉아 자신을 둘러싸고 있는 세계에 대해 무심하려고 노력했다. 하지만 사지에 통증이 오고 뻣뻣해졌고 모기의 시달림을 받는 바람에 결국은 오래 계속하지 못했다. 그래도 가끔 자신의 속이 텅 비어버리거나 가벼워져 공기 중에 떠다니는 느낌에 젖을 때도 있었다. 그러나 그것은 순간일 뿐이었다. 그는 이 노인에게 자신도 요가 수도자가 되고 싶다는 사실을 알리고 싶었다. 하지만 어떻게 해야 한단 말인가? 노인은 단 한 번도 그를 주목하는 것 같지 않았으며 그들 사이에서는 한마디 말도 오가지 않았다. 노인은 날짜와 시간 너머 존재하는 것 같았고, 숲과 오두막 너머에 존재하는 것 같았으며 말이 필요 없는 세계에 존재하는 것 같았다.

그럼에도 불구하고 어느 날 다자가 노인에게 드디어 말을 걸게 되었다. 그는 비록 노인 곁에서 요가 수도자가 되고 싶다는 소망을 품고 있었지만, 혼자만의 수련을 오래 견딜 수 없었다. 그리고 다시 아내 프라바티에 대한 꿈과 도망자 신세로서의 무시무시한 꿈을 꾸었다. 아마 뜨거운 열풍이 몰아닥치는 날씨가 여러 날 계속된 탓인지도 몰랐다. 꿈에서 깨어난 그는 괴로웠다. 자신이 다시 옛날의 그 수치스러운 상태로 전락한 것 같았다. 그날, 노인이 자리에서 일어나 움막을 향하자 다자는 마치 그 순간을 기다렸다는 듯 용기를 내어 노인에게 말을 걸었다.

"존경하는 분이시여, 당신의 평온을 깨뜨리는 것을 용서해주시기 바랍니다. 저는 평화와 고요함을 갈망하고 있습니다. 당신처럼 살고 싶고 당신처럼 되고 싶습니다. 보시다시피 저는 아직 젊지만 수많은 고통을 맛보았습니다. 운명이 잔인하게 저를 가지고 놀았습니다. 저는 왕자로 태어나 추방되어 목자로 지냈습니다. 저는 목자로 자라면서 마치 송아지처럼 즐겁고 튼튼했으며 순진했습니다. 그러다가 여자에게 눈을 뜨게 되어 아름다운 여인을 만나자 그녀에게 제 삶을 바쳤습니다. 그녀를 소유하지 못하면 아마 죽어버렸을 것입니다. 저는 제 친구인 목동들 곁을 떠났습니다. 저는 프라바티에게 청혼했고 그녀를 얻었습니다. 저는 농부의 사위가 되었고 그녀를 위하여 열심히 일했습니다. 프라바티가 제 것이고 저를 사랑했으니까요. 아니, 저는 그녀가 저를 사랑한다고 믿었습니다. 매일 저녁 저는 그녀의 품으로 돌아와 그녀 옆에 누웠습니다. 그런데 그때 날라 왕이 사냥을 하러 그 지방으로 왔습니다. 바로 그자 때문에 제가 어릴 때 추방된 것입니다. 그런데 그자가 또다시 프라바티를 제게서 빼앗아 갔습니다. 저는 그녀가 그의 품에 안겨 있는 것을 봐야만 했습니다. 제가 겪었던 그 어떤 고통보다 큰 고통이었기에 그 고통이 저와 제 인생을 송두리째 바꿔버렸습니다. 저는 돌을 던져 왕을 죽였습니다. 그러고는 범죄자로서 쫓기는 신세가 되었습니다. 이 세상 모든 사람이 제게 적대적이 되었고 저는 한순간도 안전한 상태에 있지 못했습니다. 그리고 바로 그런 상태에서 이곳으로 오게 된 것입니다. 존경하는 분이시여, 저는 어리석은 놈입니다. 저는 살인자이고 언제라도 체포되어 사지를 찢길지 모릅니다. 이 무시무시한 삶을 더 이상 견딜 수 없습니다. 그런 삶에서 벗어나고 싶습니다."

요가 수도자는 눈을 내리깔고 이 폭풍처럼 쏟아지는 말에 조용히 귀를 기울였다. 그는 고개를 들어 눈을 뜨더니 다자의 얼굴을 응시했다. 맑고 꿰뚫어 보는 눈길이었으며 거의 참을 수 없을 정도로 단호하고 집중된 눈길이었다. 이윽고 그의 입가에 미소가 떠오르더니 미소가 웃음으로 변했다. 그는 소리 없이 웃으며 고개를 흔들더니 "마야로다! 마야로다!"라고 말했다.

다자는 당황하고 부끄러워서 꼼짝 않고 서 있었다. 노인은 숲속으로 약간의 산책을 한 후에 움막 안으로 들어갔다. 그의 얼굴은 다시 평상시와 다름없이 현상세계와는 다른 세계에 가 있는 것 같았다.

'도대체 그 웃음은 무슨 의미였을까?' 다자는 오랫동안 그 생각에 몰두할 수밖에 없었다. 자신이 절망적으로 고백하고 탄원하는 순간에 노인의 입가에 떠오른 그 미소와 웃음은 호의적인 것이었을까, 아니며 비웃음이었을까? 그것은 위안이었을까, 아니면 비난이었을까? 신적인 것이었을까 아니면 악마적인 것이었을까? 그 어떤 일도 심각하게 받아들일 수 없게 된 노인의 비꼬는 듯한 웃음에 불과한 것이었을까, 아니면 다른 사람의 어리석음을 보고 재미있어서 떠올린 현자의 웃음이었을까? 혹은 그를 거부하면서 떠나가라는 뜻의 웃음이었을까, 아니면 충고의 뜻에서, 다자에게 자신을 따라 그 웃음에 동참하라는 뜻에서 흘린 웃음이었을까? 다자는 그 수수께끼를 풀 수 없었다.

다자는 밤늦게까지 그 웃음에 대해 곰곰 생각해보았다. 그 웃음 속에 자신의 삶, 자신의 행복과 불행이 압축되어 있는 것 같았다. 그는 그 안에 맛을 숨기고 있는 딱딱한 나무뿌리를 씹듯 그 웃음을 되씹고 되씹었다. 그리고 노인이 밝은 목소리와 표정으로 말한 "마야로다! 마야로다!"라는 말도 되씹으며 고뇌했다. 그러자 그 말의 의미를 어렴풋이 이해할 수도 있을 것 같았다. 그것은 다자의 삶이었으며 다자의 젊음이었다. 그리고 다자의 달콤한 행복과 쓰디쓴 불행 역시 마야였다. 아름다운 프라바티가 마야였다. 사랑과 그것이 주는 기쁨이 마야였다. 삶 전체가 마야였다. 이 노인의 눈에 다자의 삶, 모든 사람의 삶, 세상 만물이 마야였다. 이 모든 것이 어린아이들의 놀이, 구경거리, 연극, 환상, 오색찬란한 껍질에 싸인 비눗방울이었다. 그것을 보면서 웃을 수 있으면서 동시에 경멸할 수 있는 것, 하지만 결코 진지하게 받아들일 수 없는 것, 그것이 바로 마야였다.

요가 수도자 노인이 웃음과 마야라는 한마디로 다자의 삶 전체를 깨끗이 처리할 수 있었다 할지라도 다자 자신은 그럴 수 없었다. 그는 마음속으로는 노인처럼 모든 것에서 초월한 다른 세계의 삶을 열망하고 있었지만 한동안 잊어버렸던 것 같은 과거의 모습들이 악몽처럼 되살아나는 것을 어쩔 수 없었다. 그러자 언젠가 노인의 비법을 전수받아 노인처럼 될 수도 있으리라는 희망 자체가 덧없이 여겨졌다. 그렇다면, 이 숲속에 자신이 머물러 있다는 것이 무슨 의미가 있을까? 그렇다, 그건 도피일 뿐이었다. 그는 그동안 왕 살해자에 대한 추적이 그쳤을지도 모른다고 그는 생각했다. 만일 그렇다면 별 위험 없이 방랑 생활을 계속할 수도 있을 것이다. 그는 다음 날 떠나기로 결심했다. '그래, 세상은 넓어. 이런 은신처에서 영원히 지낼 수는 없어.' 그렇게 결심하고 나니 마음이 제법 가라앉았다.

그는 이른 새벽에 출발할 작정이었다. 그런데 늦잠을 자고 깨어보니 해가 이미 중천에 떠 있었다. 수도자는 이미 명상에 들어가 있었다. 다자는 작별 인사도 없이 떠나고 싶지 않았으며 게다가 수도자에게 한 가지 볼일도 있었다. 그는 이제나저제나 하고 기다렸다. 마침내 수도자가 눈을 뜨고 이리저리 거닐기 시작하자 다자는 그의 앞으로 다가가 허리를 굽히고 겸손하게 말했다.

"스승님, 저는 이제 제 길을 가려 합니다. 이제 더 이상 스승님의 평온을 깨뜨리지 않겠습니다. 하지만 자비로우신 스승님, 마지막 한 가지 간청 드리는 것을 허락해주십시오. 제가 제 생애에 대해 말씀드렸을 때 스승님은 웃으시면서 '마야로다!'라고만 말씀하셨습니다. 간청하오니 '마야'에 대하여 좀 더 가르침을 주십시오."

요가 노인은 움막 쪽으로 몸을 돌리면서 눈짓으로 다자에게 따라오라고 명령했다. 노인은 물그릇을 들어 젊은이에게 내밀더니 물을 떠오라고 명령했다. 그는 명령대로 물가로 가서 천천히 바가지를 샘물 속에 넣었다. 이렇게 물을 떠오는 것도 마지막이라고 생각하니 기분이 울적했다. 그는 떠나기로 결심했다는 자신의 말을 듣고도 이곳에 남아 있으라고 하지 않는 노인의 태도에 왜 자신의 마음이 그다지 아픈지 알 수가 없었다.

그는 샘물가에 쪼그리고 앉아 물을 한 모금 마신 후에 조심스럽게 바가지를 들고 몸을 일으켰다. 그가 돌아가는 길로 접어들려는 순간, 그의 귓가에 무슨 소리가 들렸다. 그를 황홀하게 하면서 동시에 두려움에 사로잡히게 만드는 소리였다. 그가 수없이 꿈속에서 들었던 소리였고 깨어 있을 때면 절절한 그리움에 수도 없이 떠올리곤 했던 소리였다. 숲속에서 들리는 그 소리는 더없이 달콤했으며 매혹적이었고 순진하고 사랑스러웠다. 그것은 바로 아내 프라바티의 목소리였다. "여보"라고 그 목소리가 달콤하게 말하고 있었다.

그는 물그릇을 손에 든 채 믿어지지 않는 눈길로 주변을 둘러보았다. 그런데 그녀가, 날씬한 몸매의 그녀 프라바티가, 그가 그토록 사랑했던, 도저히 잊지 못하던, 정숙하지 못한 그녀가 나무들 사이로 갑자기 나타났다. 그는 바가지를 집어 던지고 그녀에게 달려갔다. 그녀는 미소를 띤 채 약간 부끄러운 표정으로 사슴처럼 커다란 눈을 들어 그를 바라보았다. 가까이 가보니 그녀는 빨간 신발에 값비싼 옷을 입고 있었고 화려한 장신구를 달고 있었다. 그는 움찔하며 발걸음을 멈추었다. 그녀가 아직 왕의 정부란 말인가? 날라를 죽인 것이 아니란 말인가? 대체 어떻게 저런 화려한 차림으로 자신 앞에 나타나 자신의 이름을 다정하게 부를 수 있단 말인가?

하지만 그녀는 이전보다 더 아름다웠다. 그는 그녀가 말을 꺼내기도 전에 그녀를 끌어안고 입맞춤을 하지 않을 수 없었다. 예전에 자기 것이었던 것이 모두 자신에게 되돌아온 것 같았고, 그의 생각은 이미 이 숲과 늙은 은둔자로부터 멀리 떠나 있었다. 노인의 표주박은 더 이상 그의 염두에 없었다. 그가 프라바티와 함께 숲을 떠날 때 표주박은 그대로 샘물가에 놓여 있었다. 프라바티는 서둘러 그간에 일어났던 일에 대해 이야기하기 시작했다.

그녀의 이야기는 놀랍고도 유쾌했으며 마치 동화 같았다. 다자는 마치 동화 속으로 들어가듯 새로운 삶 속으로 들어갔다. 프라바티는 다시 자신의 것이 되었다. 저 추잡한 날라 왕은 죽었다. 살인자에 대한 추적은 오래전에 중단되었다. 하지만 그것이 전부가 아니었다. 한때 목자가 되었던 왕자 다자가 적법한 후계자로 판명되어 왕으로 선포되었던 것이다. 한 늙은 목자와 브라만이 잊힌 이야기를 널리 퍼뜨렸고 사실을 밝혔다. 그리하여 한때 날라의 살인자로 체포하려던 바로 그 사람을 왕으로 모시기 위해 사람들이 온 나라를 열심히 뒤지기 시작했고 정말이지 우연히 다른 병사들보다 먼저 프라바티가 그를 발견한 것이다.

온 도시가 다자를 왕으로 성대하게 맞이하는 가운데 그는 궁정으로 돌아가 옥좌에 앉았다. 왕자였던 다자를 죽이고 그 생명을 빼앗으려 했던 왕비는 이웃나라로 도망쳐서 고빈다 왕의 보호를 받고 있었다. 그녀는 다자를 자기 아들의 살해자로서 증오하고 있었다. 그녀를 보호하고 있는 고빈다 왕의 왕국은 다자의 왕국과 원수지간으로서 조상 때부터 여러 번 전쟁을 벌인 상대였다.

왕이 된 다자는 정원을 가꾸는 것을 무엇보다 좋아했으며 학문도 열심히 익혔다. 그는 브라만들의 훌륭한 학생이었다. 그는 도서관에 자주 출입하며 수많은 인물과 신에 대해 공부하고 브라만들과 토론을 벌였다. 그는 행복하고 부유했다. 하지만 행복과 부와 사랑하는 정원과 책들에도 불구하고, 그 무엇보다 사랑하는 프라바티가 곁에 있음에도 불구하고 다자 왕에게는 때때로 인간 생활과 인간의 본질에 속하는 모든 것이 이상하고 의심스럽게 여겨지기도 했다. 그 모든 것이 저 총명하면서도 동시에 공허한 브라만 승려들처럼, 밝으면서 동시에 어둡고 바람직하면서 동시에 경멸스러웠다. 정원 연못에 피어 있는 아름다운 연꽃, 공작새와 꿩과 앵무새의 현란한 깃털, 궁전에 새겨진 황금빛 조각들을 바라보자면 마치 그것들이 영생의 불꽃을 부여받은 신성한 존재들로 여겨졌다. 하지만 어느 순간에는, 심지어 그것들에 현혹되어 있는 와중에도 그것들이 비현실적이며 신뢰할 수 없고 의심스럽다는 생각, 그것들이 무상하며 해체될 수밖에 없으며 형상도 없는 혼돈 속으로 돌아갈 준비를 하고 있는 것 같다는 생각이 들었다. 다자 왕 자신이 보이지 않는 힘에 이끌려 한때 왕자였다가 목자가 되었고 살인을 저지른 범법자로 추락했다가 다시 왕자가 되었지만 내일은 어떻게 될 것인지 불확실한 것처럼 인생길이란 것은 고상한 것과 천한 것,

영원과 죽음, 위대함과 터무니없음을 동시에 품고 있는 마야였다. 심지어 그가 사랑하는 아름다운 프라바티까지도 때로는—비록 짧은 순간이었지만—매력을 잃고 우스꽝스럽게 보이기도 했다. 그녀는 너무 많은 팔찌를 차고 있었으며 너무 오만했고 의기양양했으며 위엄 있게 보이려고 지나치게 애를 쓰고 있는 것처럼 보였던 것이다.

정원이나 책보다 그가 사랑하는 대상이 있었으니 바로 그의 아들 라바나였다. 이 잘생긴 아들은 어머니를 닮아 사슴 같은 눈매를 하고 있었으며 아버지를 닮아 사색적이고 몽상에 잘 빠지는 기질을 지니고 있었다. 이 아이가 정원 관상식물 앞에 오래 서서 관찰을 하거나 양탄자에 쭈그리고 앉아 약간 넋이 나간 것 같은 눈길로 돌이나 장난감, 혹은 깃털을 유심히 바라보고 있는 모습을 보며 다자는 아들이 자신과 꼭 닮았다고 생각했다.

그러던 어느 날이었다. 이웃나라 고빈다 왕의 왕국과 인접해 있는 국경 근처에서 전령이 도착했다. 고빈다의 부하들이 그 지방을 습격해서 가축을 약탈하고 사람들을 끌어갔다는 것이었다. 다자는 지체 없이 출정 준비를 갖춘 다음 친위대 대장과 부하들을 이끌고 약탈자들의 추적에 나섰다.

그는 말을 타고 가면서 곰곰 생각해보았다. 국경선 근처에서 누군가가 가축을 약탈하고 사람들을 끌어갔다고 해서 그것이 그에게 근본적으로 중요한 일도 아니었고 괴로운 일도 아니었다. 그 일은 출정할 때 이별의 입맞춤을 해준 자신의 아들 라바나를 향한 사랑, 아들과 헤어진 때의 괴로움에 비하면 하등 중요할 것이 없었다. 도둑질이나 자신의 왕권에 대한 도전 행위에 대해서도 이렇게 분노를 표출하고 행동에 옮기기보다는 그저 동정어린 미소로 처리해버리는 것이 더 현명한 처사일 수도 있었다. 하지만 그가 만일 그런 식으로 행동했다면 그것은 지쳐 쓰러질 때까지 말을 타고 달려온 전령에게, 또한 재산을 약탈당한 사람들, 포로로 잡혀간 사람들에게는 부당한 짓이었다. 그들은 자신이 재산이나 권리를 침해당했을 때 왕에게 복수나 도움을 구할 수 없다는 사실을 참을 수 없을 것이며 이해할 수도 없을 것이다. 그는 복수를 위해 말을 달리면서 이것이 바로 왕으로서의 자신의 의무라는 것을 깨달았다. 그리고 그 의무를 소홀히 하면 결국 위험은 자신이 가장 사랑하는 아들의 코앞에까지 닥치게 되리라는 것을 깨달았다. 결국 그가 이렇게 열심히 말을 타고 달려가는 것은 가축이나 국토를 상실한 데서 오는 분노도 아니었으며 신하들에 대한 배려에서도 아니고 선왕인 아버지의 명예를 지키기 위한 것도 아니었다. 그것은 오로지 자식에 대한 맹목적인 사랑 때문이었으며 이 아들을 잃을 경우 자신이 겪게 될 고통에 대한 극심한 두려움 때문이었다.

그는 맹렬히 국경 근처로 달려갔지만 목적을 이루지는 못했다. 약탈자들은 이미 도망친 뒤였기 때문이었다. 그러나 그는 자신의 확고한 의지와 용맹을 보여주기 위해 국경을 침범하고 이웃나라 농촌을 습격해서 가축 몇 마리와 노예 몇 명을 끌고 와야만 했다. 애정에서 갈등이 시작되었고 사랑으로부터 전쟁이 있게 된 것이다. 비록 정의를 실천하고 징벌을 내리기 위한 것이라 할지라도 이미 그는 가축을 약탈하고 농촌 마을을 죽음의 공포 속으로 몰아넣었으며 죄 없는 사람들을 강제로 납치해 왔다. 이로부터 새로운 복수와 새로운 폭력이 발생하리라. 그리하여 결국 그의 삶 전체가, 그의 나라 전체가 전쟁과 폭력과 무기들로 뒤덮이게 되리라. 그는 그러한 생각에 젖어 우울한 마음으로 고향으로 돌아왔다.

실제로 적의에 찬 이웃은 가만히 있지 않았다. 그들은 침입과 약탈을 계속해 왔고 다자는 응징과 방어를 위해 계속 출정해야만 했다. 전쟁을 위한 회의나 준비로 인해 불안한 나날이 계속되었다. 다자는 자신이 좋아하는 정원과 책들을 멀리해야만 한다는 사실에 가슴이 아팠으며 마음의 평화가 깨지는 것이 무엇보다 괴로웠다. 그는 명망이 있는 이웃나라 왕 중 한 사람을 중재자로 초빙하여 몇 개의 목초지와 마을을 내주더라도 평화 협정을 맺고 싶었다. 그는 브라만 승려인 고팔라와 아내 프라바티와도 그 문제에 대해 상의했다.

하지만 프라바티는 다자의 의견에 격렬하게 반대했고 급기야 둘 사이에 불화까지 생겼다. 프라바티는 평화를 사랑하는 다자의 생각은 적들에게 도움을 줄 뿐이라고 열변을 토했다. 다자는 그토록 아름답고 정열적인 아내의 모습을 처음 본 것 같았지만 마음속 슬픔은 더해 가기만 했다.

상황이 그런 식으로 전개되자 궁중 사람들도 전쟁파와 평화파의 둘로 갈라져 대립했다. 다자와 나이 많은 브라만들이 속한 평화파는 소수였다. 다자는 더 이상 반대파와 다투지 않고 열병식에도 참가했다. 하지만 그는 점점 더 우울해졌으며 여러 해 동안 그에게 삶의 기쁨을 주었던 것들이 차츰 더 멀어져갔다. 그리고 전쟁의 불가피성을 열변을 토하며 역설하는 프라바티와의 사이에도 차츰차츰 간극이 벌어졌다.

그러자 다자는 프라바티에 대한 자신의 사랑에 대해 깊이 숙고하기 시작했다. 그녀에 대한 사랑이 세상의 모든 의미였던 적이 있었지만 그녀와의 사랑은 항상 상실을 동반했다. 그녀를 처음 만나 사랑에 빠졌을 때 그는 동료이며 친구였던 목자들을 버리고 그때까지 그토록 즐거웠던 목자 생활과도 결별했다. 그러다가 날라가 나타났고 날라는 그에게서 그녀를 빼앗아갔다. 그녀는 왜 그렇게 쉽게 날라의 유혹에 넘어갔을까? 다자는 자신의 행복을 앗아간 놈에게 복수했다. 그를 돌로 때려죽인 것이다. 그것은 지고한 승리의 순간이었다. 하지만 그는 그 결과 도망자가 될 수밖에 없었다. 하지만 날라가 죽고 그가 도망자가 되었을 때도 프라바티는 자신에게 나타나지 않았다. 그렇다면 그녀는 그동안 어떻게 지낸 것일까? 다자와 그녀는 그에 대해서는 한마디도 이야기를 나눈 적이 없었다. 그녀가 나타난 것은 자신이 왕의 신분을 되찾았을 때였다. 그리고 그녀는 존경하는 은둔자와의 친밀한 관계를 결정적으로 끊게 만들었고 화려한 왕으로 등극하게 만들었다.

하지만 그럼으로써 그는 무엇을 버린 것이며 그 대가로 무엇을 얻은 것인가? 그는 군주로서의 광휘와 의무를 얻었다. 처음에는 그다지 어려워 보이지 않았지만 날이 갈수록 그의 어깨를 무겁게 짓누르는 막중한 의무였다. 그는 아름다운 아내를, 그녀와 사랑을 나누는 달콤한 시간을 되찾았다. 그리고 그의 마음속에 새로운 종류의 사랑을 가르쳐준 아들을 얻었으나 그와 동시에 삶과 행복을 위협하는 것들에 대한 근심 걱정을 얻었으며 이제는 나라 전체가 전쟁을 코앞에 두고 있었다. 프라바티가 샘물가에서 그를 발견했을 때 그녀가 가져온 것이 바로 이런 것들이었다. 그렇다면 그는 대신 무엇을 버리고 무엇을 희생했는가? 그는 그 평화로운 숲속에 경건한 고독을 두고 왔으며, 성스러운 요가 수도자 곁에 머물며 그를 모범으로 삼는 삶을 버렸다. 그의 제자 및 후계자가 되겠다는 희망을 버렸고 그 현자의 심오하고 빛나는, 흔들리지 않는 영혼의 평화를 함께 나누겠다는 희망, 삶의 온갖 투쟁과 정념으로부터 벗어나겠다는 희망을 버렸다. 프라바티의 아름다움에 현혹되어, 야망의 포로가 되어, 해방과 평화에 이를 수 있는 유일한 길을 버렸던 것이다.

생각에 잠긴 다자에게 자신과 프라바티의 관계는 그런 식으로 정리되었다. 그리고 몇 가지 사실만 빼놓는다면 그런 식으로 해석하는 것도 무리는 아니었다. 하지만 다자는 그런 식으로 생각하면서 아주 결정적인 사실을 빼놓았다. 그것은 그가 결코 그 은둔자의 제자가 아니었다는 사실이다. 실은 그 반대였다. 그는 자발적으로 그곳을 떠나려 하고 있었고 바로 그때 그는 프라바티를 다시 만난 것이었다. 하긴 누구나 자기 자신의 눈으로 세상을 보기 마련이다.

프라바티는 그런 문제를 갖고 골머리를 앓는 성격이 아니었지만, 대체로 다자와는 생각이 전혀 달랐다. 그녀는 날라에 관한 일은 기억에서 완전히 지워버렸다. 반면에 자신의 기억이 틀림없다면 다자에게 행운을 가져다준 것은 오로지 자기 자신이었고 다자를 왕으로 만들어준 것도 자신이었다. 그녀는 다자에게 아들을 낳아주었으며 사랑과 행복을 듬뿍 안겨주었다. 그런데 그녀는 결국 다자가 그녀의 위대함에 걸맞지 않은 사람이라는 것, 그녀의 원대한 계획을 따라오지 못할 사람이라는 것을 알게 되었다. 그녀는 고반다와의 전쟁에서 승리하리라고 믿었고 그렇게 되면 자신의 권력과 부가 배가되리라고 확신했다. 그런데 다자는 자신의 그런 원대한 포부에 기꺼이 협조하기는커녕 제왕답지 못하게 전쟁과 정복에 반대하고 있었다. 그는 전쟁보다는 꽃과 나무와 앵무새와 책들에 빠져 늙어가는 편을 더 좋아하고 있었다. 그런데 그런 다자와는 정반대되는 인물이 있었다. 바로 기병대장인 비슈바미트였다. 그는 그녀 편에 서서 전쟁을 열심히 주장했고 가능한 한 빨리 승리를 거두자고 거듭 열변을 토했다. 두 남자를 비교해볼 때 아무래도 비슈바미트에게 후한 점수를 줄 수밖에 없었다.

다자는 프라바티가 비슈바미트와 가깝게 지내고 있다는 사실을 알고 있었다. 하지만 두 사람의 관계가 왕비와 신하로서의 도를 넘은 것인지 아닌지에 대해서는 자세히 알아보지도 않았고 염탐하지도 않았다. 비록 속으로는 쓰디쓴 기분이었지만 겉으로는 무관심한 듯했고 태연했다. 그는 그 모든 일이 전쟁이나 운명처럼 전혀 맞설 방법이라고는 없는 일이라고 생각했으며 참아내는 것 외에는 도리가 없다고 생각했다. 또한 그는 이 모든 일에 대한 책임이 프리바티보다는 자기 자신에게 있음을 인정했다. 그녀가 자신을 세속적인 쾌락에 다시 빠지게 만든 것이 사실이라 할지라도 그녀를 비난할 일이 아니었다. 그녀는 이 모든 일의 원인이 아니었으며 그녀 또한 희생자였다. 그녀 스스로 자신의 아름다움이나 그녀를 향한 그의 사랑을 만들어낸 것도 아니고 책임질 일도 아니었다. 그녀는 단지 태양광선 속의 하나의 먼지, 강물 속의 하나의 물결에 불과할 뿐이었다. 다자는 자신은 여자와 사랑, 행복을 향한 갈망, 명예욕에서 벗어나 목자들 사이에서 만족스러운 삶을 살거나 신비스러운 요가 수도자의 길을 걸어야 했음을, 그렇게 자신의 부족함을 극복하려 애쓰며 살아야 했음을 인정했다. 그런데 스스로 그 길을 마다했고 그 길을 가는 데 실패했다. 한편 그녀는 그에게 아들을, 이 아름답고 귀여운 소년을 주었다. 그의 아들은 그에게 큰 걱정거리였지만 그 존재가 언제나 자신의 인생에 의미와 가치를 부여해주었다. 그것은 비록 고통스러운 기쁨이긴 했지만 커다란 기쁨이었고 진정한 행복이었다. 그런 행복에 대한 대가로 그는 마음속에서 깊은 슬픔과 쓰라림을 맛보며 전쟁과 죽음을 앞두고 있었으며 운명을 맞이할 준비를 하고 있었다.

적군이 드디어 공격을 개시했다. 적은 국경부대 근처에서 대규모 약탈을 자행하며 다자와 기병대장이 지휘하는 군대를 그곳으로 유인했다. 그들이 전선으로 향하는 도중 적군 주력 부대는 다자의 도성으로 진입해서 성문을 탈취했다. 다자가 급보를 받고 황급히 수도로 돌아와 보니 아내 프라바티와 아들은 궁궐에 갇힌 채 위협을 받고 있었으며 거리에서는 피비린내 나는 전투가 벌어지고 있었다. 다자는 궁궐 안으로 쳐들어가 적들과 미친 듯이 싸웠다. 하지만 피비린내 나는 하루가 저물 무렵 그는 여러 군데 부상을 입은 채 기력이 다해 쓰러지고 말았다.

그가 다시 의식을 되찾았을 때 그는 자신이 포로가 되어있음을 알았다. 도시와 궁궐은 이미 적의 수중에 떨어져 있었다. 그는 결박당한 채 고빈다 앞으로 끌려갔다. 고빈다는 조롱하는 표정으로 그를 맞은 후 그를 어느 방으로 데려갔다. 그 방 양탄자 위에 아내 프라바티가 돌같이 굳은 표정으로 꼿꼿하게 앉아 있었고 무릎에는 아들이 누워 있었다. 아들의 얼굴은 잿빛으로 변해 있었고 옷은 흠뻑 피에 젖어 있었다. 죽어 있었던 것이다.

"라바나." 다자는 소리쳤다. "오, 내 아들! 오, 내 꽃송이!"

그는 기도하는 사람처럼 말없이 아내와 아들 앞에 무릎을 꿇었다. 그리고 아들의 머리에 바른 기름 냄새와 뒤섞인 피와 죽음의 냄새를 맡았다. 프라바티는 그들 두 사람을 뚫어져라 바라보고 있었다.

누군가 그의 어깨를 흔들었다. 적군 장군들 중 한 명이었다. 다자는 포박된 채 수레에 실려 고빈다의 수도로 끌려갔고 감옥에 갇혔다. 감옥에 갇히자 그는 죽음이 그리웠다. 그리고 지치고 쇠약해진 몸이 그에게 자비를 베풀어주었다. 그는 그대로 쓰러져 잠이 들었던 것이다.

짧은 잠에서 천천히 깨어나자 그는 눈을 비비려 했다. 하지만 그럴 수 없었다. 두 손으로 뭔가 꽉 붙잡고 있었던 것이다. 정신을 가다듬고 눈을 떠보니 자신을 둘러싸고 있는 것은 감옥의 벽이 아니었다. 초록 햇빛이 나뭇잎과 이끼 위로 밝고 강렬하게 흘러넘치고 있었다. 그는 눈을 몇 번인가 깜빡였다가 크게 떴다. 그는 물을 가득 채운 바가지를 양손으로 들고 서 있었다. 발아래로는 맑은 샘 바닥이 갈색과 초록색으로 반짝이고 있었다. 그는 저쪽 양치식물 수풀 뒤에 움막이 있다는 사실을, 요가 수도자가 그에게 물을 떠오라고 심부름을 시켰다는 사실을 상기해 냈다. 수도자는 그에게 이상한 웃음을 지었고 그는 그 수도자에게 마야에 대해 좀 더 말해달라고 간청했던 것도 기억났다.

그는 전쟁에 패한 것도 아니었고 아들을 잃은 것도 아니었다. 그는 왕이 된 적도 아버지가 된 적도 없었다. 요가 수도자가 그의 소원을 들어주어 마야에 대해 가르쳐준 것이다. 궁전과 정원, 서재와 새장, 제왕으로서의 일들과 아버지로서의 사랑, 전쟁과 질투, 프라바티를 향한 그의 사랑과 의심, 그 모든 것이 무(無)였다. 아니, 무가 아니었다. 그것이 마야였다! 다자는 멍하니 서 있었다. 눈물이 뺨으로 흘러내렸다. 마치 누군가가 그의 사지를 잘라내고 머릿속에서 무언가를 제거해버린 것 같았다. 갑자기 그가 살아온 긴 세월, 아끼던 보물들, 그가 누렸던 기쁨과 겪은 고통들, 그가 참아낸 두려움들, 죽을 지경까지 맛본 절망, 그 모든 것이 그에게서 벗어나 사라지고 무(無)로 변해버렸다. 그럼에도 불구하고 그것은 결코 무가 아니었다! 추억으로 남아 있기 때문이었다. 그 이미지가 그에게 남아 있기 때문이었다. 안색이 마치 잿빛으로 변한 것 같은 프라바티, 사지를 늘어뜨린 채 그녀의 무릎에 누워 있는 아들의 이미지!

오, 그 얼마나 빨리, 그 얼마나 무섭고 잔인하게, 그 얼마나 철저하게 마야에 대한 가르침을 받은 것인가! 모든 것이 혼돈에 빠졌고 긴 세월이 순간으로 축소되었다. 현실처럼 생생하던 것이 꿈이 되었다. 아마 그전에 있었던 일들도 모두 꿈이었을지도 모른다. 다자 왕자의 이야기, 목자로서의 삶, 결혼, 날라에 대한 복수, 움막에의 은신, 이 모든 것도 꿈이었을지 모른다. 궁정 벽에 그려 놓은 우거진 나뭇잎 사이의 꽃들과 별들, 새와 원숭이와 신들을 보고 우리가 경탄하듯, 이 모든 것은 우리를 사로잡은 한 폭의 그림이었는지도 모른다. 그리고 그가 지금 경험하고 있는 것, 지금 눈으로 보고 있는 것, 통치자가 되어 전쟁을 하고 감옥에 갇혔다가 깨어난 것, 샘가에 이렇게 서 있는 것, 얼떨결에 물을 약간 엎지른 이 바가지, 지금 자신이 생각하고 있는 것, 이 모든 것도 결국은 같은 것이 아닐까? 이것 역시 꿈이며 환상이고 마야가 아니런가? 그리고 그가 미래에 체험하게 될 모든 것, 그가 죽는 순간까지 눈으로 보고 손으로 느낄 것들, 그것들이라고 해서 다른 재료로 이루어진 것일 수 있겠는가? 모든 것이 유희이고 환상이었으며 거품이고 꿈이었다. 그것은 마야였다. 타오르는 환희와 슬픔과 함께 하는 삶이라는 만화경(萬華鏡), 아름다우면서 잔혹하고, 감미로우면서도 절망적인 만화경이었다.

다자는 여전히 마비된 상태로 서 있었다. 손에 들고 있는 바가지가 흔들거리며 물이 쏟아져 그의 발가락으로 흘러내렸다. 어찌해야 할 것인가? 바가지를 다시 채운 후 수도자에게 가져가고 그가 꿈에서 겪은 모든 일에 대해 비웃음을 달게 받을 것인가? 그는 그럴 마음이 내키지 않았다. 그는 바가지의 물을 쏟아버린 후 이끼 속으로 던져버렸다. 그는 풀밭에 앉아 진지하게 생각에 잠겼다. 그는 이 꿈들, 악마적인 체험들의 직물, 마음을 짓누르고 피를 멎게 하는 기쁨과 고통으로 짜인 이 직물, 그러다 깨어나니 모든 것이 마야가 되어버리고 스스로 바보가 된 것처럼 만들어버리는 이 꿈에, 이 체험의 직물들에 지쳤다. 그 모든 것에 싫증이 났다. 그는 더 이상 아내도 자식도 원치 않았다. 왕좌도, 승리도, 복수도 원치 않았으며 행복과 현명함도, 권력도 덕도 원치 않았다. 그는 오로지 평온함만을, 이 모든 소동이 끝나기만을 원했다. 그는 오로지 끊임없이 돌아가는 이 바퀴를 멈춰 세우고, 이 끝없이 펼쳐지는 그림들을 끝내기만을 원했다. 그는 스스로를 멈추기를, 소멸하기 원했다. 그것은 그가 마지막 전투에서 적진으로 돌진하여 적들과 마구 어울려 싸움을 벌이다가 마침내 상처를 받고 쓰러지면서 그가 원하던 것, 바로 그것이었다. 하지만 그 이후 어떻게 되었던가? 잠시 동안의 의식 불명, 혹은 잠, 혹은 죽음이 왔을 뿐이었다. 그것은 일시적인 중단이었을 뿐 이후 그는 다시 깨어났으며 삶의 물결이 자신의 가슴속으로 다시 밀려 들어오게 할 수밖에 없었다. 끝도 없고 피할 수도 없는 무시무시하고 아름다우며 소름끼치는 그림들의 물결을 두 눈으로 받아들여야만 했고, 다음번에 다시 의식 불명 상태, 죽음에 이르기까지 그것은 이어질 것이다. 그 죽음은 아마도 일시적인 휴식의 순간, 잠시 숨을 돌릴 기회일 것이다. 하지만 그 모든 것은 다시 멈춤 없이 이어질 것이며 우리는 다시 우리를 도취시키는 이 거칠고 절망적인 인생의 춤에 함께 참여한 수많은 형상 중의 하나가 되리라. 아, 소멸이란 것은 없었다. 모든 것은 영원히 계속되었다.

불안한 마음에 다자는 벌떡 일어났다. 이 저주받은 윤무(輪舞) 속에 휴식이란 존재하지 않으며 단 하나 간절한 소망마저 이루어질 수 없는 것이라면 바가지를 다시 채워 자신을 심부름 보낸 그 노인에게 가져가는 것도 괜찮은 일이리라. 사실 그 노인은 그에게 명령을 할 권리가 없었다. 그는 그에게 봉사를 부탁한 것이었으며, 그것은 다자 자신의 임무가 된 것이다. 그는 그 임무를 얼마든지 충실히 수행할 수 있었다. 그리고 그렇게 하는 것이 이곳에 앉아 자신을 끝장낼 방법을 궁리하고 있는 것보다는 나았다. 게다가 복종하고 봉사하는 것이 명령하고 책임을 지는 것보다는 훨씬 더 쉽고 편했으며 훨씬 더 그럴듯하고 해가 될 것도 없었다. 그는 그것을 잘 알고 있었다. 좋다! 다자여, 어서 바가지를 들고 물을 조심스럽게 채워서 그대의 주인에게 가져가도록 하라!

그가 움막으로 가자 스승은 묘한 눈길로 그를 바라보았다. 가볍게 묻는 듯한 눈길이었으며 마치 무언가 공모한 사람의 반쯤은 따뜻하고 반쯤은 재미있어하는 눈길이었다. 마치 담력 시험을 위해 부과된, 어딘가 부끄러운 임무를 열심히 수행하고 돌아온 어린 소년을 바라보는 나이 좀 더 많은 소년의 눈길 같았다. 이 목동 왕자, 이곳으로 도망쳐 온 이 불쌍한 사나이는 단지 샘물에서 물을 길어왔을 뿐이었으며 그동안 채 15분도 흐르지 않았다. 하지만 그는 동시에 감옥에서 돌아온 것이며 아내와 자식을 잃고 왕위를 잃은 것이었으며 인간으로서의 삶을 완수한 것이었고 굴러가는 삶의 수레바퀴를 흘낏 엿본 것이었다. 전에도 이미 여러 번 깨어난 적이 있었을 것이고 한입 가득 현실이라는 것을 호흡했을 것이다. 만일 그렇지 않았다면 그가 이곳으로 와서 그토록 오래 머물지는 않았으리라. 하지만 이제 그는 제대로 깨어난 것이며 기나긴 여행길을 떠날 준비를 할 만큼 성숙한 것이다. 이 젊은이에게 올바른 자세와 호흡을 가르치는 데도 몇 년은 걸리리라.

바로 이 눈길, 자비심과 동정에 가득 차 있는 눈길, 둘 사이에 스승과 제자라는 새로운 관계가 형성되었음을 암시하는 이 눈길만으로도 요가 수도자는 제자를 받아들인 입문 의식을 마친 셈이었다. 그 눈길은 제자의 머릿속의 쓸데없는 생각들을 쫓아버렸다. 그 눈길은 그를 배움과 봉사 속으로 끌어들였다. 다자의 삶에 대해서는 더 이상 이야기할 것이 없다. 그의 나머지 삶은 그림과 이야기 너머 영역에서 이루어졌기 때문이다. 그는 다시는 그 숲을 떠나지 않았다.

『유리알 유희』를 찾아서

『유리알 유희』는 헤르만 헤세가 1931년에 집필을 시작해서 1942년에 완성한 작품이다. 유럽 전체에 전운이 감돌기 시작할 무렵 집필을 시작해서 제2차 세계대전이 한창이던 때 완료한 작품인 것이다. 헤세가 1877년생이니 54세에 시작해서 65세에 끝을 낸 것이다. 노년기에 접어든 작가가 예술가로서의, 지식인으로서의 고뇌와 성찰을 모두 쏟아부은 작품이라고 보면 된다. 사실 『유리알 유희』는 10년 이상 걸린 작품치고 양적으로는 대작이 아니다. 그리고 헤세가 이 작품을 구상하고 집필하는 데만 10년 이상 걸렸다고 볼 수는 없다. 작가가 평생 고민하고 추구해온 문제를 근본부터 질문하고 추적하면서, 자신의 생각을 수정하고 깨달으면서, 마침내 자신만의 하나의 '유리알 유희'를 완성하는 데 10년이 걸린 것이다. 그 10년은 노년기에 접어든 작가가 그동안 살아오면서 깨우친 것들을 작품화해서 보여주는 데 걸린 시간이 아니다. 그것은 지식인으로서의 한 개인의 실존적인 삶의 의미에 대한 질문과 성찰의 시간이고, 사회, 역사적 맥락 내에서의 지식인의 의미와 역할에 대한 치열한 질문을 던지고 답을 모색하는 데 걸린 시간이다. 나는 그 사실만으로도 이 작품 앞에서 경건해진다. 삶의 황혼기에 이르러 이토록 치열하게 진지할 수 있다니! 노년기에 이토록 고뇌에 찬 질문을 던질 수 있다니! 그것도 10년 동안 줄기차게! 그런 어른의 모습, 진정한 어른의 모습을 찾기 어려운 시대를 우리가 살고 있기에 나는 이 작품 앞에서 더욱 경건해진다. 이 『유리알 유희』라는 작품은 헤르만 헤세 필생의 고뇌와 모색이 집약되어 있는, 그가 고안해 낸 하나의 '유리알 유희' 그 자체이다.

그렇다면 유리알 유희란 무엇인가? 유리알 유희가 무엇이기에 우리는 이 작품 자체를 하나의 '유리알 유희'라고 말할 수 있는 것일까?

이 작품의 무대는 카스탈리엔이라는 교육주다. 하지만 카스탈리엔은 현실 속에 구체적으로 존재하는 공간이 아니라 인간의 정신적 가치와 지적인 가치가 총체적으로 실현되는 하나의 상징적 공간이다. 그 상징적 공간에서 모든 정신적 가치는 유리알 유희를 통해 생생하게 보존된다. 유리알 유희는 한마디로 정신적 유희이다. 유리알 유희는 추상화된 구조와 상징을 통해 인류가 지향해야 할 정신적인 가치, 보편적인 가치를 훼손되지 않은 채 보존하려는 열망과 노력의 결실이다. 그런 의미에서 유리알 유희는 완전하고 순수하며 그 안에는 통일성, 혹은 보편성의 정신이 깔려 있다.

> 유리알 유희는 완성을 지향하는 정제된 상징적 형식을 의미했다. 유리알 유희는 모든 이미지와 다양성 너머에서 그 자체 하나인 정신, 달리 말하면 신에게 다가가는 숭고한 연금술을 의미했다. 옛날의 경건한 사상가들은 피조물들의 삶을 신에게 다가가는 움직임으로 묘사했고, 또한 현상계의 다양성은 오로지 신적인 통일성 안에서만 비로소 완성되

고 규명될 수 있는 것으로 보았다. 마찬가지로 보편적 언어의 틀 안에서 구조적으로, 또한 음악적, 철학적으로 조합된 유희의 상징과 공식들은 모든 학문과 예술로부터 자양분을 공급받으면서, 완전한 것, 순수한 존재를 지향했고 그런 것들의 현실적 실현을 추구했다. 따라서 '실현시킨다'라는 말은 유희자들이 즐겨 쓰는 표현이었다. 그들은 이 유희를 '생성'에서 '존재'로, '잠재성'에서 '실재'로 나아가는 도정으로 간주하고 있었다. (26쪽)

인간의 모든 문화적인 활동에는 통일성이 내재되어 있다는 개념, 즉 보편성에 대한 인식은 우리의 유리알 유희에서 완벽하게 표현되어 있습니다. 물리학자나 음악학자, 혹은 다른 분야의 학자들은 때때로 자신의 전공에 엄격하게 몰입해서 그 분야에서 큰 성취를 이루기 위해 보편적인 문화의 개념은 포기해야 할 때가 있을지도 모릅니다. 하지만 우리 유리알 유희자들은 그 어떤 경우에도 그런 예외를 스스로 허용해서는 안 됩니다. 그 예외를 인정해서도 안 되고 실행해서도 안 됩니다. 우리들의 특수한 임무는 바로 '학문의 보편성'에 있기 때문입니다. 우리의 임무는 보편성의 최고 표현인 고결한 유리알 유희를 육성하고, 자기만족에 빠지기 쉬운 개별 학문들을 구원해주는 것입니다. (142쪽)

유리알 유희가 행해지는 카스탈리엔은 일종의 이상향이다. 헤세가 왜 그런 이상향을 구상한 것일까? 세상이 그런 정신적 가치와 정신적 가치의 실현을 거부하고 있기 때문이다. 더 강력하게 말한다면 그런 정신적 가치와 지성은 완벽하게 패배할 수밖에 없는 세상이 도래했기 때문이다. 헤세는 자신이 살고 있던 시대를 '잡문(雜文) 시대' 혹은 '전쟁 시대'라고 일컫는다. 그 잡문 시대의 모습은 작품에서 다음과 같이 표현된다.

"말이 나온 김에 그 '전쟁 시대'에 대해 조금 더 살펴보도록 하겠습니다. 저는 당시의 기록들을 제법 많이 읽으면서 정복된 민족이라든지 파괴된 도시들보다는 당시의 지식인들의 태도에 더 관심을 가졌습니다. 그들은 정말 어려운 시기를 겪었고 대부분은 그 고난을 견디지 못했습니다. (……) 대부분의 사람은 이 폭력 시대의 압력에 견디지 못했습니다. 또 어떤 사람들은 압력에 굴복해서 자신의 재능과 지식과 기술을 통치자의 처분에 맡겼습니다. 당시 마사게텐 공화국의 한 대학교수가 남긴 "2 더하기 2의 답이 무엇인지 정확히 결정할 수 있는 것은 대학이 아니라 사령관 각하이다"라는 유명한 말을 상기해 보시지요. (……) 대부분의 사람은 침묵하는 법을 배웠습니다. (……) 학자나 작가라는 사실이 조금도 자랑스럽거나 명예롭지 않았습니다. 통치자에게 부역하면서 그들의 구호를 작성해준 문인은 일자리와 빵을 구할 수 있었지만 동료들로부터 경멸을 받아야만 했으며 그들 대부분은 양심의 가책에 시달렸습니다. 부역을 거절한 사람들은 굶주림에 시달려야 했고 법의 보호를 받지 못했으며 현장에서 비참하게 죽거나 유배지에서 죽었습니다. 믿을 수 없을 정도로 잔인한 숙청 작업이 벌어졌습니다. 권력과 전쟁의 요구에 부응하지 못하는 학문은 급속히 쇠퇴했습니다. 역사는 그때그때 주도권을 잡은 국가 위주로 해석되어 제멋대로 왜곡되었고 단순화되었습니다. 역사 철학과 잡문이 모든 분야를 지배했습니다. (……) 정말 야만적이고 난폭한 시대였고 혼돈에 휩싸인 바빌론적인 시대였습

니다."(211~213쪽)

그 시대가 구체적으로 어떤 시대인지는 자세히 말할 필요도 없을 것이다. 히틀러가 등장해서 나치즘이 횡행하던 시기이며 유물 사관이 지식인 사회를 휩쓴 시기이며 좀 더 거시적으로는 사회 전체가 정신적인 가치와 완전히 결별하게 된 시대이다. 그런 사회적 압력에 의해 이른바 학자라는 사람들도 일반인과 마찬가지로 '빠르고 쉽게 돈 버는 일, 대중적인 명성을 얻는 일, 신문에서 칭송을 받는 일, 은행가나 기업가의 딸과 결혼하는 일, 물질적으로 사치스러운 생활을 누리는 일 등'(23쪽)에 전념했으며 '멋진 별장을 가진 작가, 멋진 제복을 입은 하인을 거느린 유명한 의사, 부유한 아내와 번쩍이는 살롱을 가진 대학교수, 회사 감사 위원 자리를 차지한 화학자, 잡문 공장을 운영하며 청중 가득한 홀에서 매혹적인 강연으로 박수갈채와 꽃다발에 묻히는 철학자들'(23쪽)만이 행세하게 된다.

카스탈리엔과 유리알 유희는 바로 그런 절망적인 상황에서 절대적 가치를 향한 강한 열망 덕분에 탄생한 것이다.

> 민족과 당파들이, 늙은이와 젊은이들이, 적과 백이 더 이상 서로를 이해하지 못했습니다. 충분히 피를 흘리고 타락을 겪고 나서야 겨우 끝을 볼 수 있었습니다. 그러자 합리성을 향한, 공통 언어의 개발건을 향한, 질서와 도덕과 보편타당한 윤리적 기준을 향한, 권력에 좌지우지되지 않고 시대에 따라 변하지 않는 알파벳이나 구구단 표 같은 것을 향한 열망이 그 어느 때보다 강하게 일어났습니다. 진리와 정의를 향한, 이성을 향한, 혼돈 극복을 향한 엄청난 욕구가 생겨났습니다. 오로지 피상

적인 것만 중시하던 폭력의 시대가 끝나고 찾아온 이 진공 상태가, 새로운 시작과 질서의 회복을 간절히 원하던 많은 이의 이 열망이 우리의 카스탈리엔을 탄생시켰습니다. (213쪽)

다시 말하지만 카스탈리엔은 정신적인 이상 사회이다. 작품의 주인공 요제프 크네히트가 카스탈리엔의 유리알 유희 명인이 되었다는 것은 그가 그런 이상적인 지식인상, 보편적이고 불변적인 진리를 보유한 경지에 이르렀음을 의미한다. 그런데 그는 홀연 유희 명인직을 사임한다. 그는 그 이상 사회로부터 속세로 내려와 티토라는 어린 소년의 개인 가정교사직을 맡아 새 출발을 하려고 결심한다. 역사로부터 유리된 이상적인 정신 사회의 건설은 불가능하다는 것, 아무리 완벽한 정신적 제도라도 생로병사의 과정을 겪을 수밖에 없는 생명체, 유기체라는 깨달음 때문이다. 달리 말한다면 인류가 보존하고 지향해야 할 정신적 가치, 영적인 가치라 할지라도 그것은 시대의 요구와 상관없이 존재하는 것이 아니라, 그 시대의 요구에 부응하고 적응해야 한다는 깨달음 때문이다.

그런 의미에서 크네히트는 바람직한 지식인적 삶의 전형을 보여준다. 그가 카스탈리엔을 떠나는 것은 이제까지 추구해온 정신적 이상을 포기하는 것을 의미하지 않는다. 그것은 사회적 책임을 자각한 한 지식인이 새로운 소명을 찾아가는 것을 의미한다. 자신이 획득한 정신과 지식을 세상을 위하여 봉사한다는 것, 그것이 바로 그가 각성 상태에서 깨달은 새로운 소명이다. 그를 유리알 유희 명인이 되게끔 이끈 것이 밖에서 온 소명이었다면 그를 다시 속세로 향하게 한 것은 내적인 각성을 통해 새롭게 깨달은 소명이다.

바로 그 소명과 각성의 왕복, 외적 소명과 내적 소명의 왕복을 통해 헤세의 '유리알 유희'는 완성된다. 그가 속세로 향한 것은 지식에서 실천으로, 명상적인 삶으로부터 행동하는 삶으로 옮아간 것이 아니다. 그는 지식과 명상을 지닌 채 실천하는 삶, 행동하는 삶으로 옮아간 것이다. 그는 세속의 물결에 휩쓸린 것도 아니고 고고한 정신적 가치 속에 칩거한 것도 아니다. 말하자면 그는 그 둘을 자신의 한 몸에서 융합함으로써 그것들의 매개자가 된 것이다.

헤세는 인류의 이상과 역사, 지식인과 사회의 통합을 이룬 이상적인 인물을 그리기 위해 독특한 방법을 사용한다. 첫째는 요제프 크네히트라는 주인공의 전기의 마지막 부분을 전설로 처리한다. 그렇게 함으로써 크네히트는 '마치 수평선 아래로 사라진 별이 사라지지 않고 존속한다는 사실에 대해 우리가 조금도 의심하지 않는 것과 마찬가지(31쪽)'로 죽음으로 생을 마감한 것이 아니라, '우리가 경외심을 갖고 추측이나 해볼 수 있는 영역으로 옮겨가 성장했던(32쪽)' 인물이 된다. 그는 개인적 실존의 차원을 넘어서서 언제나 이상적으로 존재할 수 있고 존재해야 하는 인물이 되는 것이다. 뒤에 덧붙여진 세 편의 이력서를 통해 요제프 크네히트라는 인물이 저 옛날의 기우사(祈雨師), 고해사, 고대 인도에서 살았던 인물로 여러 번 등장하게 되는 것도 바로 그 인물의 비역사성, 편재성을 보여준다. 달리 말하면 그는 시간과 공간을 초월한 비역사적 존재이다. 역사의 힘께 하는 비역사적인 존재! 그것이 바로 카스탈리엔이며 유리알 유희이고 요제프 크네히트이다.

헤세가 사용한 두 번째 방법은 전기 형식을 띤 이 작품의 무대를 역사적으로 그가 살았던 시대보다 몇백 년 뒤로 삼고 있다는 것이다. 그 방법을 통해 그는 작가가 현재 몸담고 있는 현재를 객관화하는 데 성공한다. 그가 까마득한 옛날처럼 묘사하고 있는 '잡문 시대', '전쟁 시대'는 실은 헤세가 살고 있던 동시대이다. 나는 자신이 몸담고 있는 시대를 이렇게 '이성적으로' '객관화 한' 작품을 읽어보지 못했다. 자신이 몸담고 있는 시대를 그토록 냉정하게 비판적으로 바라보면서 동시에 애정의 눈길을 놓치지 않는 작품을 읽어보지 못했다.

또한, 이 작품의 무대를 미래로 설정함으로써 우리는 이 작품을 읽으면서 카스탈리엔, 즉 정신의 이상향에 대한 미래 전망에 동참하게 된다. 헤세는 후대에 정신적 가치들이 중시되어 카스탈리엔이 세워지고 그 고고한 세상이 너무 발전해서 속세와 단절될 지경에 이르게 되었다는 설정을 하고 있다. 하지만 21세기를 살고 있는 우리로서는 당시의 '잡문 시대'의 속성이 지금까지 연장되고 있다는 느낌을 떨칠 수 없다. 20세기 초반, 전 세계가 전쟁의 공포, 인간의 광기에 떨었던 그 세상을 살았던 헤세는 아마, 그 광기에 사로잡힌 잡문 시대가 끝나면 '새로운 시작과 질서의 회복을 간절히 원하던 많은 이의 이 열망이(213쪽)' 카스탈리엔을 탄생시키리라고, 그 이상향이 번창하리라고 믿었던 것 같다. 아니, 믿었다기보다는 그 열망이 컸으리라고 본다. 감히 말하지만 그런 세상은 오지 않았다. 그런 세상이 오기는커녕 '잡문 시대'라는 이름하에 헤세가 묘사한 당대의 모습이 더 악화된 모습으로 우리들 곁에 현재화되어 있다. 정보화와 함께 인간은 점점 더 몰(沒)개성화되고 있으며 인간적이라는 단어는 아무런 영향력도 발휘하지 못한다. 또한 윤리적 책임감은 점점 더 보기 힘든 사회가 되었다. 그리고 무엇보다 지식인의 자세나 양심 같은 것은 작품에 묘사되고 있는 것보다 훨씬 더 타락했다. 헤세는 작품에서 작품 속의 현재—실제로는 미래—에 대해 이렇게 쓰고 있다.

> 이전 몇 세대에 걸쳐 학자들이 추구할 만하다고 여겨졌던 것들을 모두 완벽히 포기하는 법을 배워야 했다. 즉 빠르고 쉽게 돈버는 일, 대중적인 명성을 얻는 일, 신문에서 칭송을 받는 일, 은행가나 기업가의 딸과 결혼하는 일, 물질적으로 사치스러운 생활을 누리는 일 등은 포기해야만 했다. 또한 베스트셀러를 쓰고 노벨상을 받았으며 멋진 별장을 가진 작가, 멋진 제복을 입은 하인을 거느린 유명한 의사, 부유한 아내와 번쩍이는 살롱을 가진 대학교수, 회사 감사 위원 자리를 차지한 화학자, 잡문 공장을 운영하며 청중 가득한 홀에서 매혹적인 강연으로 박수갈채와 꽃다발에 묻히는 철학자들은 모두 사라져버렸고 오늘날까지 다시 나타나지 않고 있다. (23쪽)

앞에서 묘사되고 있는 미래를 살고 있는 우리가 과연 그렇다고 고개를 끄덕일 수 있을까? 절대로 아니다. 모두 사라져 나타나지 않기는커녕 그렇지 않은 사람을 찾기가 힘들 정도이다. 하지만 역설적이게도 헤세가 그토록 열망한 그런 세상이 오지 않았기에, 정신적 가치가 중시되는 세상이 오지 않았기에 그의 『유리알 유희』는 바로 지금 우리 곁에 소중하게 간직해야 하는 작품이 된다. 하지만 그러면서도 은근히 걱정이 드는 것은 어쩔 수 없다. 혹시, 헤르만 헤세가 마지막 유리알 유희자는 아니었을까? 그 이후로 그런 유희자는 영영 사라진 것이 아닐까? 요제프 크네히트는 헤세의 바람대로 영속하는 것이 아니라 아예 피안으로 넘어가 버린 것이 아닐까? 이제 지식인으로서의 이런 일갈을 들을 수 없게 된 것이 아닐까? 오만하지도 않고 그렇다고 타협을 해버린 것도 아닌 서슬 시퍼런 일갈을! 그리고 나는 왜 지금 이 땅의 우리들 모두에게 그 일갈을 들려주고 싶은 것일까?

> 국민으로서 감내해야 하는 도전과 희생과 위험 앞에서 물러나는 자는 비겁자입니다. 하지만 정신생활의 원칙들을 물질적 이익을 위해 배반하는 자, 앞서 예를 들었듯 2 더하기 2의 답을 장군이 결정하도록 내버려두는 자는 그 이상으로 비겁자이며 반역자입니다. 진리애, 지적인 정직성, 정신의 법칙과 방법들에 대한 충성을 다른 이익을 위하여 희생하는 일은 설사 그것이 조국의 이익을 위한 일이라 할지라도 배신일 수밖에 없습니다. 프로파간다가 난무하면서 이익을 위한 온갖 싸움으로 인해 진실이 가치 절하되고 왜곡되고 폭력이 가해질 위험에 처해진다면 그에 저항하고 진실을 지켜내는 것, 아니, 차라리 진실을 향한 우리의 노력 자체를 지켜내는 것이 우리의 임무이며 우리의 지상의 신조입니다. 알고 있으면서도 거짓을 말하고 쓰는 학자, 알면서도 거짓과 사기를 지지하는 그릇된 선생들은 단순히 유기적 생명체로서의 원칙을 위반하는 것만이 아닙니다. 그런 사람들은 그 순간에는 그 어떤 허울을 둘러쓰고 있는지 모르지만 사실은 국민들에게 심각한 위해를 가하는 것입니다. 그들은 공기와 토양을 오염시킨 것이며 음식과 음료를 썩게 만든 것이고 나라의 생각과 법을 독살한 것이며 국가를 파멸로 이끌 적대적이고 사악한 힘에게 일조한 것입니다.
>
> 따라서 카스탈리엔 사람은 정치가가 되어서는 안 됩니다. 그는 필요한 경우 자신이라는 한 개인을 희생시킬 수는 있지만 정신생활에 대한 충성심을 희생할 수는 없습니다. 그가 진리를 배반하는 순간, 더 이상 진

리를 숭배하지 않게 되는 순간, 그가 진리를 팔아넘기는 순간, 그는 극악한 악마가 되는 것입니다. 그것은 본능적인 야수성보다 더 나쁜 것입니다. 야수성에는 자연의 순수성이 어느 정도 깃들어 있기 때문입니다. (217~218쪽)

마지막으로 한마디만 더 하기로 하자. 이 작품을 재미있게 읽을 수 있는 힌트이기도 하다. 이 작품에 나오는 주요 인물들 중, 요제프 크네히트의 선임 유희 명인이었던 토마스 폰 데어 트라베는 토마스 만을 모델로 한 것이며(토마스 만의 고향이 바로 트라베의 뤼벡이다) 그의 친구 프리츠 테굴라리우스는 헤르만 헤세가 좋아하면서도 약간 비판적이었던 니체를 모델로 한 것이다. 또한 크네히트에게 역사의식을 심어준 야코부스 신부는 이탈리아 르네상스 문화를 연구한 스위스의 역사학자 야콥 부르크하르트가 모델이다. 그 사실을 염두에 두고 세 사람이 등장하는 부분을 읽으면 한결 재미있게 작품을 감상할 수 있다. 작품에 등장하는 인물들을 통해 크네히트는 문화를, 테굴라리우스는 니체적인 엘리트주의를, 플리니오는 정치를, 야코부스는 종교와 역사를 대표하는 것으로 보고 상호 복합적 관계를 살펴보는 것도 재미있다. 하지만 굳이 그런 전체적인 맥락을 살피며 이 작품을 읽을 필요는 없다. 그냥 따로 떼어 놓아도 우리를 매혹시키는 멋진 대목이 수두룩하니 그냥 그 대목에 푹 빠져보는 것도 좋은 독법이다. 하나의 예로 나는 아래 대목을 옮기면서 눈시울이 제법 뜨거워졌었음을 고백한다.

그런 맑음에 도달하는 것, 그것이 나의, 또한 나와 함께 하는 사람들의 가장 드높은 목표라네. 그런 맑음에서 나오는 쾌활함은 시시덕거리는 것도 아니고 자기만족도 아니라네. 그것은 최고의 통찰력이며 사랑이고, 온갖 현실에 대한 긍정이며, 심연과 나락의 끝에서도 깨어 있는 것을 뜻하네. 그것은 성자와 기사의 미덕이며 결코 파괴될 수 없는 것이고 나이를 먹어야만, 죽음에 가까워져야만 더욱 증가할 수 있는 것이라네. 그것은 미(美)의 비밀이며 모든 예술의 실체라네. 춤추는 듯한 시구(詩句)로 삶의 광휘와 공포를 찬양하는 시인이나 그것을 순수하고 영원한 실재로서 들려주는 음악가는 처음에는 우리를 눈물과 고통으로 이끌지 몰라도 결국은 빛을 가져오는 자, 이 세상을 더 즐겁고 밝게 해주는 자들이라네. 그들이 실제로는 고독하고 슬픈 삶을 살았다 할지라도, 우울한 몽상가였다 할지라도 그들의 작품은 신들, 그리고 별들의 맑음과 함께 한다네. 그들이 우리에게 주는 것은 그들의 어둠과 불안이 아니라 한 방울의 순수한 빛, 영원한 맑음이라네. 모든 민족과 언어가 신화와 우주론, 종교를 통해 이 우주의 가장 심오한 이치를 밝혀보려 할 때도 그 모든 것이 궁극적으로 도달할 수 있는 것은 바로 이 맑음, 이 명랑성이라네. 고대 인도인들이 고뇌와 사색과 참회와 금욕을 통해 도달하고자 했던 것도 바로 이 밝음과 명랑성이라네. 금욕주의자와 부처의 미소도 명랑하고 그들의 심오하고 수수께끼 같은 신화 속에 펼쳐지는 모든 신의 모습의 귀결점은, 비록 각자의 신들의 역할과 의미는 다를지 몰라도 바로 명랑한 미소라네. 생성과 변화와 파멸과 재생의 역동적 움직임, 즉 인간과 온갖 피조물이 지니는 사악함, 나약함이 궁극적으로 동경하는 것은 바로 그 명랑한 미소임을 보여주는 것이지. (184~185쪽)

혹시 헤세 자신도 이 대목을 쓰면서, 혹은 다시 읽어보면서 눈시울이 붉어지지 않았을까?

아, 정말 마지막으로 한마디만 더 하자. 이 작품의 주인공 크네히트는 자서전 말미에 새로운 삶을 시작함과 동시에 죽는다. 그 부분은 이 작품 중 가장 논란이 많고 해석이 분분한 부분이다. 우리는 헤세가 1947년에 쓴 편지에서 밝힌 내용으로 대신하자.

> 크네히트는 자신보다 너무나 우월한 사람의 희생적 죽음이 티토에게 영원한 충고와 모범이 될 수 있도록 그를 남겨놓고 떠났다.

또한 헤세 자신이 이 작품의 무대를 언제쯤으로 보면 되겠느냐는 질문에 크네히트가 살았던 시기는 23세기, 이 전기를 쓴 시기는 25세기 정도로 보면 된다고 답했다. 하지만 우리로서는 헤세가 살았던 시대의 후대로만 간주해도 무리가 없을 것이며 심지어 지금 우리의 시대로 간주해도 아무 상관이 없을 것이다.

1912년부터 스위스에 살고 있던 헤세는 『유리알 유희』를 1943년에 스위스에서 출간했다. 그리고 1946년에 이 작품으로 노벨 문학상을 수상하게 되는데, 토마스 만이 후보로 추천했다는 사실은 널리 알려져 있다.

헤르만 헤세는 1877년 7월 2일 남독일 산골의 작은 도시 칼프에서 태어났다. 그가 평생 사랑한 그의 고향은 작은 도시였지만 헤세는 넓은 세계에서 산 셈이었다. 그의 아버지 요하네스 헤세는 북독일계 러시아인으로서 인도에서 선교 활동을 한 선교사였으며 어머니 마리도 역시 선교사의 딸로서 인도에서 태어났다. 또한 헤세는 칼프에서 신교에 관한 서적 출판 일을 하고 있던 외조부로부터 많은 영향을 받았다.

헤세는 열세 살에 괴핑엔에 있는 라틴어 학교를 거쳐 열네 살에 신학교에 입학했으며 열여덟 살이 되던 해에 대학 도시 튀빙겐의 어느 서점에서 견습 사원으로 일하게 된다. 그리고 괴테에 심취하여 시작(詩作)에 몰두해 1899년 첫 시집 『낭만적인 노래』를 자비 출판하고 이어서 두 번째 시집 『자정 이후의 한 시간』을 출간했지만 반응은 별로 좋지 않았다.

이후 소설 창작으로 방향을 전환한 그는 1906년 『수레바퀴 아래서』를 1910년 『게르트루트』를 발표하여 소설가로서의 명성을 얻었다. 이후 제1차 세계대전이 일어나기까지 시와 소설들을 계속 발표했으며 1919년 그에게 불후의 명성을 안겨준 『데미안』을 발표했다. 제2차 세계대전 발발 전까지 그는 『싯다르타』, 『황야의 늑대』, 『나르치스와 골드문트』 등 중요 작품들을 발표하며 마치 나치즘에 맞서듯 유토피아 이야기인 『유리알 유희』의 집필을 시작한다. 히틀러 정권과 거의 비슷한 시기에 시작된 그 작품은 1931년에 집필을 시작해 그가 57세이던 1934년 서장을 발표한 이래 10년이 지난 1943년 제2권 발간으로 완료되었으며 앞서 말했듯 헤세는 그 작품으로 세계대전 이후 첫 번째 노벨 문학상을 수상했다.

이후 그는 속세를 벗어나 조용히 풍요로운 삶을 살다가 1962년 8월 9일 85세를 일기로 세상을 떠났다. 그는, 자신의 작품들은 '본래 소설이 아니라 영혼의 전기'라는 자신의 말처럼 길 잃고 헤매는 현대인의 영혼에 길잡이가 되는 작품들을 남겼다. 그의 작품이 전 세계에서 여전히 수많은 사람의 사랑을 받고 있다는 사실은 현대인이 길을 잃고 헤매고 있다는 증거이기도 하지만 인간은 영원히 영혼의 갈증을 느낀다는 증거이기도 하다.

유리알 유희

생각하는 힘: 진형준 교수의 세계문학컬렉션 83

펴낸날 **초판 1쇄 2023년 2월 24일**
초판 2쇄 2024년 2월 22일

지은이 **헤르만 헤세**
옮긴이 **진형준**
펴낸이 **심만수**
펴낸곳 **(주)살림출판사**
출판등록 **1989년 11월 1일 제9-210호**

주소 **경기도 파주시 광인사길 30**
전화 **031-955-1350** 팩스 **031-624-1356**
홈페이지 **http://www.sallimbooks.com**
이메일 **book@sallimbooks.com**

ISBN 978-89-522-4722-3 04800
978-89-522-3984-6 04800 (세트)

※ 값은 뒤표지에 있습니다.
※ 잘못 만들어진 책은 구입하신 서점에서 바꾸어 드립니다.